LOS EXTRANJEROS

Macarena Muñoz

Parte de los beneficios que genere este libro se donarán a una o varias ONG de ayuda al refugiado.

«[Era] como si los caminos familiares trazados en los cielos del estío pudieran llevar lo mismo a las prisiones que a los sueños inocentes».
CAMUS, ALBERT: *El extranjero*.

«*Look at me. I have no roots. I have no system of morality. What does it mean to me if you call me an immoral man? I have no reason to be one thing or another. You ask me why I am not ambitious; well, I have no reason to be. Come to think of it I don't even have a reason to live!*».
JOSHI, ARUN: *The foreigner*.

«No seré más para vosotros. Desde ahora seré para mí. Para mí o para quien quiera, pero no para ninguno de los que me queréis sesgada, escindida».
EL HACHMI, NAJAT: *La hija extranjera*.

«El éxodo puede ser el resultado consciente de un plan de cambio vital, el impulso ante nuevas expectativas o el efecto inevitable del accidente, la desesperación, el caos o el desasosiego».
SALOMÓN, LEONARDO: *Extranjeros*.

«La última vez que viviría,
soledad, distancia,
la *última vez que sentiría*
húmedas las sábanas.
Siento esa tierra,
la he pisado descalza,
la he tenido en mis manos
dejándome su marca».
ILONBÉ, RAQUEL: *Adiós, Guinea, adiós*.

«El antiintelectualismo es el culto a la ignorancia. Ha sido una constante en nuestra historia política y cultural, promovida por la falsa idea de que la democracia consiste en que mi ignorancia es tan válida como tu conocimiento».
ASIMOV, ISAAC.

A TODOS LOS DESARRAIGADOS

Índice

LA EXTRANJERA

¡Miradme! Soy una extranjera, una vulgar inmigrante. Lo advertís por el color de mi piel, por mis facciones. Mi acento y mis maneras me delatan. Soy, clandestina o no, refugiada o no, una completa forastera, de otro país, de otro continente, una alienígena para algunos, para otros una desconocida a la que se debe evitar, a veces se me pinta como enemiga. Soy la cabeza de turco cuando se tuercen los destinos, la que pierde su brújula cuando se cruzan los caminos. No sé adónde voy.

Me he acostumbrado a las caras de asombro, a no obtener respuesta cuando me dirijo a algunos de vosotros. Me he habituado a las miradas de sorpresa, que a veces consienten, a veces desaprueban, a los que me observan con desconfianza cuando me aproximo demasiado. Me he resignado al dolor por sentirme rechazada, escindida, a luchar para erguirme tras cada golpe, a sentirme derribada, volcada en el suelo como un árbol cuyas raíces no consiguen adherirse a la tierra.

Soy como soy, no puedo cambiar ni mi físico, ni mis circunstancias. No he elegido mi lugar de origen, ni siquiera el país de acogida. Me lo impuso el destino o el desatino por no nacer en otro sitio. No puedo borrar mis señas de identidad, mi raza o mi religión, ni domesticar mi acento o la gramática hasta borrar las huellas de otras lenguas aprendidas. No puedo tornar vuestra suspicacia en confianza, o vuestros temores en valentía. Me pedís demasiado, un imposible. Soy así, por mucho que me haya alejado de mis orígenes, por mucho que intente asemejarme a los que me rodean, siempre seré la otra, la extranjera.

¡Observadme bien! En mí no solo hay piel oscura, cobriza o de cualquier otro tono que varíe del vuestro. No solo hay un cuerpo cansado y desabrido por los vaivenes de la vida, o un alma que no encuentra refugio ni acogida. ¡Miradme bien! Hay algo más en mí, un interior que siente tristeza y dicha. Me esfuerzo y lucho con el día a día y cuando me derrumbo reúno las fuerzas necesarias para levantarme. Me alegro cuando alguien tiende su mano. ¡Miradme! Tengo piernas,

pies, brazos manos, ojos... el color de mi sangre es tan rojo como el vuestro, siento dolor si me golpean.

¡Miraos bien! Rememorad vuestra propia biografía, rebuscad en memorias lejanas, en lo que creíais haber olvidado. Seguro que alguna vez os habéis sentido como yo me siento cada día, como una completa extraña en una ciudad que me ve como una desconocida, en un trabajo donde nadie parece percatarse de mi presencia, donde me siento ignorada. Seguro que alguna vez os habéis sentido limitados por la lengua, por desconocer a los que os rodean, por sentiros solos, abandonados, inseguros, en un lugar que es nuevo, entre gentes que os observan de forma hostil. En esos momentos, por mínimos que hayan sido, fuisteis también extranjeros.

¿Qué nos diferencia pues?

Muchos, quizás la mayoría de los habitantes de este planeta, somos extranjeros, forasteros, alienígenas, formamos un tropel cada vez más numeroso, en un mundo en continuo movimiento y cambio. Diáspora nos llaman, retornados, desplazados, refugiados, apátridas, Gastarbeiter[1], inmigrantes, expatriados, espaldas mojadas, ilegales, clandestinos...

¡Miraos! Vosotros fuisteis alguna vez extranjeros. Os llamasteis turistas, visitantes, viajeros, trotamundos, recién llegados, embajadores, descubridores, exploradores, colonizadores, conquistadores.

¿Por qué usamos diferente terminología?

¡Miradme bien, intentad descubrir mi interior, la pena que azota mi alma solitaria, escuchad mi historia! ¡Comprendedme!

Prólogo de *La extranjera* novela de Imara Mangue Bossio, 2009.

---

1 Término que usaban los alemanes para los inmigrantes de los 50 y 60. Significa trabajador invitado, está implícito en el significado que esperaban que viniesen de forma temporal.

EL LIBRO DE LOS SECRETOS

I. (SIN) SECRETOS

Recuerdo con claridad el día que decidí leer la novela que mi madre había escrito entre el 2006 y el 2008, cuando todavía vivíamos en Madrid. El libro se titulaba *La extranjera* y había tenido una humilde tirada de 300 ejemplares, en una editorial de autopublicación que comenzaba a dar sus primeros pasos allá por el 2009. Mi madre debió regalar una parte de los ejemplares publicados, otros tantos se vendieron por medio de presentaciones que ella misma se agenció. Esta narración de poco más de 200 páginas no tuvo mucho bombo, ni la aupó al podio de los escritores destacados, como creo que ella ambicionó.

Cuando la novela se publicó yo tenía trece años y me encontraba en el apogeo de mi época feroz y salvaje, una adolescencia sumida en la rebeldía que dio mil y un disgustos a mis padres. Todo me parecía mal y hacía todo lo posible por desconcertar y desagradar a mis progenitores. El negarme a leer la novela de mi madre, y arrojarle el libro de mala manera con la intención de darle en la cabeza, fue uno de los episodios más banales de ese tiempo. Hubo otros acontecimientos mucho peores que no tengo intención de rememorar por ahora.

Recuerdo que en esa ocasión mi padre me pidió que me disculpara con mi madre, a lo que me negué.

—Se lo merece. No tiene derecho a imponerme qué leer y menos si es para inflar su vanidad. Además, no me interesa la historia de la vieja. Ese rollo de su infancia y adolescencia en Madrid, de sus orígenes añorados y su paraíso perdido no me va. Es para carcamales. El paraíso o el infierno no es algo que ganas o pierdes, se vive día a día, tú mismo te lo buscas. ¡A ver si os enteráis de una puta vez! —le respondí.

—Las cosas no son tan simples, Ismael. Mucha gente se ve abocada a un terrible destino sin que se lo busque. Es absurdo creer que el sino está en nuestras manos o, como otros creen, en las manos de Dios. El mundo es complejo y ni tú, ni yo, ni nadie tenemos garantía de que nuestro futuro transcurrirá tal y como lo queremos dibujar. Hay que aprender del pasado, Ismael —me dijo.

—¡Me aburres, viejo! ¡Siempre me sueltas el mismo rollo! —le desafié—. Todos los padres sois iguales. Tenéis vuestras experiencias en el pasado y por eso pensáis que sabéis hacer todo mejor que nosotros, que nos podéis modelar y guiar por los senderos que consideráis pertinentes. Tú te empecinas en que conozca las penalidades por las que ha pasado tu familia, que descubra la vertiente africana de la abuela Emma; y mamá me da la matraca con ese libro que tanto me va a aclarar sobre mis orígenes ecuato-guineanos. ¿Y si yo ya no quisiera ser africano, y si estuviera cansado de que se me juzgue por ser negro y no por ser quien soy? —repliqué enfurecido. En ese tiempo me debatía entre el orgullo de ser africano y el rechazo a mis raíces y, sobre todo, hacía todo lo posible para contraponerme a mis padres.

—Tú eres único, Ismael —dijo mi padre intentando apaciguarme—, pero no puedes olvidar de dónde vienes y quién es tu familia.

—Siempre estáis con el mismo cuento y me tenéis bien harto. Pensáis que mi vida se debe construir en torno a vuestras penas y desvaríos, como si yo no fuera más que una prolongación de vosotros, vuestra creación personal. ¡Pues os equivocáis!

—Creo que el que te equivocas eres tú, Ismael. Pienso que deberías dar un respiro a ese espíritu de la contradicción que te azota y te hace más mal que bien. No te queremos modelar.

—Pues si es así dejad de darme la lata con vuestras batallitas y con el dichoso libro de mamá.

—Bien, lo haré, pero déjame que te diga algo más. Leer la novela de tu madre no significa que sigas su camino. No, Ismael. Dedicarle un tiempo a ese libro es un acto de aprobación y de amor a alguien que tanto ha hecho por ti. A lo mejor incluso te hace bien y te ayuda a aclararte, a conocerte mejor, a encontrar el equilibrio que pareces haber perdido. No solo tú, también tu madre tuvo una infancia y adolescencia difícil y no fue la rebeldía la que hizo que enderezara el rumbo. Ella también, como tú, se crio en diferentes países y le ha costado adaptarse y ser aceptada, pero ha sabido sobreponerse a las dificultades y reinventarse —me indicó—. No pienses que el color de la piel solo te marca a ti. Tu madre es mucho más oscura que tú y cuando llegó a Madrid, con cinco o seis años, ser una niña negra era una excepción. Sufrió rechazo. La gente la veía como un ser sobrenatural, como una intrusa. Tú no eres el único que has sufrido por ser distinto; incluso yo, tan blanco y tan alemán, me he sentido en más de una ocasión un bicho raro, un extranjero.

—¿Qué sabrás tú? —le contesté— ¿De dónde te sacas que tengo dificultades o que necesito sobreponerme a ellas? No quiero cambiar, ni reinventarme. ¿Para qué? Me gusta ser como soy. Sois vosotros y los profes los que no me aprobáis, los que os empeñáis en reformarme. ¿Por qué no podéis aceptarme sin más?

—Ismael, te queremos y te aceptamos. Lo que intentamos cambiar es tu rumbo, ese camino hacia la perdición que has emprendido y que nada bueno trae.

—¡Déjame en paz! —le dije a mi padre, como había hecho en otras de las numerosas ocasiones en las que había intentado hacerme entrar en razón. Cerré acto seguido la puerta de mi dormitorio de un portazo y la atasqué por medio de una silla y algunos libros que impedían que el pomo pudiera bajarse.

Esa era una de mis estrategias para aislarme. Las otras eran la música a todo volumen, salir de la casa, volver tarde y amenazar a mis padres con marcharme para siempre si no me dejaban en paz. Por eso y otros hechos o circunstancias que no deseo narrar por el momento, el no darle a mi madre el gusto, ni la aprobación que hubiera deseado tener por su obrilla, fue sin duda un pesar mínimo.

Transcurrirían casi dos lustros hasta que el libro volviera a estar en mis manos y, a diferencia de entonces, ni me negué a leerlo ni osé arrojárselo a nadie a la cabeza. Reconozco que el tiempo transcurrido me había hecho olvidar su existencia, a pesar de que unos cuantos ejemplares se habían instalado con comodidad en el centro de nuestra biblioteca familiar; planeando un reclamo silencioso que tardó en surtir efecto tanto en mí como en mi hermana Isabela, que terminaría leyendo la novela a petición mía. Creo que me había acostumbrado a la presencia de esos y otros libros a los que mi madre profesaba una insólita devoción y que a mí poco me interesaban, así que su novela continuó pasando desapercibida. Habría transcurrido otra década sin percatarme de su presencia, si no hubiera sido por mi padre.

Estábamos a principios de junio de 2018. Mi padre y yo éramos los únicos moradores de una casa que se nos hacía grande y silenciosa sin la presencia de mi madre, Imara, y de mi hermana, Isabela. Mi «africanísima» madre pasaba más tiempo trabajando en sus proyectos en el extranjero, que en Frankfurt. Era, como ella misma decía, una forma de huir de esta ciudad y de este país, a los que no conseguía hacerse. Prefería ser una turista ocasional o una profesional en el extranjero, en vez de una forastera en Alemania.

Mi hermana Isabela también se encontraba en otro país , aunque por razones muy distintas a las de mi madre. Ella, la bienaventurada, tenía un don especial, una mesura que le ayudaba a adaptarse en cualquier nación en la que posara sus pies. No le costó mucho integrarse al paisaje de esta urbe gris y a ratos fría en la que vivimos, Frankfurt, y ser admitida por sus habitantes. Isabela no huía de Frankfurt, era el tipo de forastero que disfrutaba de la experiencia vital que el éxodo supone, que deseaba y necesitaba el desafío del viaje, del aprendizaje en un nuevo país. Llevaba un tiempo en Inglaterra y no deseaba regresar de su nuevo destino, en donde creía haber encontrado al amor de su vida.

A mí no me importaba demasiado la ausencia de mi madre o de Isabela, aunque a veces las echaba de menos. Me encontraba en la recta final de mi carrera universitaria y reconozco que en esos momentos apreciaba la silenciosa compañía de mi padre. Me había acostumbrado a su parco modo de comunicar y lo agradecía, ya que tenía todo el tiempo del mundo para concentrarme en mis estudios. Sus manías no eran algo nuevo para mí y no me exasperaban como lo hacían las de mi madre, que continuamente se inmiscuía en mis asuntos, intentando sonsacarme si tenía alguna novia o si algo me inquietaba. Mi padre me dejaba en paz, no husmeaba en mi vida y jamás intentaba indagar en lo que no quería contar. Más que desear que yo le hiciera confidencias, era él el que me narraba sus desventuras y preocupaciones, y yo, de vez en cuando, invitado por sus secretos, también le revelaba alguna que otra intimidad.

—Te he preparado un cafelito, Ismael, pero si molesto en tus quehaceres o no te apetece me tomo yo los dos —me dijo mi padre.

Era una de esas tardes en las que la presión por entregar a tiempo un trabajo para la universidad me había internado durante horas, que parecían interminables, en mi habitación.

—Perfecto, me viene bien —le contesté—. Estoy con las conclusiones de un ensayo importante para la nota final, pero sin duda necesito una pequeña pausa.

—¿En qué estás trabajando? —me preguntó cuando regresó con los dos cafés.

—No te va a interesar —le dije—. Es solo literatura.

—La literatura rara vez es solo eso, literatura. No soy un lector voraz lo sé, pero tampoco soy uno de esos especímenes que nunca lee, que mira los libros como si fueran bichos raros o es incapaz de enfrentarse a la labor de sumergirme en sus letras.

—Tienes razón. Las novelas buenas rara vez son un mero desafío estético o un intento de contar una historia entretenida, tienen su alma y su mensaje, nos hacen ponernos en la piel de personajes que podríamos ser nosotros, o completos extraños, seres que entendemos mejor al terminar el libro —concreté.

—Y un libro de esos que dejan huella —continuó mi padre— debe invitarnos a reflexionar, ofrecer una tesis, cuestionar el orden impuesto, despertar la duda o presentarnos los hechos desde otro punto de vista, desde la mirada del pueblo, de los que no escribieron la historia. Siempre digo que tanto la ciencia como la literatura deberían estar al servicio de la humanidad: la primera contribuyendo al progreso y la mejora de las condiciones de vida; la segunda haciéndonos reflexionar sobre nosotros, sobre nuestro entorno, mostrándonos nuestros aciertos y fallos, enseñándonos el camino hacia la utopía. Las dos se complementan, por muy diferentes que parezcan.

—Así es —contesté.

Dimos unos sorbos a los cafés. Mi padre me miró y preguntó:

—¿De qué trata ese ensayo tan importante que te traes entre manos?

—De un autor keniata de procedencia india llamado Vassanji.

Le expliqué que Vassanji nació en Kenia. Procedía de una familia que debió vivir en ese país por generaciones, como otros tantos indios que emigraron a África en los años en los que Inglaterra era la mayor potencia mundial con colonias en África, Asia y Oceanía, o incluso mucho antes. Ya a principios del siglo XVIII hubo bastantes intercambios comerciales al igual que emigración, y los indios en particular, con ese afán que tienen de hacer y establecer nuevos negocios, viajaron y se asentaron en algunos de los países de la costa este africana como Kenia, Tanzania o Mozambique. Muchas ciudades africanas se beneficiaron de este comercio, de la convivencia de diferentes pueblos y del intercambio cultural y comercial. En el siglo XX cuando esos países se independizaron de Gran Bretaña, Portugal, Francia u otras naciones europeas, la suerte de la población procedente de la India o China cambió radicalmente. Los indios y los chinos fueron vistos como colaboradores del poder colonial y, en mayor o menor medida, sufrieron persecuciones. Se produjo una diáspora. La mayoría de la población que no era de procedencia africana volvió a los países de los que eran originarios sus antepasados. Habían dejado de un día para otro de ser parte de su país y no tuvieron otra alternativa sino regresar a unas naciones de las que poco sabían. En África eran vistos como traidores, chivatos, como el brazo derecho de los colonizadores. Se convirtieron en el chivo expiatorio y como tal se les hostigó, se les hizo la vida imposible hasta que se marcharon o los mataron.

Le comenté que las novelas de Vassanji estaban ambientadas en la época colonial y poscolonial y estaban escritas desde el punto de vista de la población india. En sus novelas Vassanji sacaba a relucir su historia familiar y personal. Su famila se había visto obligada a emigrar, por no decir huir, de la represión que sufrió tras la independencia de este país. Sus libros describían tanto el sistema colonial de Kenia regido por los británicos como los nuevos gobiernos. Se mostraban las injusticias, los abusos y la corrupción de uno y otro régimen. Añadí que algunos críticos le habían tachado de procolonialista, o de nostálgico, porque alababa el sistema educativo impuesto por el imperio británico, aunque no era cierto del todo. Vassanji reprobó tanto el tiempo colonial, que jamás idealizó, como el modo, a veces tan absurdo, anárquico y violento en el que el país fue gobernado después de la independencia.

—Yo —le expliqué— me he centrado en los reproches que muchos estudiosos hacen a las obras de Vassanji, la forma en que algunos críticos le acusan de ser un defensor del régimen colonialista, tan nefasto en tantísimos aspectos. Argumento en mi tesis que lo que añora Vassanji no es el antiguo orden clasista del imperialismo, sino la sociedad multicultural de las grandes ciudades coloniales. Nairobi fue durante esa época una urbe próspera en donde el comercio florecía. Los edificios emblemáticos de la ciudad fueron en gran parte construidos en ese periodo. La convivencia de gentes de diferentes procedencias, si no ejemplar, ya que no se podía hablar de crisol racial y cada uno permanecía en su barrio, era al menos pacífica, cordial y con cierto intercambio entre las diferentes comunidades. Lo que Vassanji echa de menos es la ciudad plurilingüe y variopinta, la metrópolis llena de «extranjeros» en continuo movimiento y evolución, la ciudad próspera y civilizada. A Vassanji no solo le dolió la expulsión de su familia o de su etnia del país, sino el empobrecimiento intelectual de Nairobi y de Kenia. Después de haberse librado de todos los habitantes que consideraban extranjeros, perdieron a la gente más culta y mejor preparada y se quedaron sin el intercambio de culturas que enriquece tanto a las sociedades. No alaba para nada el colonialismo, lo que elogia son los lugares donde conviven gentes muy distintas, las ciudades que son santuarios de acogida, las sociedades que saben cambiar su anatomía trayendo tolerancia, sin grandes conflictos, a su país. Ese es el mundo por el que Vassanji siente apego.

—¡Fascinante tesis! —exclamó.

—No me esperaba que te fuera a interesar tanto. Después de todo eres científico y no humanista —contesté.

—Cierto, pero me parece una hipótesis congruente. No solo Nairobi y toda Kenia perdió con la expulsión de esos a los que consideraron forasteros, enemigos. Es una constante de la historia: los judíos y los musulmanes también fueron expulsado después de la Reconquista de la Península Ibérica, esto supuso una pérdida de humanistas y científicos. Podemos seguir nombrando el daño irreparable que causó el Tercer Reich en Frankfurt y otras tantas ciudades alemanas. Otro ejemplo es la decadencia cultural de Tánger tras la independencia de Marruecos. Esta ciudad fue enclave de culturas y religiones, en ella españoles, franceses, marroquís, judíos cristianos y musulmanes convivieron de forma ejemplar. Sin ir más lejos, la ciudad en donde nació tu madre, Santa Isabel, a la que hoy llaman Malabo, tuvo su momento dorado a partir de los años cincuenta; una etapa en que no solo los españoles acudían allí buscando prosperidad, sino también nigerianos, ingleses y gentes de otras nacionalidades, aunque mejor que yo, esto te lo pueden narrar tu madre o tus abuelos.

—Eso, claro, si mamá anda por aquí o le apetece hablar sobre el tema. Ya sabes que ella siempre habla o hace lo que le da la gana o le conviene.

—Tienes razón, así es ella, selectiva con sus temas de conversación. Aunque no creo que tenga problemas en relatarte sus impresiones sobre el pasado de Guinea Ecuatorial y la diáspora que ocasionó la dictadura de Francisco Macías, después de todo fue lo que narró en su libro.

Me miró, como si tuviera algo importante que comunicarme. Hizo una pausa y continuó.

—Quizás no te acuerdes, Ismael, tú tenías trece años cuando se publicó *La extranjera*, la primera y, hasta ahora, única novela de tu madre.

Me sonreí. Claro que recordaba su libro y la lata que me dieron los dos. Hasta que en un pronto le tiré un ejemplar a mi madre y, aunque me falló la puntería porque lo esquivó a tiempo, le di a un jarrón que rompí en mil pedazos. Mi madre pilló un cabreo que le duró semanas y mi padre hizo con poco éxito el papel de apaciguador.

—¿Mi madre escribió un libro? ¿Y dónde está? ¿Cuándo lo publicó? —le demandé con tono irónico.

—¿Cómo puede ser posible que se te haya olvidado? Después de la que armaste —me dijo mi padre que, como buen alemán, no había atisbado el tono de ironía en mis preguntas—. Eres la releche, Ismael.

—No, no se me ha olvidado. Lo que pasa es que hay etapas de la vida en las que uno prefiere correr un tupido velo —le dije con uno de esos guiños largos y concienzudos—. ¿Crees que mamá me habrá perdonado?

—Los padres solemos exculparos de todo lo que hacéis, seguro que a tu madre se le pasó el enfado ya hace tiempo y, o no recuerda la que liaste, o solo considera que fue una chiquillada más de esa época.

—Creo que debería leer *La extranjera* para resarcirla de algún modo de ese y otros tantos disgustos que le he dado —me adelanté. Estaba seguro de que mi padre me iba a volver a pedir que lo hiciera—. Me pondré a ello en cuanto me quite este ensayo y un último examen que tengo pendiente.

—Seguro que tu madre lo apreciará, y más aún si le puedes alabar el libro. Ya sabes que le gusta que se dore su ego y, por cierto, la novelita no está nada mal. Aunque, claro, te lo dice alguien que no es imparcial y que no tiene tus conocimientos literarios.

—No necesitas convencerme, papá. La leeré, es cuestión de un par de semanas. Ahora me toca hincar el codo.

—Sé que lo harás, Ismael. No te molesto más y te dejo con Vassanji —me dijo mientras recogía las tazas de café—. Seguro que al catedrático le va a gustar tu conclusión: la nostalgia de la diversidad, de la ciudad plural, donde los extranjeros tienen la importancia que deberían. ¡Me encanta!

***

Pasaron dos semanas. Volví a la casa con la certeza de haber finalizado uno de los capítulos de mi vida: el relativo a mis estudios universitarios. No había sido el estudiante típico de estos tiempos que corren: descuidaba a menudo mis perfiles en las redes sociales, prefería mantenerme en contacto directo con mis amigos, salir con ellos. No me gustaba coleccionar miles de amistades de esas de las que tan poco sabes, de esas que no muestran más que un yo reinventado o tal vez una falsa identidad y se comunican con *likes*. Prefería perseguir la autenticidad a rodearme de miles de máscaras. Me gustaba divertirme y la vida nocturna, pero también sumergirme en soledad en las páginas de un buen libro y perderme durante horas en otros mundos. Esa era mi ficción y no unas fotos y unas cuantas frases en mi perfil de Facebook. Pensaba demasiado para mi edad, era un bicho raro para algunos de mi generación, me cuestionaba a mí mismo y todo lo que me rodeaba. Ese era yo, un chico modelado por el peso y las alas que nos da la literatura.

¿Era también para mi madre la literatura la forma de vivir sus otros yo o una réplica artística de su propia existencia?, me pregunté.

Para mamá la literatura había jugado un papel importante en su vida. Había estudiado Literatura Inglesa en la Universidad Complutense de Madrid y después se había especializado en Literatura poscolonial africana en la Universidad de Canterbury, Inglaterra. Unos estudios que poco tuvieron que ver con su rocambolesca carrera profesional en la que pasó por hoteles, trabajó como secretaria en empresas de segunda fila o en el mal pagado servicio telefónico de reclamación; había sido también azafata de congresos, intérprete, recepcionista… Su peregrinar por ese mundo laboral incierto, tan típico de España, terminó cuando encontró un empleo como formadora en Ericsson y de allí no se movió.

De los tiempos en los que trabajaba seis meses en un hotel, se iba al paro, y luego otros seis como secretaria. La recuerdo leyendo y organizando sus libros en dos categorías: los que le habían llenado y deseaba volver a leer, que colocaba en un lugar privilegiado de su biblioteca, y los que consideraba insulsos, que encerraba en un armario. Fue en esa época cuando escribió su novela *La extranjera*. Después su interés por la lectura decayó. Su trabajo en Ericsson absorbía mucho tiempo. A lo mejor comenzó a perder interés por la literatura con la edad madura o se desanimó por la poca resonancia que tuvo su libro.

Encontré *La extranjera* en el lugar que creía haberla visto, en uno de los estantes más altos de su librería había doce ejemplares. La portada mostraba una foto en un tono algo amarillento de una calle con edificios de estilo colonial: con sus amplios portales con hermosas fachadas estilo barroco o churrigueresco, con balcones de madera y ventanales con rejas. La calle no estaba asfaltada sino empedrada, tal y como se hacía antes. Al fondo se veía un cúmulo de cables eléctricos enredados sin orden ni concierto y la figura menuda de una chiquilla. La calle abarcaba gran parte de la portada y bien podría ser Mexico City o Cartagena de Indias, o cualquier ciudad africana que hubiera florecido en los tiempos coloniales, donde los europeos hubieran erigido barrios residenciales para sus ciudadanos, construido iglesias o levantado monumentos que dejaran huella de su presencia.

La portada me recordaba a la de la novela de Vassanji *The Book of Secrets* (El libro de los secretos), ¿una casualidad? Leí la sinopsis de la contraportada:

Poco después de la victoria de Francisco Macías en las elecciones de 1968 la familia Ngomo Esono se ve obligada a huir de Guinea Ecuatorial y refugiarse en Madrid. El deseo de estabilidad y de dejar atrás los conflictos generados por el régimen dictatorial de Macías es casi un imposible. El recelo y desconfianza entre las distintas etnias se traslada a la pequeña comunidad ecuato-guineana de Madrid. Además, la familia se tiene que adaptar a una capital muy española que lucha con los devenires de los últimos años del franquismo, la Transición y los primeros años de la democracia. En este panorama, a veces convulso, prestar atención a la primera ola de refugiados no es prioritario.

Narrada bajo la perspectiva de una niña, Viktoria Akina, la novela nos descubre las dificultades y padecimientos a los que se enfrenta esta familia de inmigrantes. Nos muestra también un Madrid en proceso de trasformación, una urbe que florece con las perspectivas de un cambio de régimen y los anhelos de una inminente democracia, pero cuyo destino y el de una nación entera pende de un hilo.

Hojeé el libro y dejé las páginas pasear por mi mirada. Me llamó la atención que todos los capítulos empezaban por la palabra «sin», como si el libro nos arrastrara a un territorio donde todo se ha perdido y nada se puede hacer para remediarlo. Sentí un leve escalofrío. Esa novela debía esconder tenebrosas incertidumbres, que mi madre jamás nos había desvelado. Temí que, más que aclarar o ayudarme a comprender la difícil personalidad de mi progenitora, esas páginas iban a arrastrarme a un mundo de tinieblas, en el que no sabía si quería entrar.

Me llevé uno de los ejemplares a mi habitación y, pese a esa primera impresión, o, mejor dicho, temor, comencé con su lectura. La historia me absorbió desde los primeros párrafos. Deseoso de conocer el desenlace me leí *La extranjera* de una sentada.

Hubo dos aspectos de la novela que me parecieron muy logrados. Uno era el ritmo narrativo y el tono existencialista que emanaba de los capítulos, la impotencia ante el destino con la que se enfrentaban los protagonistas de la historia. La familia de inmigrantes no podía regir su existencia, se sentían marionetas del momento político que les tocaba vivir. Ese tono pesimista persistía hasta el final de la novela, aunque, para mi sorpresa, el desenlace era esperanzador. Me pregunté si esa conclusión optimista, que abría nuevas expectativas, era el motivo por el que mi padre hacía unos diez años me había insistido para que leyera *La extranjera*. Supuse que sí.

Lo que más me impresionó o, mejor dicho, sorprendió, es el Madrid que mi madre dibujaba entre esplendoroso y tenebroso, una ciudad que pasaba por tiempos turbulentos y cuyo futuro era tan incierto como el de los protagonistas del libro; como el de la entera nación, que observaba impávida un régimen envejecido y demacrado que se resistía a morir. La capital española que retrataba mi madre poco tenía que ver con la metrópolis liberal de principios de milenio que yo conocía.

Fue una lectura que me acercó a Guinea Ecuatorial, una gran desconocida para mí. A mis veinticinco años había pisado el suelo guineano solo en una ocasión. Estuve en Malabo una semana con mis padres, mi hermana y mis abuelos. Una ciudad que me pareció algo artificial.

Junto a la Catedral de Santa Isabel y los edificios coloniales que recordaban el paso de los españoles, situados todos ellos en torno a la Plaza de la Independencia, Malabo era una urbe con nuevas barriadas de lujo, grandes avenidas, autopistas, edificios modernos de oficinas, hoteles de lujo y monumentos erigidos en las últimas décadas que me recordaban a la arquitectura del Valle de los Caídos o a los mausoleos de las dictaduras de los países del Este. Existían zonas residenciales con chalets de lujo y el gobierno quería extender su ostentación con proyectos multibillonarios y una arquitectura y paisajística que recordaran a Dubai. Todo ese alarde de lujo y desmesura contrastaba con los viejos automóviles que se veían circular y el modesto atuendo de la gente que paseaba por el centro de la ciudad.

En esa semana salimos del hotel para visitar el centro, los nuevos barrios de lujo, las playas impresionantes de las que gozaba la isla. Todos estos viajes los organizaba mi abuelo, a través del hotel, con un chófer que nos llevaba al punto deseado y nos esperaba en un punto indicado hasta que volvíamos. Nunca salíamos del radio establecido de antemano por mi abuelo, que nos prohibió tomar fotos.

—Eso nos puede comprometer —nos explicó—. El presidente teme que se desvirtúe el progreso del Estado y que se difundan calumnias sobre su gobierno. Yo tomaré las fotos en donde se debe y está permitido.

Aunque Malabo me impresionó por su arquitectura colonial, algunos de los rascacielos de su centro comercial, el paisaje de ensueño, con el mar, la montaña, la selva tropical, las palmeras y un cielo de una luminosidad indescriptible, retorné a Alemania con la sensación de no haberme adentrado ni en la ciudad ni en el país verdadero. Solo nos habían dejado ver lo que Teodoro Obiang consideraba pertinente, el resto debía permanecer oculto.

Resolví hablar con mi madre en cuanto regresara. Me interesaba que me contara cómo fue su infancia en Madrid y que me hablara de Guinea Ecuatorial,   en concreto sobre el país invisible a los ojos del turista, que ella, a lo mejor, conocía. Sabía que me contaría lo que creyera oportuno y que nunca podría estar seguro de la total veracidad, pero intuía que el hecho de que me hubiera leído su novela y que se la alabara, como pensaba sin duda hacer, le inflaría el ego y con tales ínfulas se despacharía a hablar.

La ocasión se me presentó a los pocos días. Mi madre había regresado de Lima, en donde había estado impartiendo los cursos de formación de la empresa, e iba a pasar tres semanas en Frankfurt. Durante la primera, ya que había realizado muchas horas extras, la empresa le compensó con unas cortas vacaciones. Mi madre se mostraba en esta situación más relajada de lo habitual, por lo que un día decidí abordarla al estilo alemán: yendo directo al grano.

—Me he leído tu novela hace poco —le dije colocando el libro sobre la mesa en donde mi madre desayunaba.

—Creía que no lo ibas a hacer nunca, como juraste y perjuraste —me contestó con esa mirada desafiante tan típica de ella que mostraba cada vez que discutía con mi padre.

—Me ha llevado una década romper esa estúpida promesa, algo de lo que no me arrepiento. El libro me ha encantado, es fascinante. Desconocía en gran parte la historia de Guinea Ecuatorial y las dificultades que familias como la tuya pasaron. Hiciste un retrato impresionante. Mis más sinceras felicitaciones, mamá —le expliqué.

—¿Qué es lo que estás buscando con tales alabanzas, Ismael? —me preguntó siendo tan directa como solía. Y es que tanto tiempo en Alemania le había dotado de esa habilidad o defecto, según se mire, que los alemanes poseen: no perder tiempo e ir al grano, sin sopesar antes si la estrategia carece o no de tacto.

—Que me digas qué hay de verdad en la narración y qué de ficción. Y que me hables de ese Madrid que tú viviste en tu infancia y adolescencia —le respondí de la forma más directa que pude.

—¿A qué se debe este interés súbito? Llevas años a tu bola, preocupándote solo por lo que te conviene. No es que te lo quiera reprochar, pero en tu adolescencia te hastiaba oírnos hablar de nuestro pasado, sobre todo del mío. Mis cosas nunca te las has tomado en serio y siempre me has mirado con suspicacia. Sí, Ismael, no me mires así, con ese rostro de extrañeza. Tu mirada lo decía todo. Seguro que pensabas «ya anda mi madre haciendo teatro, exagerando, cualquiera se fía de lo que dice» —me soltó echándome en cara mis desdenes pasados y el hecho de que no siempre me pusiera de su lado cuando había una discusión de familia. Me temía que a mi madre no le apetecía desvelar lo que fuera y que usaba su habitual estrategia, pero no me di por vencido e insistí.

—Me creas o no *La extranjera* ha dejado huella en mí y me alegro de haberla leído hoy y no en mi adolescencia. En ese entonces no hubiera sabido apreciar ni su calidad, ni lo que querías comunicar. No estaba preparado para ello. Es cierto que en esa época eras para mí demasiado impulsiva y metijona y te hice muchos desplantes que no merecías. Si te sirve de algo me disculpo ahora. No soy perfecto —dije midiendo las palabras— ni he intentado serlo, solo deseo conocerme mejor y para ello necesito indagar en mis raíces, redescubrir a mis padres, al pasado que hay detrás de mí. Creo que no te he apreciado lo suficiente hasta ahora y que no te conozco bien. Quizás intercambiar historias e inquietudes nos ayudaría a achicar la distancia que se ha cernido entre nosotros desde los años difíciles de mi adolescencia.

—Lo pensaré —me respondió levantándose de la mesa—. Hoy no estoy de humor para confidencias —remató.

Pasaron un par de días. Por consejo de mi padre no le volví a pedir que me hablara de su infancia, su adolescencia, del Madrid de la Transición o de sus orígenes.

—No le gusta mucho hablar de su pasado o de su patria, Guinea Ecuatorial —me comentó mi padre—. Su infancia es una espina afilada y dolorosa que se ha asentado hace tiempo. Se la intentó arrancar con esa novelita, pero por lo que sea no salió completamente, allí sigue y le duele, aunque no quiera reconocerlo. Ya la conoces, nunca habla de lo que no le conviene. Ese es su modo de lidiar con los problemas, los acontecimientos trágicos o los traumas.

—¿Y Guinea Ecuatorial? —le pregunté a mi padre.

—Creo, pero no se lo digas a tu madre, que no se siente ni tan guineana, ni tan africana como dice. En su nación es tan extranjera como aquí, en Alemania. A tus abuelos apenas les quedan vínculos con el país. Ella conoce Guinea Ecuatorial mejor que tú o que yo, pero no lo suficiente para llamarla patria. Detesta el régimen instaurado allí, pero le cuesta reconocer que los principales responsables del despropósito que se vive en esta nación son sus políticos y no España, Europa, Estados Unidos o cualquier otro país involucrado en la explotación del crudo o en su historia. Te aconsejo que no toques demasiado ese tema. A Imara le enfada mucho tratarlo. Querría poder contribuir a arreglar la situación política de su país, pero es un imposible.

—Entonces, ¿hablará conmigo?

—No me cabe la menor duda de que lo hará, ya lo verás, Ismael. Tu interés le ha pillado de sorpresa y se lo está pensando. Puede que ande meditando qué contar y qué no. Sin embargo intuyo que cuando empiece a hacerlo no parará. Lo necesita. Necesita liberarse de esas espinas, aunque se aferre a ellas, aunque intente mostrar que es una Dama de Hierro. Necesita analizar con calma lo que le ocurrió a su familia, a los que se quedaron en Guinea y a los que siguen allí —me confesó.

A mi padre no le faltaba la razón, al tercer día de ese frustrado intento de conversar con ella, mi madre me abordó mientras desayunábamos:

—Perdóname, Ismael —me dijo—. Creo que estuve un tanto borde contigo el otro día.

La miré, pero no le contesté. Por mucho que mi padre se empeñara en defenderla, en argüir que su Imara había tenido una infancia terrible y una vida complicada, a mí me fastidiaba el modo en que nos trataba y su manera de escurrir el bulto. Era algo que había hecho toda la vida y que se había obviado en el momento en el que aceptó el trabajo como formadora para Ericsson allá por el 2009. Desde entonces se había dedicado más a su trabajo, que ocupaba el primer plano en sus prioridades. Eso la había apartado aún más de nosotros y de las amistades que tenía. Se había volcado en su carrera profesional, hacía horas extras y llegaba tan cansada a casa que apenas cruzaba palabra con su familia. Se le podía considerar una adicta al trabajo. Su empleo era su vida y el resto parecía solo un accidente. Mi padre era para mí un santo varón, un abnegado que aguantaba sus rabietas, peloteras, arrebatos y caprichos de forma estoica, algo que me costaba comprender.

—Comprendo que estés irritado conmigo. Sé que es una malísima excusa, pero me pillaste en un mal momento. Tenía la cabeza en un par de cosas que no funcionaron bien en la última presentación, algo que me ha puesto de mal humor y que no he sabido apartar de mi mente a su debido tiempo. Me cuesta desconectarme del trabajo. Eso es todo —me explicó intentando quitarle importancia al percance.

Estuve por decirle que estábamos más que acostumbrados a esas salidas de tono y que no necesitaba buscar pretextos, que sabíamos que era una trabajólica incurable, pero me callé.

—Me alegra que te hayas leído mi novela y más aún que te gustara tanto. Si así lo deseas te voy a contar lo que quieras saber, sin ficción, la pura verdad. Otto me dice que me vendría bien, que tú andas recabando informaciones sobre la historia de nuestra familia con no sé qué ambición literaria. Me ha contado que llevas un par de años indagando con él en la crónica de la familia Pauli-Wasserman, algo que, según él, te ha fascinado.

Asentí.

—Pues la historia de los Mangue Bossio te va a dejar sin sueño —afirmó—. Si crees que la crónica de tu padre y tus antepasados es buen material para una novela, es porque no conoces las desventuras de mi familia, ya verás. Pero te aviso, cuando empiece a contarte no pararé. No voy a hacer como tu padre, darte la información que necesitas a paso de tortuga y tirarme la friolera de dos años para narrarte lo que se puede hacer en dos días. ¿Qué te parece, Ismael? ¿Podría así reparar mi subida de tono del otro día?

Sin saber si los motivos que la movían a rememorar y hablar del pasado eran un intento de acercarse a su familia, a mí, de resarcirnos por sus ausencias y de sincerarse, o si lo hacía por mera egolatría, acepté su propuesta, dudando en que esas confidencias se despacharan en dos días.

—¿Lo harás sin secretos? —le pregunté, consciente de que mi madre era una artista en crear ficciones en torno a ella y en otorgarse el papel principal, fuera este el de víctima o heroína, en todas ellas—. Sin secretos y acercándome a la verdad —añadí—. Sé tan poco de la Guinea de ayer y la de hoy… He pisado solo en una ocasión la tierra de la que provienes y la siento tan lejana como si me fuera ajena, como si me faltara algo para comprender ese espíritu africano tan impregnado en mí. Necesito que me adentres en tu tierra —le expliqué.

—¿Mi tierra? No creo que sea Guinea —me dijo—. Madrid lo es, sin duda, aunque tardé en reconocerlo, en sentirme parte de la ciudad que rescató a mi familia.

La miré soprendido. Mi madre solía exhibir con orgullo su carácter africano, acostumbraba a defender a ultranza su continente.

—Si ha habido algún lugar que pudiera considerar mi hogar, ese ha sido Madrid y no Guinea Ecuatorial —me aclaró—. Aunque me sienta africana, Guinea Ecuatorial nunca ha sido mi patria, Ismael. Una cosa es nuestra identidad, o nuestras identidades, otra muy distinta es en donde echamos el ancla, o donde nos sentimos en casa.

—Tienes razón —asentí, pensando que para mí tanto Madrid como Frankfurt habían sido un hogar.

—No te narraré mucho sobre Guinea Ecuatorial, es poco lo que recuerdo de mi país natal. Salí de allí con solo cinco años. Si no fuera por mi color de piel, mis facciones y mis apellidos, que me han marcado toda la vida, te diría que no procedo de allí. Viajar al país cada dos años con el abuelo no me convierte en una buena conocedora ni de su gente, ni de sus costumbres. No sé si podré acercarte a la problemática de esta nación. Cuando voy allí soy una turista más, una extranjera, pero te prometo que intentaré ser fiel a la verdad, a lo que pasó. Déjame que te cuente.

II. SIN TIERRA (IMARA)

Nacemos en tierra de nadie. Los países no son más que una invención de la historia, una creación que se puede transformar con el tiempo o el devenir de uno o varios acontecimientos. Las fronteras cambian, se alteran por los enfrentamientos entre naciones vecinas o entre los distintos pueblos. Con el paso del tiempo siempre aparecen nuevos países en los mapas, mientras otros se esfuman o pierden parte de su territorio por la sed de poder de las naciones vecinas. Decir «esta es mi tierra» es un espejismo, una ilusión. A veces tan duradera que nos parece real, aunque en realidad tu territorio se puede desvanecer en cualquier momento, por cualquier capricho absurdo del destino: un acontecimiento personal, un cambio de gobierno o una guerra. Nacemos, sin saberlo, en tierra de nadie y, aunque nos rebelemos contra este destino, sintiéndonos dueños ·de nuestras raíces y de nuestra identidad, alzándonos ante cualquier avatar del destino, haciendo acopio de fuerzas para buscar ese lugar del planeta que nos define, podemos perder, en cualquier momento, el rumbo.

Viví una infancia sin tierra.

Nací en Guinea Ecuatorial en enero de 1964, en un momento en el que mi país deseaba renacer con una nueva identidad. En esos tiempos se hablaba por primera vez de la soñada independencia. Los habitantes de esta pequeña nación anhelaban reconquistar su tierra y construir un nuevo futuro, un futuro mejor, desvinculado del Gobierno de España. Deseaban transformar la Guinea Ecuatorial creada por la colonización europea, en una nación libre, con una definida identidad africana. Por fin parecía que ese sueño era algo más que una quimera, que los deseos de independencia se estaban tornando en un hecho factible. La consulta sobre la autodeterminación de Guinea Ecuatorial se hizo un poco antes de que yo naciera. Con esta, como muchos pensaron, se debería haber abierto un proceso hacia la libertad. No fue así.

Mis padres, como otros tantos guineanos, se alegraron con el resultado del primer referéndum democrático, que se celebró en Guinea en el 1963. En este ganó por abrumadora mayoría el sí a la independencia del país, el sí a cortar definitivamente los vínculos con España. Yo, que nací un mes después de que se celebrara esta consulta, fui bautizada con los nombres de Victoria Imara que, como me explicaron mis padres, era su modo de simbolizar esa victoria en las urnas, así como de reafirmar mis raíces africanas con un nombre típico de la región, Imara, que significa fuerte y resoluta.

No me gusta usar mi primer nombre, Victoria, ya que considero que en Guinea la autodeterminación no prosperó por los caminos anhelados. Ese sí a nuestra independencia, al deseo de un gobierno para su pueblo que podía habernos deparado una democracia en toda regla, fue el que convertiría, con el devenir del tiempo, tantos sueños en pesadillas; el que degeneraría en lo que nadie quería o esperaba en ese momento, en una dictadura, el que dejaría a nuestra familia y otros tantos habitantes de nuestra patria sin tierra, el que aniquilaría tantas vidas.

Mis primeros recuerdos, los únicos que tengo de mi país natal, son nebulosos como la reciente historia de este. Me acuerdo del brillo intenso del sol, del uniforme que llevábamos las niñas en preescolar. Entonces aprendíamos a leer en unos libros con ilustraciones de chiquillas de cabello castaño o rubio, largo, liso y bien cepillado, tan diferentes al nuestro, negro como el azabache, espeso como la vegetación de nuestras selvas y rebelde al cepillado. Esas muchachillas de las cartillas que se parecían a las otras, a las españolas, a las que estudiaban en el colegio del barrio más suntuoso y limpio de Santa Isabel. Así se llamaba Malabo en tiempos coloniales. Con la llegada de la independencia se intentaron borrar las huellas que habían dejado los españoles sustituyendo los nombres que rememoraran su paso por nuestras tierras por otros con fonética africana.

Recuerdo los caminos polvorientos que recorríamos de la escuela a la casa, en los que el paso de los jeeps y los camiones repletos de hombres dirigiéndose a los cacaotales levantaban nubes de arena y barro. Recuerdo las montañas que cobijaban nuestra ciudad colocándola en un enclave privilegiado, el mejor de la Isla de Bioko, el mejor de toda Guinea Ecuatorial. Mi madre, Margarita, que sufrió una fuerte depresión cuando nos mudamos a Madrid de la que creo que nunca se recuperó, decía que la Santa Isabel de aquel entonces era una ciudad muy cercana al paraíso, un edén del que se vio expulsada para no volver jamás.

En esos primeros años, aunque tenía miedo a las tormentas, que eran comunes durante la estación húmeda y que hacían vibrar las ventanas y doblegaban las palmeras creando sombras monstruosas en mi dormitorio, creo que viví despreocupada sin pensar en que el color de mi piel era distinto al de las chicas españolas del barrio pudiente. Nada me hizo suponer que ese mundo infantil se desbarataría, que tendría que empezar a ser fuerte y resoluta, que las mayores tormentas no serían aquellas que zarandeaban palmeras, sino otras que nunca terminaban de escampar.

Me gustaría tener más memorias sobre esos primeros años de independencia, saber cómo se sintieron mis padres y otros adultos con el cambio, pero no me queda más que las remembranzas e incertidumbres de mis progenitores. Supongo que fueron tiempos felices, no carentes de preocupaciones, ya que muchas familias vivían al día, se trabajaba duro en los cacaotales o donde tocara y se recibía poco a cambio. Cuando se anunció la inminente independencia la nación se ilusionó. Todos creían que la transformación que se avecinaba iba a traer esperanza, libertad y progreso, que ese cambio iba a deparar no solo alegría, sino también prosperidad. Para algunos era como si Guinea Ecuatorial se fuera a convertir en la tierra prometida.

Supongo que en 1969, cuando nos fuimos para siempre, si me hubieran dado a elegir habría optado por quedarme, por crecer en mi país de origen, por seguir en la misma escuela con las niñas que había sido mis compañeras desde parvulario, con esas chiquillas que también eran mis vecinas. No habría cambiado por nada del mundo el correr por las calles no asfaltadas de nuestro barrio en Santa Isabel, el dejarme deslumbrar por el sol del atardecer o contar las nubes que se paseaban por un cielo repleto de colores y pájaros. Si me hubieran dado a elegir, no habría querido cambiar un ápice de mi vida, habría deseado crecer y madurar en la ciudad, en la casa donde había nacido, sin inquietudes, ajena a lo que pasara en otros lugares, en otros continentes. Me habría gustado llevar una existencia delimitada por mis raíces, que no me hiciera cuestionar mi propia identidad. No habría escogido ser una extranjera. Sin embargo, el curso de la historia alteró esa posibilidad.

Tenía algo más de cinco años cuando huimos de Guinea Ecuatorial.

Los primeros vívidos recuerdos que tengo de esa etapa de mi infancia son de marzo de 1969, del día en que partimos para Madrid.

Son memorias difusas, que no sé hasta qué punto me pertenecen o son la recreación de lo que mis padres me contaron.

Ese día los mayores estaban exaltados. Me acuerdo de mi madre, Margarita, llorando mientras hacía las maletas, de mi abuelo paterno, que se llamaba Wenceslao. Él era el único que se mantenía tranquilo, siempre tuvo buen temple. Nos observaba, sentado en el sillón, en esa posición típica de un patriarca africano del que no se espera que haga nada aparte de mandar y supervisar. En ese día extraño los últimos preparativos de un viaje sin retorno no parecían llegar a su fin. Se metieron las pertenencias importantes en un equipaje que se resistía a ser cerrado. Mi madre se negaba a terminar de hacer las maletas, intuyendo que concluir esta labor era el fin de un capítulo y el principio de otro que no quería empezar.

Mi hermano menor, Francisco, seguía jugando y correteando por la casa, sin consciencia de lo que estaba ocurriendo, y yo observaba atónita la escena sin poder entenderla. El desorden regía en la casa, había algunas cajas en las habitaciones y maletas todavía abiertas en donde mi progenitora, con nerviosismo, arrojaba ropa y algunos enseres. Mi madre volvía a las habitaciones, rebuscaba en los armarios y cajones y regresaba con un par de cosas más, reorganizaba el equipaje, sacaba algún objeto o ropa y vuelta a empezar. Parecía que no tenía intención de terminar. Hacía y deshacía las maletas, tal y como Penélope tejía y destejía su tela, para evitar lo temido: partir.

En algún momento mi abuelo intervino:

—Ya es hora de salir, Margarita. Cierra las maletas de una puñetera vez. Nos vamos ya. Y deja de llorar. Da la talla que se espera de ti. Manuel debe estar esperándoos en el aeropuerto. No podéis perder el avión, sino todo se complicará. Lo sabes bien. Él tampoco quería irse, pero tal y como está la situación, no hay vuelta atrás. Hay lo que hay. Te guste o no, os toca iros.

Mi madre había pasado del trajinar de una a otra habitación al total inmovilismo.

—Ya me has oído, Margarita. Os largáis de aquí, con o sin equipaje, si es que no puedes terminar con la faena.

Sin dirigir la palabra a su suegro mi madre cerró las maletas. El abuelo le ayudó a llevarlas hasta la entrada donde esperaba un taxi, que él mismo había encargado. Nos sentamos todos allí y el vehículo se dirigió al aeropuerto. Era la primera vez que me montaba en un coche. Hicimos el viaje en un absoluto silencio interrumpido solo por los sollozos de mi madre. Tenía miedo, acerté a vislumbrar, un temor mayor al que yo sentía por las tormentas.

Llegamos a nuestro destino. Mi padre nos esperaba en el aeropuerto con la cara descompuesta por el nerviosismo que había ocasionado nuestro retraso. Vestía su mejor y único traje de chaqueta, camisa blanca y una corbata anudada en el cuello.

—Pensaba que os había pasado algo, que os habían retenido en algún control y que hoy no salíamos —observó mi padre mientras se secaba el sudor del rostro con un pañuelo—. ¡Vamos! No podemos permitirnos perder el vuelo.

Facturamos el equipaje. Mi abuelo nos acompañó hasta el control de pasaportes. Conocía a uno de los policías y nos ayudó a pasar a la sala de embarque sin tener que responder a numerosas preguntas ni dar demasiadas explicaciones. Nos despedimos de él y, después de una espera que nos pareció eterna, nos montamos en el avión. Yo nunca había estado en uno de esos aparatos y seguía sin comprender qué hacía allí o por qué nos dirigíamos a Madrid.

Mi padre seguía ajustándose la corbata. Mi madre, que se había calmado y pudo mostrar la compostura y entereza necesaria durante los controles, la inspección de pasaportes y la espera en la puerta de embarque, rompió a llorar en cuanto nos sentamos en el avión. Fue un llanto contenido y silencioso, como si evitara llamar la atención. Abracé la muñeca que llevaba, cerré los ojos y deseé con todas mis fuerzas no estar allí, volver a nuestra casa en Santa Isabel. Cuando los abrí, seguíamos sentados en el mismo sillón. Mi padre sostenía la mano de mi madre, que había logrado contener de nuevo el sollozo. Ambos debieron notar que no me sentía bien, que estaba triste y desorientada.

—Imara —me dijo mi madre—. No estaremos mucho tiempo allí, al menos eso espero. Vamos a pasar una temporada, unos cuantos meses. A tu padre le han ofrecido un buen empleo y no podíamos rechazarlo en estos tiempos. En menos que canta un gallo volveremos a Guinea —me explicó exhalando un suspiro.

En ese momento desconocía las verdaderas causas del viaje. Nadie me había dicho que la violencia en las calles aumentaba por días, que los asaltos a los comercios y el saqueo eran casi habituales, que cualquiera podía recibir una paliza o un balazo. Incluso a mis abuelos maternos, que eran seguidores del presidente Macías, les habían asaltado en su domicilio. Había quedado en un susto, los jovenzuelos que perpetraron el asalto se conformaron con el dinero y las joyas que había y darle a mi abuelo un par de puñetazos. Ahora la familia Bossio tenía miedo y les alivió el saber que al menos su hija Margarita podría salir del país. Tampoco sabía que mi padre se había involucrado en el juego político, que había tenido un par de entrevistas secretas y que su implicación en ellas le colocaba en una mala posición si el presidente Macías llegara a enterarse. Mi madre me mentía, el retorno no era algo inminente. Nos íbamos para siempre. Habría preferido que me hubiera contado la verdad, que me hubiera animado diciéndome que Madrid era una ciudad interesante con multitud de monumentos y parques, con una gran historia por descubrir, que iba a aprender mucho viviendo allí, que sería una aventura emocionante, que me enriquecería. La miré con expresión compungida y me encogí de hombros.

Mi madre añadió con un hilo de voz casi inaudible:

—El irnos es cosa de tu padre, con ese afán que tiene por progresar a la vera de los españoles. Desde que se fue a Madrid a estudiar se ha obsesionado con avanzar a base de hincar los codos. Él prefiere dejar todo lo que tenemos aquí, en Guinea Ecuatorial, e ir a Madrid a trabajar en una oficina. Si se hubiera conformado con lo que le correspondía, ahora sería el hombre de confianza de algún capataz en las plantaciones.

—Sabes muy bien que no es solo cosa mía —le contestó mi padre que parecía haberla escuchado— que la situación en nuestro país es seria y peligrosa, también para tu familia. —Y dirigiéndose a ella añadió—: Hemos convenido no tratar el tema con los niños y así se hará. No quiero volver a oír que es cosa mía. Nos vamos a Madrid y allí veremos cómo se desarrollan los acontecimientos en nuestra nación, a lo mejor podemos volver en unos años.

—¿Y qué pasará en ese tiempo? —le preguntó mi madre—. Manuel, yo no he salido en toda mi vida de aquí, me siento como empujada a un precipicio, en caída libre. ¿Es que no puedes pensar en nosotros? ¿Cómo sobreviviremos los niños y yo en Madrid con tantos españoles? Ya ha sido bastante duro vivir con los pocos que residían en Santa Isabel, con sus impertinencias y la forma altiva con la que nos han tratado siempre. ¿Cómo será el subsistir, si allí nosotros seremos la minoría?

40

Miró a su alrededor para asegurarse de que nadie la había escuchado.

—Margarita, ahora no —le dijo—. No es el momento ni el lugar oportuno. Lo hablaremos con calma, en privado.

Miré a mi padre sin ocultar mi temor. Yo sí había escuchado a mi madre y me dio miedo el futuro que pintaba.

—Ahora a dormir. Victoria, no te preocupes. Tu madre está demasiado nerviosa y no sabe lo que dice —me dijo mi padre—. Sé que te da pena dejar a tus abuelos en Guinea, a tus amigas. Piensa que nos vamos de aventura, que eres una exploradora por otros mundos y que vas a desenterrar tesoros muy valiosos. Intentemos vivir lo mejor que podamos y volver cuanto antes.

El avión comenzó con sus maniobras de despegue. Mi hermanito, que estaba sentado en el regazo de mi madre, comenzó a llorar.

—¡Pobre, tiene también miedo! —exclamó mamá.

—Pues yo no lo tengo —afirmé con seguridad—. Es como sentarse en el sillón de un autobús o de un coche, solo que el avión es algo más grande, nada más.

—Me alegra —contestó mi padre—. No es fácil vencer el miedo en situaciones como esta. Eres una niña muy valiente —dijo acariciándome la cabeza—, mucho más audaz que yo o que tu madre. Estoy muy orgulloso de ti.

Yo misma me sentí orgullosa de ser tan valerosa como decía mi padre. Sonreí, me reclimé en su hombro y me quedé dormida profundamente. Me desperté con el zarandeo producido por el aterrizaje en Madrid, con el corazón palpitándome. Me agarré como pude a mi madre, que parecía tener también un miedo atroz. No me sentía ya la niña impávida de hacía unas horas, cuando despegamos. Sentí como el desasosiego me iba invadiendo, el temor hacia lo que habría de venir, hacia lo que podría suceder o cambiar... Mi madre no parecía estar más tranquila que yo. Tenía el rostro desfigurado y el semblante le había palidecido. Mi hermano lloraba a moco tendido. Mi padre era el único al que el movimiento del aparato al tomar tierra no le había impresionado.

—No os preocupéis —dijo—. A veces el aterrizaje es un tanto abrupto, pero ya está, se acabó, llegamos y el avión no va a dar más saltos.

Salimos guiados por mi padre que conocía el aeropuerto. Tuvimos que esperar bastante hasta que nos entregaran las maletas y mucho más en el control de pasaportes. Cuando por fin nos tocó, el policía que nos atendió, un hombre serio con bigote y gafas ahumadas, llamó a otro de sus compañeros y con los pasaportes en mano nos preguntó:

—¿Cómo es que se vienen para Madrid? ¿No estarían mejor en su país ahora que son independientes?

—Vengo con un contrato de trabajo —explicó mi padre mostrándole los papeles que lo acreditaban.

—Ya veo —dijo el policía—. Parece estar en regla y ser correcto. Hace un mes hubieran pasado sin problema usted, su señora y los chiquillos. Yo mismo les hubiera deseado éxito, pero las cosas han cambiado. Estos pasaportes no están en regla. Nuestro caudillo ha impuesto por decreto la invalidez de sus documentos. Guinea Ecuatorial ya no es provincia española y ustedes no son miembros de esta nación. Lo siento por sus hijos, yo también tengo un par de criaturas y no me gustaría que, agotados como están los suyos, hubiese que montarlos en el próximo avión que salga a Santa Isabel, que será mañana. No les puedo dejar pasar. Están retenidos. Acompañen a mi colega el oficial Ramírez.

Seguimos al oficial de cargo que portaba una pistola. El hombre que era joven se mostró afable y lamentó la situación. Entramos en lo que debía ser la comisaría de policía en el aeropuerto. El policía de la entrada saludó al oficial más joven. Después nos condujeron a través de un pasillo y nos metieron en una habitación bastante inhóspita, amueblada de forma espartana. Tenía mucho miedo, me sentía culpable, aunque no sabía de qué. No comprendía por qué nos detenían y encerraban. Mi madre intentaba contener el llanto. Mi padre se mostraba tranquilo. «No os preocupéis, esto lo arreglo yo», creo recordar que nos dijo. Después, haciendo gala de su don de gentes, le planteó al policía más joven, lo siguiente:

—En Madrid me están esperando unos excelentes amigos. Si no consigo explicarles al menos lo que está ocurriendo se van a preocupar. Además, tengo un compromiso con el empresario que me ha empleado. Mañana mismo iba a personarme para conocer la empresa y los deberes de mi función. Sé que es mucho pedir, pero soy hombre de honor y este me dice que debo avisar del percance y de mi retorno a Guinea Ecuatorial. Necesito hacer una llamada, un minuto solo, lo necesario para avisar a mis amigos.

—No sé si debería —dijo el joven oficial.

—Es solo una llamada local, dos minutos. Usted mismo puede marcar el número. Si no doy señales de haber llegado mis amigos se preocuparán. Consulte a su superior, pero déjeme hacer esta llamadita.

Ramírez accedió a consultar con otro oficial. Los dos discutieron unos minutos. Al final mi padre pudo telefonear.

—¿Podría hablar con don Antonio García Trevijano? —se le oyó decir—. Don Antonio, soy Manuel Mangue Obama, el amigo de Federico Ngomo. Me encuentro retenido en el aeropuerto con mi familia para ser embarcado mañana de vuelta a Santa Isabel. Los pasaportes no son válidos... Sí, don Antonio, ya no somos españoles. —Mi padre escuchó a su interlocutor por un rato—. Efectivamente, eso me supongo. Muchas gracias, don Antonio.

Transcurrió un tiempo que nos pareció una eternidad, en el que solo intercambiamos miradas y silencios.

—¿Pudiera traer a los chiquillos un vaso de agua? —preguntó nuestro padre al guardia que nos custodiaba—. Si no es mucho pedir, se lo agradecería infinitamente. Los pobres están sedientos y agotados.

—No faltaba más —nos dijo el policía más joven alejándose un momento.

—No os preocupéis. Llamé a un abogado que debe estar al llegar. Él sabe cómo sacarnos de aquí —nos explicó nuestro padre.

El policía volvió con el agua. Al poco tiempo se personó en las dependencias de la policía del aeropuerto el abogado don Antonio García Trevijano. Tras una breve discusión con el policía que nos custodiaba, pasó junto con mi padre al despacho del jefe. De nuevo esperamos un buen rato hasta que los tres salieron.

—Estáis bajo mi tutela hasta que se os emita un permiso para quedaros en España —nos informó don Antonio mientras salíamos del aeropuerto—. Los pasaportes no valen y se los ha quedado la autoridad competente. Me han prometido celeridad. Mientras estéis sin papeles no podéis salir a la calle, ya que si la policía os detiene os mandará de vuelta. Os llevo a una pensión en la Calle Serrano, cerca de mi despacho. Conozco a la dueña. Es una excelente persona y seréis bien acogidos, pero sed discretos y quedaos en vuestra habitación hasta que los trámites estén resueltos.

Nos montamos en dos taxis. Mi padre con don Antonio, Francisco y yo con mi madre. Desde la ventanilla del vehículo vi pasar ante mí un Madrid todavía anclado en el invierno, en el que los aires primaverales pugnaban por asomarse y hacerse con él. Pasamos de forma fugaz por las afueras de una ciudad en crecimiento: polígonos industriales y avenidas en proceso de evolución en donde se alternaban bloques de pisos nuevos con otros en construcción. La ciudad se extendía en su extrarradio, crecía de una forma acelerada, se modernizaba, como los anhelos de sus habitantes, que buscaban la primavera para toda la nación. Pronto nos adentramos en una de las calles más conocidas en la capital.

—Esta es la Calle de Alcalá —debió decirnos el taxista—. Termina en la Puerta del mismo nombre, una de las tantas maravillas de Madrid. La tendrán muy cerca de la pensión, como a unos cien metros. Les aconsejo que vayan a admirarla y que se den un paseo por el parque del Retiro, un buen sitio para los peques sobre todo ahora que el invierno queda atrás.

No sé si el taxista continuó entreteniéndonos con su charla sobre una ciudad que en ese 1969 tenía altivos y cuidados edificios, con nobles fachadas, anchas calles pavimentadas y balcones en los que florecían los primeros geranios. Mis primeras vívidas impresiones de Madrid no son de ese día, sino de más tarde, con siete u ocho años, pero supongo que no miento si las adelanto en el tiempo y las implanto en ese mes de marzo de 1969.

—Si se quedan un par de años aquí, ya no querrán regresar a su país. Mírenme a mí, un extremeño, que no puede pensar en otro lugar para terminar sus días que esta ciudad, aunque reconozco que me costó un poco hacerme a ella —nos debió explicar el taxista, orgulloso de la ciudad que le había adoptado—. Ya hemos llegado, como les dije no podían haber elegido mejor la pensión.

Estacionó el taxi, detrás del que viajaban mi padre y don Antonio, y fue bajando nuestro equipaje. Don Antonio le pagó y el taxista se despidió cordialmente de todos.

Ante nosotros se erguía un edificio recio de seis plantas. Me impresionó por el tamaño, estaba acostumbrada a las casas de no más de tres plantas del centro de Santa Isabel. El tono gris de la piedra poco tenía que ver con las casas blancas o de claros colores de los barrios de mi ciudad natal. El edificio donde estaba la pensión me inspiraba respeto. Me gustaron mucho los numerosos balcones con macetas encaramadas a sus barandillas en donde nacían las primeras tonalidades de la primavera.

La pensión estaba ubicada en la quinta y sexta planta del edificio. La dueña, doña Eusebia, nos saludó con cortesía y, tras intercambiar unas cuantas palabras con don Antonio, nos dijo:

—Sed prudentes hasta que el señor García Trevijano os arregle este desaguisado. No salgáis del cuarto. Os he dado uno de los pocos que tengo con baño privado y os traeré desayuno, comida y cena. Se avecinan tiempos muy movidos. La gente está cansada y tiene sed de libertad. Hay descontento general. El régimen languidece, se muere, y para ocultar su agonía hace gala de su aparato policial. Las fuerzas de seguridad están ojo avizor, controlan a cualquiera que les parezca sospechoso. A veces tengo guardias civiles alojados en la pensión. Lo mejor es no dar pie a rumores entre los huéspedes hasta que esté todo en regla y os asentéis.

—Descuide, doña Eusebia —le aseguró mi padre—. Nos andaremos con pies de plomo.

—Me pasaré un par de días a la semana para ver cómo os encontráis, o si necesitáis algo —nos dijo García Trevijano—. Lo vuestro es una menudencia que tiene solución, es cuestión de paciencia y de llamar a un par de puertas. En menos que canta un gallo lo arreglo.

El abogado nos aconsejó que descansáramos, nos diéramos un baño y procuráramos dormir y reponer fuerzas. Eusebia trajo dos vasos de leche caliente y pan con dos onzas de sucedáneo de chocolate para los niños, un vaso de vino y pan con chorizo para mis padres, lo que ayudó, una vez que el estómago estaba lleno, a sentirnos reconfortados. Mis padres intercambiaron miradas entre ellos. A mi madre se la veía consternada. Mi padre le hizo saber por señas que debía tranquilizarse.

—Pues como nos ha pedido mi amigo don Antonio, tranquilos, nos quedamos aquí hasta que nos den un permiso oficial. Vosotros —dijo dirigiéndose a Francisco y a mí— calladitos y sin pelearos y mamá sin sulfurarse. Todo anda bien. Era de esperar que no nos dejaran pasar el control de policía, oficialmente ya no somos españoles. Estaremos unos días en esta pensión hasta que podamos salir sin tener miedo a que nos detengan. Todo se arreglará, empezaré a trabajar y alquilaremos un piso. Pero lo primero es que terminéis de comer y os recuperéis del viaje. Mañana, cuando hayáis descansado, veremos todo con más optimismo.

Los siguientes días se nos hicieron lentos y larguísimos. Mi padre intentaba rellenar el tiempo contándonos historias y cuentos, jugando con una baraja de cartas que doña Eusebia nos había prestado o echando partidas al dominó. Don Antonio se pasaba cada dos o tres días, con una tableta de chocolate Nestlé para nosotros, los niños. La tercera o cuarta vez que se personó en la pensión venía con los papeles en regla. A mi padre le habían autorizado a permanecer y ejercer el empleo para el que había sido contratado, a nosotros también nos dejaban quedarnos.

—Esto hay que celebrarlo saliendo a dar un paseo —nos dijo don Antonio.

Fue la primera vez que salíamos en dos o tres semanas. Serían las cuatro o cuatro y media de la tarde, era un día bastante luminoso en el que el cielo se había vestido de su mejor azul y hacía una temperatura más que agradable para un día de finales de marzo, aunque a mí, acostumbrada al clima tropical, me pareció frío. Bajamos juntos los escasos cien metros que separaban el portal de la plaza de Alcalá en la que se erguía grandioso y silencioso un robusto monumento con tres arcos. Lo miré impresionada. Me pareció hermoso y distinguido.

—Es la Puerta de Alcalá, uno de los símbolos de esta ciudad —dijo don Antonio—. Se construyó en el siglo XVII con motivo de la visita del rey Carlos III. En aquel entonces se quería dar la bienvenida al monarca. Hoy sigue recibiendo majestuosamente a todos los que llegan aquí. Así ha sido siempre Madrid, una ciudad que recibe a todo el mundo, sin importarle si son nobles o plebeyos. La Puerta de Alcalá es además la entrada al corazón de esta urbe y, una vez que consigáis traspasarla e internaros en sus barrios, mezclaros con sus gentes, haréis de Madrid vuestro hogar. —Don Antonio nos miró y continuó—. Ahora vamos a dar una vuelta por el parque del Retiro, otro símbolo de esta metrópolis, un parque creado como una segunda residencia del rey Felipe IV destinada para el descanso, allá por el siglo XVII. Sería el rey Carlos III el que abriría los jardines al público y desde entonces ha sido lugar de encuentro y recreo del pueblo madrileño. Os va a encantar.

No solo me encantó, el Retiro me deslumbró con su Palacio de Cristal, el gran estanque, la solemnidad de las estatuas esparcidas a lo largo del parque, sus fuentes. Una de ellas, la que representa un ángel caído, me sobrecogió. «Esa figura podríamos ser yo o mi madre», pensé, «el ángel que ha sido expulsado del cielo y caído aquí, en este parque». Después de recorrer el Retiro de punta a punta, don Antonio nos invitó en uno de los quioscos a beber algo. Probé por primera vez una horchata que me supo deliciosa. Mientras nosotros consumíamos nuestras bebidas, los mayores charlaban de los cambios que estaba sufriendo la sociedad española del momento, temas de los que yo en esos momentos poco sabía o entendía.

Madrid estaba viviendo cambios profundos en la sociedad, el aperturismo que se inició en los años cincuenta y la inyección de capital extranjero, sobre todo a partir de los sesenta, había traído prosperidad económica, en especial a las grandes ciudades. El poder adquisitivo de la clase media se había incrementado. Las nuevas generaciones estaban mejor formadas. Sin embargo, la mejora no había alcanzado a todos los ciudadanos y la insatisfacción entre los estratos más desfavorecidos y los trabajadores, que reclamaban mejoras salariales, crecía. Los jóvenes universitarios cada vez deseaban y reclamaban más libertades.

En los años sesenta se organizaron grupos estudiantiles en la universidad. Las huelgas se sucedieron con más asiduidad y las protagonizaron tanto jóvenes como obreros. La respuesta del Régimen era siempre la misma: represión de las manifestaciones, detenciones, prisión para los sindicalistas y ceses de los profesores o catedráticos que los apoyaran. Esa estrategia no logró aplacar la insatisfacción ni de los trabajadores ni de los estudiantes. Estos últimos protagonizaron constantes huelgas en la capital, sobre todo a partir de 1965.

Desde entonces, la ciudad estaba inmersa en una oleada de protestas que reivindicaban libertad, amnistía para los presos políticos que criticaban abiertamente al régimen franquista. Solo dos meses antes de nuestra llegada, en enero de 1969, la policía había matado al estudiante de Derecho Enrique Ruano mientras realizaba un registro domiciliario. La versión policial, difundida por el diario ABC, en la que se afirmaba que Ruano se había suicidado durante la intervención policial, inflamó los ánimos del colectivo universitario y las protestas callejeras se intensificaron de tal manera, que el gobierno terminó decretando el estado de excepción. Las manifestaciones se reanudaron al poco tiempo y no cesaron hasta que cayó el régimen.

Nada de eso vimos o presentimos en los primeros meses de nuestra estancia en la capital. A nosotros, que procedíamos de un país en el que la violencia se había convertido en un habitual, Madrid nos pareció tranquila y segura. Las manifestaciones eran menudencias.

Volvimos a la pensión cuando empezaba a caer la tarde. Doña Eusebia nos recibió con su amabilidad habitual y nos ofreció la frugal cena a la que ya nos habíamos acostumbrado y que, pese a su modestia, nos sabía a gloria bendita.

—Pues ya les queda poco en mi humilde pensión —nos dijo—. Espero que cuando se acomoden en su nuevo domicilio se acuerden de esta servidora. Ya saben que aquí tienen una casa y un refugio.

Eusebia, una mujer que andaría por los sesenta y tantos años, era una más de los tantos madrileños que habían luchado por preservar la República, que soñaba con el fin de la dictadura y con la llegada de la tercera República. En su pensión había acogido y escondido a sindicalistas, obreros y estudiantes. Uno de sus habituales era el líder del Partido Comunista, Santiago Carrillo, que vivía en el exilio en Francia y que desde hacía un tiempo se presentaba con periodicidad en Madrid desafiando los controles fronterizos de los Pirineos, camuflado con un peluquín. Eusebia nos contaba eso con orgullo y nos mostraba fotos con el líder.

—Don Antonio es buen amigo de Santiago —nos explicaba—. Entre los dos van a trazar un plan para acabar con Franco.

Nuestro protector, el abogado don Antonio García Trevijano, era otra figura que se oponía con fuerza a los regímenes autoritarios. Era detenido por razones nimias y liberado a los pocos días o semanas. Pronto jugaría un papel ejemplar en la conquista de la democracia.

Mi país, a pesar de haber tenido esa oportunidad de oro algunos años antes que España, con una constitución liberal que había sido un regalo del cielo y que sentaba las bases para un estado de derecho, lo estaba echando todo a perder. Algún tiempo más tarde me pregunté qué había conducido a Guinea a esas dos dictaduras, por qué no había habido un desarrollo similar al de España. Son muchos los motivos, pero bajo mi punto de vista dos fueron la razón principal de que la democracia no fraguara: la falta de consenso y el odio. Esas fueron las conclusiones a las que yo llegué en mi juventud, después de interesarme por la historia de mi país y por la de España.

A mi madre, pese a que dejamos una nación al borde del caos, le dolió abandonar Guinea Ecuatorial. No pudo asimilar ni la cultura ni el modo de vida del país de acogida. Era una mujer con pocos estudios que se había preparado para ser madre y esposa. El amplio mundo que se desplegaba en Madrid, más que abrirle horizontes, le aterrorizaba. Se sentía amenazada como un animalillo que ha salido de su hábitat natural y se halla perdido en una espesa jungla. Para mi padre, sin embargo, que había estudiado en Madrid, que conocía a don Antonio y a un par de guineanos, significó volver a su segundo hogar. A nosotros, los niños, el cambio nos resultó difícil, pero éramos jóvenes y después de un periodo duro, nos hicimos a Madrid y a sus gentes.

Pasaron unos cuantos días. Aunque mi padre había empezado a trabajar, seguíamos viviendo en la pensión. Encontrar piso en Madrid no resultaba nada fácil dadas nuestras circunstancias: un empleo del que todavía no había recibido el primer salario y del que solo tenía un contrato para seis meses, nuestra procedencia y el color de nuestra tez. Nadie se lo decía o admitía, pero mi padre creía leerlo en sus ojos. Éramos extranjeros, pero no un extranjero procedente de un país vecino como Francia o Portugal, éramos demasiado oscuros y no encajábamos en el tipo de inquilino al que se confía una propiedad en alquiler. La desconfianza hacia el forastero era inherente a la condición humana. Doña Eusebia le decía a mi padre que no se preocupara, que nos podíamos quedar allí el tiempo que precisáramos, pero vivir cuatro en una habitación no era sencillo. Además, el final de curso estaba cada vez más cerca, había que buscar un colegio para mí e inscribir a Francisco en preescolar y se debía hacer en un centro cercano al domicilio que todavía no teníamos.

Cuando abril estaba a punto de tocar a su fin y mi padre recibió su primer salario, con el dinero en mano y una carta de recomendación firmada por el empresario, decidió probar fortuna. Esta vez tenía un aliado, don Antonio, que se ofreció a ayudarle y con gran acierto le recomendó una mejor estrategia para encontrar una vivienda digna.

—Sé que a ti, a tus hijos y a tu mujer os gusta mucho esta zona. El barrio de Salamanca es un barrio muy codiciado en Madrid, pero no es el adecuado para vosotros. Es una zona para la burguesía de toda la vida y para la clase emergente de los nuevos ricos, como los suelen llamar ahora. Estaréis mejor en un barrio más humilde, con más obreros y clase media baja. Deberíais probar suerte en Maravillas. Es menos distinguido que este barrio, pero castizo, auténtico y más económico. Además, está muy cerca de aquí y en quince minutos llegáis al Retiro que tanto os gusta. Mañana mismo podemos acercarnos a conocerlo. Si no llueve podremos ir a pie, es un paseo agradable pasando por el Museo Arqueológico y la Plaza de Colón. Me he permitido llamar y concertar tres citas para el sábado. Os acompañaré y haré de aval si se precisara. Seguro que alguno de esos pisos cae.

Don Antonio se presentó el sábado bastante temprano tal y como se había dispuesto. Salimos todos juntos. No estoy segura del trayecto que recorrimos, tenía poco más de cinco años. Debimos subir unos cien metros por la Calle Serrano, en donde se ubicaba la pensión de doña Eusebia, y después girar a la izquierda en la Calle de Villanueva, en donde se halla el magnífico edificio que alberga el Museo Arqueológico Nacional, que visitaría en los últimos años de primaria y en alguna otra ocasión en la edad adulta.

Fue Isabel II quien, en el siglo XIX, ordenó la construcción de este museo que alberga siglos de historia de España. Cualquiera que honre una visita a este museo no podrá ignorar las dos esfinges de metal negro a la entrada, que parecen proteger los tesoros que encierra.

Debimos continuar nuestro paseo hasta el barrio de Maravillas pasando por la Plaza de Colón y atravesando una de las vías principales, la Calle de Fernando VI. Después, deambulamos por callejones más estrechos, ya parte del barrio de Maravillas o Malasaña, como la llaman hoy, hasta llegar a la conocida Plaza del Dos de Mayo, uno de los centros neurálgicos de esta barriada. García Trevijano, hombre culto y conocedor de la historia de Madrid, la ciudad que le había adoptado ya que era granadino de nacimiento, nos narró cómo el pueblo madrileño se había levantado allá por el 1808 contra los invasores franceses y en la misma plaza en la que estábamos se habían encarado y luchado con valor. Me llamó mucho la atención que una muchachita de apenas diecisiete años, Manuela Malasaña, se hubiese convertido en heroína esos días por defenderse con valor de los soldados franceses y perecer en el intento.

—Así es el pueblo madrileño —supongo que añadió don Antonio—. En un momento determinado nos levantamos para defender nuestra libertad a toda costa, si es necesario con nuestra vida. Madrid fue la última ciudad que resistió a las tropas nacionales y ella, como ya se ve, es la que está liderando los primeros cambios hacia la democracia. Somos un pueblo luchador que ante nada se achanta.

Antonio García Trevijano era un comunista convencido, pero ante todo un demócrata, que rechazaba cualquier forma de tiranía, de una u otra ideología. Había jugado un papel importante en las negociaciones para la autodeterminación de Guinea Ecuatorial. Participó en la comisión que discutió afanosamente qué constitución debía aprobarse para la antigua colonia española. Mi padre, Manuel, lo conoció en ese entonces. Le admiraba sin duda, aunque no compartía todas sus ideas y, como en alguna ocasión nos dio a entender, sentía reticencias hacia el apoyo que don Antonio le brindó a Macías durante el proceso de negociación durante las elecciones. El abogado tenía sus prontos, pero era ante todo un hombre justo que apreciaba la libertad y que creía que esta se alcanzaba y perpetuaba con el consenso social y político.

En la Plaza del Dos de Mayo estaba la primera vivienda que visitamos. Entramos todos juntos en un piso que estaba mal amueblado, con lo mínimo. No era muy espacioso, sobre todo el dormitorio que yo habría de compartir con mi hermano Francisco. La cocina era estrecha y alargada, parecía un túnel con un pequeño ventanuco. Tanto esta como nuestro dormitorio daban a un patio interior y les faltaba esa luz que habíamos dejado atrás en Guinea Ecuatorial. El interior del piso no era nada especial, pero así eran las viviendas en los barrios humildes del Madrid de los sesenta, con sus minúsculos dormitorios, en los que había que apretarse y a los que uno debía acostumbrarse. El salón, sin embargo, era amplio y daba a la Plaza del Dos de Mayo, desde donde se divisaban las estatuas de Daoiz y Velarde, dos de los capitanes que encabezaron el levantamiento contra las tropas napoleónicas. Solo por la vista a la plaza y el balcón con su postigo de madera, tan característico de los barrios con carácter de la capital, el piso merecía la pena. Mi padre y don Antonio nos pidieron que bajáramos a jugar a la plaza. Querían discutir los pormenores con el casero que parecía animado a firmar el contrato con mi padre.

Correteamos por la plaza y jugamos al escondite. La primavera mostraba su mejor rostro en ese día de abril, si no fuera por el aire fresco y por los cipreses alargados esparcidos por la plaza, que nada se parecían a nuestras palmeras, habría pensado que estaba bajo el sol de Guinea Ecuatorial.

Mi padre salió del portal con una sonrisa de oreja a oreja. Había firmado el contrato de alquiler y nos mudaríamos a primeros de mayo.

En algún momento mi padre nos anunció que ya tenía las llaves del apartamento y que había encontrado colegio para mí. Comenzaría en septiembre en la escuela de las Mercedarias, que se hallaba bastante próxima a nuestra vivienda.

—Es un buen centro escolar —observó— uno de los más antiguos del barrio. Para vuestra madre —dijo— será más fácil a partir de ahora. Una vez instalados, allí tendrá la posibilidad de trabar amistad con las vecinas o las madres de las muchas amigas que con seguridad pronto harás, Imara.

Él nos pintó todo como un nuevo comienzo, insistió en que Madrid era una ciudad acogedora, que en un par de meses no echaríamos nada de menos; pero Madrid no tenía mar, no tenía los colores de Santa Isabel, ni las tonalidades de nuestro cielo y eso se añoraría. Poseía otros atributos que yo descubriría conforme fuera creciendo.

Mi madre anhelaba volver por mucho que mi padre repitiera que Madrid era una ciudad magnífica. No recuerdo a una madre impresionada por estos cambios, no estaba complacida con lo que Madrid nos ofrecía y no se esforzaba para adaptarse. A mi madre arrancarle de su país la marchitó. Desde que puso el pie en España se convirtió en un ente ausente. Pasaba demasiado tiempo en la cama, apenas salía de casa, se desentendía de nosotros, se quejaba por todo. Estoy convencida de que se sentía sola en una ciudad que le aterraba.

Ser extranjero significa acarrear la soledad, enfrentarse a un destierro que es a veces compartido, y otras no. El desarraigo te hace vulnerable, más aún cuando piensas que nada ni nadie te puede ayudar a apaciguar esa sensación. De niña no lo pude ver, no pude entender el sufrimiento de mi madre. Hoy sé que detrás de su mal genio y sus jaquecas se ocultaba la agonía del forastero, del que no se siente admitido ni amado.

—¿En casa me dices, Manuel? ¿Cómo puede sentirse uno en casa si ha perdido su hogar? ¿Cómo puedes hablar de felicidad después de pasar lo que hemos pasado, de que tuviéramos que salir a toda prisa de nuestra nación, casi a hurtadillas, como si fuéramos criminales, para venir a un país al que no pertenecemos? Ya viste cómo nos trataron en el aeropuerto. Los policías nos lo dijeron bien claro, que no somos españoles y que esta no es nuestra patria —respondió mi madre.

Los extranjeros no siempre deciden ponerse en camino o eligen su destino. Con frecuencia son o se sienten expulsados y viven toda su vida en una especie de limbo, añorando el país que dejaron atrás, retenidos en el purgatorio en el que se convierte el país de acogida. Es un sentimiento muy difícil de entender si nunca se ha vivido por largo tiempo en un lugar donde no lograste echar raíces. Es un pesar que solo se puede comprender con experiencias similares y empatía. Ese fue el caso de mi madre. No fue su decisión salir de Guinea Ecuatorial para venir a España. No pudo negarse a seguir a mi padre.

***

A primeros de mayo nos mudamos al piso en donde se suponía que todo iba a discurrir a la perfección, donde íbamos a asentarnos y a disfrutar de cierta prosperidad y alegría. No fue así. Mi madre no se acomodaba al cambio. Nunca nos explicó por qué no le gustaban ni el piso ni el barrio, puede que ni ella misma lo supiera. En su mente había un solo objetivo: volver a Guinea Ecuatorial.

El empeño de mi madre en retornar comenzó a minar la relación entre ella y mi padre. Empezó a haber peleas y discusiones que, conforme pasaba el tiempo, pasaron a ser frecuentes, más largas y ruidosas. Aunque intentaban que nosotros, los niños, no nos enteráramos, recuerdo algunas de ellas. Cuando los gritos y las recriminaciones aumentaban, mi hermano Francisco y yo salíamos a jugar a la calle o nos escabullíamos debajo de mi cama. Intentábamos hacernos invisibles hasta que cesara el temporal.

El apartamento, que tanto nos había gustado el día que lo visitamos, se nos hacía pequeño y agobiante, aunque yo creo que el humor depresivo de mi madre y las tremendas ausencias de mi padre, que campaba a sus anchas y aparecía en casa tarde para evitar discusiones, era lo que proyectaba esa sensación de angustia a la vivienda . Era cierto que estaba mal amueblada, pero así eran los pisos de alquiler en esa época, incluso hoy en día siguen teniendo similares deficiencias. Nuestro dormitorio tenía poca luz y unas vistas deleznables a un minúsculo y descuidado patio interior que olía a humedad, a tabaco, a frito con aceite rancio y otras comidas, o comistrajos, que preparaban las vecinas en sus cocinas.

Madrid, sin embargo, seguía siendo para mí la ciudad increíble que había conocido esos primeros días de la mano de nuestro protector, don Antonio. El barrio de Maravillas me gustaba, con la Plaza del Dos de Mayo como centro neurálgico, su mercado, los comercios y el bullicio de la gente. Madrid siempre ha sido una ciudad muy especial, dotada de una luminosidad y un cielo que los que hemos vivido allí jamás podemos olvidar. Es una ciudad que vibra y sabe dar voz a todos los que allí viven. Una urbe que siempre se ha movido entre la modernidad y la tradición. De hecho, algunas de las tiendas y locales de restauración que conocí en mi infancia han sobrevivido al paso del tiempo, como las bodegas Ardosa donde sirven un estupendo vermut de grifo. Este local fue uno de los lugares favoritos de mi padre.

La escuela a la que fui es otro de los lugares que sigue allí, como si los años no hubieran pasado. Era y es un colegio regido y administrado por religiosas, situado a la espalda de la Iglesia de las Mercedarias y que comunica con las dependencias del convento del mismo nombre. En esta escuela realicé los estudios de primaria y secundaria, por lo que recuerdo con bastante exactitud sus dependencias, sus aulas amplias de techos altos, sus enormes ventanales, su patio, su biblioteca con tomos dignos de una colección expuestos en vitrinas y el busto de Miguel de Cervantes presidiendo esta sala. Tengo muy buenos recuerdos de la escuela de las Mercedarias, aunque debo reconocer que los primeros años fueron difíciles.

***

Comencé el colegio en septiembre de 1969 cuando los colores de la ciudad se tornaban otoñales y los primeros vientos frescos anunciaban el invierno frío y seco que estaba por llegar. No conocía a ninguna de las alumnas de mi clase y ellas, que en su mayoría llevaban allí desde parvulario, tenían sus amistades y grupillos de juego formados. En los primeros meses la soledad fue el pan nuestro de cada día. Era la única africana de la clase, la única niña de color, tan distinta a ellas. No sé si las otras me percibían como un ser extraño, una extranjera, alguien que no poseía sus mismos atributos, pero esa era la sensación que tenía y eso me hacía retraerme. Prefería ser invisible a ver cómo me observaban las otras, a veces con curiosidad y benevolencia, otras con recelo y temor. Así que al principio no intenté trabar amistad con ellas. No hice el mínimo esfuerzo por integrarme en la clase o en un grupo de juegos, por acercarme a ellas. No estaba hecha de su misma madera y por tanto, no pertenecía a su grupo.

Me fui acostumbrando a vivir con esa lacra.

Los meses fueron pasando y mi familia se fue adaptando. A partir de enero de 1970 el ir al colegio no me pesaba tanto, era un peregrinar monótono y abúlico. Me concentraba en aprender, en hacer mis ejercicios en clase, no charlaba con las compañeras, a menudo me sentaba sola y, como me gustaba leer, me llevaba un libro al patio. Me acostumbré a ser el bicho raro.

En ese entonces mi padre era el que estaba más integrado. Él, por lo menos, de vez en cuando llegaba tarde a casa, porque había ido a tomar un aperitivo con sus compañeros de trabajo, o se encontraba con don Antonio, con quien había trabado una buena amistad desde el comienzo de nuestra estancia en Madrid. Se notaba que conocía mejor los gustos y costumbres de los españoles. Se dirigía a ellos con gracia y una sonrisa. Tenía un repertorio de chistes que usaba según la ocasión para romper el hielo con ellos. Charlaba a menudo con los vecinos de la casa, que siempre mostraron amabilidad hacia él y, de rebote, hacia nosotros, su familia. Mi padre tenía indudablemente don de gentes y, hoy en día, no dudo de sus posibilidades de hacer carrera política en Guinea Ecuatorial, si la democracia se hubiera instalado allí. Mi padre sabía lo que tenía que decir para quedar bien, intuía cuándo tenía que callarse y, aunque a nosotros nos inculcó la moral de no mentir, optaba por evadir la verdad cuando era necesario.

Lo que sorprendía era que nuestra familia apenas mantuviera relación con gente de nuestro país. El único amigo ecuatoguineano que tenía se llamaba Amador. Era un hombre algo corpulento, bastante simpático, que pertenecía a la etnia bubi. Nos visitaba con cierta regularidad, pero nunca se quedaba demasiado tiempo en nuestra casa. Era como la visita del médico: breve, pero con indudables aires de importancia. Para mí era como si volviéramos unos minutos a la tierra que habíamos perdido, como si trajera el sol y una ráfaga de brisa guineana por unos momentos. Me gustaba Amador porque siempre estaba de buen humor y nos hacía reír narrándonos anécdotas graciosas de sus años mozos allá en Guinea Ecuatorial. Nos hablaba también de sus primeras experiencias en la capital, cuando pertenecíamos a España.

—¡Mirad! —nos dijo un día—. Todavía tengo mi pasaporte español —nos explicó enseñándonos un documento emitido a finales de los cincuenta—. Cuando se aprobó la independencia de Guinea Ecuatorial y las autoridades vinieron a requisármelo juré y perjuré que lo había perdido. Era el único modo de no entregarlo, una forma simbólica de seguir siendo lo que soy, aunque me lo quieran negar: español.

—¡Por Dios, Amador! ¿Cómo puedes sentirte español después de la forma en la que nos trataron durante la colonización? —le decía mi madre—. ¿Cómo puedes renegar de tus orígenes?

—No reniego de mis orígenes, pero estos no son solo la tierra donde he nacido, sino la historia que se cierne sobre mí y mi biografía. En ese sentido soy también español y no quiero borrar esta identidad que es tan importante como la guineana o la bubi. Ninguna autoridad, normativa o prejuicio me hará renunciar a una u otra —solía añadir.

En esos primeros años en Madrid nos habría ido mejor si hubiéramos hecho lo que pregonaba Amador: asumir que no estábamos tallados de una pieza, que nuestra existencia era un conglomerado de retazos, que no podíamos dejar de lado ninguno de ellos, ni el modo en el que las circunstancias los habían colocado, pero era tan difícil.

En la escuela me llamaban la extranjera, Imara sin tierra, la africana, la negrita, aunque era también española, europea. Amador reivindicaba en todo momento su identidad plural y la defendía con determinación. Yo, creo, admiraba esta actitud y deseaba poder imponer mis otras identidades.

Cuando Amador conversaba sobre Guinea Ecuatorial recordaba el intenso color del cielo azul, las calles llenas de gente, el ruido, el bullicio, la proximidad del océano, pero también era crítico con el estado del país.

—¿Sabéis lo que no echo para nada de menos? Las carreteras no pavimentadas, esas barriadas con casuchas precarias o las barracas de construcción frágil donde vivían los empleados de los cacaotales, escasas en alumbrado, si es que había. Tampoco añoro ese amasijo desordenado de cables y postes de la luz torcidos que se ensortijaban en nuestras calles y que con el mínimo vendaval eran derribados. Ha habido y hay mucha pobreza y miseria en nuestro país, aunque Santa Isabel fuera una ciudad próspera.

A los españoles blancos que emigraron a Guinea Ecuatorial siempre les fue bien. Algunos como tú, Manuel, y yo tuvimos suerte en la vida porque procedíamos de una familia negra a la que no le iba mal. Nuestros padres nunca trabajaron hasta deslomarse y nosotros vivíamos con holgura. Fuimos a la escuela, destacamos entre los demás estudiantes y tuvimos la posibilidad de venir aquí becados. Eso nos ha dado una conexión con los españoles. Sin embargo, hay tantos que han ido a lo sumo dos años a la escuela, que han seguido el mismo camino que sus padres, trabajar de sol a sol, que la vida les ha dado tan poco. No es de extrañar que hayan votado al primer idiota de turno que les ha prometido el oro y el moro. En fin, los guineanos somos unos ignorantes, uno de los pueblos más imbéciles del mundo, ingenuos, manipulables.

Cuando Amador empezaba a hablar de política, y a meterse con Francisco Macías y sus secuaces, mi padre le pedía que dejara el tema. Mi madre, Margarita, había votado en su momento por Macías y seguía defendiendo al dictador.

—Ya se dará cuenta de su error, doña Margarita. Un día verá todo el mal que Macías nos está haciendo —solía decir.

A mi madre no le gustaba la presencia de Amador. No le agradaba que hablara de política en casa, que diera la matraca con el tema de la identidad e insistiera en que éramos tan españoles como cualquier otro que viviera en Madrid. Le tildaba de proespañol, procolonialista, de judas y desertor.

—¿Y qué crees que soy yo? —le comentaba mi padre—. Soy tan traidor como Amador, la única diferencia es que yo soy más precavido con mis palabras. Ni voté, ni apoyé a Macías, ni le dedicaré en vida buenas palabras o algún halago, pero tampoco pregonaré a los cuatro vientos la opinión que me he formado sobre él. Hay que andar con pies de plomo, incluso aquí, en Madrid.

Mi madre, que nunca dejaba de pensar en la patria que dejó atrás, disfrutaba contándonos sus memorias sobre la Guinea Ecuatorial en la que había crecido. Solía colorearlas con un tono anticolonialista. Nos hablaba de un país que no había tenido voz propia por mucho tiempo, que había vivido a la sombra de sus gobernantes, que había sufrido la ira y la crueldad de los colonizadores y que ahora luchaba con muchos obstáculos por conquistar su voz y libre albedrío. Macías se había comprometido con la independencia. No entendía por qué mi padre no podía verlo.

La verdad es que, con solo seis años, no comprendía bien lo que mi madre quería darnos a entender con esas historias. Me quedaban pocos recuerdos de mi país y por mucho que rebuscara en mi cabeza infantil, no encontraba ninguno que fuera oscuro o tenebroso. Rememoraba con cariño a mi profesora española de parvulario, incluso a las monjas que regían nuestro colegio, que a veces eran algo severas y gruñonas. Tardaría muchos años en comprender las posturas enfrentadas de mis progenitores, aunque eso es otra historia.

Ante estas posturas contrapuestas Francisco y yo nos debatíamos entre los recuerdos de nuestros padres y el olvido. Nuestras escasas memorias se iban desvaneciendo. Nos movíamos entre el pasado y el presente, entre Guinea y Madrid, entre una infancia, tal vez idílica, en nuestro país de procedencia que se esfumaba sin dejar rastro, y una niñez difícil, un tanto triste y solitaria. Habíamos perdido nuestra primera identidad, nuestra tierra, y el camino para conquistar una nueva iba a ser arduo.

Con el pasar de los meses me fui aclimatando un poco más. Me uní a uno de los grupos y jugaba en el patio de recreo. Me gustaban mis nuevas amigas y comencé a sentirme aceptada. Lo único que me entristecía era que nunca recibía una invitación de cumpleaños o que nunca me reunía con ellas después de la escuela. Un día le pregunté a Ana, que era la chica con la que mejor me entendía, por qué no me había invitado a su fiesta.

—Yo quería —me contestó—, pero mi mamá me dijo que como no conoce a tu papá y como tu mamá es tan rarita, pues que no.

Me pasé días pensando en ese comentario y observando a mi madre, a la que el transcurrir de ese tiempo en Madrid no le había cambiado. Seguía apática, con pocas ganas de relacionarse con las vecinas o las madres españolas, sin ningún contacto con sus compatriotas, tan excéntrica. No se vestía como las otras mamás ni hablaba tan fino, no llevaba el pelo alisado, ni los chaquetones a cuadros que estaban de moda durante aquellos años. La miré y me vi reflejada en ella. Deseé que desapareciera de mi vida. Yo no era la única extravagante, la que con su comportamiento abúlico se aislaba; mi madre me ganaba en desidia y su sombra planeaba sobre mí de tal forma que me arrastraba con ella.

Decidí salir de ese mundo oscuro en el que me encontraba, hallar conexiones, trabar amistades estables y duraderas. Ana se había convertido en mi medio de contacto con uno de los grupos, me invitaba a unirme a los juegos, o pedía a las otras chiquillas que me dejaran participar. Alguna que otra mascullaba excusas como que ya eran suficientes, que no cuadraba aceptar una más. Gracias a Ana solía unirme a los juegos, aunque en más de una ocasión me quedé sola en el patio.

Uno de esos días se me acercó la señorita Blanca, que era la profesora más joven que teníamos, también la más cariñosa y amable.

—¿Cómo es que no estás jugando con las otras niñas? —me preguntó—. Parece bien interesante lo que hacen.

—No me apetece —le contesté—, prefiero leer mi libro —comenté, aunque estuve tentada de decirle que no me habían dejado unirme al grupo.

—Sin duda alguna es muy interesante. ¡Qué bien que te guste leer! Seguro que en casa lees mucho. —Yo asentí y ella prosiguió—. Pero el recreo está para jugar y no para quedarse sola en una esquina. ¡Ven, hablamos con tus compañeras y te pones a jugar con ellas!

—No, si yo estoy bien así —acerté a balbucear mientras la profesora me cogía de la mano y me dirigía hacia el grupo.

Las siguientes semanas y meses casi nunca me quedé sola en el patio, incluso me invitaron a una fiesta de cumpleaños a la que mi padre me llevó, ya que mi singular madre tenía dolor de cabeza.

Empecé a ir sola al colegio. Estaba a poca distancia de nuestro piso y era un camino bastante concurrido por otros escolares. Así me juntaba con Ana y una nueva amiga que había hecho, Maria Luisa, que vivían a un par de bloques de mi casa. Mi madre se quedaba en la vivienda, en cama, aquejada de jaqueca, lo que para mí fue una liberación, la posibilidad de tener brillo propio, de despojarme de su sombra. Aprendí a seleccionar la ropa que me debía poner, tomar el desayuno, preparar mi cartera y leer el reloj para salir a las nueve menos cuarto exactamente, para encontrarme con mis compañeras de clase y encaminarme con ellas a la escuela corriendo y jugueteando.

Me sentía más ligera y alegre desde que mi madre había decidido recluirse en el piso y había dejado de acompañarme. Llevábamos ya un año en Madrid. Era el segundo invierno que pasaba en la capital y esta ya no me parecía inhóspita, sino, a su modo, acogedora.

Todo parecía marchar sobre ruedas.

Después de las vacaciones de Navidad llegó una nueva alumna de Guinea Ecuatorial a mi clase. Se llamaba Paloma Batupé. En seguida nos hicimos amigas. Paloma era la primera chica que conocía en Madrid de mi misma procedencia. Su presencia hacía que no me sintiera más como una extraña, como la única niña que se salía de la regla común. Descuidé las amistades que tanto trabajo me había costado forjar y me volqué completamente en ella, tanto que, al llegar la Semana de Pascua, estaba desconectada del resto de las compañeras, completamente al amparo de Paloma Batupé.

No me importaba, pensaba que nada ni nadie se interpondría entre nosotras, que seríamos uña y carne toda la vida.

Me equivoqué.

III. (SIN) DIFERENCIAS

Los días que siguieron a esas primeras confesiones me sentí arrastrado hacia mi propia infancia, una niñez que se parecía demasiado a la de mi madre. Estaba aturdido, turbado y desorientado. Y no era solo porque esa narración me mostraba una Imara desconocida, una chiquilla solitaria y retraída, sino porque me enfrentaba a mis propias sombras: el sentimiento de desarraigo que me era innato, las múltiples identidades que a veces desorientan y la soledad de mi primera infancia.

Esa amistad entre mi madre y Paloma que ella presentía que se iba a truncar, me recordaba demasiado a lo que nos pasó a mí y a mi primer amigo, Tim, en Inglaterra. Recordé cómo yo también había sido apartado de los grupos de juego en el colegio de Oxted, cuando tenía la misma edad que mi madre, unos siete años. Me sentía extranjero como mi madre y no sabía cómo conquistar la identidad que me ofrecía el país de acogida. Yo era también, como mi madre en Madrid, una extraña criatura en la ciudad aburguesada y tradicional donde vivíamos, Oxted. Allí , aunque solo fuera un chiquillo, fui un extranjero que nadie terminaba de aceptar.

Había demasiadas similitudes entre el chiquillo que fui y la Imara niña, entre el sentimiento de desarraigo de ella y el mío. Me preguntaba qué otras semejanzas habría de encontrar, qué paralelismos tenía mi figura con la biografía de mi madre.

—¿Y tú cómo te sentías? —le pregunté.

—No era fácil —me confesó—. Era demasiado pequeña para entender lo que estaba pasando o para desarrollar una estrategia que me sacara de ese atolladero, de la soledad que me acompañaba. Acepté sin más esa situación y conviví con ella unos años. No sé si fue por comodidad o porque cuando uno solo tiene siete u ocho años se habitúa sin más a su hado, y si este es vivir al margen, sin ser molestado ni provocado, solo ignorado, es fácil amoldarse a él, dejarse arrastrar por el destino. Mis padres tampoco hicieron nada por ayudarme o guiarme. Me sentí abandonada. Ellos deberían haber intuido mi soledad, mi desconexión y haberme cambiado de escuela. Sin embargo fui yo la que tuve que armarme de valor y remontar mi mal comienzo, sola, sin su apoyo. Los padres debemos estar siempre en la retaguardia armados de pies a cabeza por si nos necesitáis —me dijo mirándome—. Los míos me decepcionaron en ese entonces y lo han seguido haciendo toda su vida. —Y tras una breve pausa prosiguió—: Tu abuelo Manuel podía haber sido un padre excelente. Se movía con soltura en Madrid, era quien me podía haber ayudado. Mi madre no habría podido hacer gran cosa aunque hubiera querido. Estaba más desorientada que yo. Era una pobre mujer, con escasos estudios y sin demasiadas luces, que se vio abocada a hacer lo que su marido y la sociedad guineana le imponían: seguir a su esposo, aceptar sus infidelidades, que las hubo, tragar y conformarse con una vida que poco le ofrecía. No estoy orgullosa de ella. Me habría gustado tener una madre luchadora, con más personalidad, pero me da mucha pena que viviera esa manera. Espero, Ismael, que cuando llegues a la edad madura tengas una mejor opinión de tus padres que la que yo tengo de los míos, que no te decepcionemos, que pienses que cada uno de nosotros a su manera te ha dado un ejemplo digno.

Estuve por decirle que ninguno de los dos me había decepcionado, aunque no era del todo verdad. Mi padre me había resultado por mucho tiempo un hombre con poco carácter que dejaba que ella, Imara, la fuerte y resoluta, organizara su existencia y la de todos nosotros. Tardé en comprobar que no era así, que mi padre era como era por diferentes causas. Descubrí a un hombre admirable, que defendía sus convicciones y que actuaba con empatía hacia los demás. Con mi madre tenía más problemas. No me gustaba el modo en que nos mangoneaba a mi padre y a todos nosotros. Me fastidiaba que no siempre se pudiera tener una conversación normal con ella o profundizar en algunos temas. Además, y eso era lo peor, mi madre se había apartado de mí y de la familia en general desde que aceptó su empleo en Ericsson.

Empezar a trabajar con esa empresa sueca coincidió con los peores años de mi adolescencia. Si no hubiera sido por mi padre y por la literatura, seguro que me habría descarrilado. Desde que mi madre se preocupaba más de su trabajo que de su familia, sus ausencias y los largos viajes eran algo habitual, pero nos llegamos a acostumbrar. Lo peor era su comportamiento esquivo cuando regresaba. Me sentía muy decepcionado con ella. Mi padre decía que había que comprenderla, que no le gustaba vivir en Alemania, que en Frankfurt se sentía una extranjera. Me mordí la lengua para que estos pensamientos no se me escaparan y le contesté:

—Sé que has luchado mucho por mí y por Isabela cuando éramos niños. Poco puedo recriminarte.

—No te creo. Has pensado demasiado tu respuesta —me dijo—. Hay algo que no me quieres decir. No he sido la madre perfecta que me propuse ser cuando nacisteis, lo sé. Así que dispara.

Asentí como si la inercia me arrastrara a hacerlo y le dije:

—Tienes razón, no eres perfecta. Me faltaste en mi adolescencia y ahora, aunque no me atrevería a decir que me haces falta, te siento distante.

Mi madre me miró con esos ojos de indignación que ponía cuando algo no le gustaba, pensé que iba a levantarse e irse como ella solía hacer si algún tema le resultaba incómodo, pero no fue así. Respiró hondo y dijo:

—No me esperaba que te hubiera defraudado tanto, Ismael. Aunque tú no te acuerdes me desviví por ti y por tu hermana en vuestra infancia, y renuncié a hacer carrera por estar más tiempo con vosotros. No me creerás si te digo que lo hice por petición de tu padre y presionada por tus abuelos paternos y maternos. A mi padre le sigue pareciendo que la función principal de una mujer es criar a sus hijos. Tus abuelos paternos, como buenos alemanes que son, creen que el niño debe ser amamantado y guiado por su madre los tres primeros años de edad. Es otro modo de machismo o, mejor dicho, de seguir perpetuando las diferencias entre el hombre y la mujer. Yo hice ese sacrificio sin convicción y por vosotros, para que no tuvierais la infancia que yo tuve, para que sintierais a uno de nosotros a vuestro lado. No me pareció que tu padre, Otto, el genio despistado, pudiera jugar bien ese papel, que os pudiera proteger de la forma en la que yo lo hice. Por eso no esperaba que me echaras en cara que me había apartado de ti. Lo comprendo. Ha debido ser un *shock* para vosotros el pasar de tenerme dedicada al cien por cien a ver cómo el trabajo absorbe el ochenta por ciento de mi energía —me indicó—. Así es la vida, Ismael. Los padres no somos perfectos, por más que procuremos serlo. Sin embargo, creo que no me conoces lo suficiente y que por eso me recriminas. Si supieras más de mí, de mi pasado, de mi relación con Otto y su familia, de mis padres, me dejarías de echar en cara el haberte dejado en la estacada en plena crisis adolescente, o por lo menos verías que no lo hice adrede.

Volví a asentir.

—Soy todo oídos —le dije invitándola a que me hablara.

—Si tú piensas que tu madre no te dio el afecto que necesitabas, primero deberías saber más sobre mi infancia y adolescencia. Mis padres, tus abuelos, fueron mucho peores que yo. Siempre tuve la impresión de que vivían en su propio mundo. La abuela Margarita nunca se hizo a Madrid, ni a Londres, ni a ningún otro lugar en donde residió. Hay gente que no se puede habituar a un nuevo destino, que vive toda la vida echando de menos lo que dejaron atrás. Así es tu abuela. Se ancló en esa Guinea Ecuatorial idílica, la nación que iba a ser independiente, en donde sus pueblos y etnias vivirían felices. Tuvo que ponerse la cosa muy mal, tuvo que tocarle personalmente la tragedia del pueblo guineano para que viera que no era así, que Guinea no era ningún paraíso.

»El abuelo podía haber sido un padre ejemplar, pero no pudo dejar de lado sus aspiraciones profesionales y políticas. Eso lo apartó de sus amigos, de su mujer y de sus hijos. No sé si lo notó o se dio cuenta. Hoy lo veo muy solo.

»Francisco, mi hermano, y yo no éramos parte de ninguno de esos mundos que se habían construido mis padres y, aunque no les puedo acusar de negligencia o abandono, ya que nunca nos faltó lo esencial e incluso nos dieron algún que otro capricho, sí de no ver nuestros problemas, de no guiarnos cuando estábamos perdidos, de estar demasiado lejos cuando algo nos preocupaba y necesitábamos ayuda.

»En retrospectiva me hago cargo de que la situación de mis padres y sus compatriotas en España no fue nada fácil. Habían salido de Guinea Ecuatorial por diferentes motivos: estar involucrados en la política y no pertenecer al bando de Macías, como fue el caso de tu abuelo, ser parte de la minoría bubi, que fue objeto de persecución desde el mismo momento en que Macías accedió al poder, o ver amenazada su existencia con una economía que se hundía y una pobreza que se extendía sin piedad.

»Tus abuelos eran extranjeros en toda regla, refugiados políticos, aunque no de forma oficial, que llegaban a una madre patria que no los veía como sus hijos. No se les consideraba españoles, de hecho, cuando se aprobó la independencia en Guinea Ecuatorial, Franco invalidó los pasaportes de los ciudadanos guineanos y a todo aquel que ya estaba o pisaba territorio nacional se le requisaba la documentación. Lo debieron de pasar muy mal, en especial mi madre.

»A los guineanos que llegaron en ese tiempo a Madrid no les resultó fácil encontrar un trabajo digno o establecer conexiones con los españoles, incluso relacionarse con sus compatriotas era difícil. Entre los recién llegados no había solo refugiados, sino algunos representantes de la clase pudiente ecuatoguineana, gente que se codeaba con el presidente del gobierno. Esto propiciaba mucha desconfianza entre las etnias bubis y fang.

»Como ves yo tengo más motivos que tú para estar enfadada con mis padres, para no perdonarles. De hecho mi resentimiento no ha llegado a desaparecer del todo. Lo que sí he logrado es comprender las causas, que no es lo mismo que redimirles de sus culpas. Emigrar es difícil y, en las circunstancias que ellos lo hicieron, trágico.

—Con esto me quieres decir que antes de juzgarte o de recriminarte algo, debería entender tus razones.

—Exacto, Ismael.

—Bien, cuéntame entonces qué razones tuviste para aceptar ese trabajo en ese momento tan difícil para mí —le pedí.

—Las cosas no funcionan así. Sería como empezar la casa por el tejado, tenemos que llegar a ese punto después de haber repasado todo lo que pasó antes. Me gusta que la narración siga su orden.

La miré y asentí.

—Es tu historia, mamá. Tú decides —le contesté pensando que mi padre me había llevado por otros vericuetos, presentándome la cronología de sus antepasados sin ninguna estructura, aunque con una clara finalidad. Él era un tanto caótico. Se notaba en su aspecto y en el desorden que regía en su escritorio. Mamá era diferente, siempre metódica. No era de extrañar que deseara que en su historia imperara el orden y el concierto.

—Así me gusta. ¿En dónde no quedamos, Ismael?

—En la falta de conexiones y lo difícil que les resultó emigrar a tus padres —le indiqué.

—Difícil fue para todos. Los primeros años en Madrid tuve muy pocas amigas —dijo y se quedó pensando un momento.

—Pero tú mantienes bastantes amistades españolas y algunas guineanas en la capital. Siempre las has tenido —le comenté.

—Cierto, pero son amigas de los últimos años de bachillerato y de la universidad. Conservo muy pocas amistades de la escuela primaria. En el momento en que llegamos ser una persona de color no era normal. Supongo que mis compañeras de clase no sabían si acogerme o temerme. Al principio abracé la idea del retorno. Mi madre no paraba de repetirme que volveríamos pronto. No creo que esas expectativas me ayudaran a hacer un esfuerzo por adaptarme. Yo era muy pequeña para entender lo que pasaba en mi país.

—He estado investigando sobre Guinea Ecuatorial y la verdad es que horroriza ver cómo la situación del país empeoró a partir de las elecciones.

—Así es, Ismael. La historia de mi nación se eclipsó en el momento en que eligieron a Macías. En 1969, cuando llegamos a Madrid, las relaciones diplomáticas entre España y Guinea Ecuatorial estaban más que congeladas. A la avalancha de españoles que retornaban, se unían unos cuantos guineanos que, por uno u otro motivo, se veían obligados a salir del país. La tensión era creciente y se esperaba lo peor: una intervención militar de España, una guerra. Algunos creían que Franco intervendría. El régimen franquista, sin embargo, comenzaba a agonizar y no podía permitirse una guerra. Tenía suficientes problemas domésticos.

Con los años la población de Guinea Ecuatorial en Madrid fue creciendo, a los que se refugiaban por razones políticas se unían algunos seguidores de Macías que llegaban a la capital para localizar a sus compatriotas, controlarlos y hacerles callar. El régimen temía que los guineanos que vivían en Madrid se organizaran y que se gestara una rebelión contra su presidente, por eso se hacía lo posible para sembrar un clima de desconfianza. Y se logró, porque la comunidad ecuatoguineana en el Madrid de los años setenta estaba muy dividida. No había unidad entre ellos ni una identidad definida, más bien recelo.

—Fue una infancia difícil —murmuré.

—Pudo ser peor. Al menos no nos quedamos allí, en el infierno en el que se convirtió Guinea Ecuatorial.

—Hay algo que no comprendo —le dije.

—¿Qué?

—Después de lo que me cuentas, ¿cómo puedes sentirte todavía tan africana?

—¿Qué otra opción me queda que ser africana? ¿Te puedes imaginar las caras que me ponen cuando digo que soy española o europea? —me dijo, yo asentí—. ¿Lo ves? A le gente no le cuadra que sea española, por mucho que yo me sienta o me exprese como tal. Puedo considerar Madrid un segundo hogar, pero en España, en Alemania, en Europa en general continúo siendo una extranjera.

—Yo también me siento así. A veces me pregunto si es importante tener un origen definido, si las múltiples identidades son un enriquecimiento o por lo contrario una carga.

—Es difícil saberlo, Ismael. Lo que suele ocurrir es que cuando llevas mucho tiempo fuera te conviertes en el eterno forastero por donde quiera que vayas —admitió—. En Guinea Ecuatorial no me ven como guineana, y a mí misma me sería imposible vivir allí. Para los guineanos soy, y seré siempre, la española. Aquí, en Europa, me ven como africana por mi apariencia, por algunas de mis maneras; por mucho que en mi alma palpite con fuerza esta otra identidad, la madrileña, casi nadie me ve como tal. Te digo casi nadie porque Madrid es, como dijo Joaquín Sabina, el lugar «donde se cruzan los caminos» y como tal es tierra de todos los que van a parar allí, también de los extranjeros. Es una ciudad maravillosa, en continuo movimiento, innovadora, que acoge. Es la ciudad más plural de toda España, la más rica en todos los aspectos. Es la urbe donde he crecido y me he formado, donde he pasado más de la mitad de mi vida, donde tengo mis mejores amistades. Para mí no hay otra patria más que Madrid.

En este punto la conversación se fue un poco por las ramas y discutimos un rato sobre ese desarraigo que asola a los que, como nosotros, no tienen un solo hogar, una única identidad: los perpetuos extranjeros. Hablamos de las ciudades como Frankfurt, Madrid, Londres, Nueva York, Toronto... Todos aquellos lugares donde provenir de cualquier otro sitio es más la norma que la excepción.

—Cuando llegamos a Madrid —admitió— faltaban todavía un par de décadas para que la ciudad se vistiera de aires más cosmopolitas. Madrid era el bastión, el centro neurálgico del régimen franquista. Era una fortaleza que, lejos de ser inexpugnable, tenía múltiples fisuras, se resquebrajaba. Cuando tenía nueve años, en diciembre de 1973, se abrió la primera gran grieta en la dictadura. El sucesor de Franco, el almirante Carrero Blanco fue asesinado por ETA, lo que para muchos fue el comienzo de la Transición. Para mí, y creo que para los que vivíamos en Madrid en ese entonces, fue el principio de unos años turbulentos que cambiaron, sino la anatomía, el alma de la ciudad, del país, en tan solo cinco años.

»A veces me pregunto por qué en Guinea Ecuatorial no hubo un proceso similar, por qué la tan deseada democracia no tuvo una transición ejemplar. Me habría gustado que en mi país se hubiera producido un cambio similar al que transformó España —comentó antes de dar por terminada nuestra conversación, decirme que había quedado con amigos y salir de la casa.

***

La independencia de Guinea Ecuatorial y la posterior imposición de los regímenes autoritarios de Macías y de Obiang no ha diferido mucho de la suerte que corrieron otros países africanos como Uganda, Argelia, Zimbabue, el Chad, Eritrea o el Congo, donde los dictadores se perpetuaron por décadas y si se les arrancó el poder, fueron reemplazados por un nuevo tirano.

Mi madre se exaspera cuando se habla sobre el colonialismo, despotrica contra España y los otros poderes coloniales que, según ella, habían implantado un sistema administrativo con muchas carencias que, más que ser democrático, favorecía al enriquecimiento de los gobernantes, entonces europeos, así como la explotación de la población menos favorecida.

Tras la independencia algunos candidatos a la presidencia prometieron reformas en el sistema, pero una vez subían al poder nada hacían por cambiar la administración. Les era provechoso dejar todo tal y como estaba. Así se blindaban fácilmente de poder, manejaban el ejército, asignaban a quien les parecía más oportuno la explotación de sus recursos naturales y reprimían toda rebelión con mano dura.

Tanto yo como mi padre hemos tenido con ella numerosa discusiones en torno a estos temas: África, sus dictaduras y sus fallidas democracias. Mi madre siempre ha mantenido la tesis de que el colonialismo europeo fue el germen de los malos gobiernos y que el bloque occidental de países deasarrollados, las grandes compañías y los intereses económicos de las potencias mundiales son los que mantienen a los tiranos en el poder. Sin embargo, algunas naciones del continente africano han tenido relativo éxito y las democracias de unos pocos de estos jóvenes países, entre los que podría citar Senegal o Túnez, medio funcionan, pese a sus deficiencias y la corrupción.

¿Qué diferencia hubo en el proceso de democratización entre estos y Guinea Ecuatorial, el país africano con la dictadura más larga de la historia del continente, la de Teodoro Obiang?

Con poco más de veinticinco años sentía la necesidad de comprender cómo funciona este mundo, saber qué conduce a los pueblos, a la humanidad, hacia un mundo mejor y más justo, qué les hunde en los abismos y les ahoga en injusticia. Veía en la historia particular de mi madre un modo de comprender las grandezas y agonías de la historia, de descubrir cuáles son las fórmulas de éxito y cuáles las del fracaso de los ideales, de cómo las utopías se pueden cumplir y las distopías evitar. Para ello no solo tenía que entender el fracaso en Guinea Ecuatorial, sino el éxito de la Transición española.

IV. SIN RUMBO (IMARA)

En agosto de 1971 comencé el curso escolar con ilusión. Pensaba que mi amistad con Paloma Batupé, la nueva alumna ecuatoguineana, me acercaba a mis orígenes y me redimía de esa soledad que suele acompañar a los que son distintos, a los que por una u otra causa no pertenecen a la mayoría. Ahora éramos al menos dos las que estábamos en la misma tesitura, creía, y por eso nos apoyaríamos en los años venideros. Sin embargo no fue así. Paloma se comportó de forma distante conmigo desde el primer día de curso, cuando me acercaba a ella se alejaba y me evitaba. No quería ni jugar ni hablar conmigo. No lo comprendía.

Me sentía sin rumbo, abandonada a la deriva en una ciudad a la que no pertenecía, en un colegio en el que todas las alumnas ignoraban mi presencia, en el seno de una familia que no se percataba ni sabía de mis pesares, que era incapaz de ayudarme. Empecé a tener pesadillas: Me acercaba una y otra vez al precipicio, a un foso imaginario del que desconocía su profundidad, en el que no sabía cuánto tiempo tardaría en tocar fondo. Me sentía en continua caída, arrastrada, sin poder dar marcha atrás o cambiar la dirección de un sino que no había elegido. Me despertaba turbada. En el cuarto imperaba el silencio y la oscuridad. No había nadie que pudiera ayudarme.

Desde que se truncó mi amistad con Paloma Baputé no solo me había vuelto a quedar sola, también había vuelto a recluirme en la esquinita del patio en la que me solía refugiar las primeras semanas cuando aún no conocía a nadie. Me sentía asaltada por un desamparo del que, dada mi corta edad, no era capaz de entender las causas. Era difícil para una chiquilla de mi edad enfrentarse al sentimiento de desarraigo que es más propio de un adulto. Un sentimiento que no parecía tener una fácil cura y que la soledad no lo mitigaba, sino que lo acrecentaba. En esos momentos de aislamiento no deseados, cerraba los ojos y buscaba algún resquicio de felicidad, alguna memoria que me mantuviera a flote; aunque estos eran muy pocos, en especial los relativos a Guinea Ecuatorial

Con el tiempo esos escasos recuerdos que tenía de mi país natal empezaron a difuminarse. Primero los rostros de mis abuelos y amigos se hicieron difusos, después los lugares y paisajes, por último la luz que veía cuando cerraba los ojos, esa luminosidad intensa que caracterizaba a mi país de origen se fue también mitigando. Me quedé sin sonrisa y sin ganas de seguir en pie, sin esperanza de que algo cambiara. Asumí que nada se iba alterar, que viviría así, apartada, me gustara o no y, lo que es peor, llegué a pensar que yo era la causa de que mis compañeras se alejaran de mí, que producir aversión a otros me era innato, que el color de mi piel, mi pelo rebelde o mi forma de hablar era el motivo de los rechazos que sufría. Me preguntaba por qué Paloma también me había dejado sola.

Tardé tiempo en comprender lo que había pasado, lo que me había apartado de mi amiga Paloma y de las otras niñas, en descubrir que no era yo, que eran los demás, que era el devenir de la historia, por no llamarlo la malaventura, lo que había provocado mi soledad y malestar. Tardé en comprender que lo que me había arrastrado a esa situación de la que no sabía salir no era mi carácter sino los adultos, que cambiaban y trastocaban el mundo de los niños, que alteraban el discurrir de nuestra infancia y nos robaban, intencionadamente o no, nuestras sonrisas. Era ese mundo incierto en el que se movían ellos, poblado de odios y resentimientos, el que plagaba de sombras nuestra niñez, el que hurtaba nuestros sueños y nos hacía infelices.

Amador, el amigo de mi padre, también había dejado de visitarnos. El fin de esa amistad fue, aunque yo no lo supiera entonces, el presagio de lo que iba a pasar conmigo y Paloma. A esa edad no podía comprender que en realidad había una relación entre las dos amistades truncadas: la mía con Paloma y la de mi padre con Amador.

Un día mi madre le dijo a papá que preferiría que Amador no viniera más a visitarnos. A esto le siguió una conversación que recuerdo bastante bien:

—¿Y se puede saber a qué se debe este capricho? —le preguntó mi padre.

—Bien sabes que no es ningún antojo —respondió mamá—. Estamos en una guerra sin cuartel con los españoles y con muchos de nuestros compatriotas, una batalla que se lucha en nuestro país y aquí, en Madrid. ¿No te das cuenta de que podríamos volver a nuestro país y luchar por la liberación del pueblo, por la revolución que nuestro presidente promete, en la que nos podremos repartir la riqueza de nuestro país? Para eso solo tienes que apoyar a Macías y dejar de codearte con gente como Amador, con esos bubis. Deberías también cortar lazos con políticos como tu amigo Federico Ngomo que no es más que un felpudo del Gobierno español. Él y los bubis nos han abocado a este éxodo, a esta deserción. ¿No te das cuenta, Manuel, que aquí estamos peor que allí, que en cualquier momento nos clavarán un puñal por la espalda los bubis o los seguidores de Macías? No estamos en ningún bando y eso, lejos de hacernos neutrales, nos pone entre la espada y la pared.

—Mujer, no sé cómo puedes seguir con esas ideas, defendiendo la propaganda por la que Macías apostó. Ya sabes que la situación es mucho más compleja de cómo la pintas. No sé con quién habrás estado hablando, pero te aseguro que Macías no es ningún bendito y que si nos pusiéramos a su favor cometeríamos un grave error, un atentado contra tantos desplazados, contra nuestros compatriotas detenidos, encarcelados o incluso asesinados. En Guinea Ecuatorial se está esclavizando y masacrando al pueblo. La situación actual es espeluznante. Ya no se trabaja en los cacaotales para ganarse un jornal, te mandan allí con la excusa de que necesitan apoyo para la revolución. Las plantaciones que eran el orgullo de nuestro país se han convertido en campos de concentración encubiertos. Hay represión, matanzas. Aquí apenas llegan noticias oficiales. El gobierno de Franco está muy avergonzado por lo que ocurre y corre un tupido velo. Pero yo, que junto con Amador estoy en contacto con los recien llegados, sé muy bien que nada es como Macías dice. Lo que allí acontece es dantesco. La independencia no nos ha traído nada aparte de destrucción.

—Eso no son más que bulos de los enemigos de nuestro presidente. Macías solo quiere hacer de Guinea un país grande, darnos a todos más oportunidades. Es lo que defendió en su campaña. Lo que pasa es que tú has estado siempre contra la independencia de nuestro país, como Amador, como los españoles que solo querían poner un títere en la presidencia para mantener su influencia y no les ha gustado que Macías les plantara y se negara a moverse a su son. ¡Os debería dar vergüenza, sobre todo a ti, que eres dentro de lo que cabe fang, como él, como yo! —dijo y después, con pena, añadió—: Yo estoy muy mal aquí, Manuel.

Quiero volver a mi país natal y criar a mis hijos allí. Vivir cerca de mi madre y mis hermanas, tener a alguien con quien poder hablar, pasearme por las calles de Santa Isabel sin que la gente me mire como si fuera un extraterrestre. ¿Crees que es plato de buen gusto para mí estar aquí? ¿Piensas que aquí soy feliz?

Ese tipo de discusiones se repetían cada vez con más frecuencia y, aunque admiraba a mi padre, esas disputas me hacían dudar de él. ¿Y si mi madre tenía razón? ¿Y si mi padre era el traidor que ella describía, la causa de nuestra deserción, el motivo de mis penas y pesares? ¿Y si pudiéramos regresar a Guinea? Creo que en algún momento llegué a odiar a mi padre por eso. Lo esquivé en ocasiones contestando con monosílabos o de mala gana cuando me preguntaba algo. Aunque puede que las razones fueran otras. Me sentía abandonada por él.

***

Un día, en el invierno de 1971, durante el recreo, Paloma se acercó a mí.

—¿Quieres jugar conmigo? —me preguntó—. Es muy aburrido lo que las otras niñas hacen —me explicó.

Jugué con ella y me sentí como si me alzara, como si saliera de ese agujero en el que me hallaba metida hacía tanto tiempo. El patio de recreo me pareció más soleado que de costumbre, como si un aire de bonanza lo inundara de mil y una luces. Corrimos, nos reímos, como si nada hubiera pasado entre nosotras, como si fuéramos las mejores amigas que siempre fuimos.

—No le digas a tu madre que has jugado conmigo. Yo tampoco se lo diré a la mía —me dijo al terminar la pausa.

—¿Por qué? —le pregunté.

—A tu madre no le gusta que te juntes conmigo. Se lo dijo un día a mi madre. Yo lo oí.

—¿Y por eso dejaste de ser mi amiga? —le pregunté.

—Mi madre se enfadó conmigo cuando supo que eras mi amiga y que no eras bubi, que eras fang. Me contó cómo vosotros nos habíais perseguido en Guinea Ecuatorial, que no nos queríais y que nos mataríais en cualquier momento en que bajáramos la guardia. No quería dejar de ser tu amiga, pero tenía mucho miedo. ¿Y si eras tan mala como mi madre decía? Me pareció que las otras alumnas también tenían miedo de ti, aunque no hay razón para ello, ¿verdad?

Me eché a llorar, no sé si por la dicha que me daba recuperar a una amiga, o por descubrir que tanto Paloma como mis compañeras me veían, no solo como un bicho extraño que no cuadraba en su mundo, sino incluso como un ser oscuro y tenebroso con intenciones deleznables al que había que evitar. Seguí sollozando, quería dejar de gimotear pero no podía, las lágrimas brotaban y, aunque intentaba parar, solo conseguía exhalar más y más gemidos. Unas cuantas niñas se agolparon a nuestro alrededor y, después de un par de minutos, apareció la señorita Blanca preguntando qué había pasado.

—¡Se han pegado! —decía una.

—¡No, qué va! Yo solo las he visto hablar y de repente Imara se ha echado a llorar —explicaba otra.

—Se han debido estar insultando —opinaba una tercera alumna.

—¡Sí, seguro que se han difamado de lo lindo! ¡No se pueden ver!

Las opiniones más disparatadas se unieron a mi llanto imparable. Paloma comenzó también a gemir. Las voces y opiniones de las otras chiquillas se me hicieron tan densas e inaguantables que me tapé las orejas y cerré los ojos. Deseé que desaparecieran, y si eso no era posible, que fuera yo la que me desvaneciera en el aire. Lo siguiente que sentí fue cómo una mano de adulto tomaba la mía y me conducía lejos de la incómoda algarabía que se había atrincherado en torno nuestro. Unos minutos más tardes Paloma y yo estábamos en el despacho de la directora. No sé si fue la presencia de la mujer seca y huesuda enfrente de mí, que imponía, o que me había quedado sin lágrimas, el hecho es que de ese llanto repentino e imparable solo quedaba un áspero dolor en la garganta y unos ojos rojos. Paloma tampoco lloraba, me miraba con cierta preocupación.

—¿Se puede saber a qué se debe el gran teatro que habéis formado en el patio, señoritas? Tiene que haber una buena razón para liar la que habéis liado.

Las dos nos miramos. Ninguna se atrevió a contestar.

—¡Estoy esperando! —insistió la directora—. No tengo todo el tiempo del mundo.

Volvimos a intercambiar miradas.

—Estábamos jugando e Imara se echó a llorar. Luego, cuando vinieron nuestras compañeras, me agobié entre tanto barullo y no puede evitar que se me saltaran las lágrimas, pero no nos hemos pegado, ni peleado, ni insultado como dicen las otras niñas. Pregúntele a Imara —dijo Paloma con seguridad y desparpajo.

—¿Es eso así? —preguntó la directora.

Asentí.

—Pero si Paloma no ha hecho o dicho nada habrá alguna razón para ese llanto. Has estado por lo menos diez minutos llorando sin parar.

Negué. No sabía qué contestar.

—¿Así que no hay razón alguna?

—Sí —admití.

—¡Bien, volved a clase! Zanjamos el asunto aquí. Informaré a vuestros padres del percance.

—Por favor, no lo haga —pidió Paloma—. Si no ha pasado nada, ya se lo hemos dicho. Mis papás se pasan el día trabajando. Algunos de mis parientes han muerto recientemente y mis padres están siempre muy preocupados. ¡Por favor, no les llame! ¡A lo mejor Imara tenía una razón para llorar así, pero no se atreve a decirla!

—¿Y bien, Imara, hay alguna razón?

Quería inventarme un motivo plausible, que mi abuela había muerto, o que el día anterior mi gato había saltado por la ventana y se había matado, pero estaba todavía demasiado sofocada y mi cabeza no razonaba. Estuve por decir que lloré porque ninguna de las alumnas de la escuela me quería, pero no me atreví.

—No sé por qué he llorado, directora. Me entraron las ganas, así sin más, y no pude parar, aunque lo intenté. Paloma no ha hecho otra cosa, sino jugar conmigo y ser amable. No entiendo qué me ha pasado —le expliqué, a sabiendas de que posiblemente no me creería, que llamaría a mis padres y a los de Paloma, y que las dos volveríamos a comportarnos como si fuéramos enemigas—. No llame a mis padres, por favor, no quiero preocuparles. No volveré a llorar, lo prometo.

Salimos del despacho. Tenía la certeza de que me iba a seguir hundiendo, que no era yo la que dirigía mi destino, que no era la que decidía cómo debía transcurrir mi infancia, quiénes eran mis amigos, o con quiénes iba a jugar ese día. Los hilos los movían otras personas, otros acontecimientos invisibles y caprichosos, que mi vida nunca había seguido el camino que yo deseaba, que nunca lo haría.

***

A primeros de los setenta no solo yo, mi familia o nuestra patria, Guinea Ecuatorial, habíamos perdido el rumbo, también en otras partes del mundo se vivían cambios, convulsiones. Las dictaduras no solo se expandían y se movían a su gusto en el continente africano, en Latinoamérica los países caían uno tras otro en las garras de dictadores que sembrarían en esas naciones despotismo, pobreza, intolerancia y muertes. Hugo Bánzer Suárez sometía a Bolivia en 1971, Pinochet a Chile en 1973 y Argentina dejaba de ser una democracia en 1976. La Guerra de Vietnam mostraba su cara más cruel, el uso de armas químicas contra los más vulnerables, la población civil y los estudiantes a lo largo y ancho de la nación organizaba una manifestación tras otra pidiendo el fin de la contienda bélica. El terrorismo ganaba terreno en Europa: el IRA en Irlanda, la masacre en los Juegos Olímpicos de Múnich de 1972 vinculada al grupo terrorista Septiembre Negro. El mundo de la música, aunque estrenaba una era excelente, perdía a dos de los grandes Jimi Hendrix y Elvis Presley.

En España, pese a que el Régimen del general Franco parecía mantenerse inamovible y llevar su propio programa político, la verdad era que ese perturbador panorama mundial le tocaba de lleno. Las protestas estudiantiles eran cada vez más frecuentes y las movía un ánimo parecido al de los estudiantes americanos. Querían un mundo mejor, más libre, no regido por la fuerza de las armas. El terrorismo de ETA comenzaba a hacerse sentir. La extorsión y los secuestros les servían para hacerse con un arsenal. La represión que el franquismo ejercía en el País Vasco, más que acabar con el gran problema del terrorismo, alimentaba la sed de lucha armada y la legitimaba. El año 1972 se inauguraba con la liberación del primer industrial secuestrado por ETA, Lorenzo Zabala, al que seguirían otros raptos y chantajes.

En ese mismo año una joven cantautora, Cecilia, se convertía en artista revelación con un disco con temas como «Nada de nada» o «Dama dama». Sería un poco más tarde cuando Cecilia se convertiría en una referencia para mí en más de un sentido, concretamente en 1976, cuando murió en un accidente de tráfico. Recuerdo que fue nuestra tutora, doña Encarnita Matasanz, la que nos reveló su existencia cuando yo estaba en el segundo ciclo de la EGB. Doña Encarnita apareció el primer día de clase con un radiocasete, nos habló un poco de Cecilia, de su vida itinerante, había vivido en el Reino Unido, Portugal, Estados Unidos, Argelia y Jordania. Tenía influencias musicales de los Beatles, Simon y Garfunkel, Paul Simon. Sus letras eran de temática social, feminista y existencialista. Me impactó mucho saber que había muerto con tan solo veintisiete años.

—Sé que hoy deberíamos estar dando Lengua y Literatura Española —nos dijo doña Encarnita—. Sin embargo, he pensado que dedicar una clase a Cecilia es una forma de impartir literatura y de haceros razonar sobre lo que significan sus canciones en el panorama actual, algo que el programa de la materia no suele contemplar.

Eligio tres canciones: «Dama Dama», «Nada de Nada» y «Mi querida España». Nos habló del feminismo que profesaba la artista, de la crítica que la primera canción hacía de las señoras de alta sociedad, de las apariencias que regían y del papel anquilosado de una mujer dando una imagen que ya no existía. En «Nada de Nada» la temática era existencialista, hablaba de la imposibilidad de cambiar nuestro destino o nuestro papel en la sociedad, de cómo el lugar o la familia que nos tocaba nos predeterminaba. Esta canción me tocó en lo personal, si fuera más mayor podría haber sido yo misma la que escribiera el texto. Por último oímos «Mi querida España» y la profesora comentó que desde hacía mucho se podía hablar de dos Españas enfrentadas, que una quería el progreso y otra se aferraba a la tradición.

—Si queremos avanzar la una tiene que ir de la mano de la otra, si no se hace así nos arriesgamos a que haya de nuevo un conflicto, quién sabe si una guerra. Puede que ahora, que casi abrazamos la democracia, haya llegado el momento del hermanamiento, de la unión, de tener un objetivo común que beneficie a todos los españoles —fue la forma en la que terminó esa lección tan poco usual, una de las pocas clases que recuerdo de mis estudios de EGB.

La lección fue muy sonada y casi le costó el empleo a Encarnita Matasanz. A mí me convirtió en fan de Cecilia. En las Navidades me pedí de regalo el casete con el recopilatorio de los mejores temas de Cecilia, que oí con asiduidad hasta que se rompió. Me sabía todas sus letras y sus temas existencialistas me acompañaron cada vez que me sentía solitaria. Sus canciones me daban la certeza de que no era la única diferente.

Cecilia había sido una extrajera como yo y había triunfado con su visión del mundo tan cosmopolita, tan rica. Yo sería así también.

No fueron solo sus melodías y palabras las que me marcaron y cambiaron mi rumbo. Ni la personalidad e ideas que tenía las que me señalaron el nuevo camino a seguir. Debía de ser una mujer independiente, con estudios, a la que no le importara quedarse soltera. Eso era mejor a toparse con un hombre que se convirtiera en el rey de la casa, que hiciera lo que le diera la gana.

La figura de Cecilia repuso lo que a mí me faltaba en el hogar: una mujer fuerte e independiente y, aunque solo fuera a través de las letras de sus canciones, a mí me transformó, me condujo por otros senderos, me ayudó a convertirme en la mujer que ahora soy.

Pienso que su fallecimiento fue una pérdida para el panorama de la música española comparable con la muerte del joven Jimi Hendrix.

V. (SIN) PERSPECTIVAS

Me desperté. Era domingo por la mañana. Estábamos a primeros de noviembre de 2018. No era un día otoñal típico, el cielo estaba despejado y lucía el sol. Había pasado la noche con mi novia, Liliana, en su apartamento de Westend. La busqué y no la encontré en la cama. «Ha debido levantarse algo más temprano que yo y estará en la cocina tomando un café», pensé.

Eran escasos los momentos que compartíamos, me atrevería a decir que me sabían a poco. Me hubiese gustado pasar más tiempo con ella, charlar, comentarle sobre mis proyectos, mis perspectivas, mis sueños. Decirle que a veces merodean por mi cabeza demasiados pensamientos que me aturdían, que no pensaba que este mundo fuera justo y que quería hacer algo para cambiarlo, que por eso escribía. Para mí era un modo de reconstruir, de reconfortar, de reparar pérdidas, de resucitar; pero poner mis pensamientos en palabras e indagar en el pasado de mi familia a veces me hacía perder el norte.

En ocasiones me dejaba llevar por el pesimismo y pensaba que no tenía sentido escribir, que mis palabras pasarían desapercibidas, que nada cambiarían.

Abandoné esas reflexiones e intenté retornar, también con el pensamiento, al momento y al lugar en donde me hallaba, el apartamento de mi novia. Busqué a Liliana en la cocina, en el baño, en el salón. No la encontré. «Ha debido salir», pensé. Me acomodé en el sofá y, con el afán de rellenar el tiempo mientras la esperaba, encendí el televisor. Estaban poniendo las noticias matinales. Angela Merkel aparecía en la pantalla, reflexionando sobre la *Noche de los Cristales Rotos*, que fue en noviembre de 1938. Me emocionó su discurso.

—*La memoria es vital* —nos decía—, *es imprescindible para construir nuestro futuro, un futuro que no repita episodios tan penosos como los acaecidos en la noche del 9 al 10 de noviembre de 1938. La memoria es fugaz pero sabia. Debemos escucharla, comprender sus pesares y reconciliarnos con ella.*

»La memoria es como el agua del arroyo, la escuchamos cuando nos concentramos, cuando nos apartamos del bullicio de nuestra mundana existencia, y es tan necesaria como esa agua, porque si algún día el arroyo se seca no solo dejaremos de escuchar el devenir de la corriente, también la vida y la esperanza de una humanidad mejor morirá.

»La memoria es vital.

Las palabras de nuestra canciller no solo me impactaron por referirse a ese pasado que tanto atañía a mi familia paterna, sino que me dieron impulso para continuar indagando en otra historia, la de mi madre, sus padres y otros parientes, en la necesidad de rescatarlos del olvido y de la oscuridad de la que ella procedía, Guinea Ecuatorial. A lo mejor así, arrojando un poco de luz, por muy trémula que fuera, sobre sus sombras habría un leve cambio. Esas palabras de Angela Merkel no solo me animaron, también apoyaban una de mis tesis favoritas: la certeza de que todos podíamos hacer algo para mantener viva la memoria de los derrotados, de las víctimas, de los desaparecidos o los que murieron, de los que han tenido un destino aciago, de los que ya no tienen voz, de los que nunca la tuvieron.

«Tengo que hacer algo para que España y el mundo no olviden a Guinea Ecuatorial», me dije.

El sol seguía iluminando con toda su fuerza y esplendor. Apagué el televisor y escuché cómo una llave se introducía en la cerradura y la puerta se abría. Era Liliana.

—Buenos días, Ismael —me dijo tras abrir la puerta de entrada—. Salí a comprar panecillos y un par de cruasanes. Vamos a desayunar como reyes y cargarnos de nuevo de energía —añadió guiñándome un ojo.

—Muchas gracias —le contesté y me dispuse a preparar la mesa del desayuno.

—Preparo el café y pasamos otro ratito más en la cama antes de dar un paseo. Hay que aprovechar un día como este —me respondió y yo la besé.

Liliana y yo pasábamos juntos a lo sumo dos fines de semana al mes. Apurábamos estos encuentros al máximo, sacando energías de dónde fuese, como si fuera nuestra última reunión, el último acto carnal antes de una separación no deseada. Bebíamos la pasión a grandes tragos, sin dosificarnos. Liliana ejercía un magnetismo que me inflamaba. A menudo me preguntaba si es eso a lo que se reducía nuestra relación, a tres o cuatro noches vehementes al mes, o si había algo más.

Era una relación a medias, forjada en la semioscuridad, que se movía al compás de salidas esporádicas, de fines de semana recluidos en una habitación poblada por nuestros cuerpos sudorosos. No sabía a dónde me lleva este idilio o por qué seguía amarrado a él. A veces pensaba que había algo más que solo sexo, que con el tiempo encontraríamos semejanzas entre nosotros y que la relación podría tener futuro. En otras ocasiones creía que todo se iba a acabar pronto, que era una relación transitoria, sin perspectivas.

Me gustaba Liliana, adoraba sus curvas y me encantaba observar su cuerpo desnudo en la semioscuridad. Me enloquecía sentir sus labios rozando, besando mi torso y otros lugares de mi cuerpo. Si hubiese podido, habría dejado extinguir toda mi lascivia junto a ella. Sin embargo había tantos motivos que me hacían dudar… Su vida era demasiado complicada y nos encontrábamos de forma tan limitada. La miré, me atrajo hacia ella, volvimos a besarnos, tocarnos, desnudarnos. Hicimos el amor. La sentí tan próxima, tan distante.

—Liliana —le susurré sudoroso—. No te lo tomes a mal, pero a veces no sé qué nos une, qué nos mantiene juntos. La verdad es que me sabe a poco encontrarme contigo solo dos veces al mes, por muy intensas que sean. Querría pasar más tiempo, hablar contigo de mis cosas, y que tú me contaras algo más sobre ti. Perdona si soy muy directo, creo que hay algo que nos separa.

—¡Ay, mi Ismaelito! —me respondió—. Claro, nos separan muchas circunstancias. Yo te saco casi diez años, estoy separada, tengo una hija, un negocio propio que atender, muchas deudas y un marido que me da bastante la lata. Tú tienes todo un futuro por delante, eres joven y todavía no te has atado con deudas o responsabilidades. Te crees que no lo sé. Sería muy injusto que no viera las diferencias o que pensara que nuestra relación va a ir para largo. Sin embargo, podemos hallar puntos de unión entre nosotros, ciertos intereses comunes, y por lo que sea, el destino ha querido que vivamos, que gocemos por un momentito juntos. No me quiero preguntar por qué, o qué va a pasar mañana, solo disfrutar de las veladas que pasamos juntos, y que tú también saborees la pasión que vivimos. Da igual lo que dure. ¡Anda, y ahora vamos a beber otro cafelito antes de salir!

Tomamos otro café. Nos duchamos. Nos vestimos. Nos enfundamos con chaqueta, bufanda y guantes y nos dispusimos a salir.

—¿Alguna vez te he dicho —me confesó Liliana— que si las personas trataran de encontrar las afinidades entre ellas y no las diferencias, al mundo entero le iría mucho mejor? Mira, si nosotros estamos juntos es porque hay semejanzas que nos unen: los dos somos extranjeros, hablamos español entre nosotros, nos gusta salir a bailar, nos atraemos físicamente, nos lo pasamos genial en la cama, charlamos a veces, tú crees en la posibilidad de mejorar este mundo y a mí me gusta oírte. Contigo a mi lado conservo alguna esperanza, aunque mi edad y mis experiencias me hagan ver las cosas de un modo más crítico y piense que en este puñetero planeta poco se puede cambiar.

—Se puede —continué, mientras pensaba en el discurso de la canciller alemana—. Todos podemos hacer algo. Tú, desde tu peluquería, en la que junto a las revistas del corazón tus clientas encuentran publicidad de diferentes organizaciones no gubernamentales para apadrinar niñas en Asia o Latinoamérica, o para ayudar a los refugiados. Los políticos pueden colaborar a que la gente sienta una mayor empatía hacia los que sufren con discursos que busquen conciliación en vez de confrontación; fraternización y no odio. Cualquiera puede contribuir siendo amable o ayudando a alguien en una posición desafortunada.

Le hablé a Liliana de mis actividades como voluntario de un grupo que ayuda a los refugiados en los vericuetos de la sociedad alemana y a guiarlos para que aprendan la lengua y se integren con un poco más de facilidad.

—Es una labor admirable dada tu juventud. Las chicas de tu edad que vienen a mi salón de belleza se preocupan más de su imagen externa que de lo que le pasa al resto del mundo. Mientras a ellas les vaya bien y se muestren como divas en sus selfis, les da igual lo que otros sufran —observó—. Y eso no es lo peor —continuó—, pero prefiero zanjar la conversación aquí, Ismael. Nos queda una gran parte del día por delante y deberíamos sacarle el mejor partido posible, disfrutar más, que la vida tiene cosas ricas que ofrecerte. Tú piensas demasiado, Ismael.

Salimos a la calle y comenzamos a caminar en dirección a la Ópera, un grandioso edificio del siglo XIX, una de las joyas de la arquitectura francfortesa. En días soleados la piedra se tiñe de tonalidades *beige* y doradas, dando la impresión de que la Ópera posee un brillo propio, un fulgor difícil de esquivar si atraviesas la magnífica y amplia plaza en donde se erige. Quizá sea por la historia que alberga, por ser el monumento que representa por excelencia a la música, por ser el símbolo de la burguesía de esta ciudad, de la confianza en el progreso y en la cultura, que son el mejor estandarte de una comunidad, de un pueblo, de una nación. Quizá sea por otras tantas razones que desconozco o por pura fortuna, el hecho es que este edificio, aunque sufrió graves daños, fue junto con la Universidad de Frankfurt una de las pocas construcciones que quedó en pie después de los bombardeos de 1944.

El esplendor de esta obra arquitectónica contrasta con las tonalidades de otras partes de la ciudad que están inmersas en claros y sombras, como los restos de la antigua muralla de la urbe, casi invisible, empotrada entre dos casas en un insulso callejón, limitando con lo que en su día fue el primer gueto judío de la ciudad. Nos paramos unos minutos a observar el monumento con su sosegada compostura y continuamos con nuestro paseo hacia el centro.

Sin saber por qué, me puse a charlar con Liliana sobre mi novela inédita, de cómo había empezado a escribir, así sin buscarlo, al saber que mi hermana Isabela se había enamorado de un amigo de la infancia y de cómo había continuado abordando la saga de mi familia paterna, que, en gran parte, no había sobrevivido al Holocausto. De cómo después me puse a investigar sobre mi madre. Su familia había sufrido también el éxodo. La historia se repetía, esta vez en Guinea Ecuatorial. «Puede que también una parte de mi familia materna fuera aniquilada durante la dictadura de Macías o la de Obiang», reflexioné. A mi madre le debía quedar mucho que contar.

—Mi padre —le confesé a Liliana— insiste siempre en que no hay que dejar que el pasado se olvide —añadí—. Dice que lo único que les queda a las víctimas es la memoria, sus recuerdos, y que estos no deben pasar sin pena ni gloria por nuestras vidas, rememorarlos es vital —indiqué recordando las palabras de la señora Merkel—. Es el único modo de evitar que ocurra otra vez lo mismo, que la historia se repita; pero la humanidad reincide. Se vuelven a vivir acontecimientos históricos similares a los acaecidos en el pasado, quizás porque la gente no recuerda o quiere olvidar lo que ocurrió, o porque ignoran el pasado, porque tienen prisa por pasar página, como si borrar lo que ocurrió fuera el mejor modo de subsistir —dije pensando que mi madre era de las que evitaba los temas que le dolían, que esa era su forma de supervivencia.

Liliana se quedó observándome unos minutos, en su mirada se percibía que el tema le irritaba.

—No estoy de acuerdo con lo que dices, Ismael —me contestó—. Recordar a veces no ayuda. Mira mi país, Colombia, lleva décadas buscando la paz, y al final, cuando por fin un presidente consigue un acuerdo con la guerrilla, no es posible firmarlo. Pesaba tanto el dolor y la memoria de las víctimas, que el pueblo terminó votando no a la tregua definitiva con las guerrillas. Rememorar provoca también desasosiego e incita, incluso, a la venganza, al odio. Pienso que cada uno debe hacer lo que le venga en gana con el pasado y la memoria, quien quiera dejarlo sepultado bajo cuatro fosas que lo haga, quien quiera andar removiendo tumbas que lo haga, pero que no obligue al otro a coger la pala y cavar.

—Comprendo que es difícil enfrentarse al dolor, al trauma, y que a aquellos que sufrieron el conflicto y perdieron familiares a manos de la guerrilla les cuesta olvidar y perdonar. Sin embargo, estoy convencido de que se necesita hablar del pasado trágico para sobreponerse y construir un futuro mejor. Se debe hacer con mucho respeto, evocando, mostrando sincero arrepentimiento si has sido uno de los verdugos y reclamando reconocimiento y compensación si fuiste víctima. Lleva tiempo tanto perdonar como reconocer haber cometido injusticias, asesinatos, sin embargo, es necesario. Si no hacemos las paces con los que convivimos, si no admitimos el pasado, por sangriento o injusto que sea, tendremos un presente a medias y un futuro ensombrecido, en el que en cualquier momento el rencor nos puede devolver las pesadillas —observé.

—¡Ismaelito, eres demasiado joven, demasiado bueno, demasiado iluso! Hay gente que no se aflige por sus faltas, ni deplora sus crímenes. Hay tantos que son incapaces de mirar a su alrededor y darse cuenta de que no son los únicos en este planeta. Hay individuos que ignoran a una gran parte de la humanidad, que solo perciben su mera presencia y la de aquellos que comparten sus ideas e intereses. Son personas peligrosas, porque desdeñan a todos aquellos que son distintos, que no pertenecen a su club. A estos engendros no les interesa crear un mundo mejor, solo desean legitimar unas ideas que favorezcan a los de su quinta. Lo peor es que algunos llegan al poder y esto les hace mucho más peligrosos. Nunca deploran sus malas acciones o sus crímenes. Si alguna vez expresan arrepentimiento no es sincero, es forzado por el cambio de situación política o económica. Lo malo es que estos canallas destruyen gobiernos establecidos de forma democrática y llevan a las naciones con sus acciones a la ruina moral y económica. Así que no me hables de treguas en mi país o en otras tantas repúblicas bananeras de Latinoamérica o África. Pienso que en Colombia no habrá paz, que es solo un paripé, una estrategia política que no acarreará ningún cambio. Y lo mismo se podría aplicar a otros muchos países, que están igual de mal o mucho peor que el mío, como Venezuela o la Guinea Ecuatorial de tu madre. Recordar lo que pasó no servirá de nada, los que vivan allí seguirán igual de jodidos —sentenció.

No contesté inmediatamente, me quedé solo pensando. Aunque no estaba de acuerdo con lo que decía, sabía que de algún modo ella tenía razón. En este planeta no siempre reina el entendimiento y la buena voluntad. Olvidar lo acaecido o conformarse con un presente desilusionante, con un futuro sin perspectivas, no era tampoco la solución.

—Tienes razón —dije al cabo de un rato—. La memoria no es buena compañera si hay demasiado resentimiento en el corazón. Estoy totalmente de acuerdo contigo en que nuestra vida puede ser agradable o también el mismo infierno, dependiendo de dónde hayamos nacido o nos haya llevado la vida. No te lo voy a negar, en muchas ocasiones son nuestros dirigentes los que nos arrollan hacia terribles situaciones, hacia la misma muerte. Sin embargo, y en esto estoy en desacuerdo contigo, es necesario mantener en nuestra memoria a las víctimas de la historia, porque olvidarlas significa redimir a sus verdugos. Si no recordamos, es más fácil bajar la guardia, cerrar los ojos, tolerar persecuciones, atrocidades, guerras y genocidios —le comenté aun a sabiendas de estar repitiéndome.

—Ojalá fuera tan fácil como lo pintas. Yo te aseguro que por mucho que se rememore a las víctimas, poco es lo que cambia. Hay vidas que se pierden, existencias trágicas que pasan casi desapercibidas ante nuestros ojos. Mientras que unos viven y mueren con todos los honores, a otros se les deja padecer y perecer. Las victimas jamás han recibido ni la atención ni el reconocimiento merecido, eso no te lo niego.

Estas palabras me hicieron recordar el poema que cierra el poemario de mi tía bisabuela Rosa Wasserman, llamado «ohne Anerkenung», que se podría traducir como «sin reconocimiento» o «sin pena ni gloria». Le hablé a Liliana de este librillo de mi antepasada y en especial de este poema el cual le recité.

Discurre la vida
y el tiempo que fluye
nos va moldeando.

Soñamos con gloria,
con cambiar las normas,
con tirar los muros,
mas solo es anhelo.
Sin pesar vivimos,
sin abrir las puertas,
con murallas gruesas,
sin lo que quisimos.

Cuando no hay memoria,
cubiertos de pena,
nuestra muerte llega
sin pena ni gloria.

—Ismael —observó Liliana—, yo no entiendo mucho de poesía, pero esta, además de ratificar lo que acabo de decir, que casi todos vivimos una vida insulsa, que se nos subestima, me parece bastante pesimista.

—Este es el último poema de su libro. Los primeros cuentos y poemas eran a su manera optimistas. Rosa era muy joven cuando los escribió y pensaba que en esos primeros años del siglo XX la bondad, el entendimiento y la honestidad se impondrían y que un ciclo de paz y prosperidad abrazaría a toda la humanidad. Se equivocó, Europa se aproximaba a una era, a una guerra casi apocalíptica. En el continente se empezaba a perfilar un negro futuro. Rosa debió intuir que los tiempos dorados de Alemania y de Frankfurt estaban llegando a su fin, que el vivir armonioso de las comunidades cristianas y judías se iba a acabar pronto y que los muros que habían oscurecido la convivencia entre estas dos comunidades se iban a erguir nuevamente y puede que por esa causa el tono de sus poemas se tornase gris y triste.

—No sé si estás intentado decirme que la humanidad no tiene solución, que siempre se las apaña para hacer de tantos millones de existencias un jodido infierno, o si eres de esos que albergan esperanzas inútiles. Mi opinión es que no tenemos solución, Ismael. Siempre hay algún hijo de puta que nos joroba la existencia.

—Ni lo uno ni lo otro —le respondí—. Pienso, como mi amigo Juan, que con tolerancia, entendimiento hacia los otros y buena voluntad, tenemos la posibilidad de crear un pequeño paraíso, en pueblos, ciudades o incluso países puntuales. Para que esto sea posible en más lugares no toca otra que recordar y hacer a los demás conscientes de lo que pasó, que está en nuestras manos evitar que se repita.

Miré a Liliana y me callé. Ella me observaba con una expresión de escepticismo desconocida para mí. Puede que tuviese toda la razón y que poca solución hubiese. Si retrocediese dos años en el tiempo, no me quedaría más remedio que admitir todos sus argumentos como válidos. El devenir de algunos acontecimientos del 2016, como el supuesto golpe de Estado en Turquía, la elección de Donald Trump y otros tantos políticos populistas de izquierda o derecha, o el Brexit, mostraban lo poco que la humanidad había aprendido de la historia. La crisis de valores, la crisis de los refugiados, el cambio climático y el alce de los políticos oportunistas me hacían temer que el mundo se estaba transmutando para peor.

«Ojalá Liliana se equivocase», pensé, «pero en este nuevo milenio hay más desavenencias, más pesares y más muros infranqueables que hace un par de décadas». Estaba en estos pensamientos cuando Liliana, que llevaba callada unos minutos, comentó.:

—Ismael, ya sabes que no soy la típica peluquera que se preocupa por los modelitos que llevan las reinas o princesas de Europa. Prefiero apadrinar a un par de niñas en Colombia. Creo que hay una mayoría, entiéndase por ello más del cincuenta por ciento de la población, que es bondadosa; pero a muchos de ellos les falta concienciarse y hacer algo por los que menos tienen. Sin embargo, hay también mala gente y egoísta. Muchos políticos pertenecen a esta calaña. No me gusta tocar estos temas, entre otras cosas porque si hablo de política puedo perder clientes, por eso casi siempre me callo. Me guardo estos pensamientos para mí, porque, como dicen en Colombia, me pone *verraca*, me exaspera,ver como hay tantos cretinos y corruptos al mando de determinados países. Se gobierna para las grandes compañías o, lo que es aún peor, para el beneficio del gobernante de turno, que no duda en favorecer a sus amigos o que debe devolver favores a la gente que le ha aupado al poder. Me pesa un poco zarandearte de este modo y desbaratar esa ilusión propia de tu juventud, pero necesitas saber que estamos rodeados de ineptos y que son estos los que a menudo mueven los hilos de la política o de la economía, llenándose los bolsillos, sin importarles un carajo el resto de la humanidad. Ni tus acciones, ni tus buenas palabras, ni todos los libros del mundo por muy maravilloso que sea su mensaje, van a cambiar este planeta en decadencia.

»En el mejor de los casos vives en un país con un sueldo decente en el que solo te exprimen con algunas horas extras, con trabajos mal pagados o con impuestos injustificados. En el peor has nacido en un lugar donde esos señores te arruinan la vida, provocan guerras, asesinan sin escrúpulo alguno y, a los que queremos sobrevivir, no malgastar nuestra vida allí, nos obligan a dejar nuestra tierra, nuestras raíces y a vivir en cualquier otro lugar sin pena ni gloria. Y este panorama que te pinto no mejora, ni se reduce. Si un país se democratiza y decrece el abuso, otro que no estaba tan mal elige a un gran hijo de puta al que solo le interesa llenarse los bolsillos, que empieza a chupar como un parásito gigante y deja de preocuparse de la gente de a pie. En algunos países nada cambia, porque ese tipo de gobierno corrupto es la norma habitual, un mal endémico.

»Así que prefiero no tratar el tema. Hablar no soluciona los problemas de la pobre gente que se ve afectada y no modifica el mundo, por mucho que unos cuantos idealistas ingenuos como tú y tu amigo Juan se empeñen en contribuir al cambio diciendo que la memoria histórica nos puede ayudar a no tropezar dos veces con la misma piedra. Escribe todos los libros que quieras, Ismael, pero no pienses que tus reflexiones y la literatura van a mejorar este planeta, a la gente que sufre le importan un bledo los escritos. Espero, por tu bien, que nunca tengas demasiado éxito o que puedas influenciar a las masas, hacerles creer que se puede vivir en un mundo más justo; porque a aquellos que con sus pensamientos empiezan a impulsar algún cambio los liquidan, como pasó con Allende, con Kennedy o con Martin Luther King.

»No os quiero ofender ni a ti ni a Juan, pero es que a veces sois unos papanatas. En este mundo las cosas no se pueden alterar. Lo único que se puede cambiar es el lugar donde vives y con quién te juntas, pero no el orden mundial. Si vienes a parar como tú y yo a esta ciudad y a este país, en el que al menos hay organización porque tenemos unos gobernantes medio decentes, y te rodeas de buenas amistades, pues tienes suerte, si no, te jodes, o mejor dicho, te joden.

Me dejó de piedra escuchar a Liliana hablar de esta manera, usando ese lenguaje. No comprendía a qué se debía esta reacción, a qué este súbito pesimismo. Liliana me había parecido siempre una persona más bien optimista, que creía en el entendimiento entre personas totalmente diferentes, pero esa reacción... Quizás le ocurrió algo a su familia en Colombia o su situación personal se le ha complicado. Durante este último encuentro la noté veces cariñosa, otras distante, casi cortante. Me preguntaba qué cambio la llevaba a esa actitud o si yo estaba diciendo algo inoportuno.

Decidí actuar como mi padre hace cuando mi madre se altera sin motivo aparente y cerrar la boca. Quizás tuviera razón después de todo. Puede que Juan y yo fuéramos un par de ilusos. Era cierto que, con nuestras buenas intenciones o escribiendo una novelita, no íbamos a cambiar nada en absoluto, había que arriesgarse más y ponerse en el punto de mira, pero ¿cómo hacerlo? De cualquier forma, tener esperanza era para mí una mejor opción que pensar que el mundo no tiene remedio.

—No sé qué pensar, Liliana —le dije al cabo de un rato—. Parece que el día se nos está torciendo. —Pensé en añadir el comentario «maldita política, siempre jorobando», pero me mordí la lengua.

—Y yo creo —me interrumpió— que deberíamos aprovechar este día extraordinario y seguir con nuestro paseo por el centro, en vez de meternos a discutir asuntos que ni nos incumben ni tienen solución. Así a lo mejor terminamos este día de la misma forma genial que lo empezamos.

No sé por qué en una mañana tan extraordinaria, con ese sol, tan atípico para un día de noviembre en Frankfurt, me había dado por merodear por los derroteros de la historia y la memoria y tratar temas que no siempre agradan a todo el mundo. «Me parezco cada vez más a mi amigo Juan», pensé, «empezando conversaciones que no complacen a nadie». Decidí no tratar más el tema, disfrutar con nuestra caminata y dedicarle un par de piropos que aceptó con agrado dedicándome una sonrisa y dándome un espectacular beso, por lo que no pude evitar desear sumergirme de nuevo en su cama, explorar su cuerpo. Me acerqué a ella y repetimos abrazos y besos.

Dejamos atrás la Plaza de la Ópera. Bajamos por la calle peatonal que conduce hasta la Hauptwache, Fressgasse, en la cual se podía ver que hace unas horas, en el sábado noche, había habido diversión. A lo largo del pavimento se dispersaban algunos vasos rotos, papeles, envoltorios, la basura rebosaba en las papeleras y unas cuantas botellas deambulaban por las aceras movidas por una ligera brisa invernal. Esta calle peatonal, bordeada por pasajes y algún que otro callejón, es una de las arterias de la vida nocturna de Frankfurt. A los bares de copas y restaurantes se unen un par de discotecas y pequeños clubes un tanto alternativos, no tan visibles, porque se esconden en las bocacalles adyacentes. Llegamos a la Hauptwache y comenzamos a subir por el Zeil, la arteria comercial de la ciudad, que, como era domingo, no estaba tan bulliciosa como de costumbre.

Recordé a mi tatarabuelo, Zakarias Wasserman, y su joyería ubicada enfrente de los grandes almacenes Karstadt. En su lugar hoy encontramos una tienda de zapatos, llamada Deichmann, cadena que posiblemente algunos de vosotros conocéis.

Durante los años veinte y treinta, cuando mi abuelo regía esa joyería, la mayoría de los comercios de esta calle, que ya era el centro comercial de la urbe, pertenecían a familias judías. El reputado negocio de la familia Tilman, que pasó durante el régimen de Hitler a manos alemanas, o el del relojero Silverman , en la misma plaza de la Hauptwache; tantas familias que perdieron sus propiedades y fortunas delatados por sus amigos y vecinos. Me acordé de mi tía bisabuela Rosa Wasserman y me pregunté si en otras circunstancias, con otra procedencia, habría llegado a ser una de las poetisas de renombre en Alemania.

—¿Todo bien, Ismael? —me preguntó Liliana.

—Sí, ¿por qué preguntas?

—Te veo de repente tan callado —me respondió—. Espero que no sea por mi causa.

—¡Claro que no es por ti! —dije medio mintiendo—. Frankfurt está tan desierto los domingos que me sigue chocando. No me puedo imaginar que un día como este en Madrid nos encontremos una calle tan solitaria en el centro. Me ha dado por recordar esos años en los que viví en la capital española. Echo de menos su bullicio y su luminosidad. Por muy agraciados que seamos hoy con este tiempo tan soleado, a Frankfurt le faltará siempre la algarabía característica de Madrid. No me termino de acostumbrar a estos domingos tan tranquilos, casi muertos.

—Yo también añoro la bulla y el vocerío de mi país, pero si volviera allí, viviría sin perspectivas —comentó.

Liliana se acercó a mí. La noté más distendida, la volví a abrazar y nos besamos. Nunca hasta el día de hoy me había cuestionado este romance, digamos que no tenía ninguna otra expectativa aparte de dejarme consumir junto a su cuerpo. Era el sexo y el deseo lo que me movía, lo que me arrastraba a ella, lo que hacía que me sintiera próximo, que encontrara puntos en común. No quiero engañaros. Le tenía afecto y apreciaba esos momentos colmados con otro tipo de intimidad, de confidencialidad. Llegué a pensar que me estaba enamorando, pero no era así. Fue precisamente este día de noviembre, cuando me di cuenta, cuando quizás ella también se percató de todo lo que nos separaba. La miré e intuí lo poco que faltaba para llegar al fin de nuestra relación, de nuestro sexo sin cuartel. Sumido en estos pensamientos sentí como Liliana me abrazaba y ansié admirar y recorrer su desnudez en una última ocasión.

Caminamos casi diez minutos el uno próximo al otro, pero sin intercambiar palabra, en silencio, casi sin rumbo, en una ciudad más desierta de lo normal. Porque los domingos en Alemania apenas pasa nada, los comercios cierran, incluso algunos locales dedicados a la restauración descansan ese día, y las gentes se refugian en sus hogares para distenderse y curarse del estrés sufrido a lo largo de la semana. Es un día para no hacer nada, algo que no me gusta y a lo que no me termino de habituar. En Madrid salíamos casi todos los domingos a comer y tanto los restaurantes del centro como los de los pueblos de la sierra estaban llenos. Se apuraba el fin de semana, al menos hasta avanzadas horas de la sobremesa. En Frankfurt cuesta tener una cita con los amigos, casi todos sus habitantes optan por pasar el último día de la semana en casa, tranquilos. Mi madre siempre se quejaba cuando llegaba el domingo.

—Este es sin duda el día más aburrido de toda la semana —decía—. Aquí es tal la obsesión por el trabajo que los alemanes necesitan un día *entero para hacerse a la idea de que el lunes se comienza de nuevo. Necesitan prepararse psicológicamente para los cinco días venideros. Están tan agobiados que, como mucho, te invitan a tomar un café con unos pastelitos y a las cinco te mandan para casa, o no quedan contigo con la excusa de que el domingo es un día para dedicarlo a la familia.*

Seguimos caminando por un largo tiempo. Eran ya casi las dos de la tarde cuando le propuse a Liliana que fuéramos a comer algo. Como era algo tarde para los restaurantes alemanes, que habitualmente no te sirven nada caliente a partir de las dos y media, le sugerí que fuéramos al Centro Gallego que, como cualquier bar en España, se mantiene abierto desde el mediodía hasta la madrugada y no se les ocurre decirte que está cerrada la cocina.

Cuando llegamos, Dionisios, el dueño, que me conoce, me recibió con un apretón de manos y un abrazo.

—¿Qué tal Ismael? —me preguntó.

—¡Bien hombre! No me puedo quejar. Venimos con bastante hambre. Acabamos de dar un buen paseo y este nos ha abierto el apetito —le expliqué.

—Pues no podías haber venido a mejor sitio, ni en mejor momento. Estamos preparando una paella a la que le falta poco para estar lista. Si la acompañáis con un par de tapitas y un buen vino quedaréis más que satisfechos.

—No lo dudo —observé.

—¡Venid, os voy a buscar una buena mesa a ti y a tu amiga! ¿Viene también Juan?

—No, solo estamos los dos, ¿por qué?

—No, por nada, como suele venir contigo... —mencionó el dueño del restaurante—. Me he acostumbrado a veros juntos.

—No te debe sorprender. No somos inseparables. No siempre ando con él —le dije.

—¡Por fortuna es así! —opinó Liliana.

—¡Hoy he venido con mejor compañía! —intervine interrumpiendo a Liliana.

—No me cabe duda, Ismael. Encantado de recibirla en nuestro humilde restaurante, señorita —contestó Dionisios con clara intención de agradar a Liliana—. Haremos lo posible para que disfrute aquí.

¡Dimitri! —dijo dirigiéndose a su hijo que ejercía de camarero los fines de semana—. ¡Anda, acompaña a la parejita a la sala de arriba y búscales una buena mesa al lado de la ventana, bien luminosa pero algo íntima! ¡Qué disfrutéis la comida! —exclamó dirigiéndose a nosotros.

La comida fue amena. Conversamos tratando temas nimios y la tensión que había entre Liliana y yo se fue distendiendo, desapareciendo. «Quizás el día podría terminar bien después de todo», pensé. Deseé a Liliana, su cuerpo, aunque no le dije nada. No era necesario. Las miradas y las caricias que le dediqué durante la sobremesa dejaron claro lo que ansiaba. Liliana se mostró complaciente. La comida me pareció más sabrosa que de costumbre.

Cuando salimos del Centro Gallego eran más de las tres de la tarde. Habíamos tomado un par de cervezas, comido algo más de la cuenta y terminado el almuerzo con una copita de licor de hierbas gallego, cortesía de mi amigo Dionisios. Decidimos dar un rodeo y regresar paseando a lo largo del río. Se había levantado un poco de viento y hacía más frío. Aun así, como el día había sido luminoso, era agradable caminar cerca del río Meno.

Esta es la parte de la ciudad que más me gusta porque es la que mejor muestra las múltiples caras de la metrópolis: sus altos rascacielos, los aires de modernidad, el casco antiguo, sus callejones, sus numerosos museos esparcidos a todo lo largo de ambas orillas, algunos teatros, bares, restaurantes y el manifiesto crisol racial de la ciudad y del planeta. La ribera del Meno es el lugar preferido para caminar en un día soleado tanto de los francforteses como de los turistas.

Continuamos nuestro peregrinar a la orilla del río hasta llegar a la altura de la Mainzer Landstrasse. Subimos por esa calle hasta llegar a la Plaza de Willy Brandt, el primer canciller socialdemócrata del siglo XX. En ese lugar se halla el monumento al euro, el Schauspielhaus (el teatro más grande de Frankfurt), el Teatro inglés y la Ópera nueva. Frankfurt sigue siendo una ciudad con una intensa vida cultural en la que las manifestaciones artísticas clásicas escenificadas en edificios emblemáticos, como la Ópera Vieja, conviven con versiones modernas de obras tradicionales representadas en los teatros en torno a la Plaza de Willy Brandt. La ciudad ofrece conciertos además de musicales en los pabellones de la Feria y se encuentran también otras manifestaciones más vanguardistas y alternativas en locales con aforo reducido próximos a la universidad y el politécnico. Frankfurt es, además, tierra de grandes escritores, pensadores y poetas.

Atravesamos la plaza y tomamos la calle Kaiser, en donde restaurantes de cierto lujo se mezclan con locales más baratos y tiendas eróticas. Al llegar a la altura de la Estación Central, como estábamos cansados, decidimos coger el tranvía dieciséis hasta la parada de la Feria de Muestras, que quedaba muy cerca de la calle Schumann, donde vive Liliana. Hicimos este último trayecto en silencio. Liliana estaba pensativa, pero se mostraba tierna. Cuando llegamos a la puerta de su apartamento me invitó a subir. No intercambiamos apenas palabras, solo abrazos, caricias y sudor. Este encuentro me pareció más intenso que de costumbre y recuerdo haber terminado tumbado en la cama, extenuado, sin poderme mover por un largo espacio de tiempo. Liliana me besó y me invitó a que me vistiera.

—Ismael, cariño, perdona que me haya portado de ese modo contigo, mostrándote una cara tan pesimista. Ojalá tuvieras razón y pudiéramos cambiar este mundo incierto a través de nuestros pensamientos, de nuestros escritos. Ojalá pudiéramos cambiar el discurrir de los acontecimientos con la misma facilidad que cambiamos el final de un libro y que todos los finales fueran felices, de veras que me encantaría.

Me terminé de vestir y le pregunté a Liliana si le apetecía que nos tomáramos una copa antes de que me fuera.

—Me gustaría que te quedaras un poco más —me informó—, pero es que mi exmarido está por llegar y ya sabes que prefiero mantener nuestra relación al margen de todos los embrollos que tengo con él.

No discutí. Me vestí y me despedí con un beso que sería el último.

—No tenemos mucho futuro juntos —me explicó susurrando—. Ando de cabeza últimamente, tanto en el terreno laboral como en el familiar. A veces me sofoco sin razón y la pago con los que no debo. No soy buena compañera. Deberíamos reducir estos encuentros o no vernos por una temporada —me propuso o quizás sentenció—. Nos volveremos a ver cuando el destino nos sea más propicio —añadió bajando el tono de voz.

Yo intuía que le faltaba decir «es bastante probable que nunca pase». No sabía si agradecer que ella terminara la relación conmigo de ese modo, tras el día más intenso en lo que atañe a lo sexual, o sentirme herido por no haber sido yo el que hubiera dado el paso.

—Comprendo, Liliana —acerté a decir.

—No creo que puedas entender todo aunque te lo explique, pero, créeme, es lo mejor para ti.

Me puse la chaqueta y salí. Eran las cinco y media de la tarde, ya había anochecido y tanto el frío como el viento, el cual se había ido incrementando a lo largo del día, me transmitían una sensación de soledad, vacío y desasosiego. No sabía por qué, pero me sentía culpable o responsable de ese final casi previsto. Creía haber hablado demasiado, o haber dicho algo inoportuno, aunque no sabía qué era.

Mientras apretaba el paso para llegar con la mayor celeridad posible a la estación más cercana, pasaron por mi mente todas las opiniones que Liliana había expuesto: la imposibilidad de un mundo mejor, la inutilidad de la literatura o del altruismo de cualquier clase. Frankfurt se había tornado en poco tiempo en una urbe gélida y oscura. Yo sentía como si parte de mi juventud se hubiese desprendido este día de noviembre. No sabía qué me dolía más, que ella me hubiera expulsado de esta forma de su vida, o que hubiera hecho pedazos mi otra pasión, la literatura, al cuestionarla. Por un momento se me pasó por la cabeza volver para hablar con ella, hacerla reflexionar y evitar esa ruptura. No lo hice. Apreté el paso y me alejé de su apartamento lo más rápido que pude.

«Debemos aceptar y no aferrarnos a algo o a alguien, abandonar sin tardanza lo que carece de expectativas», me repetí. Pero no siempre es fácil. El viento me arrebató un par de lagrimones. Aligeré el paso hasta alcanzar la parada de metro más próxima, sin mirar hacia atrás.

Llegué a casa. Quería liberar los sentimientos que pululaban en mi interior, buscar una respuesta para mí, aunque esta fuera una solución personal, aunque mi escrito no fuera a alterar el discurrir de vuestras vidas. Encendí el ordenador, abrí un documento nuevo y compuse mi primer poema, que espero os guste:

(SIN) PERSPECTIVAS
Contaros podría que pasa la vida,
que amamos, sin fijarnos metas,
sustentados solo de ansia y deseo,
de lascivia y prisa.

Contaros podría que los sueños crecen,
nos creemos dioses jóvenes y lúdicos,
hacemos piruetas y, cuando estamos lúcidos,
topamos con muros, la fuerza enflaquece
y nos damos cuenta, que pocas quimeras
pueden
transformar las gentes.

Contaros podría que en aquellos días,
cuando despertamos resacosos, lívidos,
la congoja mina
los anhelos fatuos
y las utopías.

Contaros podría
que sin los proyectos
o una perspectiva,
la existencia es yerma
preñada de amnesia,
de ausencias.

Y si la esperanza
se nos va apagando,
qué sentido tiene
ser cuerdo y sensato,
qué sentido tiene
cegar fantasías,
dejar los zarpazos
de la realidad inminente
invadir el alma.

Y puedo contaros
que pese al augurio
de un futuro oscuro,
sin canjes, ni cambios,
pese a impedimentos
y dificultades,

algo trasnochado
y llorando a charcos,
me aferro a las letras.
Imaginación y espíritu
necesitan de ellas.

***

Estuve unos días algo turbado, pero pronto volví a la labor que había emprendido: reconstruir la historia de mi madre, de su familia y de ese país, Guinea Ecuatorial, tan desconocido para mí, para tanta gente.

Liliana me había confundido, me había hecho dudar sobre los propósitos que me movían. Puede que tuviera razón, que en ocasiones la memoria sea mala compañera y solo sirva para despertar a espíritus malignos y sembrar cizaña. Puede que no haya una sola fórmula mágica para lograr ese futuro mejor, que el borrón y cuenta nueva funcione en algunos casos mejor que el rememorar y reconocer nuestros errores y fracasos.

Este proceder fue en cierto modo el artífice del éxito de la Transición española, pasar página a toda costa, no ponerse a buscar culpables o víctimas, no ver al que fue enemigo como rival, sino como alguien necesario para el cambio, con el que hay que negociar, al que hay que hacer concesiones. No detenernos ante los escollos que puedan surgir y trabajar codo con codo, uno y otro bando, sin mirar hacia atrás, solo adelante.

Mi madre había vivido ese periodo tan importante para la historia de España. Ya me había narrado alguna de sus impresiones y estaba seguro de que más habría de relatarme, aunque en ese preciso momento de mi vida, después de que mi relación con Liliana terminara, no era lo que más me urgía consultarle.

—¿Cómo una pareja tan dispar como tú y papá os habéis enamorado, unido y habéis logrado mantener una buena relación por tantos años? —le pregunté así de sopetón.

—¿No pensarás que eres el único que me hace esta cuestión? Casi todos mis amigos, mi padre y algún que otro conocido o compañero de trabajo me han preguntado lo mismo.

—¿Cuál fue tu respuesta?

—No he dado ninguna en la mayoría de los casos porque es algo que nos concierne solo a mí y a tu padre.

—Pero supongo que yo no pertenezco a la mayoría y que algo me dirás.

—Pues sí, no perteneces a la mayoría, pero esta pregunta me pone en un aprieto. No sé si mentirte y contestarte que ni yo misma sé qué hago con tu padre, o contarte la verdad y arriesgarme a caerme de ese pedestal en el que los hijos varones suelen tener a sus madres, si es que alguna vez me colocaste allí. Te diré que nos unen varias circunstancias y el lastre personal que acarreamos.

—¿Podrías ser más concreta?

—Por poder podría, pero no sé por dónde empezar.

—¿Quizás las circunstancias que te unen?

—Bien, empecemos por ahí. No fui a la Universidad de Canterbury a realizar mi tesis doctoral sobre literatura poscolonial africana por puro capricho de tu abuelo, como siempre él ha contado, o porque mi padre pensara que el catedrático Abdulrazak Gurnah fuera un gran especialista en el tema y la única persona con la que yo pudiera conocer a fondo lo que la literatura poscolonial es y significa. Si te paras a pensar un poco, yo podría haber escrito la tesis doctoral en la Universidad Complutense sobre ese tema, solo tenía que haber encontrado un catedrático que se aventurara conmigo en ese campo tan poco investigado en España o, en último caso, sobre cualquier otro tema. Podría también no haberla empezado, después de todo las tesis doctorales son casi siempre una pérdida de tiempo y de nada sirven a no ser que te quedes en la universidad. Supongo que sabes que la abandoné a la mitad, así que ya ves lo útil que me fue. —Mi madre se detuvo un momento, como meditando las palabras que iba a decir, después continuó hablando—: La verdadera razón de mi partida a Inglaterra fue que quería poner tierra de por medio entre una persona y yo. Había tenido, o todavía mantenía, no lo sé, una relación de esas que no llevan a ningún puerto, que envenenan tus ideales. Un idilio que sabes que tienes que dejar, pero no sabes cómo hacerlo. Era un hombre mayor que yo, casado, de esos que dicen que van a dejar a su mujer. Te lo promete porque quiere conservarte como amante. Cada vez que me alejaba, volvía a buscarme a la universidad o a los lugares donde esperaba encontrarme. Yo sabía que me mentía y quería cortar para siempre. Llegó un momento en que no sabía cómo librarme de él. Hablé con mi padre, que trabajaba en ese momento en la Embajada de Guinea Ecuatorial de Londres, y le dije que me gustaría continuar mis estudios allí, cerca de ellos. Quizás podría hacer un Máster o comenzar con la tesina en la Universidad de Londres, le propuse. El abuelo Manuel se alegró y prometió buscar la universidad apropiada para mí y hacer las gestiones pertinentes. A la semana me llamó para sugerirme que escribiera sobre literatura poscolonial africana y contarme que le habían recomendado un catedrático de Zanzíbar que vivía en Canterbury. A mí me pareció incluso mejor que Londres, porque sabía que nadie, a no ser que yo quisiera, me encontraría allí.

Me miró por un momento, supongo que esperando que yo le dijera algo. La miré e hice un ademán para que continuara con su narración.

—No sé por qué me metí en esa relación y menos aún por qué me aferré a ella, aun a sabiendas de que no era más que un tablón arrastrándome a la deriva. Me había formado como una mujer independiente, que lucía como estandarte el título de uno de los álbumes de la cantante Cecilia «Me quedaré soltera», no sé si te suena. —Asentí, pues me acordé de que ya me la había mencionado—. Fue mi ídolo en la adolescencia, una de las primeras cantantes feministas en España. En mi juventud me había prometido a mí misma ser como ella y, en cierto modo, lo era: independiente, idealista, feminista, con un toque existencialista, pero también capaz de dejarme arrastrar por un ensueño, por un amor que jamás iba a ser correspondido, como Cecilia refleja en su canción «Señor y dueño».

Mi madre me miró.

—Te debo estar aburriendo con mi romance frustrado y citándote a una cantante que tu generación no conoce.

—¡Qué va, mamá! Me interesa mucho. Cuando termine de hablar contigo buscaré los temas de Cecilia en YouTube y los escucharé. Después de todo lo que me has contado de ella tengo mucha curiosidad.

—No era una vocalista brillante, pero sus letras eran excelentes. Creo que te gustará —me dijo—. Suelo recordar sus temas con nostalgia. Te parecerá pueril, pero sus canciones son algo personal para mí. Me veo reflejada en ellas. Es como si hubiera escrito los diversos episodios de mi vida en sus canciones.

—¿Y cuál es mi padre, Otto?

—«Un ramito de violetas» —contestó.

Le pedí que continuara con su narración, que me hablara de esa relación. Me sorprendía que me hiciera esas confidencias y me alegraba. Me empezaba a sentir, por primera vez en mucho tiempo, próximo a mi madre.

—Llegó un momento —me explicó mi madre— en que no soportaba más ser utilizada a base de mentiras, que no aguantaba más la irrealidad en la que vivía y opté por la huida, el éxodo como un modo de salvarme, de no arrinconarme en un callejón sin salida. En cuanto me embarqué en el avión destino a Londres me sentí ligera, liberada. Sabía que por fin iba a poner tierra de por medio.

No conocí a tu padre inmediatamente. Llevaba tres o cuatro meses estudiando en la Universidad de Canterbury cuando cruzamos por primera vez una palabra. No me impresionó ni su elocuencia, ni su aspecto, lo único que redimía su físico era su fortaleza y altura. Un par de años antes es probable que ni lo hubiera visto, tu padre pasa con frecuencia desapercibido. Sin embargo, después del desastroso romance, después de haberme dejado llevar por la pasión, por un físico impresionante y por el vivir momentos intensos a escondidas, Otto me atrajo por carecer de esas características. ¿Sabes a lo que me refiero? No querría ser más explícita con un hijo. Tu padre poseía unos atributos que son invisibles al principio, porque no están en la superficie, sino en el interior.

Mi madre se quedó observándome unos minutos, como si intentara leer en mis silencios condescendencia y entendimiento. Yo comprendía más de lo que ella pensaba, tal vez porque conocía a mi padre mucho mejor de lo que ella sospechaba y había descubierto que su lado oculto brillaba mucho, aunque era difícil verlo.

—No necesitas explicarme nada más, sé lo que es consumirse en pasión y también sé como es papá —le dije—. ¿Te enamoraste de él? —me aventuré.

—¿Qué es enamorarse, Ismael? Yo, a mis cincuenta y tantos años, te juro que no sé lo que significa estar enamorado. ¿Es sentir pasión, idealizar, admirar, respetar, profesar y recibir amistad o empatizar con el otro? Depende de cómo lo mires me enamoré de Otto y lo sigo estando, o nunca lo estuve. Me acoplé a una relación que me daba estabilidad, que me hacía feliz, a una pareja a la que podía mirar y verme reflejada.

A veces hay que plantearse qué tiene o no perspectivas, elegir entre la pasión y el afecto, algo que no siempre es fácil hacer. Pero te aseguro que quiero mucho a tu padre, Ismael. Eso no lo dudes —añadió.

VI. SIN PENA NI GLORIA (IMARA)

La historia pertenece solo a unos cuantos, a aquellos que logran escribir su nombre en el devenir de los tiempos, a aquellos que marcan un hito, que promueven un cambio, una revolución. En las crónicas se dedica también un espacio a aquellos que destruyen países, aniquilan pueblos o etnias, se oponen al progreso, a la democracia y triunfan, aunque solo sea por unos *años,* en su intento de enemistar a la humanidad en vez de hermanarla; dejando, tras sembrar el odio, un halo inmenso de destrucción. Es, sin duda, una vergüenza, mas a estos la historia los recompensa con el recuerdo, cuando debían cosechar solo desdén y olvido. Mientras tanto, a los demás, sin distinguir si han colaborado con el desarrollo y el bienestar de la humanidad, o si han seguido y venerado a los grandes dictadores, a los genocidas o a los que terminan con los periodos de paz y progreso de la humanidad, a los que siembran cizaña y provocan guerras, al resto se les condena a pasar por la historia sin grabar su nombre, sin dejar su huella, sin tener voz ni voto, sin pena ni gloria.

Este era el sino que nos aguardaba a mí y a mi familia.

Llevábamos poco más de tres años y medio viviendo en Madrid. Durante ese tiempo era poco lo que había pasado. Nos habíamos acostumbrado a un devenir tranquilo, sin muchos cambios. Nos habituamos a ser consentidos por algunos, ignorados por otros, a veces rechazados. Asumimos que no retornaríamos a nuestro país y fuimos perdiendo todos los vínculos que nos unían con Guinea Ecuatorial.

El curso escolar 1973-1974 acababa de empezar. Estaba en cuarto de EGB, en la misma escuela, pero en otro grupo. Me habían cambiado en el trascurso de tercero. Nadie me dio razón o explicó el motivo, pero yo siempre sospeché que tenía que ver con Paloma, con ese acontecimiento pueril y con la absurda guerra de nuestras madres por ser de diferentes etnias.

En ese entonces me costaba entender lo que impulsaba a una y a otra a evitarse y odiarse. Las dos eran extranjeras y un poco más de empatía mutua les hubiera ayudado a sobrellevar la vida fuera de su patria. Mi madre no terminaba de integrarse, seguía sintiéndose sola, sin amistades, sin sus padres o sus hermanos. Estaba claro que se asfixiaba en la gran ciudad, en un territorio al que no se hacía. Estallaba en repetidas ocasiones y le recriminaba a mi padre la vida a la que se había visto arrastrada. Lo expresó así porque no creo que ella eligiera ni su noviazgo, ni casarse con él. Fueron acuerdos entre la familia Mangue y la Bossio. Ella no tuvo nada que decir o decidir.

Debe ser un sentimiento atroz darte cuenta de que tu existencia no te pertenece, que son otros los que deciden por ti y que eso te hace inmensamente infeliz. No sé hasta qué punto mi madre era consciente de su desdicha. Si se hubiera dado cuenta en dónde radicaba su pena y cómo podía convivir con ella, habría actuado de otra manera, se habría intentado integrar. Mi padre no la ayudaba en ese menester. Se portaba siempre del mismo modo con ella. Intentaba que aceptara el mundo como él lo concebía. Si mi madre, asolada por su soledad, estallaba o le daba por defender a Macías, en un intento de volver a donde había sido feliz, él escurría el bulto.

Mi madre sufría ese desconsuelo tan típico de los extranjeros, de los que se sienten fuera de lugar, de los que saben que no pueden regresar, pero tampoco pueden prosperar en el lugar donde se encuentran. Ese tipo de pena tiene poco remedio y la única forma de aliviarla es comprender en dónde se asienta el dolor y hablar de él, encararse con él. Ese es el modo en el que los artistas, los escritores, los que pagan por un psicoanálisis o los que deciden abrir su alma al exterior, combaten sus pesadumbres. Los extranjeros no siempre pueden. Algunos no comprenden su pesar o no han superado el trauma del éxodo, de dejarlo todo atrás.

Se habla de generaciones perdidas por la guerra, por el exilio, por el genocidio, de pueblos que pierden no solo su rumbo, sino también su voz. Mi madre entraba en este grupo, no porque hubiera perecido en su huida o porque hubiera pagado con su muerte, sino porque no entendía el conflicto que se libraba en su país y no sabía, ni podía expresar bien, lo que la turbaba, lo que la hacía infeliz. Yo, que debía tener nueve o diez años en ese entonces, comprendía solo en parte la problemática de mi familia, de mi país de origen, del momento histórico que me tocaba vivir en España. Sin embargo, me estaba armando para combatir la soledad y la congoja del extranjero: con la educación.

A veces los extranjeros superan su destino, se blindan de valor y de conocimiento, comienzan o se unen a una revolución. Cecilia, que había peregrinado por múltiples países antes de asentarse en España, fue una de ellos, impulsando una renovación en un país anquilosado con esas canciones, cuyas letras supusieron una ráfaga de aire fresco y sus ideas feministas. Carrillo, Felipe González, Josep Tarradellas, Manuel Fraga Iribarne y otros tantos políticos de la Transición que habían vivido en el exilio o trabajado, como Fraga, en el extranjero, fueron forasteros y volvieron para innovar, para impulsar un gran cambio. Yo quería pertenecer a ese grupo de extranjeros. No deseaba asemejarme a mi madre.

***

Con el transcurrir del tiempo se me hizo leve ser distinta, la extranjera. En cuarto de EGB trabé un par de nuevas amistades en la escuela. Se llamaban Manuela y Paquita. Se trataba de dos chicas que, como yo, tenían fama de ser un tanto anómalas, jugaban poco con el resto de las niñas. Eran bastante paraditas, les faltaba desparpajo y pasaban casi desapercibidas en la clase. No tenían otro entretenimiento aparte de venir al colegio con unos cromos que intercambiaban, con los que jugaban o admiraban durante la pausa. Yo, por satisfacerlas y por tener algo de lo que hablar con ellas en el recreo, comencé a comprar esas estampitas. Como mi madre se negaba a darme el capricho, empecé a hurtar una o dos pesetas de su monedero.

Nunca me interesó esa colección que a ellas tanto fascinaba. Me parecía pueril e ingenua la satisfacción que sentían mirando los ramos de flores, las muñequitas tan bonitas, tan blanquitas, con su cabello ensortijado y mirada angelical, las cestas de frutas, jovencitas bien vestidas y otras nimiedades que se representaban en esos cromos. Me juntaba con ellas para esquivar esa soledad que me había acompañado demasiado tiempo, para tener alguien a quien visitar, para hablar, para ser algo más corriente, una del montón.

Las recuerdo con cariño. Quizás para ellas yo era una amistad especial, porque me contaban sus secretitos vanos y me animaban si me sentía decaída. De hecho, creo que se preocupaban por mí más que mi propia madre o mi padre y, si hubiera creído en ángeles de la guarda, ellas habrían sido los míos. Con Manuela y Paquita aprendí a dejarme querer y reconfortarme con la estima que otros me entregaban. Me enseñaron a simular ser otra persona, a apreciar la estabilidad que proveen las relaciones sin grandes aspiraciones, sin grandes sobresaltos.

Puede que su amistad no tuviera la intensidad que tuvo la de Paloma, pero no me dejó cicatrices, sino buenos recuerdos.

***

El jueves 20 de diciembre de 1973 amaneció de forma ordinaria y nada lo diferenciaba de cualquier otro día del incipiente invierno madrileño, si no nos hubieran mandado a casa después de una hora en el colegio, sin más comentario que un «pues este año parece que os vais antes de vacaciones». Serían las diez y media u once de la mañana cuando mi madre apareció en la puerta de la escuela con mi hermanito Francisco de la mano. Estaba más alterada que de costumbre y caminaba con ansiedad, escrudiñando cada esquina como si husmeara un peligro invisible. Lo extraño era que no era la única que se comportaba de ese modo estrambótico, que todos tenían ese aire de consternación grabado en el rostro y se dirigían con celeridad a sus hogares.

Después de una inquietante vuelta a casa, entramos en el piso y mi madre echó el cerrojo a la puerta:

—Ha habido una gran explosión en el Barrio de Salamanca, no lejos de la pensión donde nos alojamos cuando llegamos aquí. Parece que el presidente, el almirante Carrero Blanco, ha muerto —nos informó, mientras encendía el modesto aparato de televisión que poseíamos—. Ojalá vuestro padre regrese pronto, la ciudad está viviendo unos momentos difíciles.

Encendimos la televisión. En la pequeña pantalla del aparato se veía una calle, con un socavón enorme, en la que la policía y los bomberos se esforzaban en recuperar lo inexistente. A esas escenas siguieron las del patio interior de un edificio en el que yacía un coche destrozado. Un reportero anunciaba lo siguiente:

—Como les confirmamos hace unos momentos este es el coche oficial del presidente Carrero Blanco que en estos momentos está siendo conducido al hospital. En cuanto sepamos algo de su estado de salud les informaremos.

Mi madre no se despegaba de la pantalla. Había diferentes especulaciones sobre lo sucedido. La versión de la explosión de gas que daban las autoridades no parecía convencer a los reporteros, que intentaban socavar informaciones a los pocos testigos que encontraban con preguntas como: ¿Diría que ha sido una explosión de gas? ¿Cuál fue su impresión cuándo oyó la explosión? ¿Podría describirnos lo que vio? ¿Olía a gas antes de la explosión?

Mi padre llegó una hora u hora y media antes de lo previsto.

—¡Menos mal! —suspiró mi madre.

—En la empresa llevamos todo el día hablado del incidente. Hay un estado de alarma general —indicó mi padre—. Al principio pensé que no era para tanto, pero he venido caminando y me ha desolado ver que la ciudad está desierta y a la policía apostada en cada esquina. No ha podido ser una explosión de gas. Es algo más serio —opinó.

A eso de las once de la noche, el vicepresidente, Torcuato Fernández de Miranda, se dirigía a los ciudadanos españoles para confirmar lo que muchos sospechaban: Carrero Blanco había sido asesinado por el grupo terrorista ETA. Era un atentado. En un tono conciliador pedía mantener la calma y dejar que la justicia siguiera su curso.

—En estas fechas tan importantes para los cristianos, necesitamos más que nunca refugiarnos en la familia y hermanarnos. Hagamos la vida lo más normal posible —nos pedía el vicepresidente en su discurso televisivo.

—¿Y ahora qué? —preguntó mi madre.

—Ya lo has oído, esperaremos a que la situación se calme y seguiremos con nuestras insulsas vidas.

—¿No estaremos en peligro?

—No más que cualquier otro ciudadano. En un par de días todo se tranquilizará.

—Si la cosa se pone fea, tendremos que regresar a Guinea —le dijo ella.

—Sabes de sobra que no lo haremos, allí soy hombre muerto —contestó mi padre—. No le des más vueltas al asunto. No quiero discutir de ello, Margarita. ¿Cuándo vas a empezar a preocuparte por tu existencia aquí, en Madrid, y dejar de aferrarte a los recuerdos de un país que no es lo que fue?

—Aquí me ahogo, Manuel. No tengo ni siquiera media vida.

—Pues más valiera que te dedicaras a adaptarte a Madrid y a disfrutarla. Me voy a ver si la cosa se ha tranquilizado —le dijo mi padre mientras se ponía el abrigo y salía por la puerta.

—¡No te vayas hoy! ¿Y si te pasa algo, Manuel? —suplicó mi madre.

Mi padre dio el acostumbrado portazo y regresó después de tres horas y media.

—Imara, cariño, échate a dormir con tu madre. Hoy me quedo a dormir en tu habitación con Francisco.

No era la primera vez que tenía que dormir con mi madre, algo que cada vez me apetecía menos.

***

El viernes 21 de diciembre amaneció con un silencio poco habitual. El bullicio típico de la Plaza del 2 de Mayo, los transeúntes en busca de un café, o el acostumbrado tráfico de la mañana se habían convertido en un atribulado y sigiloso circular. Se había decretado duelo general por el presidente y no tuvimos escuela. En el barrio regía un sosiego inusual, de esos que te hacen sentir escalofríos, que remueven inquietudes y despiertan incertidumbres. Conforme fue avanzando el día la afluencia de personas y el ruido se fue asemejando a lo que era habitual en el barrio de Maravillas. Madrid se había recuperado rápido de ese zarpazo del destino y estaba dispuesta a seguir la trayectoria que se había trazado, la de conquistar el cambio.

***

Madrid es una ciudad con espíritu. Es más que una urbe en la que la historia se pasea de la mano de sus modernos edificios, donde el bullicio del centro no queda lejos de una vida más rural en las montañas. Su cielo puede ser un tanto gris o de un azul intenso. Es la ciudad que se levantó ante Napoleón, la última urbe republicana que cayó en la Guerra Civil. Madrid tiene sus cicatrices. Quizás por ello es la metrópolis española que más cambios impulsa. Ha caído tantas veces en la lucha, que no le importa hacerlo de nuevo, porque también conoce el sabor de la victoria.

Ese era el Madrid de contrastes que empezaba a descubrir en los años setenta, que viviría a tope en los ochenta. Un Madrid que, ante todo, era luchador como la mayoría de sus habitantes. Que estaba hecho, como cualquier otra gran ciudad, de retazos de historia y de memoria.

Madrid es vibrante, enérgico, luchador y a veces desolador.

***

El sábado 22 de diciembre nos quedamos en casa. Madrid se había despertado triste, no sé si por el asesinato de Carrero Blanco, o porque presentía tiempos difíciles. Muchos lo sabían. Era como si la ciudad tuviera alma y transmitiera su preocupación a todos sus habitantes. A pesar de acercarse la Nochebuena, no se respiraba ambiente festivo. Había otras preocupaciones.

Ese día mis padres siguieron la retransmisión del entierro por televisión. Afuera, en la calle, había una inusitada agitación. Grupos de hombres con grises atuendos, ondeando banderas, habían tomado la Plaza, donde entonaban el «Cara al Sol». Me pegué a la ventana y observé la escena sin comprender que afuera se libraba una batalla por el cambio y la democratización, que los madrileños habían apostado por progresar sin derramamiento de sangre, y que ante esas provocaciones preferían aguardar en silencio. Madrid venía con heridas del pasado, pero quería un futuro que las curara.

Miré desde la distancia a mis padres. Los recuerdo con un aire de aflicción, como si la ciudad les hubiera contagiado ese humor.

Unos años más tarde mi padre me confesó que el atentado contra Carrero Blanco, y los acontecimientos que le siguieron en ese lustro conocido como la Transición (la agitación de los grupos afines al aparato inmovilista del Régimen, las protestas estudiantiles con sus víctimas, los secuestros perpetrados por ETA, los atentados de este grupo terrorista y del GRAPO y el asesinato a sangre fría de los abogados laboralistas de Atocha entre otros), le hicieron temer que en España se expandieran las tinieblas negras del odio, como pasó en Guinea Ecuatorial, que tuviéramos que huir de nuevo, volver a empezar de cero.

Madrid tenía experiencia en la batalla y no iba a permitirlo.

El 23 de diciembre no hubo programas infantiles, ni nuestros padres nos mandaron a la cama para ver una película de dos rombos. La televisión repetía una vez tras otra las imágenes del gran cortejo fúnebre dirigiéndose a la Basílica de San Francisco el Grande, donde se celebraron las exequias, la misa de réquiem, con su grave y afligido tono. Los asistentes al funeral lloraban o mostraban consternación ante lo acontecido. Fuera, en las puertas de la iglesia, no faltaba la presencia de grupos encolerizados lanzando improperios contra la Iglesia, contra los sindicalistas, los estudiantes o cualquier otro que no representara al sector más inmovilista del Gobierno. Eran los representantes de una minoría que no comulgaba con la necesidad de un giro en la política, de una mayor apertura del país. Mi padre, que salió el domingo 23 de diciembre a dar su acostumbrado paseo matutino por el centro de la ciudad, volvió a casa con celeridad. «Las calles parecen tomadas. Da miedo caminar con esa gente. No sé a dónde irá a parar esto. Espero que se mantenga la calma como nos piden, que no tengamos unas Navidades sangrientas», nos dijo.

Si puedo rememorar estos momentos es porque, casi una década más tarde, en 1982, fue el año en el que el Partido Socialista de Felipe González ganó las elecciones y yo jugaba con mis amigos progres a entender el entramado político de los setenta. En los ochenta florecía la movida madrileña y yo, joven universitaria, disfrutaba de un Madrid frenético que se vestía de gala y de fiesta. Una ciudad que había sabido abrazar la democracia sin entablar ninguna batalla. Comprendí que la libertad no siempre se conquista con la lucha, que a veces hay que mantenerse en la retaguardia, aguantar el chaparrón y esperar.

Eso era lo que, en esos días de diciembre del 73 y en los cinco años que les sucedieron, pasó, la libertad se instaló sin grandes turbulencias.

A nivel internacional 1973 había sido un año difícil. Terminaba una de las tantas guerras sin sentido: la de Vietnam. En España, ETA reforzaba sus posiciones, mientras la Dirección General de Seguridad, recién asentada en la Puerta del Sol, se blindaba en el mismo corazón de Madrid, con la intención de callar las voces disidentes, cada vez más frecuentes. Cantautores como Serrat, Patxi Andión o Raimon comprometían su arte a la lucha política y desafiaban al Estado cantando en catalán. Cecilia sacaba su segundo álbum con temas como «Me quedaré soltera» o «Me iré de aquí», una de sus canciones, cuya letra recuerdo todavía:

Yo me iré de aquí
(...)
Con mi bolso y mis dudas
Me marcharé a oscuras.
Así me marcharé
Para no volver.

Muchas veces he pensado que así debía sentirse mi madre desde el mismo momento que llegó a Madrid. Así me sentía yo con las primeras dudas de la preadolescencia, con la niñez que se escapaba dejando un trazo oscuro en mi memoria. Esa etapa de mi vida, que no merecía ser rememorada porque había transcurrido sin pena ni gloria, estaba a punto de terminar. Se marchaba para no volver.

***

Nos despedimos de 1973 y comenzó un 1974 que no traería más calma a la nación. En ese año se conmemoraba el 35 aniversario del final de la Guerra Civil Española. En el colegio la profesora de Historia dedicó unas semanas que se me hicieron interminables a la Guerra Civil y el comienzo del Régimen del General Franco.

No olvidaré esas clases que tuvimos, que me parecieron la interpretación personal de una tragedia que seguía impregnada en lo más profundo de la sociedad, una tragedia de la que las víctimas todavía no querían hablar. Sus lecciones probaban un intento de darle un aire heroico a una pesadilla.

Creo que ese fue el año en el que empecé a odiar la historia: los datos y los números que debíamos memorizar, la parcialidad de los textos que manejábamos, el tener que ver una catástrofe como una victoria. El laurear a algunos protagonistas que no necesariamente merecían gloria, el olvidar a otros que hubieran alcanzado notoriedad si el desenlace hubiera sido diferente, si no hubieran perdido o perecido, si nunca hubiera habido guerra.

Parecía que ese 1974 iba a ser un año contradictorio debatiéndose entre el cambio y el anquilosamiento, entre la violencia y la concordia, entre la apertura y la clausura, entre la protesta social, las huelgas y la represión.

El 12 de febrero de 1974, el recién nombrado presidente de España, Arias Navarro, expuso un programa de Gobierno que apostaba por la apertura política, por el unir fuerzas y sumar para avanzar de un modo visible. Se empezó a hablar del Espíritu del Manifiesto del 12 de Febrero. Con el tiempo el aperturismo que supuso este discurso perdió su rumbo. Estaba encorsetado.

—El problema es que a Arias Navarro no le han colocado en esa posición para promover esa transformación que nos promete, sino para frenar su avance —le explicó don Antonio a mi padre en una de esas tardes que pasaba a saludarnos—. Es uno de los ministros fieles a las ideas franquistas.

—Entonces debemos asumir que no habrá cambio en esta nación, que el Régimen se perpetuará.

—Habrá apertura y España se convertirá en un Estado democrático, como Europa y Estados Unidos esperan, pero no será el señor Arias Navarro el que nos lleve a ese puerto. En poco más de un mes a ese no le queda nada del Espíritu del 12 de febrero. Empezará a retractarse de su programa, de eso estoy seguro. Puede que en el fondo de su entendimiento reconozca que hace falta una renovación, pero no tiene los cojones que hay que tener para enfrentarse con el obtuso aparato del Régimen, ni sabe cómo llevar a cabo una transformación de tal envergadura. Cuando llegue el momento seremos nosotros, los de izquierdas, los que alcanzaremos un cambio de Régimen —concretó don Antonio.

—¿Para qué queremos un nuevo sistema si con este se vive con cierta tranquilidad y acomodo? Ya vio usted lo que pasó en Guinea Ecuatorial —observó mi madre, que parecía reconocer finalmente el desastre humanitario que significaba la dictadura de Francisco Macías—. ¿No sería mejor conformarse? Ya se sabe, más vale lo malo conocido que lo bueno por conocer.

—La libertad, señora, por muy imperfecta que nos parezca y pese a los temores que suscita, es por lo que tenemos que luchar. No importa lo estable, lo burgués o acomodado que se nos presente el ahora y el futuro. Sin libertad no podemos crecer aquí —dijo señalando el cerebro—. Con una mordaza nuestra mente ni germina ni florece.

Si alguien entendía de política, se movía en este ámbito y podía vaticinar los derroteros por los que caminaría el país en los próximos años ese era don Antonio García Trevijano.

En ese 1974 era poco lo que yo sabía de él. Para esa niña de poco más de diez años, don Antonio era el abogado que nos había ayudado cuando llegamos a Madrid, un señor que a veces me parecía elegante, otras se me hacían un tanto desaliñado y extravagante con su cabello algo revuelto, su mirada inquieta y sus prontos. Lo que desconocía en ese entonces era que él, defensor de las libertades políticas y sindicales, había sido uno de los protagonistas en los tiempos de la Transición. Era un hombre de ideas liberales y estas le habían costado más de una campaña de descrédito y cortas temporadas en la cárcel.

Su papel en el periodo de Transición mostraba a un don Antonio capaz de trazar un programa inteligente, un intelectual perseverante en sus objetivos, un idealista. Sin embargo, había también una cara oscura, de la cual él mismo evitaba hablar.

En su persecución de la utopía, un estado democrático que apostara por un reparto igualitario de la riqueza, había apoyado a Francisco Macías en su carrera al poder. Nunca se supo con seguridad cuál fue la magnitud de su aporte, si fue quien le trazó a Macías el programa a seguir, quien redactó uno de los borradores de la Constitución de Guinea Ecuatorial, quien diseñó, o incluso financió, la campaña electoral de Macías, como se le ha atribuido, con la friolera de tres millones de pesetas. La única certeza que tengo, por la amistad que mi padre tuvo con él, es que con el paso de los años su decepción en todo lo relativo al Gobierno de Macías fue inmensa. La quimera que deseaba para la nación africana se había tornado en una de las más crueles dictaduras de la historia.

Durante los años ochenta, cuando cursaba mis estudios universitarios en la Complutense de Madrid, asistí en más de una ocasión a las ponencias que don Antonio daba. Le gustaba ilustrarnos sobre ese periodo clave para la historia de España, la Transición, nos contaba anécdotas y nos hablaba de la libertad. En la ronda final de preguntas solía salir a colación su fatal apoyo a Francisco Macías, lo que le provocaba en ocasiones molestias y enfados. Recuerdo que en una ocasión afirmó lo siguiente:

—En cada sueño, en la persecución de la utopía, existe siempre el riesgo de que se torne en pesadilla, que de los anhelos no devengan ideales, sino una sociedad distópica. No somos nosotros, los espíritus quijotescos, los que trocamos las quimeras en atrocidades, sino los patanes, los megalómanos, los egoístas, los que persiguen su propia gloria sin importarles las penas de los otros o su sufrimiento, aunque a veces sin quererlo nosotros les allanamos el camino. Lo que ocurrió en Guinea Ecuatorial me ha provocado un dolor inmenso que nunca he logrado aplacar. Me abochorna haber creído y confiado en Francisco Macías. Mi intención era que los guineanos tuvieran un régimen mucho más prometedor del que nosotros teníamos a finales de los sesenta. Actué siempre con buena fe. Lo que ha ocurrido, lo que sigue pasando en Guinea, es una espina profunda en mi carrera, en mi vida. Ni siquiera la satisfacción que me produce esta España nueva, de la que yo he sido uno de los artífices, me la puede quitar. El único modo que encuentro de olvidar, de hacer las paces con mi conciencia, es mirar hacia el futuro de mi nación, hacia ese porvenir que se nos ofrece despejado, que es prometedor, conciliador. Espero que no olvidemos que el proceso que nos trajo a esta democracia, que nos devolvió la libertad, tuvo también sus momentos críticos. La libertad y la tolerancia son bienes frágiles, se pueden quebrar si no los cuidamos.

Efectivamente, los años setenta en España fueron turbios a nivel social y político. Cuando en mi juventud y madurez investigué sobre don Antonio me fascinó descubrir que en ese turbulento 1974 García Trevijano se reunió en Francia en dos ocasiones con don Juan de Borbón, Santiago Carrillo, Rojas Marcos, Tierno Galván y otras figuras de la oposición para trazar un plan que terminara con el Régimen de Franco, una en enero y otra en junio. Apostó por don Juan de Borbón, y no por don Juan Carlos, como pieza clave en el entramado del cambio político. Trevijano no confiaba en el joven príncipe.

En esos momentos, en los que la oposición se unía y perfilaba un plan para terminar con la dictadura, fue don Antonio el cerebro de este, el que gestó y redactó una declaración de ruptura de doce puntos, que se convertiría en su programa. Aunque había muchas fisuras y falta de unidad en los objetivos de los que demandaban el fin de la dictadura, estos celebraron más de una reunión en Francia. En estas se ideó un plan: unir y sumar fuerzas.

Mientras tanto el espíritu del 12 de febrero perdía fuerza en el Gobierno. Ni los políticos reformadores ni los que seguían en el exilio confiaban en las palabras reconciliadoras de Arias Navarro. Los inmovilistas, los que no querían reforma alguna, movían las piezas que les quedaban para restaurar el vetusto y desfasado «espíritu del 19 de julio», el que impusieron los vencedores de la guerra allá por 1939. Las protestas de los trabajadores se reprimían con mano dura, se encarcelaron a sindicalistas conocidos, los grupos de extrema derecha atentaron contra teatros y librerías progresistas destrozando sus escaparates, causaron daños en los escenarios, quemaron libros. Mi padre, al que le gustaba volver caminando del trabajo y pasar por la Gran Vía, Callao, Sol, llegaba a veces intranquilo.

—Otra vez ha habido disturbios en el centro. La librería Libertad en Sol ha sido saqueada e incendiada, parece como si hubiera pasado un tornado. Unos cuantos estudiantes que protestaban a las puertas de este local han sido dispersados por las fuerzas del orden. Desde la muerte de Carrero Blanco la ciudad está cada vez más alterada. No sé si debería seguir con esta manía mía de regresar dando un paseíto, me inquieta lo que veo por el centro —nos comentaba.

El Régimen mostraba de nuevo su intolerancia, intransigencia y mano dura. En marzo se ejecutó a un condenado a pena de muerte con garrote vil, lo que produjo la indignación de los estados democráticos europeos, de los Estados Unidos y trajo nuevas protestas callejeras. Un Franco, cada vez más débil de salud, y los inmovilistas del Régimen echaban un pulso a la tímida apertura anunciada por Arias Navarro, desafiaban y atacaban a la oposición democrática y a los sectores de la sociedad que buscaban el cambio con los medios que quedaban a su alcance. Conforme el año avanzaba los ánimos se inflamaban.

Madrid aguantaba, agazapada y acechante, como un oso que intuye que el momento de atacar no ha llegado.

El 13 de septiembre de 1974 mi padre llegó a casa sobrecogido:

—Ha habido una grandísima explosión en la calle del Correo, cerca de la Puerta del Sol. Casi me pilla pasando por allí. Había ido al centro a hacer unos trámites y me dirigía a coger el metro en Callao cuando la oí. Volví al trabajo con el alma en vilo. No sé cómo he podido terminar la jornada —dijo arrojándose en el sillón rojo que presidía nuestro salón—. Ha sido una bomba en un restaurante, han muerto por lo menos diez ciudadanos, personas normales como nosotros, inocentes, nadie eminente o metido en política, una carnicería sin sentido —nos explicó encendiendo el televisor—. Ha faltado tan poco. Podía haber sido el final de mi vida.

En la televisión se emitían escenas del atentado terrorista.

—¿Quién ha podido cometer tal atrocidad? —preguntó mi madre.

—Todavía no se sabe. Hay rumores de que fue ETA, pero hasta ahora solo ha atacado a empresarios o guardias civiles, nunca a ciudadanos de a pie. Es lo peor que he visto desde que llegamos a esta ciudad. Madrid se está convirtiendo en un campo de batalla. Dios quiera que no vaya a más.

Las imágenes del atentado de la Cafetería Rolando, en la Calle del Correo, los muertos y heridos convalecientes en el hospital, y los familiares de las víctimas turbados por la tragedia, es uno de los recuerdos más vívidos y dantescos que tengo del periodo de Transición. Fue un acontecimiento difícil de olvidar, como lo serían el atentado en junio de 1987 en el Hipercor de Barcelona, o el secuestro y asesinato a sangre fría de Miguel Ángel Blanco en 1997. Todos ellos atrocidades cometidas por ETA. Estos sucesos agitan la conciencia porque aniquilan a inocentes, dejan inconclusas vidas y sueños, porque carecen sentido. Sean cuales sean los principios u objetivos que mueven a una u otra lucha, es inmoral llevarse de por medio a gente corriente, a niños. Es algo imperdonable que nunca debería pasar.

—Nuestros destinos no nos pertenecen. Ni siquiera aquí. Hoy podía haber sido el último día de mi insulsa existencia. Pensar que pasé por la puerta de la cafetería solo cinco minutos antes de la explosión —nos repitió mi padre esa tarde de septiembre y los días sucesivos. Estaba sobrecogido. Sentir que la muerte se te ha acercado tanto, estremece.

—Pero estás vivo, amigo, eso es lo que importa y no lo que no ha pasado —le dijo don Antonio en una de las visitas que nos hizo unos días después del atentado terrorista—. Tenemos que seguir preparados para la lucha —le explicó—. Nos esperan tiempos movidos en Madrid, la conquista de la libertad no ha hecho más que empezar. Estamos sentados en un polvorín que nadie quiere que estalle, pero es inevitable, habrá víctimas que no son ni de uno ni de otro bando.

—Yo tampoco soy de ningún bando —dijo mi padre.

—Deberías, no se puede vivir sin implicarse cuando es necesario. No dejemos que la política nos robe los sueños, solo porque no tenemos las agallas de actuar en el momento oportuno.

Entre mi padre y don Antonio García Trevijano se había desarrollado con el tiempo una relación muy próxima a la amistad. Mi padre sentía devoción por el abogado. Sus principios y planes para devolver la democracia a la nación eran para él convincentes, aunque siempre temió que su programa corriera una suerte similar al que ideó para Guinea.

—El periodo de Transición española fue un tiempo difícil —reconoció Trevijano en una de las ponencias a las que asistí allá por 1982—. La dictadura se había debilitado con el tiempo, el asesinato de Carrero Blanco fue un golpe para Franco y para al Régimen. Al dictador le afectó no solo a nivel político, sino también anímico. A partir de ese 20 de diciembre de 1973 muchos tuvimos la certeza de que faltaba poco para que se muriera, pero tardó en estirar la pata y los que pujábamos por el cambio vivimos cinco años de incertidumbre. Cualquier paso en falso podía retrasar nuestro programa o, lo que sería peor, despertar viejas heridas, otra guerra fratricida. No todo fue apacible. Hubo muchos escollos que salvar, tuvimos que renunciar a algunas de nuestras ideas, dar concesiones. Había que hermanarse con una parte del gobierno franquista, los renovadores. Fue el único modo de avanzar.

Estoy segura de que mi padre, dijera lo que dijera, no era apolítico. Se habría unido al frente de oposición al que pertenecía Trevijano si su presencia hubiera resultado de utilidad, si hubiera podido optar a una candidatura en las elecciones, si hubiera sido un ciudadano español, pero los guineanos no éramos parte de este país desde hacía tiempo.

**

En 1975, después de casi seis años viviendo en Madrid, se podía decir que casi todos nosotros formábamos parte de esa urbe. Mi hermano y yo habíamos congeniado con algunos chicos del barrio o de la escuela y nos comportábamos como uno más de ellos. Incluso mi madre, a la que tanto le había costado resignarse a la imposibilidad de un retorno, había logrado trabar una afable amistad con un par de vecinas. Nada especial, pero al menos tenía a alguien con quien hablar. Recuerdo que el contacto con otras mujeres le dulcificó el caracter, que dejó de encerrarse en su habitación. El mundo no le pesaba tanto. Se sentía un poco menos extranjera.

La capital era el centro neurálgico de la Península Ibérica. Asturianos, andaluces, gallegos, extremeños, incluso algún cubano llegaban a la ciudad atraídos por su prosperidad, la posibilidad de encontrar un trabajo remunerado o de ofrecer a sus descendientes un futuro más venturoso.

Era una urbe para los que habían perdido el rumbo como nosotros, para los que aspiraban a un cambio; y, con toda esta tropa de «extranjeros», también la anatomía de la metrópolis se alteraba. Abrigados por la especulación urbanística nacían nuevos barrios como el del Pilar. Mi madre estuvo acariciando por unos meses la idea de mudarnos al nuevo barrio con sus edificios de ladrillo de diez plantas y sus aires burgueses.

—No —le contestaba categóricamente mi padre—. No tiene ningún sentido mudarnos a un piso que nos va a costar más que este y a un barrio que carece de carácter. No son más que bloques de pisos, una catástrofe urbanística que asola a Madrid y a cualquier ciudad que esté expandiéndose en esta década. La Madrid de Maravillas es la auténtica.

—Nos vendría bien cambiar de aires, otros vecinos, otro colegio. Aquí todavía hay gente que ni me mira, ni me saluda. Nunca me he sentido parte de este barrio.

—¿Y qué te hace pensar que va a ser distinto allí? Escucha, Margarita, vivir aquí o allí no va a marcar ninguna diferencia. Somos extranjeros y siempre habrá alguien que nos mire con ascos o nos rehúya. Te tendrías que haber acostumbrado ya a esa actitud y, como dicen los jóvenes, pasar de ellos. Digas lo que digas de un tiempo a esta parte te veo mejor. Se te nota más conforme, menos desdichada.

—Yo solo puedo ser feliz en Guinea. Madrid no es como Santa Isabel y nunca podrá reemplazarla.

Mi madre era la única que en 1975 quería regresar. Yo ya no quería volver. No me acordaba de Guinea, ni de Santa Isabel, ni de la brisa, ni de las palmeras. En mis recuerdos solo encontraba las calles de Madrid, la Plaza del Dos de Mayo, los árboles que mudaban el color de sus hojas y las perdían en invierno, el Parque del Retiro.

En la capital se afianzaba la posibilidad de libertad y democracia.

A Guinea le esperaba un futuro oscuro. Pasaría a los anales de la historia como un estado fallido, sin pena ni gloria, sin una utopía que perseguir.

VII. (SIN) UTOPIA

Conforme mi madre me revelaba más detalles de su niñez y adolescencia, me sentía más perdido. En vez de corroborar mis ideas utópicas, me mostraba un mundo dividido en el que a unos no les queda más remedio que huir o sufrir. Con veinticinco años uno cree que las injusticias, los fallos del sistema, se pueden erradicar de alguna forma. La narración de mi madre, la crisis de los refugiados actual, el éxodo de millones de personas, los escándalos de corrupción, los abusos de muchos gobernantes, las guerras, el terrorismo, la reducción y supresión de las libertades en cada vez más países, estaban catapultando todas mis utopías. Perdía mis anhelos.

Cuando hacía poco más de un mes Liliana me dejo bien claro que no era más que un joven ingenuo de ideas utópicas, me resistí a creerlo. Sin embargo, era cierto. Era un memo, como mi amigo Juan, que creía, como Rousseau afirmó en el siglo XVII, que «el ser humano es bueno por naturaleza» y que son las circunstancias y la sociedad las que corrompen esa innata bondad.

Mas cuando adviertes que, en la historia de la humanidad, personajes como Hitler, Francisco Macías o Teodoro Obiang, por no abrumaros con decenas de ejemplos, no son una excepción, solo puedes pensar que Rousseau se equivocó. ¿Cómo puede ser posible que la sociedad o las circunstancias corrompan a alguien de tal manera? Imposible. Ellos son la manzana podrida que corrompe a todo el que se les acerca, a la sociedad y al mundo que los rodea.

Guinea Ecuatorial es uno de los países más olvidados de este planeta, donde los abusos son el pan nuestro de cada día. A mi madre no le gustaba ir allí. Siempre dice que hay un vacío de humanidad, que a los que le va bien les importaba un bledo que otros lo pasen mal y que tanto Macías como Obiang han sido venenosos para el país. Sin embargo, a veces nos larga esas teorías anticolonialistas que parecen exculpar a a los dos dictadores:

—Si en África, Suramérica o Asia han fracasado tan a menudo sus democracias, si los nuevos estados se han malogrado, es porque el sistema que impusieron los colonizadores estaba corrupto hasta la médula. Son ellos los que siguen moviendo los hilos del poder y colocando a los gobernantes que le convienen. Solo les interesa que estos pobres países se endeuden, que nunca se independicen económicamente. El imperialismo y la opresión sigue existiendo, hoy en día se llama dependencia económica —me había dicho en más de una ocasión.

—No entiendo por qué sigues defendiendo a los pésimos gobernantes que hay por esas latitudes, mamá. Es poco ético de tu parte echar la culpa a la política e infraestructura creada durante la época colonial. Los gobernantes de esos países tienen la obligación moral de generar un cambio, de asentar las bases de una democracia —le contestaba yo convencido de que mi respuesta era irrefutable.

—¿Y por qué crees que no lo hacen?

—Porque son unos corruptos.

—Correcto, pero lo son porque a alguien le interesa que así sea, porque a las grandes potencias les beneficia que estos países no progresen. Quieren seguir firmando contratos millonarios para desarrollar infraestructuras, para explotar yacimientos petrolíferos o los recursos del país. Dejan al tirano de turno que engorde sus bolsillos y a cambio obtienen suculentos beneficios. A la comunidad internacional le da igual quién gobierne. No hacen nada contra los dictadores, aunque el pueblo viva en la miseria. Con la independencia nada ha cambiado, todo ha ido a peor. Estamos dominados por los mismos individuos, y para colmo tenemos un montón de ineptos e impresentables como Obiang que saquean y oprimen a sus gentes.

—Nunca estaré de acuerdo contigo, mamá —le había contestado en más de una ocasión—. Creo en la posibilidad de un cambio, en que los dirigentes juegan un papel importante y en la necesidad de la honradez y la ética para llevar a cabo una mejora real, para que todos los países de este planeta se rijan por un sistema justo. La corrupción y el ansia de poder son los que aniquilan las libertades y convierten los estados en fallidos.

—Eso lo dices porque todavía eres joven, porque crees que la utopía es algo más que un sueño vano y volátil, que es posible cambiar el mundo. Te diré que todos esos ideales que tienes a menudo terminan tornándose en una pesadilla de la que no sabemos cómo despertar. Esa es la historia de Guinea Ecuatorial, del Congo, de Liberia, de Sudan, de Nigeria, de la Venezuela de Chávez y Maduro y de otros tantos países. Antes de que el infierno invadiera sus territorios hubo un momento de esperanzas y promesas. No quiero robarte esos anhelos o extirparte la creencia de una humanidad bondadosa. Vives en un país como Alemania, en el que parece regir la justicia, en el que muchos gozamos de bienestar y libertad, pero esto es solo posible porque en otros lugares de este planeta hay hambre, opresión, porque se explota a los más débiles. Nuestra utopía, es la distopía de otros, nuestra libertad, es la esclavitud de muchos y nuestra riqueza la escasez de tantos.

Yo me resistía a dejarme despojar de esa ilusión por un mundo más justo y digno, pero la estaba perdiendo. ¿Por qué no aprendemos de una vez del pasado? ¿Por qué no evitamos que se asienten en el poder gente sin escrúpulos?

***

Guinea Ecuatorial había pasado por varias manos, fue colonia portuguesa, holandesa, británica y española, la nación europea que más tiempo rigió allí. Durante el dominio español, que fue constante desde 1843 hasta 1963, se desarrollaron algunas infraestructuras básicas y se pusieron las bases para la explotación de los cacaotales. La España de la primera mitad del siglo XX, aquejada de crisis y con un desarrollo económico débil, sobre todo después de la Guerra Civil, nunca invirtió mucho dinero en esta colonia. No obstante, las posibilidades económicas que ofrecía la explotación y producción de cacao atrajeron la migración de españoles a partir de los cuarenta, que veían en el país africano una oportunidad para salir de la pobreza y hambruna que asoló España durante la posguerra.

En 1960 se podía hablar de una minoría significativa de españoles en Guinea Ecuatorial. La Isla de Bioko, la región más rica y agraciada de la nación, era el principal destino de los que se aventuraban a buscar la fortuna que su patria no les había deparado. La capital de la isla, Santa Isabel, se había convertido en una ciudad elegante con cierto *flair*. Poseía una hermosa catedral de claro estilo colonial y una amplia plaza en donde esta se ubicaba.

Santa Isabel hacía gala de un centro de casas blancas y señoriales, comercios, locales y restaurantes regidos en su mayoría por inmigrantes españoles. Era una pequeña perla en el continente africano, una ciudad que recordaba al Mexico City o a la Habana de hacía poco más de medio siglo, próspera y con un toque cosmopolita, en donde todos sus habitantes, fueran españoles, bubis, fang, nigerianos o ingleses, convivían de forma casi ejemplar. La Santa Isabel de los años cincuenta y sesenta era una urbe de lugareños y extranjeros, en donde había fricciones y tolerancia, enemistades y simpatías entre los diferentes grupos, en la que se respiraba más progreso que retroceso. Así la recordarían los españoles que vivieron en ese tiempo y los bubis que tuvieron que huir ante las represalias de Macías a su etnia. Puede que fuera nostalgia. El régimen colonial no fue siempre justo y hubo muchos abusos de autoridad.

La independencia de Guinea Ecuatorial no fue nada inesperado. El imperialismo europeo en África había llegado a su fin. Uno tras otro los diferentes países africanos se habían emancipado y liberado del dominio colonial, con distinta fortuna. La independencia originó con frecuencia contiendas entre sus etnias, el éxodo de parte de su población, ataques a los grupos minoritarios, genocidios y una larga lista de desavenencias entre la antigua metrópolis y los nuevos gobiernos.

En el caso de Guinea Ecuatorial los distintos grupos étnicos y los españoles conocían las oportunidades que se abrían con la emancipación del país y también sus peligros, pero tenían visiones muy diferentes. Los españoles querían mantener sus intereses, no perder sus propiedades, sus negocios. Los bubis, conscientes de que la Isla de Bioko era la región más próspera del país, querían la independencia de la Isla tanto de España como del resto de Guinea Ecuatorial. Los fang querían desvincularse del poder colonial y como etnia mayoritaria ostentar el poder en todo el territorio, incluida Bioko. Los nigerianos, que llevaban trabajando en los cacaotales hacía un par de décadas, deseaban seguir ganándose la vida de ese modo. Los resentidos, los oprimidos por la administración española o por los abusos de autoridad de más de un capataz o aquellos a los que se les hubiera asesinado algún familiar tenían sed de venganza y de poder.

En 1960, ante el cada vez más claro descontento de la población guineana que reclamaba el derecho de autodeterminación, y con el objetivo de conservar esa colonia, de frenar los intereses independentistas y de evitar que Guinea se liberara de sus lazos con España, el gobierno franquista la convirtió en provincia española otorgando la nacionalidad a todos los ciudadanos guineanos. Esta estrategia no bastó para aplacar los deseos de cambio. La mayoría de los guineanos no se sentían partícipes del bienestar que originaba la explotación del cacao y veían cómo la riqueza del país seguía estando en manos de los colonos y no de los que habitaban esas tierras hacía milenios. El malestar, la sensación de vivir oprimidos, de ser tratados de forma injusta y el anhelo independentista seguían agitando los ánimos, por lo que el Gobierno español cedió a regañadientes a la celebración de un referéndum sobre la independencia de Guinea Ecuatorial.

En aquel entonces mi abuelo Manuel era un joven de veintitantos años, casado y con una hija a punto de nacer; mi madre, Imara.

—Recuerdo la celebración y el resultado del referéndum como uno de los momentos más felices de mi vida —nos contó en más de una ocasión—. La alegría generalizada por una aprobación casi unánime de la independencia se extendía a lo largo y ancho de la nación. Fue en ese tiempo cuando comencé a interesarme por la política. La libertad que prometía el resultado de esa consulta y la convicción de que el éxito solo era posible cuando la élite, los guineanos más preparados, se pusiera al mando del gobierno me hizo implicarme en el proceso. Participé en las dos conferencias en las que se discutió y aprobó nuestra Constitución. Me uní a los seguidores de Bonifacio Ondó Edu y a su partido Movimiento de Unión Nacional de Guinea Ecuatorial. Era el mejor candidato y tenía que haber ganado. La historia de nuestro país hubiera discurrido por caminos más apacibles con él. Bonifacio, que en paz descanse, era mi amigo y sin duda el político más preparado en aquel entonces para regir el país.

»Después de que Macías se impusiera en la segunda ronda de votaciones y fuera proclamado presidente —continuó narrando—, Bonifacio fue uno de los primeros de una larga lista de gente preparada que Macías se quitó de en medio. Su muerte, en marzo del 1969, pocos meses después del referéndum, hizo que tuviéramos que salir del país de forma acelerada. Ver cómo las ansias de libertad y justicia se convertían en un baño de sangre fue el primero de los muchos desengaños que he tenido en esta vida. Me hizo dudar de la ecuanimidad, de Dios, de todo. Ese desencanto hizo que me apartara de la carrera política, abandoné la idea de que los gobernantes contribuyen al bien de la humanidad —concluyó.

«¿Eran entonces los políticos los responsables de los males y la miseria de tantos seres humanos?», me preguntaba a mis veinticinco años. «¿Son ellos los maquiavélicos, los que destrozan las esperanzas, los que nos enfrentan, los que se meten en guerras innecesarias?».

Necesitaba llegar al fondo del problema, entender si solo eran unos cuantos los que hacían padecer a tantos.

***

Volví a charlar con mi madre. Necesitaba acercarme más a mis orígenes guineanos, que me explicara algo más sobre la nación donde nació. Ella, sin embargo, terminaba hablándome de España o de sus padres, a los que no parecía tener demasiado aprecio.

—Tu abuelo nunca ha abandonado la política, siempre ha movido alguna que otra pieza en la retaguardia. No me quito de la cabeza el modo en que se pegó a García Trevijano en esos años trepidantes de la Transición española. Lo que le acercaba a él era algo más que una amistad. Mi padre nunca elige a sus amigos de forma desinteresada.

»En el caso del abogado García Trevijano fueron las nuevas posibilidades que se abrirían si España se convertía en una monarquía constitucional o una república tras la muerte de Franco. Tu abuelo pensaba que con ese cambio nuestra situación en el país cambiaría de la noche a la mañana, que obtendría la nacionalidad española y que podría dejar ese trabajo monótono y mal pagado que hacía, para dedicarse a lo que más le gustaba, sentarse en una mesa de negociaciones, o en las mismas Cortes, y discutir. No le salió la jugada como él deseaba. España comenzó sus andanzas democráticas incorporando a la vida política a bastantes exiliados políticos, pero nunca hubo ningún refugiado político de la antigua colonia. A lo largo de más de cuatro décadas de democracia no ha sabido modernizar su Parlamento ni dejar que entren en la vida política los extranjeros, los que no nacieron españoles y se nacionalizaron en algún momento de su vida. Mi padre nunca tuvo opción de unirse a la vida política de la joven democracia en aquel entonces, puede que por eso terminara uniéndose a los seguidores de Obiang. El abuelo Manuel es uno de esos tantos especímenes que no creen en el sistema, pero que quieren sacar beneficios de él.

—¿Por qué eres tan dura con tus padres? —le pregunté.

—¿No lo eres tú también conmigo? —dijo desafiante—. ¿Para eso estamos los padres, verdad? Para echarles en cara sus errores y culparles de los nuestros.

No me apetecía discutir con ella ni darle vueltas a ese tema. Intentaba provocarme para no hablar del abuelo o de Guinea Ecuatorial. Asentí, aunque no estaba de acuerdo. Quizás no tenía que haberle dicho que era dura con sus padres.

—¿Por qué crees que el abuelo cuestiona el sistema? —le pregunté en un intento de volver al tema que me interesaba.

—Es sin duda por lo que ocurrió en Guinea Ecuatorial, por lo que sigue pasando y porque nunca logró ser reconocido como español en Madrid, por muy integrado que estuviera. Allí siempre siguió siendo el africano o el guineano. Seguro que de joven albergaba esperanzas en que hubiera un cambio real y para mejor. Debió ser un joven como tú, de esos que creen que la utopía es factible, ningún imposible. Me consta que la nación vivió unos años de euforia después del referéndum para la independencia. Las negociaciones para la nueva Constitución chocaron con más de un escollo, pero nadie pensó que las aspiraciones de la nación pudieran tornarse en un feroz desengaño, en dos dictaduras, en la mayor de las distopías —me explicó.

***

Entre 1963 y 1968 se formó una Asamblea General para redactar y aprobar la Constitución de la nación recién nacida. Si España aceptó tanto la Constitución como la independencia de una de sus últimas colonias, fue por la insistencia de las Naciones Unidas a que se agilizara el proceso.

En 1968, cuando se celebraron las primeras elecciones en Guinea Ecuatorial, el candidato apoyado por los españoles, Bonifacio Ondo Edu, intentó negociar con Macías para que hubiera un gobierno de coalición.

Ante el fracaso de las negociaciones hubo una segunda votación, que el populista Francisco Macías ganó.

Aunque había prometido unificar los intereses de todas las etnias del país, devolver a los nativos todas sus propiedades, repartir mejor la riqueza y terminar así con décadas de mala gestión colonial, no hizo nada. Evitó el consenso con el régimen anterior u otros partidos políticos que habían obtenido representación parlamentaria. Su régimen se tornó pronto en dictadura represiva que, después de expulsar a todos los españoles, se ensañó con sus retractores y con la etnia bubi. Se cometieron crímenes feroces, se masacró a un tercio de la población. Los pueblos y aldeas bubis fueron atacados, saqueados, quemados, destruidos. Se puede hablar de genocidio de esta etnia. Fue un gobierno incompetente y corrupto, que fue derrocado por medio de un golpe militar en 1979, organizado por su propio sobrino, en tiempos estrecho colaborador del régimen, Teodoro Obiang, que se proclamó nuevo presidente de Guinea Ecuatorial ese mismo año.

Mis abuelos, mi madre y su hermano Francisco residían todavía en Madrid cuando se produjo el golpe de estado contra Macías. Me preguntaba si había alguna conexión entre estos acontecimientos y la vida de mi familia, en especial la de mi abuelo, una figura que, conforme mi madre me iba narrando, me parecía que había sido algo más que un simple empleado consular.

«Si el abuelo Manuel estuvo implicado en política antes de que Macías fuera presidente, si fue, como parece, parte de la oposición, si quería acabar con la dictadura, a lo mejor tuvo algo que ver con los golpistas», pensé. Eso explicaría que a mi madre no le gustase hablar sobre él y sus contactos con Guinea Ecuatorial.

Intenté hacer memoria. Mi madre y su familia habían residido en Madrid hasta finales de 1982 o principios de 1983. Se fueron a vivir a Inglaterra poco después de la elección de Felipe González como presidente del Gobierno de España. Mi madre siempre nos ha contado que su familia festejó esta elección, así que en el 82 todavía estaban en la capital. En ese entonces, aunque esto es especulación mía, a mi abuelo le ofrecieron un puesto de trabajo en la Embajada de Guinea Ecuatorial en Londres. Pasó de ser un contable en una empresa de poca monta a trabajar ni más ni menos que en una embajada.

Intentando recopilar más información sobre la historia de Guinea Ecuatorial busqué en Google.

Me sorprendió lo que había ocurrido en ese país tanto con Francisco Macías como con Teodoro Obiang y la forma en la que la comunidad internacional había reaccionado con pasividad, cerrando los ojos. Había habido tantas intrigas en Guinea, tantos personajes taimados y falaces manejando los hilos y el destino del país en la sombra. El pueblo ecuatoguineano había sufrido y sigue sufriendo de tal manera que no sabía lo que me iba a encontrar si seguía tirando del hilo. Mi madre, aunque se sulfuraba con la situación de su nación, no había vivido de forma directa el drama. Quizás tuviera que buscar a alguien más que me hablara sobre ese país.

***

Como no avanzaba hacia el terreno que quería y hablar con mi madre era como jugar al gato y al ratón, decidí dirigirme a mi padre. No porque que él supiera mucho, sino por escuchar su opinión sobre mis abuelos maternos. Mi madre tiende a exagerarlo todo. Mi padre, como científico que es, suele tener una perspectiva diferente, más metódica y objetiva. Sabía que la relación entre él y su suegro había sido bastante tirante, pero mi padre es un hombre que admira la honestidad e intenta en todo momento ser imparcial.

—Soy un tanto torpe en lo que concierne a mi vida social —dijo mi padre en alguna ocasión—. Pero ni soy un bocazas, ni me gusta alardear de mis logros, como otros hacen. Soy ante todo honesto. Creo en la ética personal y en la decencia como único modo de construir un futuro digno para todos. Espero que tú e Isabela seáis justos, como lo fui yo, que no os perdáis por los caminos de las ínfulas como otros de vuestra familia han hecho.

Intuía que se refería a mi abuelo.

A mi padre no le gustaba que Imara tuviera que ir a Guinea Ecuatorial cada vez que al viejo parecía antojársele o argüía que un asunto de vital importancia requería su presencia allá. Aplaudía la reticencia de mi madre a acompañarle y corroboraba sus excusas. Mi madre, por su parte, escurría el bulto cuando podía y le pasaba el muerto a su hermano Francisco, que obraba de lazarillo en la mayoría de los viajes. Mi abuelo

Manuel requería de la presencia de uno de sus hijos en esos viajes, ya que sufría una enfermedad crónica neuromuscular, para ser más precisos una miopatía distal, que le afectaba en la movilidad de las piernas, por lo que necesitaba del cuidado y auxilio de uno de ellos.

—¿Por qué el abuelo Manuel se sigue empeñando en ir a Guinea Ecuatorial casi todos los años en el estado en el que está? —le pregunté a mi padre—. ¡Casi no se puede mover!

—¿Por qué no le preguntas a tu madre? —me contestó.

—Lo he hecho, pero me ha salido por peteneras y ha cortado el tema arguyendo que si por ella fuera metería al abuelo en una residencia, donde le hicieran entrar en razón y no le dejaran hacer esos viajecitos. Como he insistido me ha dicho, con bastante cabreo, que el abuelo es un viejo chocho y cascarrabias, que un hogar para personas mayores no es lo que necesita, sino un sanatorio.

—¡Mecachis con tu madre! ¡Qué poco disimula sus desavenencias con su padre! —dijo forzando una expresión coloquial.

—Sí, es todo un carácter.

—¡Y que lo digas, Ismael! Hay que conocerla bien para aguantar estoicamente y sin encresparse esas subidas de tono y esa fragmentaria y arbitraria visión de la realidad que tiene. Pero pese a todo, y aunque pueda a veces parecer lo contrario por sus comentarios, tu madre tiene un corazón inmenso, una gran compasión y fuertes principios morales por los que lucha a su modo. Por eso la amo intensamente y estoy seguro de que jamás encontraría una amante y compañera mejor que ella.

Le pregunté de nuevo por los viajes del abuelo Manuel y por esa animadversión que mi madre demostraba hacia él. Tuve que insistir y prometer que no diría ni palabra antes de que mi padre hiciera este comentario:

—Mi suegro es un hombre miserable. Tu madre lo sabe y se ha apartado todo lo que ha podido de él. Es una sabandija que ha reptado hasta la posición donde se encuentra importándole una mierda todos los demás. No tiene ni escrúpulos ni principios. Ha debido pasar por encima de más de un cadáver para tener el apartamento que tiene en Goya y el estudio de Londres con vistas a los embarcaderos y al London Eye. Si va con tanta asiduidad a Guinea, pese a ser un carcamal decrépito, es porque tiene sus tejemanejes allí. No me gusta que obligue a uno u otro hijo a escoltarle, porque eso es lo que hacen Imara y Francisco. Creo que él es la razón, y no que Guinea es peligroso, por la que Imara se niega a que tú los acompañes allí. No quiere que descubras su verdadera cara. Se avergüenza de su propio padre.

Recordé en ese momento que cuando vivíamos en Madrid mi padre solía visitar a sus amigos o antiguos compañeros de trabajo cada vez que íbamos a casa de nuestros abuelos, o nos decía que tenía trabajo pendiente y se quedaba en su cuarto investigando o viendo la retrasmisión de un partido en la televisión. Supongo que lo hacía para evitar a mi abuelo Manuel. Intenté rememorar la imagen que tenía de él de los años que residimos en la capital española. A mí Manuel me resultaba simpático, tenía siempre alguna historia que contar o una opinión que dar, no era tan serio como mi abuelo alemán, Jürgen, y al contrario que este siempre estaba de buen humor.

Intenté sonsacarle algo más. No fue posible. Mi padre no debía saber mucho más. Solo le arranqué este último comentario:

—Puede que en algún momento de su vida, en su juventud, Manuel fuera un buen hombre. Hay veces, cuando le miras muy de cerca, que encuentras cierto brillo de magnanimidad y benevolencia en sus ojos. No olvides, Ismael, que todos nacemos inocentes y que la bondad es una virtud innata, pero hay que cultivarla para que no se pierda —me dijo parafraseando a Rousseau.

Tras esa conversación sentí que había vuelto al origen de mis dudas e incertidumbres, a esa fatídica decepción por la naturaleza humana que estaba experimentando. ¿Era el hombre, como Maquiavelo pensaba, malo por naturaleza, alguien capaz de aparentar moral y prometer reformas para acceder al poder, o como Rousseau defendía de bondad innata?

***

—El 20 de noviembre de 1975, cuando Franco murió, yo tenía once años —me comentó mi madre en el siguiente encuentro que tuvimos para hablar de su familia—. El anuncio de su defunción lo hizo un consternado Arias Navarro a avanzadas horas de la tarde. Mi padre nos anunció que no tendríamos colegio al día siguiente y que debíamos prepararnos para grandes cambios en el país. «Espero que no sean tan grandes —contestó mi madre—, desde que llegamos aquí en 1969 es lo único que oigo, que va a haber grandes cambios, pero lo único que veo es un país al borde del caos». A mi padre le pareció una exageración de su mujer y así se lo hizo saber.

Era cierto que tanto 1974 como 1975 habían sido años complicados e inestables en el terreno político, pero de eso a que España se encontrara en una situación crítica faltaba un buen trecho. Mi padre salió aquella noche del 20 de noviembre, como solía hacer cada vez que un acontecimiento hacía mella en el envejecido y moribundo Régimen franquista y este, la muerte de Franco, era uno de los sucesos más esperados.

»Como años más tarde pude confirmar, mi padre se juntaba con don Antonio García Trevijano y algún que otro sindicalista o político de la oposición. A mi madre, que lo sabía, no le hacía ninguna gracia. Se temía que en cualquier momento hubiera una redada y mi padre terminara en la cárcel de Carabanchel, como les pasaba a los opositores políticos y a nuestro querido don Antonio.

»No me consta o recuerdo que fuera detenido. Tu abuelo debía andarse con mucho cuidado, no participaba en protestas públicas, solo se juntaba con un grupo reducido y volvía a casa a horas prudentes. Creo que en esos tiempos acariciaba ciertas ambiciones políticas. Le hubiera gustado ser candidato del partido socialista, o quizás del comunista en cuanto estos fueran legalizados y se celebraran elecciones libres. Aspiración imposible, dado que en aquellos tiempos la sociedad española no estaba preparada para una candidatura tan exótica y de tez tan oscura —me explicó.

—Mi padre —continuó narrando— había pasado por periodos difíciles desde que llegamos a Madrid. Tenía un trabajo mal remunerado, vivía con la angustia de perderlo, o lo que es peor, de quedarse sin el permiso de trabajo que garantizaba nuestra estancia en el país. Además, se sentía con el corazón en un puño cada vez que le llegaban noticias sobre nuevas muertes en Guinea Ecuatorial. Muchas de sus amistades eran figuras destacadas del mundo de la política, como Bonifacio Ondo Edu y Federico Ngomo, que apostaban por un cambio moderado manteniendo los lazos con el antiguo poder colonial, o Edmundo Bossio, que representaba los intereses de la minoría bubi y era pariente lejano de mi madre. Estas personas, al representar una oposición para Macías, eran vistas como un peligro por él, por eso perpetró un sencillo plan: quitárselas de en medio. Resultaba fácil cepillárselos en un país que ya no tenía ley, bastaba con arrestarlos, encarcelarlos, condenarlos a muerte o asesinarlos. He visto a tu abuelo más de una vez hecho un paño de lágrimas, muy afectado, pero también furioso. Yo, que solo era una chiquilla, no entendía muy bien esos cambios de ánimo. En casa tampoco se hablaba mucho sobre lo que ocurría en Guinea Ecuatorial, pero, aun así, recuerdo muy bien el bajón que mi padre padeció después de la muerte de Federico Ngomo a principios de los setenta. Federico debió ser el mejor amigo de mi padre.

»A mediados de esa década, mi padre dejó de tener esos altibajos y padecer depresiones. Incluso discutía mucho menos con mi madre. Ella ya no insistía tanto en volver a Guinea Ecuatorial, ni defendía a Macías. Uno de sus parientes lejanos, Edmundo Bossio, había fallecido en circunstancias dudosas. Parece que eso le abrió los ojos y entendió lo perverso que era su presidente. Tu abuelo se juntaba a menudo con don Antonio García Trevijano y llegaba a casa hablando del cambio político que se avecinaba en España, especulando de quiénes podrían ser las estrellas del futuro Gobierno español, el régimen que traería la democracia. «En España está nuestro futuro», nos decía.

»En los años 1974, 1975 y 1976, pese a la alegría que tu abuelo mostraba, hubo bastante inestabilidad política en España. En Madrid ocurrieron sucesos terribles: hubo atentados, secuestros y muchas protestas. A don Antonio le arrestaron y le metieron en prisión en un par de ocasiones. Yo viví este tiempo como le correspondía a una muchachita de poco más de diez años. Me preocupaba cuando escuchaba que había estallado una bomba en el centro de Madrid, que se había producido un tiroteo o que había habido heridos y muertos en una protesta estudiantil, pero lo olvidaba con facilidad y volvía a mi mundo, apartado de ese otro que se veía en los telediarios, el de los mayores.

—¿Insinúas que el abuelo anduvo metido en política, que fue parte de la oposición ilegal contra el franquismo? —Mi madre se encogió de hombros.

—No lo sé. Mi padre hacía en esa época lo que le daba la gana y no le daba explicaciones a nadie sobre sus asuntos. Mi madre andaba siempre preocupada. Para ella nada era fácil. Se sentía arrancada del lugar que conocía, en un medio que se le hacía hostil. Las veces que se encaró con él o le preguntó de poco le sirvió. Supongo que deberías hablar con tu abuelo si quieres saber algo más concreto, llámale un día de estos, le gusta mucho charlar y seguro que le agradará que su nieto favorito se interese por un viejo carcamal —me comunicó mi madre dando la conversación de esa tarde por terminada.

***

En 1974 el Régimen agonizante del general Franco iba haciendo aguas por múltiples frentes. Por un lado las huelgas de las organizaciones obreras aumentaban y hacían mella en la fortaleza del Gobierno que, ante la crisis mundial del petróleo, no se atrevía a poner frenazo al consumo de energía y al desarrollo económico. Temían revueltas callejeras mayores, huelgas incontrolables. Preferían encubrir la recesión que sufría el país a base de endeudarse, a que estallara una buena. Por otro lado, cada vez más profesionales de distintas ramas, entre los que estaban el abogado García Trevijano o destacados catedráticos de universidad como Tierno Galván, se unían a esa rebelión contra el régimen caduco. Esos intelectuales demandaban un cambio político profundo y libertad: libertad sindical, libertad de expresión y de prensa, libertad de confesión religiosa...

El terrorismo de ETA era otro frente con el que luchaba el debilitado gobierno. Pese a la dura represión contra los terroristas y el pueblo vasco, la organización se iba haciendo fuerte, se convertía en una gran amenaza.

Ante todos esos cambios había un grupo de políticos, en el mismo seno del Gobierno, que veía la necesidad de acoplarse a las demandas de las nuevas generaciones; los aperturistas que jugarían un papel clave en la Transición junto con la oposición, por ese entoces ilegal. Los inmovilistas, que querían que todo siguiera igual, terminarían perdiendo sus poderes.

En ese frágil panorama político, los intereses eran muy dispares y cualquier movimiento en falso o apresurado podía haber provocado una grave fisura en la sociedad. Mi abuelo lo sabía. Había sido testigo de la desintegración de los sueños de una Guinea Ecuatorial, que fue muy brevemente democrática e independiente; de cómo una sociedad dividida era presa fácil de los que querían sembrar el odio y la destrucción.

—En España a mediados de los setenta —me confesó mi madre— podía haber pasado lo mismo que en Guinea Ecuatorial. Cualquier movimiento en falso podría haber inflamado los ánimos de la población, dividido la sociedad. Sin embargo, todo transcurrió con relativo sosiego. Hubo muchos gestos estimables de los políticos de entonces, muchas concesiones de uno u otro grupo, mucho diálogo para buscar consenso.

»La más admirable en este proceso fue la sociedad española, la que con su tranquilidad, su deseo de pasar página, de asumir el pasado para avanzar en el presente y tener un futuro, hizo posible que de unos tiempos tan agitados como fueron los de la Transición, naciera una especie de utopía, el milagroso cambio de una dictadura a una democracia, sin revolución, sin guerra o derramamiento de sangre. Por eso me gusta pensar que no solo de las grandes esperanzas pueden devenir fracasos brutales, sino que también es posible darle la vuelta a la tortilla y construir una utopía de un presente distópico. Para ello se necesitan muchos ingredientes: una economía y una coyuntura estable, unos niveles bajos de corrupción, voluntad y honradez en la política, una ciudadanía dispuesta a apostar por el cambio, a dar su brazo a torcer si es necesario, un pueblo educado y con cierto espíritu crítico, capaz de protestar pacíficamente y mantener la calma en momentos delicados. En Guinea Ecuatorial no había esos ingredientes y nada resultó como hubiéramos deseado.

Mi madre siguió narrándome algunas de sus memorias del Madrid de mediados o finales de los setenta. Le encantaba conversar sobre Madrid y de la Transición ejemplar, pero yo quería que me hablara de Guinea:

—No estoy muy orgullosa de la historia reciente de mi patria. No es mucho lo que espero de Guinea Ecuatorial o de tantos otros países de nuestro continente. África es un desastre en el que impera la premisa de sálvese quien pueda. Los culpables de todas nuestras desgracias son las grandes potencias económicas, los colonizadores y los gobiernos indecentes que tenemos, en los que la norma es la corrupción galopante. Además, el bajo nivel de formación de nuestra población la hace fácilmente manipulable. Con este panorama cualquier persona con una mente crítica tiene tres opciones, o se deja engullir por el nocivo sistema y opta por tener algún beneficio, o se queda de brazos cruzados lamentando la suerte de los demás y escondiéndose, huyendo toda la vida, o se enfrenta, arriesgando su vida y la de los seres más queridos. A veces pienso que tu abuelo hizo lo que hizo solo por sobrevivir, para protegernos a Francisco, a mi madre y a mí.

VIII. SIN PERDÓN (IMARA)

Durante mi infancia pensaba que la felicidad no era un don al que mi familia se pudiera aferrar durante mucho tiempo, sino un estado fugaz, transitorio, que se veía alterado por devenires del destino que no podíamos ni controlar, ni cambiar. Desde que abandonamos Santa Isabel, allá por el 1969, me sentía zarandeada por unos acontecimientos que, o bien desconocía, o no comprendía. La dicha era para mí un bien preciado pero volátil, que aparecía y se marchaba al poco tiempo. Era como si a la felicidad le costara brotar en torno a mí, como si careciera de un soporte que la mantuviera, y yo desconocía la fórmula mágica para asirme a ella, para evitar que huyera.

Fuera justo o no achaqué, y sigo atribuyendo, a mis padres la culpa de estos pequeños y grandes pesares que condicionaron mi infancia, adolescencia y primeros años de juventud. Los recuerdo demasiado abatidos por sus sufrimientos, acechados por conflictos que no eran capaces de resolver o inmersos en sueños que les alejaban de otras realidades. Puede que fuesen otros tiempos, que nuestros padres fueran distintos a los de ahora, que nuestra generación en los sesenta y los setenta tuviese que realizar el proceso de aprendizaje personal por sí sola, que nuestros padres estuviesen allí para que no nos faltara un trozo de pan, unos zapatos, para llevarnos al médico cuando ardíamos con cuarenta de fiebre, para pedirnos que sacáramos buenas notas y regañarnos si no lo hacíamos. Puede que me equivoque, que no juzgue a mis padres con ecuanimidad, que el papel de los padres se transforme a lo largo de la historia o esté determinado por la procedencia de estos, pero hay cosas que no les puedo perdonar. Nunca me sentí arropada por ellos, nunca me pareció que se interesaran por mí.

***

Mi madre vivió los primeros cinco o seis años que pasamos en Madrid en una especie de cápsula de la que se negaba a escapar. Estaba aquejada de mil y una manías. Teníamos que desayunar, almorzar, merendar y cenar en la cocina, en una mesa pequeña donde solo cabían dos, y por turnos, primero los niños y después los adultos. Mi madre nos decía que si comíamos en el salón tendría que limpiarlo y que ya sufría suficiente penitencia con tener que asear la cocina tres veces al día.

Ordenaba todo con maniática devoción, con un método que solo ella dominaba a la perfección. A mi padre le enfurecía. Ella nos decía:

—Si fuerais organizados como yo no tendría que ordenar. Desde que nos mudamos aquí siempre he colocado todo en el mismo sitio, va siendo hora de que sepáis dónde encontrar las cosas.

—Y, por variar, ¿por qué no puedes dejar las cosas donde uno las pone? —le preguntaba mi padre enojado.

Esa obsesión con la limpieza y el orden era, creo yo, el modo que tenía mi madre de redimir sus frustraciones, de engañar al sentimiento de desarraigo e ignorar el hecho de que su matrimonio tenía cada vez menos sentido. Con esta actitud no solo no lograba aplacar sus desilusiones, sino que malograba todavía más su vida y la de los que la rodeábamos. A nosotros no paraba de recriminarnos las pequeñas faltas infantiles como una habitación desordenada, que se nos derramara el agua o la leche o que llegáramos con la ropa sucia del colegio porque nos habíamos caído jugando. Conmigo era especialmente gruñona, con mi hermano Francisco fue algo más benevolente.

Mi padre la evitaba en la medida de lo posible.

En 1977, año internacional de la mujer, mi madre se unió a un grupo de vecinas, amas de casa como ella, que querían un poco más de independencia. No sé si le sirvió de algo, porque jamás abandonó esa enferma devoción por la limpieza y el orden.

Si de niña asumí esas obsesiones como algo natural del carácter de mi madre, en la adolescencia se me hicieron inadmisibles y la odié por ser como era; por no haberme querido lo suficiente, por no saber expresar cariño como yo hubiera deseado que lo hiciera, por su ceguera en lo que se refería al mundo que nos rodeaba. Hoy en día pienso que mi madre fue más bien una víctima.

Yo pude seguir un camino bien distinto al de ella. Tuve la suerte de llegar de niña a Madrid, de haber ido a parar a un buen colegio con un par de profesoras ejemplares que no solo nos enseñaban a memorizar, sino a pensar. En algún momento de mi infancia me sentí integrada en mi país de acogida y me identifiqué más con la sociedad madrileña que con mis raíces guineanas.

En mi juventud, inspirada por los cambios que se vivían en el país por los primeros movimientos feministas y por la apertura de España en todos los terrenos, me esforcé en estudiar y me propuse ser lo que mi madre no había sido: una mujer independiente.

En la edad adulta esa imagen de mi madre me llena de obsesiones. Tengo miedo de parecerme a ella. De hecho, algunas de las decisiones importantes que tomé en mi vida fueron originadas por mi deseo de no ser como ella. Si me casé con Otto, una persona de carácter tan diferente a mí, no fue solo por la seguridad que me daba, por lo fácil que era convivir con él, sino también porque deseaba un matrimonio que no se pareciera al que ella tuvo. Quería estar junto a alguien que tuviera unos principios diferentes a los de mi padre, que no hiciera en todo momento lo que le diera la gana.

Si con cuarenta años, con mi hijo Ismael en plena crisis adolescente, decidí darle un giro a mi vida, aceptar un trabajo que iba a requerir mucho tiempo y separarme de la vida familiar, fue porque veía que el tiempo me estaba convirtiendo en un ama de casa como mi madre; y porque recordé que ella, en el único momento en el que pudo tomar una decisión por sí misma, dejar a mi padre y a quien hiciera falta para vivir su vida, no fue capaz. Quizás fui una egoísta, pero en ese preciso momento de mi vida opté por poner mis intereses por encima de los de mi familia.

***

A mi padre nunca le he podido perdonar que depusiera nuestra educación en manos de mi madre, que no sintiera o deseara participar en nuestro aprendizaje. De pequeños nos hacía carantoñas, nos llevaba al parque a jugar, luego se separó de nosotros. Nunca estuve segura de las razones que tuvo para dejar que sus hijos se convirtieran en unos desconocidos. Puede que fuera la actitud de los hombres de esa época, que consideraban que la labor de criar a sus hijos no pertenecía a los de su género, puede que antepusiera sus ambiciones políticas y económicas

139

a las necesidades de sus vástagos, que fueran las desavenencias con mi madre lo que le movía a apartarse de nosotros, o los pesares que se apoderaban por periodos de él, la razón para sus ausencias. Tal vez fue una conjunción de todos estos motivos.

Como pasó con mi madre mi percepción hacia él fue cambiando con el tiempo. Si de niña le tenía devoción, en la pubertad le sentí lejano. En los años de juventud, sin embargo, mis inquietudes políticas me acercaron de nuevo a él. Me interesé por los acontecimientos del periodo de transición y de vez en cuando le pregunté sobre sus vivencias en esos años. Él era una persona con cultura, que entendía algunos de los entramados políticos.

En los últimos años de carrera, poco antes de ir a Canterbury a realizar mis estudios de doctorado, abandoné esta segunda fase de admiración hacia él. Empecé a verle como una persona movida por sus ambiciones, con una ética cuestionable, con un pasado lleno de sombras. Mi padre había sido modelado por los acontecimientos que le tocaron vivir.

No quería que a mí me pasara lo mismo.

***

Durante los dos primeros años que pasamos en Madrid 1969 y 1970 mi padre se esforzó en prestarnos su ayuda. Él era el que salía a trabajar, el que en los fines de semana nos llevaba a misa o caminaba con nosotros hasta el parque del Retiro, el que nos decía que había que tener paciencia con nuestra madre. A veces se le notaba apesadumbrado, pero se reponía a los pocos días. Si alguien me regalaba una sonrisa, de esas que tenían un don curativo que sanaban por un momento la soledad que sentía en ese tiempo, era él. Creo que en ese tiempo hizo un esfuerzo enorme para no dejarse arrastrar por la impotencia que sentía ante lo que ocurría en Guinea Ecuatorial, para no dejar crecer el resentimiento. Pronto pasaría algo que le cambiaría para siempre.

A principios de junio de 1971, cuando el año académico estaba por finalizar, mi padre llegó a casa totalmente descompuesto, con un periódico en la mano y lágrimas en los ojos. Federico Ngomo, mentor y gran amigo suyo, el hombre al que le debía su trabajo, quien le había ayudado huir de ese «corazón de las tinieblas» en el que se había convertido Guinea Ecuatorial, quien le había puesto en contacto con el señor Trevijano, había muerto en circunstancias misteriosas en la prisión de «Black Beach». Federico era de los pocos amigos con los que mi padre había podido mantener contacto hasta entonces. Mi padre albergaba la esperanza de que Federico viniera a vivir a Madrid. Sobre todo a raíz de que el estado de salud de su amigo empeorara, insistió en que saliera de Guinea lo antes posible. Federico no lo hizo.

—Era un enfermo crónico —repetía mi padre prácticamente todos los días—, y sin el tratamiento adecuado, al cual no podía acceder en Guinea Ecuatorial, se hubiera muerto de cualquier modo. No lo comprendo, podían haber tenido algo de humanidad y haber dejado que falleciera a causa de sus dolencias, en paz, en su casa. No eran necesarios ni la detención, ni los interrogatorios, ni la tortura que seguro sufrió.

—No le des tantas vueltas, Manuel, tú desde aquí no podías hacer nada. Además, digo yo que algo habría hecho para que le detuvieran —respondía mi madre, que era una especialista en meter la pata.

—¿Pero cómo puedes seguir creyendo que en Guinea Ecuatorial hay motivos reales para detener y matar a alguien después de la sangría y atrocidades constantes que allí ocurren? ¿No te das cuenta de que se inventan razones para justificar sus crímenes? ¿Cómo puedes ser tan obtusa? —le reprochaba él con pena y enfado.

—Puede que con Federico se hayan equivocado —decía ella intentando subsanar la metedura de pata.

—No hay ninguna excepción. En Guinea no se han parado de cometer injusticias. Date cuenta de una vez por todas de que nuestra nación está regida por un loco, que ha instalado un estado de terror en el que cualquiera puede ser liquidado.

A mi padre le afectó mucho la muerte de Federico. Le creó un vacío que nadie pudo llenar. Le cambió y le hizo seguir otros caminos.

***

Durante mis años de juventud, cuando en España se vivía a tope la movida de los desenfrenados años ochenta, comencé a interesarme por la política. Para un estudiante era casi imposible ser apolítico en esos tiempos, casi todos teníamos una opinión o éramos partidarios de un partido. Había mucha ilusión. La nueva democracia había sido una inspiración para las viejas y nuevas generaciones y todos teníamos ganas de participar en la vida política. Los referéndums tenían una alta participación. A veces discutí acaloradamente con algunos compañeros de universidad sobre unos u otros partidos. Se criticaba a determinados políticos, se subía el tono de voz, aunque siempre se terminaban zanjando nuestras desavenencias con una copa de vino o coñac.

Fue por ese entonces cuando me acordé de las sucintas reyertas de mis padres, que se prolongaban con días de silencio en los que no se dirigían la palabra. Nunca comprendí, ni en ese entonces ni en mis años universitarios, por qué mis padres se distanciaban de esa forma a causa de opiniones encontradas sobre Francisco Macías, por qué la política producía esa transformación en los hombres, por qué uno puede dejar de hablar a su hermano, a su amigo, o llegar a odiar a un hijo por tener una ideología diferente; por qué alguien puede declarar enemigo a su vecino, o liarse a puñetazos con un desconocido, solo porque esas personas pertenece a un partido distinto.

Fue precisamente en los años ochenta cuando descubrí lo que había pasado en mi país de origen, lo que seguía ocurriendo allí. Me costaba entender cómo mi madre había podido defender y apoyar a un líder como Macías. Sigo sin comprender la ceguera y el odio, sin entender por qué la gente muestra devoción por líderes malvados que solo siembran destrucción.

En noviembre o diciembre de 1971 en una de las disputas de mis padres a causa del gobierno de Guinea y de Amador, el leal amigo de mi padre de la etnia bubi, mi padre cogió una maleta, la colocó a los pies de mi madre y dijo lo siguiente:

—He tenido ya demasiada paciencia contigo, Margarita. Sé que mis suegros se codean con el presidente y lo que te cuentan en las cartas que te envían. Todo lo que te dicen es falso. He intentado aguantar tus rapapolvos y hacerte entender que no podemos volver al país, que yo no puedo y mis hijos tampoco, pero tú persistes en tus ideas. Así que, Margarita, aquí tienes tu maleta, lista para hacerla. Vuelve a Guinea Ecuatorial y quédate con tus padres. Te pago el vuelo de ida pero no el de vuelta.

Mi madre reaccionó con poco asombro, como si estuviera esperando hacía tiempo esa posibilidad de retornar. Se levantó con compostura, cogió la maleta, se metió en el dormitorio y comenzó a hacerla. La fue llenando mientras se la oía decir: «No puedo más, ya no aguanto más en este país. Nadie parece darse cuenta de lo que sufro. No puedo más». Después entró en nuestro cuarto, bajó una maleta que estaba encima del armario e hizo lo mismo que con la suya. Colocó las dos maletas llenas a rebosar delante de mi padre y le pidió que nos comprara un billete para el primer vuelo que se volvía con nosotros. Comenzamos a llorar. No queríamos volver a Guinea Ecuatorial.

—Los niños se quedan aquí.

—Los hijos deben estar siempre con su madre.

—No, cuando ella quiere llevarles al mismo infierno. Si tú deseas irte, bien, pero Imara y Francisco se quedan aquí en Madrid, donde están seguros, donde pueden ir al colegio, recibir una buena educación y tener un futuro. No permitiré que su madre les malogre la vida.

Me agarré a mi padre. Tenía miedo de volver allí después de todo lo que había oido contar. Tenía siete años y alcanzaba a comprender que algo terrible ocurría en Guinea Ecuatorial. Miré a mi madre y negué con la cabeza. Comprendió que yo no quería volver. Francisco, que tendría tres años, había dejado de gemir. No sé si deseé que se marchara o se quedara, creo que me daba igual, que lo único que quería era que no me llevara allí.

—Pues me iré sola —nos hizo saber—. Necesito recobrar la vida que dejé allí, mis amigas, mis hermanos, mis padres. La soledad que siento aquí me resulta insufrible, prefiero vivir con menos pero en mi tierra. Aquí no soy yo, no soy nadie. Cómprame ese billete de avión, si es posible para mañana.

Francisco volvió a llorar. Gritaba: «No, mami, no. No quiero estar sin ti». Mi madre intentaba consolarle. Mi padre se marchó a la calle, como hacía siempre que se liaba en casa, antes de irse le dijo:

—Si te vas, ten muy claro que será para siempre. Así que piénsatelo muy bien, Margarita. Es un vuelo de ida.

Yo me fui también. No tenía muchas amigas, pero a veces me unía a los juegos de algunas compañeras si las veía en la Plaza del Dos de Mayo. Era la primera vez que me largaba cuando la situación que se presentaba no me gustaba. No sería la última.

No sé lo que ocurrió durante el tiempo que estuve fuera. Cuando regresé a casa, mi madre y Francisco estaban jugando al escondite allí, como si nada hubiera pasado.

Ella se quedó en Madrid mostrando un poco más de ánimo de lo habitual. Jamás volvió a mencionar el nombre de Macias, ni a reprochar los encuentros de mi padre con Amador. Incluso se esforzó en cuidarnos. Se levantaba por la mañana y nos preparaba el desayuno. A veces nos llevaba hasta el colegio o nos iba a recoger. Mi madre se esforzó a partir de ese momento, a veces sonreía y parecía estar feliz. Yo sabía que no lo era.

***

La vida de los extranjeros es a veces así, como la de mi madre. No se puede encontrar el sucedáneo de hogar en el lugar al que huyeron. Sus raíces se adhirieron con tanta fuerza a la tierra que los vio nacer, que la separación produce un dolor inmenso, irreparable. Se vive soñando con el retorno y si alguna vez se vuelve, es para darse cuenta de que uno es extranjero en su tierra.

***

En más de una ocasión he pensado en lo que pasó esa tarde. Mi madre decidió quedarse con sus hijos, se sacrificó. No hizo lo que le dictaba su corazón, sino lo que su instinto maternal le pedía; quedarse.

No sé si Francisco lo hizo, pero yo nunca se lo he agradecido.

Por eso, aunque no fue la madre que yo quise, ni la mujer fuerte que hubiera deseado tener como modelo a seguir; aunque nunca la sentí cercana a mí y no le he podido perdonar que prefiriera a mi hermano, me pregunto: ¿Me ha podido perdonar ella por no sentir suficiente aprecio, por no quererla como una hija debe amar a una madre?

***

Mi padre, que siempre había sido aceptado entre los españoles por su buen talante y por conocer mejor el país, rara vez aparecía por la escuela y en casa pasaba el mínimo de tiempo posible. Nos acostumbramos a sus ausencias, a que rara vez llegara antes de las diez de la noche. Con el tiempo empezó a ausentarse por dos o tres días. Lo hacía con cierta asiduidad. No sabíamos ni dónde iba ni lo que se traía entre manos. Era como si se desentendiera de nosotros, como si hubiera otra persona en su vida. Nunca dejó de entregar a mi madre parte de su salario en un sobre al principio de mes, pero íbamos muy justos. Esos viajes misteriosos mermaban nuestros recursos económicos, algo que se hizo notorio tanto en las comidas, que eran espartanas, como en nuestra indumentaria, poco variada y con cada vez más zurcidos.

Un día, a finales de 1971, mi padre apareció con el señor Trevijano. Hacía un tiempo que no lo veía y en esa ocasión me pareció un tanto excéntrico. Estaba vestido de forma elegante, con traje de chaqueta gris oscuro y camisa blanca.

—¿Os acordáis de don Antonio? —nos preguntó a mí y a Francisco—. Nos ayudó mucho cuando llegamos a Madrid. Ha mantenido por bastante tiempo contacto con algunos políticos de Guinea Ecuatorial. Fue uno de los pocos españoles que apoyó la Independencia y la Constitución allá por 1963. Desde entonces muchas cosas han cambiado allí. Incluso él ha roto sus lazos con nuestro país y ha venido hoy aquí para explicárselo a vuestra madre. ¿Sabéis dónde está? —nos preguntó—. El señor Trevijano querría hablar con ella.

—Ha salido a comprar pan o leche, no estoy segura —le informé—. Llegará en cualquier momento.

Mi madre apareció a los tres o cuatro minutos y con sorpresa observó cómo mi padre, con el que no había conversado en los dos últimos meses, la invitaba a sentarse y don Antonio, tan cortés como siempre, le besaba la mano.

—Un honor verla de nuevo, señora —le dijo haciendo una reverencia.

—El placer es mío. Usted es siempre bien recibido —le comunicó a don Antonio—. ¿A qué viene todo esto, Manuel? —preguntó mi madre por lo «bajini» y extrañada.

—Creo que deberías sentarte y escuchar con calma lo que mi buen amigo te va a contar sobre Guinea Ecuatorial y sobre Macías. Quizás te ayude conocer otra opinión aparte de la mía y la de tus padres.

A Francisco y a mí nos enviaron a nuestras respectivas habitaciones. Sería más tarde, en mis primeros años de universidad cuando supe por mi padre y el mismo don Antonio algunos detalles de esa conversación.

Trevijano, republicano de corazón y férreo defensor de las libertades, había defendido la independencia de Guinea. Los tiempos del colonialismo estaban en su ocaso. Carecía de sentido mantener esa colonia. Tras las elecciones, observó con cierta desconfianza cómo Macías se aliaba con sus antiguos enemigos políticos, Atanasio Ndongo y Saturnino Ibongo, una unión que él no consideraba ni fiable, ni duradera, tal y como probó al poco tiempo el intento de golpe de Estado perpetrado por sus dos aliados. Trevijano le narró a mi madre cómo su fe en Macías, a quien en tiempos consideró una persona con convicciones e ideales, así como un gran amigo, se fue minando paulatinamente, y en 1971, con la derogación de gran parte de la Constitución y la imposición de la pena de muerte para todo aquel que le insultara o mostrara ideas contrarias a las suyas, le retiró todo el apoyo y lo despreció. «Macías se ha convertido en un dictador, señora. No lo era al principio, pero en la actualidad, no cabe duda, lo es, y en la posición en la que se encuentra, con todo el poder que tiene, es muy peligroso», le debió informar a mi madre.

***

No sé cuándo me enteré de que mi padre, que seguía dolido por la muerte de Federico, había jurado vengarse por ese vil crimen, que había prometido remover cielo y tierra para que ese asesinato no quedara sin castigo. Esa era la razón por la que empezó a visitar con más frecuencia de lo que solía hacer al abogado García Trevijano. Me consta que don Antonio intentó establecer de nuevo contactos con algunos de sus conocidos en Guinea Ecuatorial que seguían allí y sobrevivían de algún modo a la dictadura. Cuando mi padre se percató de que don Antonio no estaba en posición de cambiar nada en ese terreno, se unió a un grupo de guineanos, entre los que estaba su amigo Amador. Estos estaban organizando una oposición ilegal al régimen de Macías desde España. Llevaban un tiempo captándose soportes, creando una red con los exiliados que deseaban la reinstauración de la democracia y de la Constitución en Guinea. La estructura no era todavía sólida, no había ningún tipo de plan, pero todos creían que, más tarde o más temprano, llegaría el momento de llevar a cabo un golpe de Estado y acabar con el dictador.

Era tal vez una idea ilusoria, pero mi padre, que no deseaba otra cosa que ver muerto a Macías, creía en ella.

El señor Trevijano, por el que mi madre sentía gran aprecio y al que estaba muy agradecida por toda la ayuda que nos había prestado cuando llegamos a Madrid, ayudaba en la medida de lo posible a las gentes de Guinea Ecuatorial cuando llegaban a España. Les resolvía el papeleo pertinente para que no se les mandara de vuelta y les daba un par de contactos para que pudieran trabajar. Gracias a su intervención algunos políticos de la oposición, artistas y pensadores que habían logrado salir del país lograron asentarse en España y prosperar. Supongo que don Antonio intentaba redimirse prestando sus servicios a los que escapaban de la dictadura. Era su modo de compensar el desacierto que fue apoyar a Macías. En contadas ocasiones había echado un cable a algunos conocidos que intentaban salir de Guinea Ecuatorial. No todos los intentos de huida tuvieron éxito, a veces terminaron en un rotundo fracaso, como fue el caso de Federico Ngomo.

Intentar sacarlo de Guinea fue muy complicado. Federico había jugado un papel importante en la política y estaba en la lista de personajes que no eran del agrado de Macías por lo que era vigilado noche y día. Fue poco lo que se pudo hacer para sacarlo del país.

—Lo sentirán, algún día pagarán por lo que han hecho —debió exclamar resentido mi padre—. Algún día podré desquitarme, ajustar cuentas con ese presidente que tanto odio, que tanto dolor y muerte ha sembrado en nuestro país, que no llegó para hermanar y construir una Guinea mejor, más próspera, como nos prometió, sino para sembrar la inquina entre los distintos grupos y etnias del país, aniquilar la fraternidad, la esperanza y los anhelos y convertir Guinea Ecuatorial en uno de los países más pobres del mundo. Algún día, en cuanto se me dé la oportunidad, la tomaré y contribuiré a acabar con él. Lo juro.

—Ojalá esa oportunidad llegue pronto, Manuel. Ojalá se le pueda defenestrar y restaurar esa Constitución que teníais —me imagino que contestó Trevijano—. Sin embargo lo veo complicado, Macías se ha escudado muy bien, cambiando las leyes a su favor y antojo y poniendo al ejército a su servicio. Yo también pensé en su momento, cuando me di cuenta de que Macías no era una persona íntegra y honrada, que se tenía que acabar con él, que era cuestión de meses, pero quedan tan pocas voces críticas en tu país y estas tienen tan poca influencia, tan poco poder. Macías lo tiene todo controlado con los soldados a su mando, con la Juventud en Marcha con Macías que patrulla por las calles sembrando el terror, con el Partido Único, en el que cualquiera que quiera sobrevivir en el país se tiene que afiliar, con la limpieza étnica encubierta que se lleva a cabo para que el poder quede entre sus amigos y familiares. Todas esas estructuras en torno a Macías le dan demasiado poder y le protegen de sus enemigos, si es que todavía le quedan. Ningún país europeo se quiere involucrar, tampoco los Estados Unidos. No creo que haya forma de cambiar el rumbo, porque a ningún país parece interesarle o preocuparle lo que pasa. Macías, que no es tonto y lo sabe, se ha limitado a sembrar el terror en su país, sin traspasar sus fronteras, sin cabrear a los que son más poderosos que él. Tú deberías calmarte. Tienes que pensar en tu familia y no envenenarte con la sed de venganza.

—¿Calmarme? ¿Viendo lo que está ocurriendo? Don Antonio, no es solo Federico, es la nación entera.

—Lo sé. Y algún día alguien se preguntará cómo se ha podido dejar que ocurrieran los abusos y masacres, por qué no se paró a Macías a tiempo, o a lo mejor nadie lo hace y se deja que Guinea Ecuatorial se hunda en cien años de dictadura, con un tirano tras otro.

—No me diga eso, don Antonio —le debió contestar mi padre—. Déjeme que viva con algo de esperanza, creyendo que hay justicia en este mundo, que los malvados terminan pagando por sus fechorías, que en todos los países tenemos derecho a un gobierno digno y que es posible lograr un sistema ecuánime para cualquier nación de este planeta.

Las visitas, los consejos y buenas intenciones del señor Trevijano, aunque obraron favorablemente en la relación de mis padres, que no se tiraban ya los trastos y se soportaban el uno al otro, no surtieron mucho efecto en mi padre, que parecía haberse transformado después de la muerte de Federico Ngomo. Aparte de pasar por breves fases de depresión que le apoltronaban, estaba bastante irascible y se indignaba cada vez que se recibía alguna triste noticia sobre nuestra nación. Sin embargo, lo peor estaba por venir.

A los siete meses de la muerte de Federico, en enero de 1972, mi padre sufrió una trombosis que le provocó un infarto, al que por fortuna sobrevivió, pero no sin secuelas. Estuvo internado casi un mes en el hospital y tuvo que continuar con una larga rehabilitación durante más de medio año, ya que sufría una parálisis temporal en la mitad derecha del cuerpo. Fueron unos meses difíciles en los que me volvió a ir mal en el colegio, no solo en lo que a amistades se refiere, sino también en lo referente al rendimiento académico.

Me faltaba voluntad para encarar el triste destino que volvía a azotarme.

Tras el susto y los meses de incertidumbre sobre su recuperación vivimos meses dramáticos. Mi padre carecía de ánimo y no deseaba ni vivir, ni salir adelante y, más que recuperarse con la terapia, parecía moverse a la deriva, obligado por los médicos o los fisioterapeutas a hacer ejercicios de rehabilitación. Se encontraba en un estado vegetativo, aunque mi madre hiciera todo lo posible para animarle y le dijera constantemente que le necesitábamos, que no se dejara arrancar de la faz de la tierra, que se quedara con nosotros.

Después de dos meses tremendos, casi como por arte de magia, mi padre empezó a recuperarse de un día para otro, al menos en su estado físico. Sin embargo, este no fue el final de los tiempos difíciles. Después de que mejorara su hemiplejía, comenzara a caminar y lograra reinsertarse a la vida profesional, vinieron otros seis meses de silencio en los que él, a pesar de que su incorporación al trabajo traía alguna normalidad, no era más que un triste espectro que deambulaba silente por nuestras vidas. Tuvo que reducir su jornada laboral lo que supuso un recorte en los ingresos. Con el menguado sueldo de mi padre apenas llegábamos a fin de mes. Esto obligó a mi madre a trabajar limpiando casas y oficinas.

La relación entre mis padres sufrió de nuevo una crisis. Volvieron al gélido mutismo de hacía unos meses, a un «estás viviendo conmigo, pero ni te veo, ni te siento» que les duró otros tres o cuatro meses. Después volvimos a nuestra acostumbrada «normalidad».

***

A mediados de octubre de 1974 mi padre apareció en casa bien alegre, con una aserción que, para mí, que contaba entonces más o menos diez años, fue bastante misteriosa:

—Felipe González ha sido elegido secretario general de los socialistas españoles en el exilio —dijo la primera vez que comenzó a hablar— y con él se auspicia un cambio en este país, los aires de democracia acarician a España con su brisa y, un día, Felipe se presentará a presidente de este país, yo votaré por él y saldrá elegido —predijo mi padre—. Y espero que González pase a la historia por el cambio que generará, por impulsar nuevos aires, y no por robar o llevar al país a la ruina como... Bueno, no quiero ni nombrarlo...

—¿Estás bien? —contestó mi madre asombrada al verle tan feliz—. ¿Se puede saber de quién hablas?

—Felipe González es... Bueno, ya sabes que don Antonio piensa que aquí va a haber un gran cambio que será impulsado por la izquierda. Me ha contado que los socialistas en el exilio eligieron un nuevo líder, un joven muy prometedor llamado Felipe González, que está intentando unir a las diferentes facciones del partido socialista y la izquierda para hacer frente común. Don Antonio cree que tenemos buenas posibilidades de que en menos de una década se proclame presidente de España y de allí todo irá sobre ruedas. Conseguiremos más justicia social, más igualdad. Felipe González es muy del agrado de los partidos socialdemócratas europeos y seguro que su presencia en la política facilitará la entrada de este país en la Comunidad Europea. A mí todas estas teorías de don Antonio me han animado. Pensar que aquí va a haber una transformación real después de casi cuarenta años de dictadura me ha devuelto la ilusión. A lo mejor también en Guinea Ecuatorial es posible un cambio. No debemos sucumbir o darnos por vencidos. Si dejamos de tener esperanza, nuestro añorado país seguirá sumergido en las espesas tinieblas del olvido.

Mi madre, a la que tanto le había sorprendido que mi padre estuviera tan contento, tardó unos minutos en contestar, y cuando lo hizo dejó que las palabras se escaparan lentamente.

—Me alegra oírte hablar de ese modo, Manuel. —Miró a mi padre, esperó un momento y continuó—: No sé quién es ese Felipe Gonzalez, ni si va a haber cambio en este país y, como soy algo burra, tampoco entiendo todas esas reflexiones tan profundas sobre el futuro de España o de nuestro país. Te pido, sin embargo, que por favor no me hagas pensar que podemos volver a Guinea Ecuatorial. Prefiero asumir que no hay expectativas de retorno. La ilusión puede que a ti te levante el ánimo, pero a mí no me ayuda. —Se levantó—. Espera, necesito beber algo —le explicó y volvió con dos vasos de agua—. En Madrid no se está tan mal. En España vivimos de forma decente con el régimen del caudillo. ¿Para qué nos hace falta ese cambio democrático del que hablas? —preguntó—. Hay paz. No hay necesidad de alterar el sistema, de correr riesgos innecesarios.

—Mujer, ¿cómo puedes decir eso? España necesita un régimen similar al de otros países europeos y, además, Franco no puede durar mucho. Recuerda que en julio de este año asumió la jefatura del Estado el príncipe Juan Carlos. Pensaban que la podía palmar y lo hará en uno o, a lo sumo, dos años. Don Antonio cree que está muy enfermo y que está preparando su legado. El caudillo lleva tiempo sin hacer apariciones públicas. No sabemos qué enfermedad padece, pero debe ser crónica. Aquí va a pasar algo pronto.

—Hay esos rumores desde que llegamos aquí. En el caso de que Franco se muriera, que lo hará porque nadie es inmortal, no olvides que el legado del príncipe es imponer una monarquía, que perpetúe el espíritu y los ideales de Franco. Supongo que así lo hará.

—No si la oposición y Juan de Borbón se hacen con el timón. Don Antonio lo ve más que factible. Tendremos elecciones antes de terminar esta década.

—Don Antonio puede decir lo que quiera, pero yo dudo mucho que vaya a haber elecciones o algún tipo de cambio. Este país seguirá igual, con las mismas caras dirigiendo la nación, y en parte eso me tranquiliza. —Mi madre hizo una pausa para apurar el agua que le quedaba en el vaso—. Mira, Manuel, ya tuvimos que salir de un país por meterte en política. Y no quiero que aquí, donde nada se te ha perdido, te metas otra vez en camisas de once varas. Deja esas ideas de libertad e igualdad tan socialistas y apártate un tanto de esas amistades que sueñan con un cambio radical. ¿Quieres equivocarte otra vez y de paso arriesgarte a que tengamos que huir?

—Nunca me involucré en un partido cuando vivíamos en Santa Isabel, lo sabes. Aquí tampoco lo voy a hacer, aunque no creo que afiliarse a un partido o hacer carrera política en este país tenga las consecuencias fatales que en Guinea Ecuatorial tuvo. Hay muchas diferencias entre España y nuestro país, pero te diré una cosa, si por casualidad, hubiera alguna forma de acabar con Macías, de que pagara por todos sus crímenes, por el sufrimiento que ha causado, no duraría en involucrarme en lo que fuera necesario. Le pegaría un tiro si pudiera.

—¡Ay, Dios! —exclamó mi madre.

—No te preocupes. Por ahora nadie me ha brindado la ocasión de hacerlo, pero no me lo pensaría. Lo haría y te aseguro que no me temblaría el pulso.

—Manuel, tenemos dos hijos y responsabilidades hacia ellos. Te suplico que si llegara ese momento no hagas nada. No quiero enviudar y tener que sacar a mis hijos adelante en un país al que no pertenezco. Contigo y aquí, pese a todos los problemas que hemos tenido, pese a que la nuestra no es una relación ideal, la vida se me hace fácil y llevadera. No sé lo que sería de nosotros sin ti.

Mi padre acarició a mi madre para que se tranquilizara y le prometió no meterse en nada que pudiera poner en peligro la estabilidad de la que gozábamos en España.

—A veces me dejo llevar por ese rencor que me carcome —añadió—, pero tienes razón, hay que pensar en nuestros hijos.

Los meses que sucedieron fueron tranquilos. Parece que las expectativas de cambio en España animaron a mi padre, que empezó a tener días buenos en los que hablaba, aunque había algún que otro malo en el que se encerraba en el dormitorio nada más llegar del trabajo. Mas esta alegría, como siempre, fue fugaz y, cuando llegaban las noticias de muertes como la de Edmundo Bossio Dioco, que era pariente de mi madre, la dicha se volvía a alejar de nosotros.

A mi padre esa muerte no le sumió en esa pena profunda y desgarradora que le produjo la de Federico, solo reafirmó su deseo de hacer algo para terminar con esas muertes sin sentido, para que las atrocidades no quedaran sin perdón. A mi madre este suceso le afectó más. Tras el asesinato de su pariente perdió la poca simpatía que sentía hacia el dictador.

Aunque Edmundo Bossio no era un familiar cercano, era bien conocido y admirado por todos los miembros de su familia, incluida mi madre. El hecho de que Macías lo hubiera apartado de su gobierno se había visto en su día como un mal pasajero, ya que sus parientes pensaban que volvería a la escena política y que jugaría un crucial papel en la instauración de la democracia. Su fallecimiento la sumió en una apatía total. No mostraba ningún tipo de sentimientos o emociones, se pasaba el día sentada, con la mirada perdida. Mi padre decía que era una especie de catarsis provocada por esa pérdida y que teníamos que esperar, que más tarde o más temprano se le pasaría.

Con el tiempo la actitud de mi madre cambió. No se la veía tan deprimida, pero volvió a sus manías de limpieza y orden. A nosotros, sus hijos, apenas nos atendía, aunque la casa estaba impecable de limpia.

Mi padre seguía en su mundo que se repartía entre el trabajo, sus amistades y sus salidas. Su atención hacia nosotros no era ni mejor ni peor que antes. Continuaba llegando tarde del trabajo, según él, porque necesitaba la soledad y el aire fresco. Mi madre seguía pensando que andaba confabulando contra Macías o codeándose con la oposición ilegal, de la que el abogado García Trevijano formaba parte.

***

En enero de 1975 Felipe González llegó a Madrid y se instaló en la ciudad de forma clandestina. Todavía pertenecía a la oposición ilegal, pero pensaba que era el momento oportuno de establecerse en la capital, que la lucha por la democracia no se podía hacer más desde el exilio. Don Antonio García Trevijano fue uno de los primeros en establecer contacto con el joven líder socialista, que usaba el nombre de Isidro para ocultar su identidad. Mi padre debió saber en algún momento de la presencia de este, aunque se guardó mucho de comentar algo en casa. En ese 1975 siguió llegando tarde y negando cualquier implicación política. Mientras tanto, en España se avivaban las ansias de libertad y el régimen hacía aguas por todos sus frentes.

En febrero de 1975 los cines, teatros y artistas dedicados a estos géneros hacían huelga. Protestaban por la falta de libertad y la censura. Los cantautores seguían reivindicando reformas en sus canciones. En 1976 un grupo llamado Jarcha sacaba una canción que, pese a ser censurada, tendría una enorme popularidad: «Libertad sin ira», que pedía una renovación en España, dejar atrás ese pasado martirizado, traumatizado por la guerra, y que las generaciones jóvenes avanzasen hacia un futuro libre.

Mi cantante favorita, Cecilia, compuso en ese 1975 su mejor canción: «Mi querida España». Esta reflejaba la existencia de esas dos Españas, la de las generaciones jóvenes que deseaban un cambio y la de las viejas, que tenían miedo a una alteración en el régimen o que deseaban continuar como estaban. «Esa España nueva, esa España vieja». Yo acababa de cumplir once años y empezaba a darme cuenta de que mi padre y don Antonio tenían razón, que se avecinaba una permuta en el futuro de España. La ciudadanía había decidido en su gran mayoría pasar página, dejar el resentimiento a un lado y avanzar. Muchos españoles esperaban con ilusión una vida con más libertad.

***

Hay momentos en que es necesario olvidar y reconciliarse para que sea posible una evolución, para no anclarse en un pasado de rencillas, odio y muerte. Hace falta madurez y calma, anteponer el beneficio común a los intereses particulares, no enfrascarse en peleas sobre lo que ocurrió. Mirar hacia el frente es la única forma de salir del infierno. No hay que arriesgarse a que los demonios te devuelvan, como a Eurídice, a lo más hondo de las tinieblas. Eso es lo que hizo España en los años setenta, buscar consenso entre intereses dispares para avanzar.

Mas no siempre es fácil seguir adelante ignorando el dolor que ha producido el pasado. A veces las heridas personales nublan la vista y ciegan, los pies se anclan en la tierra y no te puedes mover. Te has petrificado al volver tu vista atrás. No sabes cómo continuar. No ves hacia donde te lleva el camino, porque ya no divisas el horizonte.

Hay veces que no se sabe o no se puede perdonar.

IX. (SIN) COINCIDENCIAS

Mi madre volvió a salir de viaje de negocios. Se fue solo por dos semanas, pero no había terminado de contarme todo lo relativo a su infancia y adolescencia o sobre su país de origen.

—Tu abuelo te podría contar más sobre Guinea Ecuatorial —me había dicho antes de irse—. Aunque él cuenta siempre las cosas como le convienen. No te fíes mucho de sus historias y comprueba todos los hechos —me aconsejó—. En estas dos semanas que estoy fuera deberías dedicarte a investigar sobre tu media patria. Ya sé que le has llamado un par de veces, pero si quieres saber más vuelve a hacerlo y pregúntale. Estuvo involucrado en el proceso de independencia. Coteja siempre lo que te cuente.

Tal y como mi madre me había recomendado, hablé otra vez con el abuelo Manuel. Tomé algunos apuntes. Como mi madre me había indicado, él sintió siempre aversión por Macías y creía que lo más grande que había hecho Teodoro Obiang en toda su vida fue quitárselo de en medio. Cuando le pregunté por García Trevijano me dijo lo siguiente:

—Conozco a don Antonio García Trevijano desde hace mucho tiempo. El pobre se equivocó al apoyar y financiar a Macías. Estuvo tan avergonzado que nunca se atrevió a reconocer su error. No es que se lo eche en cara, faltaría más, sería una impertinencia por mi parte hacerlo, sobre todo ahora que ha fallecido.

—¿Fuisteis amigos cuando vivías en Madrid? —le pregunté.

—Amigos, lo que se dice amigos, no. Le tenía estima y nos llevábamos bien. Don Antonio fue siempre un caballero. Le estoy muy agradecido por echarme algún que otro cable, aunque en un par de momentos claves no pudo o no quiso ayudarme. —Un tono de desilusión se hizo notar a través de esta conversación.

Le pedí que fuera algo más preciso.

—No sé si tu madre te ha contado que mi mejor amigo, Federico Ngomo, murió en Guinea Ecuatorial en circunstancias turbias. Lo detuvieron, lo llevaron a la cárcel, donde según la versión oficial se suicidó. Algo poco plausible. Ese era el modo que el régimen de Macías usaba para encubrir los asesinatos. Unos meses antes de su arresto me reuní a menudo con García Trevijano. Él intentó trazar un plan para sacarlo de allí, pero no funcionó. Alguien debió irse de la lengua, no sé. Desde entonces vivo con la duda de si don Antonio hizo lo que pudo o no, si él fue responsable indirecto de su muerte o no. A partir del asesinato de Federico mi relación con García Trevijano se enfrió, aunque puede que ese distanciamiento se debiera a otros factores. Él veía venir el fin de la dictadura en España y se volcó en hacer lo que le gustaba: preparar un plan para democratizar el país, redactar las bases de una nueva Constitución, aunar las fuerzas de la oposición ilegal en el exilio y estar presente en todos los frentes.

»Él fue sin duda una de las figuras claves en la Transición, se dedicó a pulir y allanar el terreno para que su país tuviera otro futuro. Eso fue en detrimento de la relación que tuvo con Guinea Ecuatorial. Fue rompiendo los pocos lazos que le quedaban con mi nación. Por todas estas causas, aunque nunca dejaré de reprocharle que nos relegó al olvido, que nos dejó de lado y permitió que nuestra nación terminara de hundirse, valoro con creces lo que logró para España —me dijo a modo de conclusión—. Un día de estos, cuando te pases a visitarnos, te contaré algo más sobre el bueno de don Antonio. Soy de la vieja escuela y no me gusta conversar largo y tendido con estos aparatejos —añadió antes de terminar la conversación de forma abrupta.

✳✳✳

Decidí investigar un poco más sobre Guinea Ecuatorial. La breve conversación con mi abuelo me había despertado la curiosidad. No confiaba demasiado en su versión de los hechos, así que, con el afán de contrastar su narración, busqué documentos que se ocuparan de las memorias de testigos, supervivientes, personajes implicados de algún modo con la figura del dictador. Leí informes y narraciones contradictorias, vi entrevistas con algunos de los exiliados en Madrid, como las que hicieron al escritor Donato Ndongo. Comencé a leer su novela *Las tinieblas de tu memoria negra*. Cuanto más me adentraba en sus páginas, cuantas más experiencias de supervivientes exiliados leía, más tenía la impresión de que apenas sabía de mi país de procedencia. Por muy incoherente que os pueda parecer así era. Los testimonios de autores, de políticos, de gente corriente o de exiliados no siempre coincidían los unos con los otros.

Uno de los personajes más llamativos y contradictorios de este periodo tan oscuro de la historia de Guinea Ecuatorial era precisamente don Antonio García Trevijano Forte, abogado, político y filósofo con ideas republicanas, que había fallecido en 2018. A Trevijano se le imputaba haber sido el artífice de la Constitución guineana, haber intervenido defendiendo a Macías en numerosas ocasiones, haber financiado su campaña electoral con la friolera de tres millones de pesetas de ese entonces y seguir secundando al dictador durante bastante tiempo.

Trevijano era un individuo que no había gozado de grandes simpatías entre los políticos más destacados de la dictadura franquista por una sencilla razón: era un defensor acérrimo de la democratización de España y tenía unas ideas republicanas que no casaban muy bien con los dogmas del régimen impuesto por Francisco Franco. Además, formaba parte de la oposición ilegal y fue encarcelado en más de una ocasión.

Cuando comenzó el proceso de redacción de la Constitución de Guinea Ecuatorial Trevijano, según reconoció él mismo en su ensayo *Toda la verdad*, apoyó y asesoró a la Comisión guineana para que adoptaran una constitución redactada por ellos e ideada para el pueblo guineano y no creada para satisfacer los intereses de los españoles, pero negó haberla redactado. En este mismo libro denuncia las intrigas de algunos ministros de esa época, así como una campaña de difamación y desprestigio hacia su persona.

García Trevijano fue un personaje incómodo durante los últimos años de la dictadura. Se ganó más de un enemigo político luchando contra el cierre de unos cuantos periódicos que personalizaban una voz crítica contra la dictadura española, o aglutinando a la oposición del régimen franquista. Por eso no es de extrañar que se le intentara desprestigiar, así como cuestionar su ética y moral.

Mas esta no era la única figura que tenía dos caras totalmente opuestas en el tremebundo discurrir de la historia de Guinea.

Desde que se iniciaron las negociaciones para la independencia en 1963 hubo algunos políticos ecuatoguineanos con dudosos comportamientos. Aparte de Macías, que es retratado como un psicópata paranoico que se sentía amenazado y veía enemigos por todas partes, tanto Atanasio Ndongo como Saturnino Ibongo, que formaron parte del Gobierno de Macías, fueron personajes con dos caras. Se les pinta como traidores/conciliadores, oportunistas/idealistas o agitadores/víctimas.

Cuanto más me informaba menos claro tenía lo que había sucedido en esta nación, qué sucesión de acontecimientos había fortalecido la posición de Macías, cómo era posible que no se hubiera evitado que llegara al poder. Atanasio Ndongo y Saturnino Ibongo fueron los primeros en caer después de perpetrar un supuesto golpe de estado en marzo de 1969.

«La historia no tiene solo una crónica, es plural y poliédrica. No es una ciencia, por mucho que los historiadores se empeñen en que sí lo es, porque los vencedores, o los que están en el poder, son los que la escriben con los datos que les conviene». Era una de las teorías de mi madre. Una teoría que mi padre comparte, aunque la matiza con frases como estas: «Piensa en Alemania, en la cantidad de tiempo que los documentos que probaban el genocidio estuvieron clasificados, en las décadas de silencio en las que casi nadie quería admitir los horrores. Piensa en tantos depredadores, asesinos de personas inocentes, como el fotógrafo de Auschwitz que moriría negando haber participado en la matanza, jurando que desconocía la existencia de cámaras de gas, cuando él mismo había llevado allí a miles de personas. Piensa en los años que han pasado hasta que se han narrado los sucesos como pasaron. Y aquí, en Alemania, pese al retraso, pese a que muchos han muerto sin ser juzgados y castigados como es debido, hay que reconocer que al menos ha salido a la luz la verdad. En otros países no ha ocurrido o cambiado nada, se sigue viviendo con las tinieblas de una memoria que es oprimida, para perpetuar en el poder a los verdugos».

Las tinieblas de tu memoria negra, libro de Donato Ndongo que describe solo con su título el estado en el que ha quedado el país después de la dictadura de Macías. La población se mermó hasta menos de la mitad. La pobreza era notoria y no se vivía, se malvivía. Guinea Ecuatorial se convirtió en una nación en la que las voces críticas tenían que marcharse. Si no lo hacían se los quitaban de en medio.

Hoy en día sigue pasando lo mismo.

***

En esos quehaceres estaba, contrastando informaciones, leyendo informes y noticias sobre el tiempo en el que Francisco Macías gobernó el país, viendo entrevistas a personajes más o menos conocidos como Donato Ndongo o el mismo Trevijano, meditando si había alguna forma de adivinar quién era más sincero, qué papel habían jugado los implicados en los cambios que sufrió Guinea a partir de 1963, si había más de una cara de la verdad, cuando sonó mi móvil. Era mi amigo, mentor, exprofesor, compañero de algunas fatigas y asesor literario, Juan.

—Hola Juanito —le dije—, ¿por qué me llamas a estas horas?

—Te me estás animalizando, perdón, alemanizando sobremanera. Las diez de la noche es una hora más que decente de llamar, sobre todo un viernes en el que uno no tiene la preocupación de levantarse el sábado al punto de la mañana.

—¡Vale, entendido! Corta el rollo y dime qué ha surgido a estas horas.

—¡Menudo respeto muestras a mi tan mal llevada longevidad!

—Juan, hoy no estoy ni para juegos ni para líos, ¿por qué me llamas?

—Hay noche de disco en el Jazzkeller. Son los hits de los ochenta y noventa para vejestorios como yo y da la casualidad de que en la barra trabajan un par de compatriotas ecuatorianos y me han regalado dos entradas y pensé que, si no estás demasiado agobiado con los exámenes finales, o no tienes otro rollo que merezca más la atención que un servidor, entonces...

—Está bien, déjate de rollos, acepto la invitación. La verdad es que no tengo nada mejor que hacer, o como dirías tú, lo que ando haciendo no me lleva a ningún puerto.

—¿No estarías dándole vueltas a tu relación con Liliana? Eso sí que no lleva a ninguna parte —se aventuró a decir.

—No creo que sea de tu incumbencia, pero te diré que no es ella la que navega por mis pensamientos, sino mi madre; o, mejor dicho, la biografía de mi familia materna. ¿Sabes que huyeron de su país natal, Guinea Ecuatorial, cuando mi madre tenía cinco años, allá por 1969?

—No lo sabía, pero no me extraña, Ismael. Guinea Ecuatorial es uno de los tantos estados fallidos de este planeta. Después de su independencia ha sido regido por dos dictadores, a saber cuál es peor, y a nadie parece interesarle cómo le va a la gente de a pie. Tus abuelos hicieron lo mejor, irse a la primera de cambio.

Le conté a Juan a grandes rasgos lo que hasta ahora había averiguado sobre mi madre y mi abuelo, no solo en lo referente a Guinea Ecuatorial, sino también sobre los primeros años que pasaron en Madrid, una ciudad en la que los augurios de un cambio traían ánimo y convulsión al mismo tiempo.

—¡Vale, vale! —me terminó cortando—. No te había llamado yo para que me cuentes las batallitas de tu madre o de tu abuelo, sino para que salieses conmigo a mover el esqueleto, que bien nos hace falta.

—Lo he pillado, Juan. ¿A qué hora quedamos?

—A las once menos cuarto en la puerta del Jazzkeller, con puntualidad alemana.

—¡Allí estaré! —repliqué.

No me quedaba mucho tiempo, así que me peiné un poco, si es que se puede llamar peinar a colocar las trenzas rastas que llevo un poco más ordenadamente y unirlas con una goma formando una coleta para darle cierto aderezo a mi presencia; ya que a menudo el desorden de mi peinado me hace asemejarme a un joven Bob Marley o incluso al ser mitológico Medusa, con los ánimos encrespados y las serpientes que brotan de su cabeza surcando a los cuatro vientos. Una vez hube terminado de adecentarme el cabello decidí cambiarme. Me quité la camiseta y me puse una camisa, elegí una un tanto pija que me había comprado en España el verano anterior. Me miré al espejo, incluso con el pelo ordenado y la camisa prácticamente nueva, seguía teniendo una pinta... Miré el reloj, eran las nueve y diez, me puse una chaqueta, cogí el monedero, el móvil y las llaves. Cerré la puerta y me dirigí a la parada de metro que estaba a casi un cuarto de hora caminando. Apreté el paso, iba a llegar tarde, el próximo metro pasaba en dieciséis minutos y no quería perderlo.

**

De camino fui observando las casas y fijándome en las aceras. También en un barrio como Eschersheim se encuentran algunas de esas placas doradas que recuerdan a las familias judías que vivieron allí y que después de ser llevadas a un campo de concentración jamás regresaron. Cerca de la plaza en donde está la parada de metro me encontré con tres de esas placas doradas; David, Sara y Aaron Tillman, a ellos también se los habían llevado a un campo de concentración del que nunca volverían, Aaron tenía solo cuatro añitos. Seguí caminando, me quedaban unos cien metros hasta la parada del metro, la temperatura había bajado y el viento gélido que anunciaba el inminente comienzo del invierno soplaba. Las últimas hojas que quedaban prendidas en los árboles sucumbiendo ante las ráfagas de aire y el crepúsculo del otoño. Subí la cremallera de la chaqueta y metí las manos en los bolsillos, se me habían olvidado los guantes. El metro estaba por venir, pero ya estaba casi en el andén.

Esa parte de la ciudad había crecido considerablemente después de la Segunda Guerra Mundial. A finales de los años treinta o principios de los cuarenta no había muchos edificios en la zona norte de la ciudad y los que había eran villas bastante lujosas, en las que vivía lo mejor de la burguesía de Frankfurt. Una buena parte de estas villas pertenecieron a familias de procedencia judía. Durante el Tercer Reich se les embargaron sus propiedades. Dudo que estas villas que valen una fortuna sigan perteneciendo a los herederos de estas familias. Muchos de ellos perecieron en ese tiempo que Hitler rigió Alemania y los pocos supervivientes que hubo terminaron viviendo en Canadá, Estados Unidos u otros países.

En los años cuarenta y cincuenta se edificó bastante en este área. Sin ir más lejos la casa en donde ahora vivíamos la había construido mi bisabuelo Noah en los años cincuenta. Una casa que, aunque tenía un estimable tamaño, con sus dos pisos y su sótano, no era nada excepcional si se comparaba con las enormes villas de estilo modernista que había en el barrio; sobrias en su estructura pero con todo lujo de detalles en su fachada, un grandioso jardín, fuentes y tres o cuatro pisos. Junto a esos edificios, que representaban el apogeo de Frankfurt de finales del siglo XIX y principios del XX, había también algunas casas de esa época, bloques con una o dos viviendas por piso, sin jardín, menos suntuosos, con una decoración modernista más modesta, en los que vivieron familias de clases más humildes. En una de ellas residieron mis bisabuelos por parte paterna, los Pauli, los padres de mi abuelo Jürgen Pauli.

Mi padre me había enseñado la casa en donde habitaron, no muy lejos de la parada de metro de *Weißer Stein*, para ser más precisos, vivieron al lado de la escuela de primaria más antigua del barrio de Eschersheim que tiene el nombre del compositor Robert Schumann.

La verdad es que era poco lo que sabía de los Paulis. Mi abuelo, cuando le daba por contar algo, decía que su padre fue un héroe, que fue de los pocos alemanes que se opuso al gobierno de Hitler y que murió por ello cuando él era solo un niño. Pero como a mí me habían interesado más las historias que contaba la abuela Emma sobre África, y mi abuelo era tan huraño, nunca le pregunté y tardé mucho tiempo en percatarme de que por la rama de los Paulis había una historia trágica que contar. El régimen de Hitler no solo había truncado las vidas de tantos judíos, sino que también las de algunas familias alemanas que había sufrido y perdido a seres queridos.

Ese mismo día, al montarme en el metro, decidí que también los Paulis deberían tener un espacio en las memorias familiares, que debía indagar sobre lo que le ocurrió a mi bisabuelo, por qué y cómo murió, si fue un héroe, como mi abuelo Jürgen afirmaba. Supuse que él y su madre, que tuvo que educarlo sola, malvivieron esos años de guerra y posguerra después de su muerte. En esos pensamientos estaba cuando el metro llegó a la Hauptwache. Me apeé, subí por las escaleras mecánicas hasta la calle comercial Zeil. Crucé una calle, atravesé una plaza y pasé por delante de la cafetería, que en su tiempo fue una prisión, donde Juan y yo quedamos la noche que conocí a Liliana, giré a la derecha y pasé por delante de la librería *Hugendubel*, la más grande de Frankfurt, que cuenta con tres pisos. «Y en donde un día se venderán mis novelas», deseé. Llegué a la Plaza Roßmark, muy cerca de la Bolsa de Frankfurt, crucé nuevamente otra vía para seguir mi camino por la calle más selecta de Frankfurt, la calle Goethe, en donde los lujosos escaparates de Gucci, Chanel o Versace lucen a cualquier hora del día o de la noche. En ella se encontraban incrustadas también numerosas placas doradas recordando a los hombres, mujeres y niños que murieron...

Cuesta comprender que en un país como Alemania se hubiera podido desatar tal locura, se hubiera aniquilado a tanta gente. Me imaginé a las Juventudes Hitlerianas y a la Gestapo marchando por esa calle, que en los años treinta debió también ser tan lujosa como hoy, a la población fuera de sí rompiendo los cristales y saqueando los comercios. Hubo quema de libros en la Plaza de la Ópera Vieja y se impuso la ley marcial, el poder arrestar a cualquier persona, en cualquier momento. No solo a los judíos, sino a cualquiera que criticara al régimen, que tuviera otra opinión, que fuera marxista o comunista, o que tuviera la desgracia de ser denunciado. Todo eso había sido posible tras la elección de Hitler, que supo muy bien cómo derogar derechos y suprimir artículos de la constitución, acumulando más poderes en torno a su persona.

Repasé en mi cabeza lo que había leído sobre el país de procedencia de mi madre. La historia de Guinea Ecuatorial me recordaba demasiado a la de la Alemania del *Führer* pensé. La llegada al poder de Macías fue, como la de este, totalmente legal. En cuanto pudo él mismo cambió la legislación a su antojo y conveniencia y hubo también, como en Alemania, una acumulación de más y más poderes en la misma persona. Después se sembró el miedo y se castigó a todo el que se opusiera a Macías, a todo el que no colaborara o estuviera afiliado a su partido, lo mismo que hizo Hitler. Los alemanes tenían que afiliarse al partido y pagar sus cuotas, si no eran vistos como posibles enemigos. En Guinea había un partido único del que se debía ser miembro. En Guinea La Juventud en Marcha con Macías cometía cualquier tipo de tropelías, en Alemania la Gestapo hizo un tanto de lo mismo. Había demasiadas coincidencias.

A lo mejor mi bisabuelo Matthias había sido un héroe, como mantuvo mi abuelo Jürgen, uno de los alemanes que se enfrentó de uno u otro modo al régimen hitleriano y pagó con su vida. Quizás rescató o escondió a judíos, se negó a seguir el juego y criticó a un gobierno cada vez más autoritario. Puede que hubiera repartido octavillas en contra del Gobierno, como hicieron los hermanos Scholl en Múnich, o que mantuviera reuniones ilegales con la reducida y más bien amedrentada oposición. Cualquiera de esos hechos le habría convertido en uno de los no tan pocos alemanes que no se habían conformado con el transcurrir de los acontecimientos, que no habían cerrado los ojos o mirado para otra parte. Pensé en mi abuelo Manuel, en lo poco que parecía haber arriesgado. Entre estos dos antepasados míos parecía haber poquísimas coincidencias.

***

Llegué hasta el Jazzkeller, eran las once menos diez. Juan todavía no estaba. Me senté a esperar en la fuente adyacente. Eché de nuevo un vistazo a los alrededores. Los escaparates de Hermes, Chanel y Michael Kors que se divisaban desde allí con las luces encendidas haciendo gala de lujo y de esplendor, bien decorados. Y la calle, que a esa hora había dejado de ser tan concurrida, relucía alumbrada por la iluminación de estos comercios de lujo.

A unos metros de este mundo material de artículos de lujo se encontraba el Jazzkeller, un club de Jazz ubicado en el sótano (Keller en alemán) de uno de estos edificios. Abría sus puertas a las once, unas horas después de que las tiendas de la calle Goethe cerrasen Se acercaba la hora del comienzo de la fiesta y ya había cola en la entrada. Eché un vistazo, se veía todo tipo de gente, algunos entrados en años y enchaquetados, otros más jóvenes y vestidos más o menos informal, algunas mujeres con vestido de fiesta, otras en vaqueros. Se oía hablar en italiano, inglés, alemán, alguna lengua eslava, ruso...

Este es el Frankfurt que me atrae, tan variopinto, tan colorido. Sin embargo de día, cuando todos estos comercios de lujo están abiertos, la gente que por aquí pasea tiene otro cariz, son los pijos y adinerados de la ciudad. Ni Juan ni yo pasaríamos desapercibidos.

Juan apareció a las once menos dos minutos despotricando contra los medios de transporte público que le dejaban colgado cada lunes y cada martes. Nos pusimos a hacer cola.

—Aquí en Frankfurt es todo caótico —se quejó—. En Stuttgart, donde viví un año, era todo tan ordenado. Los trenes y los metros puntuales, y todas las calles tan limpias como la misma Goethe Strasse, en donde ahora estamos; incluso las de los barrios obreros, no la porquería que se ve por la Estación Central o en algunas esquinas del barrio de Gallus. Parece que en Frankfurt se limpian solo las calles de la burguesía adinerada.

—¿No será que estás buscando una excusa por no tener la puntualidad alemana de un menda aquí presente?

—No, que va, yo nunca busco excusas. Las tengo. Esta ciudad es cada vez más desastre, no como Stuttgart.

—Si tanto te gustó, ¿por qué no te quedaste allí? —le pregunté.

—La ciudad es demasiado alemana, demasiado aburrida. La gente es muy meticulosa. La vecina de abajo, por ejemplo, se quejaba cada vez que llegaba de noche y no me quitaba los zapatos. Decía que un peso pluma como yo armaba con su caminar una tremenda algarabía que la despertaba y, como padecía de insomnio, ya no podía volver a pegar ojo. ¿Te puedes creer que los administradores me enviaron una carta rogándome que me quitara los zapatos y anduviera de puntillas si llegaba más tarde de las diez de la noche? Y lo que es peor, teníamos que limpiar todas las semanas los contenedores de basura de la comunidad. Como éramos ocho vecinos me tocaba cada dos meses cepillar y enjuagar los malditos cubos de basura que en verano echaban una gran peste... Pillé tanta hartura que terminé yéndome y aquí he venido a parar.

—¿Entonces no se está tan mal aquí?

—Quitando la empresa de transportes públicos que ya no *jala* como debería y un par de cositas que me *cachan*... —Le miré extrañado ya que no le comprendía—. Perdona, quiero decir que no comprendo del todo este país, porque por mucho que lleve aquí a veces no entiendo el comportamiento de los alemanes. Bueno, quitando ese par de cosas, me quedo con esta ciudad caótica y ambivalente.

Nos reímos. Alcanzamos la entrada, Juan enseñó los billetes y entramos en el local. Jazzkeller es un club pequeño, donde hay a menudo conciertos de jazz. Cuando no actúa ningún grupo, el escenario se utilizaba como pista de baile. Esa zona, que no es de gran tamaño, está situada cerca de la entrada y acotada por unas bóvedas, a su alrededor hay mesas y sillas para que los asistentes se puedan sentar. La barra no es demasiado grande, con seis u ocho taburetes. Habría entre sesenta y setenta personas, por lo que al rato se controlaba más o menos quien estaba allí. Si era un asiduo a Jazzkeller o unos parias como nosotros. Si os soy sincero, aunque me gustaba más ese local que el ruidoso Changó en donde conocí a Liliana, esa noche no me sentía demasiado animado ni me apetecía bailar. Juan y yo estábamos sentados en una de las mesas cercanas a la pista.

—A lo mejor hoy tengo suerte y ligo con alguna de estas *peladas* —dijo Juan casi a voz en grito.

—No sé, Juan. ¿Por qué no intentamos pasarlo bien? —contesté—. Estás siempre con el mismo cuento.

—Pero ¿y si se tercia algo? Eso nunca se sabe y a mi edad no se debe dejar pasar ninguna oportunidad. Mira, le pedimos un par de cervezas a mi compatriota, cambiamos con disimulo nuestra posición y nos sentamos allí, al lado de esas mujeres con pinta de rusas —dijo Juan señalado una mesa a espaldas del escenario, donde había un par de sillas libres y dos mujeres de unos treinta y tantos años.

—No sé. Tenemos una buena ubicación y precisamente esas dos chicas que me señalas están más que fuera de lugar en este ambiente. Su pinta desentona con el público de este local, que va siempre vestido de forma casual. Ellas van demasiado arregladas. Yo pasaría, Juan. No creo que ni tú ni yo seamos sus tipos. No nos van a hacer ni caso.

—Que sí, es bien fácil, cogemos la cervecita, les preguntamos si los sitios están libres, y en cuanto podamos entablamos conversación.

—No es el lugar adecuado para entablar conversación. Con la música a toda pastilla nos quedaremos afónicos —le dije gritando.

—Pues las sacamos a bailar, que a los dos se nos da bien.

—Si son más altas que tú —observé.

—¿Y qué? ¿Tú crees que el tamaño me achanta o me cohíbe? Pues no, y puedo guiar tanto a las mujeres chiquitas como a las de gran tamaño.

—Ya sé que nada te inhibe, pero no eres su tipo. Además, mira cómo van vestidas, son las únicas tías con una minifalda estrecha y zapatos de plataforma. A mí me da que andan algo despistadas, que han visto la calle, las tiendas de fuera, el local abierto y han pensado que aquí se meten hombres con dinero.

—¡Anda ya! Si van muy monas. Seguro que han venido a bailar.

—Pues con esos zapatos no sé si lo conseguirán.

—Me parece que tienes también tus prejuicios como todo el mundo.

—Prejuicios o no, Juan, hoy no he venido aquí para ligar, sino para escuchar música, bailar y desbloquearme un poco. Tú puedes hacer lo que quieras, que conste que yo no te paro.

Al final nos tomamos una cerveza tranquilos, Juan desistió de ligar con las rusas y bailamos *hits* de los ochenta de Culture Club, Madness, Duran Duran, o los B52 y de los noventa como *What is love, Sing Hallelujah, Rhythm Is a Dancer* o el *Let's get loud* de Jenniffer Lopez. Me sentía como nuevo. Es increíble cómo la música puede sanar y subir el ánimo del que se encuentra decaído como yo lo estaba.

Los ochenta y noventa había sido una era que tanto en Europa como en América estuvo llena de alegría. Eran tiempos como su música, un poco ingenuos por pensar que se vivía en un mundo en evolución, que avanzaba, en el que los conflictos se podían solucionar. Mis padres eran jóvenes en esas décadas y debieron disfrutar tanto su música como las nuevas posibilidades que se les abrían: la llegada y evolución de la democracia en España después de casi cuarenta años de dictadura, la movida madrileña de los ochenta, el auge del pop y los cantautores, tanto en Alemania como en España; la caída del muro de Berlín y la unificación de las dos Alemanias, acontecimientos que presagiaban un futuro con menos fronteras, más unión y acuerdos entre los hombres.

«¿Qué ha pasado? ¿Por qué en este milenio la humanidad retrocede, se levantan de nuevo muros, se refuerzan las fronteras y uno busca en el vecino las diferencias y no las semejanzas?». En esos pensamientos estaba, moviéndome al ritmo de la música, pero ausente de la realidad que me rodeaba, cuando me percaté de que Juan ya no estaba próximo a mí; bailaba con una señora que debía ser, por el aspecto y la forma de vestir, italiana o española y andar por los cuarenta y tantos largos. Me alegré por él, me pareció una mejor pareja que cualquiera de esas dos chicas en las que se había fijado al principio. Cerré los ojos e intenté dejarme llevar por la música sin más reflexiones.

A la una y media de la madrugada decidí retornar a casa. Estaba algo cansado. Me despedí de Juan, que seguía bailando muy animado con la misma mujer, que resultó ser medio alemana, medio italiana y se llamaba Sabine, un nombre de moda en los sesenta y setenta.

—Espero que esta vez te vaya bien —le deseé antes de marcharme.

Mi amigo Juan es así, preparado e inteligente, una persona que sabe un poco de todo, pero a ratos demasiado superficial. No sé si será la crisis de los cincuenta años, por los que debe andar, lo que le impulsa a actuar de ese modo inmaduro, casi infantil que, incluso a mí, a veces me molesta. Se empeña en librar batallas que no son para él, no se toma ningún asunto en serio. Tal vez sea un modo de burlar su realidad de trabajos precarios, poca estabilidad laboral, el no haber encontrado su media naranja, el hecho de que él también, como mi padre, mi madre, yo y otros tantos, es un extranjero más, un personaje desarraigado, que deja discurrir su vida en cualquier lugar en el que se siente más o menos a gusto. Había unas cuantas diferencias entre Juan y yo, pero los dos éramos extranjeros y eso nos hacía tener intereses comunes.

***

—Ismael —me dijo mi madre—. Llevo unos días dándole vueltas al mismo asunto. A mi decisión de aceptar el trabajo en Ericsson en esos momentos tan complicados para ti.

No tenía ganas de discutir sobre el asunto. Ya lo había hecho y a mi madre no le gustó que le recriminara por ello. Preferí no comentar.

—Por tu cara presiento que no quieres hablar de ello y te entiendo. Fue injusto pensar en mí y no en ti. Verás, esto de darle tantas vueltas al pasado me está afectando o, mejor dicho, me está haciendo reflexionar sobre mí misma, sobre mis acciones. Os dejé plantados, no solo a ti, también a Isabela y a Otto, porque necesitaba irme. Necesitaba huir a alguna parte. Los años que pasamos en Oxted habían sido terribles para mí. Volvía a ser una extranjera. Fue mucho peor que en Madrid. Me sentía observada No les gustaba mi carácter, mi acento al hablar inglés, el color de mi piel, nada. Oxted era una pequeña ciudad, en donde no proceder de allí o de la región era una excepción. No me aceptaron. Me sentí fatal. Así es como mi madre se debió sentir en el Madrid de los años sesenta, que era una metrópoli muy castellana y conservadora hasta la médula. Estas conversaciones contigo me han hecho reflexionar sobre Oxted y el modo en el que me volqué en ese empleo en Ericsson. Necesito justificarme de algún modo.

»Si me dediqué de lleno al trabajo, fue por huir y porque no quería parecerme a mi madre. No quería sacrificar lo que yo, como individuo, necesitaba hacer en ese momento: atender a mi carrera profesional y distanciarme de Otto. Tu padre no te habrá contado nada, pero nuestra relación se deterioró mucho en Oxted. Los problemas que tuvimos allí minaron nuestro entendimiento, nuestro amor. Mudarnos a Madrid ayudó, aunque yo seguía sintiéndome vacía, sin objetivos. Escribí *La extranjera* con mucha ilusión. Necesitaba darle un sentido a mi vida. No funcionó, si no la hubiera autopublicado se habría quedado en el cajón. Cuando me ofrecieron este trabajo en Ericsson, lo vi como mi única posibilidad de revivir. Estaba muy mal.

»Tras estas conversaciones contigo, recordando cómo mi madre decidió quedarse con nosotros, me ha hecho ver las coincidencias y diferencias de nuestros destinos. Mi madre y yo nos enfrentamos a una situación similar, la suya más dramática sin duda, pero para las dos fue una dicotomía que resolvimos de forma muy distinta. Ella se quedó, no nos abandonó, yo me fui aun a sabiendas de que todos, en especial tú, me necesitabais.

»Llevo toda la vida intentando no parecerme a mis padres, librarme de su influencia, para darme cuenta a mis cincuenta años de que me parezco a ellos, que, aunque no lo desee, tenemos coincidencias.

X. SIN VUELTA ATRÁS (IMARA)

Había transcurrido una década desde nuestra llegada a Madrid. No me había preocupado mucho por los devenires políticos de España, pero el referéndum de 1978 fue un hecho difícil de olvidar incluso para una muchacha de catorce años en plena pubertad. Los cambios venían de antes, aunque a veces fueron tímidos y simbólicos.

En 1977 se celebró el año internacional de la mujer. En ese año Cecilia estuvo más que presente en mis pensamientos. Tenía trece años y los ideales del feminismo empezaban a despertar mi concepción del mundo. Comenzaba a darme cuenta de que España tenía que progresar, no solo en aras de una democracia estable o de un ejercicio de las libertades básicas, sino también hacia una sociedad menos machista, en la que la mujer tuviera los mismos derechos que el hombre.

En el colegio fue de nuevo doña Encarnita, la profesora que dedicó una clase al legado de Cecilia tras su muerte, por lo que casi se gana la expulsión, quien nos habló sobre la importancia de un año internacional de la mujer.

—Este año no debe ser solo simbólico —nos dijo—, debe servir para despertar la idea de que el progreso se alcanza con una sociedad liberal, cuyos hombres y mujeres estén en el mismo nivel y colaboren juntos para conseguir un futuro mejor. No se debe bromear con la igualdad. Esta merece la atención y el respeto de todos.

En la España de finales de los setenta, todavía muy apegada al paternalismo y la actitud machista que había defendido el antiguo régimen, ese año internacional de la mujer no terminaba de tomarse en serio. En la televisión se parodiaba esa «nueva mujer». Nos mostraban asumiendo papeles y trabajos «típicos de hombres» como piloto, juez o albañil, los cuales, según la farsa televisiva , desempeñábamos con poca seriedad y bastante ineptitud. Mi padre se reía ante tales parodias, mi madre sonreía, no sé si consintiéndole o desaprobando esa actitud. A mí se me derrumbaba un poco más la figura paterna. Me parecía que no se tomaba en serio a la mujer y que la sociedad española, como nos decía doña Encarnita, estaba lejos de esa madurez requerida para que hubiese igualdad.

Doña Encarnita tuvo en la escuela fama de feminista y roja. Si le consentían expresar algunas de sus ideas era por ser una de las profesoras más cumplidoras en sus cometidos académicos y pedagógicos. Cuando nos hablaba de temas como los derechos de las mujeres y la necesidad de una sociedad, de un mundo, en el que las mujeres participaran más en la vida política, me imaginaba España presidida por una mujer, Guinea Ecuatorial salvada de la hecatombe por una mujer, que se erigía como líder de todas las etnias y pueblos de mi madre patria trayendo de nuevo la paz a nuestras tierras.

—Creo —se atrevió a decir doña Encarnita en una de las lecciones en las que salió a colación la lucha de las mujeres por más equidad— que si hubiera más mujeres gobernando las naciones de este planeta, habría menos hambre y menos guerras. En España uno de los mejores reinados fue el de Isabel la Católica y Fernando de Aragón. También las monarcas inglesas han pasado a la historia como grandes gobernantes. Hasta ahora solo han regido con éxito algunas reinas o emperatrices, pero empieza a haber mujeres como Evita Perón en Argentina elegidas por sufragio universal. Pronto veremos como en Europa empezarán a elegirse jefas de Estado. Me las puedo imaginar en Inglaterra, Alemania, Dinamarca o Noruega —vaticinó—. En este país nos tocará esperar, estamos a años luz. Está en vuestras manos, en el esfuerzo de las futuras mujeres acelerar el cambio de esta nación, y cuando esto ocurra no habrá vuelta atrás —nos dijo a modo de conclusión.

***

Aparte del año internacional de la mujer, hubo otros dos sucesos en esa década de los setenta que me impactaron y que no he podido borrar de mi memoria: uno fue el asesinato de los abogados laboralistas de Atocha en 1977, el otro el atentado del grupo terrorista GRAPO en la cafetería California en 1979.

El martes 24 de enero de 1977 mi padre, que siempre compraba el periódico a primera hora de la mañana, apareció consternado. Su preocupación cada vez que había un atentado, un par de muertos en una protesta o un revés político que enturbiaba el proceso de Transición democrática no era nada nuevo, pero la desazón que mostraba ese día señalaba que algo muy grave ocurría.

—Han asesinado a cuatro o cinco abogados laboralistas en Atocha —nos informó—. Me temo que es un grave revés en un momento político tan delicado, con Santiago Carrillo, don Antonio y algunos sindicalistas negociando con el gobierno, las protestas estudiantiles y los grupos de ultraderecha mezclándose en el gentío para dar palizas o volarle los sesos a alguno de los manifestantes. Puede liarse la de Dios en cualquier momento, iniciarse una guerra que la mayoría queremos evitar. Un nuevo ensañamiento mandaría al garete todos los esfuerzos hechos.

—Desde diciembre de 1973, cuando asesinaron al Almirante Carrero Blanco, llevamos así, con periodos de tranquilidad seguidos de huelgas, atentados y asesinatos. Deberías haberte acostumbrado ya, Manuel —opinó mi madre que para ese entonces era mucho más mesurada.

—Sí, pero esta matanza es gravísima. Puede que sea el detonante de una espiral de violencia. Venimos asistiendo a un continuo asalto a personas que piden el cambio y la libertad; estudiantes, dueños de librerías progresistas, sindicalistas. Son provocaciones continuas que no buscan otra cosa que una reacción violenta de la otra facción. Con esta matanza han ido lejos, muy lejos —nos explicó—. Ha sido un asesinato vil. Les han hecho ponerse de pie y les han disparado a bocajarro sin parar hasta vaciar toda su munición, a sangre fría. Esto va a exacerbar los ánimos y poner en peligro todo el proceso de transición.

Mi padre tenía razón, la matanza de los abogados laboralistas de Atocha fue el clímax de todos los actos violentos que se vivieron desde el fatídico 20 de diciembre de 1973 (atentado a Carrero Blanco). No había más muertos de los que hubo en el atentado a la Cafetería Rolando, pero este cobarde asesinato ocurría en un momento bien delicado. Adolfo Suárez, nombrado nuevo presidente por el rey Juan Carlos a comienzos de 1976, se movía entre dos aguas, capeando tanto a los defensores del antiguo régimen, los inmovilistas, como a los que deseaban la renovación. Además estaba en negociaciones con las fuerzas de la oposición de izquierda, a las que prometía la participación en el proceso democrático. El atentado contra los abogados era una abierta provocación a la izquierda. Buscaba, como mi padre pensaba, una escalada de la violencia que legitimara dar marcha atrás a todas las reformas o un nuevo golpe de Estado.

Mi padre nos pidió prudencia.

—Tal vez no debamos poner tan pronto el grito en el cielo, sino esperar y rogar a Dios que la situación no se le escape a Adolfo Suárez de las manos. Sería una pena que se fuera al traste ese ideal suyo de mirar hacia el futuro y avanzar sin olvidar el pasado y el presente —nos dijo.

Adolfo Suárez se había dado a conocer en uno de los discursos más representativos en las cortes franquistas, en el que defendió la necesidad de aprobar la ley de asociación política en junio de 1976. En este expuso la necesidad de un cambio que se adecuara a la sociedad española del momento y a los deseos del pueblo. Terminó su alegato de reforma con los emblemáticos versos de Antonio Machado:

«Está el ayer alerto
al mañana, mañana al infinito;
¡hombres de España, ni el pasado ha muerto,
ni está el mañana —ni el ayer— escrito!».

Suárez dejaba claro en este discurso que no había vuelta atrás, que los reformistas le estaban ganando el pulso a los inmovilistas, que España avanzaba irreversiblemente hacia grandes cambios, a los que solo una minoría intentaba ponerle cortapisas.

Unos días más tarde se celebró el entierro de los cinco asesinados en Atocha. Mi padre decidió ir a la manifestación y me pidió que fuera con él. Pensaba que debía acompañarle, que eso despertaría mi conciencia moral. No quería correr ningún riesgo, temía que se produjeran ataques de los grupos de ultraderecha, así que observamos a la multitud que asistió a ver el cortejo fúnebre desde la distancia. Me llamó la atención el silencio de la muchedumbre y los puños cerrados ondeando en dirección al cielo. Estuvimos quince o veinte minutos observando a ese gentío que había optado por dejar su exaltación en otra parte, que se mostraba calmada y desafiante al mismo tiempo. De vuelta a casa mi padre me dijo lo siguiente:

—Hay momentos en la vida en los que hay que dejar de lado la ira y la sed de venganza, tragarse el dolor ante una injusticia es el único modo de progresar. Admiro al pueblo español por ser capaz de hacer lo que muchos no podemos, mantenerse apacible y sosegado ante estos hechos. Pensaba que después de esta masacre la violencia iba a estallar, que de la indignación se pasaría al ojo por ojo y diente por diente, que todos los pasos andados hacia un cambio se irían al traste. Pero ahí los tienes, Imara, una muchedumbre conteniendo la indignación porque lo que desean es libertad, una libertad que traiga paz, y la paz solo puede ser conquistada sin violencia.

»Eso era también lo que mis amigos Federico y Bonifacio querían para Guinea, un cambio gradual sin romper todas las relaciones con la colonia, aunque el fin fuera independizarnos. Creían que para alcanzar esta meta había que dejar a un lado el resentimiento y construir el futuro sin romper totalmente con el pasado. Hoy, cuando veo lo que está pasando en España, me doy cuenta de que no les faltaba razón y que fue una pena que el pueblo guineano no los escuchara, que no se comportara de este modo ejemplar de los españoles, anteponiendo lo razonable a la locura. A veces pienso que no solo Macías es el gran responsable de la tragedia del pueblo guineano, sino ellos mismos.

**

El 26 de mayo de 1979, alrededor de las siete de la tarde, una bomba hizo explosión en la cafetería California 47, en pleno corazón del barrio de Salamanca. La noticia de la explosión y de las numerosas víctimas, ya que a esa hora la cafetería estaba bien concurrida, llegó a nuestros oídos en el telediario de las nueve. Yo era ya una mozuela de quince años que empezaba a salir con mi pandilla y había estado en un par de ocasiones en esa cafetería, tomando unos batidos o unas tortitas con nata con mis amigos, por lo que la noticia caló muy fuerte en mí. Yo podía haber estado allí con Manuela, Paquita, Miguel Ángel, Juan Carlos o cualquier otro chico del grupo. Sentí como si la muerte se hubiera paseado ante mí, aunque estuviera en mi casa en el momento en el que el atentado sucedió. Temí también por mis amigos, llamé a un par y sentí alivio al saber que ellos también estaban con su familia.

Sin embargo ese hecho me iba a tocar en lo personal. Al día siguiente, en la escuela, doña Encarnita nos anunciaba que Juana Montoya Carrión, una chica de mi clase, se encontraba allí con sus padres y su hermano en el momento de la explosión. Los cuatro habían resultado heridos de diversa gravedad. La noticia nos conmocionó a todos y nos hizo ver la realidad de la España de los primeros años de democracia: la existencia de dos grupos terroristas, ETA y GRAPO, que con sus atentados minaban a esa democracia joven. No eran los únicos, también subsistían grupos de extrema derecha que seguían exaltando el pasado régimen desafiando a la reciente monarquía parlamentaria.

En retrospectiva me pregunto cómo la nación consiguió afianzar esa democracia y libertad, sortear todos los contratiempos y avanzar no solo hacia un país más libre, sino hacia una España más europea. Los años setenta e incluso los ochenta fueron difíciles, inestables y violentos, pero el pueblo español estaba determinado a afianzar un futuro libre y pacífico.

Conforme se afirmaba la democracia, el terrorismo y la violencia de los grupos extremistas continuó y, aunque tardó en desaparecer, no logró dinamitar la transición hacia la democracia. No sé cómo recordarán otros españoles de mi generación estos años turbulentos, qué acontecimientos se les han quedado grabados, pero supongo que estarán de acuerdo conmigo, en que tanto la juventud como las generaciones más mayores mostraron un civismo y una ilusión por el cambio sin precedentes. La mayoría de los políticos del momento, tanto los que habían formado parte del gobierno franquista como los que salían de la clandestinidad para concurrir en las primeras elecciones democráticas desde 1936, brillaron por su capacidad de diálogo, su voluntad de consenso y sus discursos.

A veces pienso que incluso un país como Guinea Ecuatorial, con las cortapisas de un pasado colonial, habría tenido una oportunidad, por minúscula que fuera, de ser un estado democrático si hubiera tenido políticos de la talla de los de la Transición española y un pueblo cabal. Si en vez de un Macías hubiera gobernado un Federico Ngomo.

***

Un sábado, en junio de 1979, apareció en nuestra casa el señor Trevijano. Se le veía bastante alterado. Mi padre no se hallaba en Madrid, había ido a pasar el fin de semana a Zaragoza, donde en los últimos meses se juntaba periódicamente con algunos compatriotas guineanos. Por lo menos eso era lo que él decía y lo que nadie discutía. Nosotros no sabíamos ni la materia ni el objetivo de esos encuentros.

Mi madre hacía años que no le preguntaba sobre sus asuntos. Desde hacía tiempo vivían vidas separadas: mi padre con más libertades, mi madre simulando que el matrimonio seguía en pie, aunque afectada por esas jaquecas insufribles. No se entendían, pero ella tragaba. Supongo que pensaba que era mejor permanecer juntos pretendiendo que todo iba bien. Eran los dictados invisibles de una sociedad que todavía acarreaba el legado de cuarenta años de dictadura.

—¿Puedo ofrecerle algo de beber? —le preguntó mi madre haciendo gala de una amabilidad que le salía de forma espontánea cuando don Antonio nos visitaba—. Se le ve trastornado.

—¿Dónde está Manuel? —preguntó con la respiración entrecortada.

—En Zaragoza, con unos compatriotas. ¿Pasa algo?

—¡Me lo temía! —exclamó con una mueca de consternación y preocupación, que no pudo ocultar por más que intentó recomponer el rostro y mostrar una leve sonrisa.

—Me está asustando, don Antonio. ¿Ha pasado algo en Zaragoza? ¿Un atentado de esos que nos asolan en estos tiempos?

—No, señora. No ha habido ninguna matanza de la ETA o el GRAPO, es solo que ha llegado a mi conocimiento que en la Academia Militar de Zaragoza están organizando un golpe para defenestrar a Francisco Macías. Usted bien sabe que no defiendo a Macías y que desearía poder devolver la democracia con la que soñó su pueblo. Si la comunidad internacional estuviera detrás de este complot y el elegido para la transición fuera un constitucionalista, una persona ilustrada, me liaría la manta a la cabeza y lucharía de nuevo por su patria, pero no es así. El asunto tiene bastante mala pinta y puede terminar en un fracaso morrocotudo.

Mi madre se sentó en el sofá atribulada y se echó a llorar.

—Siento haberle traído preocupaciones y espero, por el bien de su marido, que este temor mío sea innecesario. Puede que los viajes de Manuel a Zaragoza sean para encontrarse con amigos, para evadirse del ambiente tenso de la capital. Intentemos no preocuparnos por el momento. En cuanto vuelva de allí, dígale que me llame. Si anda liado con ese grupo de mercenarios y conspiradores, ya me encargaré yo de que se aparte. Manuel es un hombre sensato y atenderá a razones. ¡Adiós, señora! Lamento haberle llenado de inquietudes, pero lo arreglaré. ¡Confíe en mí! —dijo despidiéndose a toda prisa.

—¡Espere! No se vaya así sin más, dejándome con el corazón en un puño —le pidió mi madre—. Dígame al menos quién anda organizando el complot contra Macías y cuándo pretenden dar el golpe. ¿O lo han dado ya?

—¡Señora, por su bien, por el de su marido y por el mío propio es mejor que yo no diga nada más! Ya he metido bastante la pata. No le mencione esto a nadie, por favor. Madrid está plagado de espías de Macías y si llega esta conversación a alguno de ellos seguro que irán a por su marido. Dígale a Manuel que se pase por mi oficina en cuanto regrese. No le haga ningún teatro, ni le pregunte a qué ha ido a Zaragoza. Confíe en mí. Yo le haré entrar en razón. ¿Prometido?

Mi madre, que sentía devoción por este personaje de complexión desgarbada, para mi gusto algo grotesco, que me recordaba a Super López, juró ser prudente y pedir a Manuel que le visitara.

—¡Confíe en mí! —repitió Trevijano—. Sabe que aprecio a su familia y que haría lo imposible por usted, por su marido y sus hijos.

Mi madre asintió finalmente.

Mi padre regresó el domingo y, dada la insistencia de mi madre a que se pusiera en contacto con Trevijano, prometió acercarse a verlo el lunes después del trabajo. Ese día llegó tarde, con un par de copas de más y algo malhumorado. Mi madre, respetando esa especie de acuerdo tácito que regía el matrimonio hacía años, no le preguntó nada. Dejó que se echara a dormir en el sofá y evitó hablar del asunto con él. Mi padre pasó los siguientes tres o cuatro fines de semana en casa, lo que la tranquilizó, llevándola a creer que el asunto o complot de Zaragoza estaba zanjado, que el señor Trevijano le había hecho entrar en razón.

A finales de julio de 1979 mi padre reinició sus viajes a Zaragoza. Mi madre estaba tan alterada, tenía tanto miedo, que decidió visitar al señor Trevijano. Nos mandó a mi hermano Francisco y a mí que nos arregláramos y nos pusimos en camino hacia el bufete de este abogado.

Mi madre confiaba más en don Antonio que en mi padre y, como este le había comentado que no le gustaba lo que se estaba gestando en la academia militar de la capital aragonesa, contara lo que le contara mi padre no se hubiera tranquilizado. Entre lágrimas mi madre le narró que su marido volvía a esos encuentros misteriosos y ya no solo los fines de semana.

—¿Me dices que vuelve otra vez a Zaragoza? —preguntó extrañado—. ¿Está segura? Pensé que después de nuestra charla se le habían quitado las ganas de participar en el golpe.

—¿Qué golpe es ese del que me habla? ¡Explíqueme! —le rogó mi madre.

—No puedo contarle nada más, porque lo que sé es extraoficial. No tengo forma alguna de cotejar esa información, de saber si se trata solo de un rumor. Solo le diré que si su marido ha decidido volver a inmiscuirse en ese asunto, nada puedo hacer. Cualquier actuación por mi parte sería indiscreta y pondría a todos los implicados en un peligro mayor. Le pido que se tranquilice y reflexione. Puede que usted se equivoque y que Manuel no esté en Zaragoza, que, y perdóneme por esta hipótesis, tenga una amante y se lo esconda haciéndole suponer que está liado otra vez con los de la academia.

A mi madre la idea de que tuviera una relación extramatrimonial se le hizo tan poco llevadera como la de que anduviera liado en asuntos turbios. Rompió de nuevo en lágrimas.

—Sé que no es plato de gusto que su marido ande liado con otra mujer —le dijo Trevijano—, pero créame más valiera que fuera así. Lo otro significaría que Manuel va perdiendo los fuertes principios que antes tenía, por los que yo le admiro. Su marido ha sido un hombre de palabra y yo quiero creer que lo sigue siendo. A mí me prometió que no regresaría allí y quiero pensar que así lo ha hecho.

Conversaron una media hora más. Mi madre salió con cierto alivio de su despacho.

Mi padre regresó como siempre el domingo por la noche.

—¿Dónde fuiste esta vez? —le demandó mi madre.

—No sé a qué viene ese tono y esa pregunta. Te he dicho mil veces que lo que haga poco te incumbe. Quedamos hace tiempo en que para el bien y la supervivencia de este matrimonio no nos meteríamos en la vida del otro. Así que no te inmiscuyas en mis asuntos, Margarita.

—Sí, lo sé —le dijo mi madre suavizando el tono de voz—, si te pregunto esta vez, es porque estoy preocupada por ti.

—¿Se puede saber por qué? —preguntó mi padre haciendo una leve concesión a mi madre.

Ella le narró la visita del señor Trevijano. La forma en la que había dado a entender los posibles asuntos turbios que llevaba a mi padre a

Zaragoza. Le explicó que Trevijano pensaba que se gestaba un golpe y que, aunque el abogado no quiso entrar en detalles, ella suponía que se trataba de una conspiración contra el gobierno de Macías y que temía por él, por Imara y Francisco, por ella misma. Macías actuaría sin piedad contra todo aquel que se le opusiera.

—¡Tonterías del bueno de don Antonio! Este hombre tiene una imaginación desbordante. No olvides que es político y, como ellos se pasan la vida conjurando para ascender y saborear el poder, ven un complot en cada esquina.

—Me extraña que don Antonio se lo haya inventado —le contestó mi madre—. Puede que sea un excéntrico, un exagerado incluso, pero es de las pocas personas que conozco que va con la verdad por delante. Te recuerdo lo bien que se ha portado con nosotros. Ha sido nuestro ángel de la guarda desde que pusimos los pies en Madrid. No me quiero meter en tus asuntos, Manuel, ni en lo que te traes entre manos, solo te pido que escuches los consejos del abogado y que obres con prudencia.

—¿Y si fuera a Zaragoza por motivos más personales?

Mi madre se mordió el labio inferior. No sé si en un intento de contener el llanto o de aplacar un grito de frustración. Mi padre, pensé yo, no era la figura que me engatusó en mi infancia, sino un filibustero tramposo y mentiroso que estaba perdiendo, por no sé qué razón, sus principios morales.

—No creo que tengas una amante en Zaragoza —se aventuró a decir mi madre—. ¿Para qué irte tan lejos? Aquí en Madrid te sería mucho más fácil. Es una gran ciudad, yo en nada me meto, y si fuera notorio, te juro que me haría la sueca —le dijo sacando un resquicio de orgullo—. Incluso Trevijano me insinuó esa posibilidad. Después de todo, más valiera que estuvieras liado con una mujer, que en un golpe contra Macías.

—Don Antonio no solo tiene una exuberante fantasía, sino también madera de escritor: un complot, una amante, mil y un peligros. Debería no solo dedicarse a la política, sino narrar sus memorias y sus otras tantas invenciones. Entre lo que ha vivido y lo que se inventa tendría material para veinte o treinta libros. No te preocupes, Margarita, ya le aclaré en su día que no sabía de lo que me hablaba, que en Zaragoza solo me junto con unos cuantos compatriotas que siguen anhelando una Guinea democrática y libre. Que sepa yo soñar no le hace mal a nadie.

Como don Antonio se sentía preocupado, le prometí no ir a Zaragoza por una temporada. Algo que he cumplido. ¡No le des más vueltas, Margarita! Trevijano tiene una imaginación febril y ve trapicheos donde no los hay. No hay motivo de preocupación. —Y con la clara intención de escurrir el bulto dijo—: Estoy cansado, mañana tengo que trabajar. Me voy a dormir.

A partir de ese momento sus viajes a Zaragoza fueron frecuentes. Mi madre, aunque lo simulara, pasaba un mal rato cada vez que él se marchaba. Se la veía turbada, creo que pensaba que cualquier desgracia estaba por ocurrir, que mi padre no iba a regresar. Era notorio que todavía le amaba. Quizás nunca lo había dejado de hacer pese a sus diferencias y ausencias recíprocas, pese a las crisis, a las muertes que les habían desolado y hundido y las tempestades que habían sorteado juntos.

El 4 de agosto de 1979 Guinea Ecuatorial era la protagonista de casi todas las primeras páginas de los periódicos. Un golpe de estado dirigido por el propio sobrino de Macías, Teodoro Obiang, secundado por militares formados en la Academia Militar de Zaragoza, por algunos españoles y por ciudadanos de Guinea Ecuatorial en el exilio, había logrado derrocar al dictador e instalar un gobierno provisional hasta que se convocaran nuevas elecciones.

Mi padre se alegró con la noticia y ese mismo día lo celebró con amigos. Mi madre lo miró de reojo y señaló:

—Un golpe de suerte sin duda. Si hubiera salido mal a más de uno le habría costado la cabeza. Supongo y espero que después de este golpe de estado, la situación en nuestra nación mejore y podamos retornar a Guinea Ecuatorial.

—Habrá que esperar, Margarita, averiguar cuáles son las intenciones de Obiang. Era uno de los brazos derechos de Macías. Lo que promete suena bien, pero puede que sus buenas intenciones no se materialicen, que sea poco lo que cambie, que el poder lo corrompa.

—¿Para eso te has arriesgado? ¿Para eso te has jugado no solo tu vida sino la de tu familia? —le preguntó mi madre.

—No me he arriesgado más de lo necesario. Obiang era la única posibilidad de librarse de él. Había que hacerlo rápido, no podíamos permitirnos más intentos frustrados, más víctimas.

—¿Para eso te la has jugado? —preguntó.

—Otros dejan pasar la vida sin correr un solo riesgo —contestó—. Tenía que hacerlo. No había vuelta atrás, si no nos quitábamos de en medio a Macías continuarían las masacres. Seguiría matando a los nuestros hasta quedarse solo. Macías estaba aniquilando incluso a los de su etnia, a sus aliados políticos. Puede que Obiang no sea la mejor opción, pero era la única. Por muy malo que sea, no puede ser peor que Francisco Macías.

—¿Cuánto tiempo llevas metido en esos asuntos turbios, preparando con los otros españoles y guineanos el golpe de Estado? ¿Desde la muerte de Federico?

—¿Y qué más da, Margarita? —Y dicho esto se dio la vuelta y salió.

Pasaron unos meses. Madrid se ataviaba con los colores otoñales. El transcurrir de nuestra existencia era tedioso como las nubes grises típicas de noviembre. Mi padre, que desde el golpe de Estado no mantenía apenas contacto con Trevijano, continuaba reuniéndose con el grupo zaragozano, aunque a lo sumo iba allí una vez al mes. Un día a finales de noviembre nos notificó que nos íbamos a mudar a una de las viviendas de reciente construcción del barrio del Pilar.

—Tengo un nuevo trabajo con el que voy a ayudar a restablecer el orden y la democracia en nuestro país y mejorar las relaciones con España. El mismo presidente me ha confiado esta labor —nos dijo—. Nos ha buscado un buen piso en ese barrio. Nada nos faltará a partir de ahora, Margarita. Los niños irán a un colegio privado financiado por nuestro país. Nuestra suerte ha cambiado.

Intuí que las nubes grises y la tormenta que nos habían acompañado a menudo durante la última década estaban por escampar, que los caminos que se torcieron y se hicieron abruptos, se tornarían placenteros y luminosos, que miles de destinos cambiarían y se unirían en un placentero amanecer, que yo nunca más tendría que luchar con uñas y dientes.

XI. (SIN) MEMORIA

En uno de tantos domingos que mi padre y yo aprovechábamos para visitar a mi abuela Emma, mi madre se nos unió. Desde que nuestras conversaciones se sucedían, notaba a mi madre cambiada, más cercana que antes, más auténtica. Era como si a través de sus confesiones se hubiera ido desprendiendo de una máscara que llevaba adherida hacía tanto tiempo, que impedía ver a la mujer luchadora e idealista que en realidad era. De un tiempo a esa parte el cambio se veía también en sus frecuentes visitas a la residencia de ancianos, en donde mi abuela estaba internada.

Emma padecía alzhéimer desde 2010 y requería intensos cuidados que ninguno de nosotros le podía dar. Había empeorado mucho desde 2016 y rara vez nos reconocía. No solía tener ningún recuerdo. Ese domingo de primeros de diciembre del 2018 sería la última vez que la memoria le visitaría muy brevemente.

—¡Mia Sia, qué bueno que hayas venido a visitarme! —dijo dirigiéndose a mi madre. ¡Te he echado tanto de menos!

Mi madre asintió. Ni ella, ni nadie, deseaba despertarle de esas memorias fugaces.

—Yo también te he añorado, Emma. Me alegra mucho verte tan animada hoy —le contestó mi madre.

—Animada, lo que se dice animada, no lo estoy, Mia Sia. Mi hermano Ismael se ha perdido. Salió con mi madre en dirección a Cánada, pero se les perdió la pista. Necesito que me ayudes a encontrarlo. ¡Solo tú puedes hacerlo! —le imploró.

Mia Sia había sido la nana africana de mi abuela en el tiempo que vivieron en Namibia. Era una reconocida comadrona, curandera y hechicera. Parecía poseer poderes que la lógica no alcanzaba a comprender y se decía que podía hablar con los espíritus y encontrar a gente desaparecida. El hermano de mi abuela se llamaba como yo, Ismael. Se le perdió el rastro en julio o agosto de 1939. Había embarcado con su madre en Namibia. Iban en dirección a Canadá, pero no hay constancia de que llegaran a su destino. Ismael Wasserman tenía cinco años cuando desapareció.

—No te preocupes, Emma. Lo encontraremos. Invocaré a los espíritus para que me digan adónde lo llevaron y te lo traeré de vuelta. Lo prometo —le dijo mi madre.

—¡Ay, Mia Sia, hazlo pronto! Presiento que la muerte me ronda y no me quiero morir sin ver a mi hermano. Yo era la que debía haber partido con mi madre y no él. Yo era la que me debería haber perdido —Emma se echó a llorar.

—¡Mamá, no llores! —le pidió mi padre—. Lo buscaremos y lo encontraremos.

Mi abuela nos miró con sus azules ojos, vidriosos por el llanto y perdidos en la inmensidad. Nos observó a los tres con esa expresión perdida a la que nos habíamos acostumbrado hacía tiempo. Después recorrió con su mirada la habitación y comenzó a cantar en afrikáans. Emma debía haber aprendido la lengua de los nativos durante su infancia, cuando ella y su familia vivieron en África. No entendíamos la letra, pero sí que en estos últimos meses de su vida quería retornar a sus orígenes africanos. Mi abuela siempre mantuvo que, por muy alemana que fuera en su aspecto físico, su alma y su memoria se habían anclado en las tierras donde nació, Namibia.

—Nunca me sentí extranjera allí —me había comentado mi abuela hacía años, cuando los recuerdos eran todavía sus compañeros—. Es extraño, ¿verdad? Por mucho que Frankfurt sea la cuna de casi todos mis antepasados, mis raíces las tendré aquí, pero las siento allí, en Namibia. Desde que tuve que abandonar África para venir a la ciudad del Meno he vivido en conflicto con mis identidades: la judía, la alemana, la africana. Me da la impresión de que aquí, en Alemania, esperan que te decantes por una, por la alemana, que olvides las otras. Ha sido una lucha para mí, porque nunca he podido prescindir de ninguna de estas identidades. No entiendo por qué la gente se empeña en encasillarte, en delimitarte de la misma forma que hacen con los países. ¿Por qué debemos pertenecer solo a un país, a un continente, a una raza, a una religión? ¿Por qué es tan importante tener raíces? En Namibia, quizás porque era niña, nunca pensé en que tenía que ser fiel a mis orígenes. Tan solo tenía que ser yo misma. No tenía que integrarme, adaptarme o cambiar, solo respetar la naturaleza y a los que convivían conmigo. ¡Era tan fácil!

No sé por qué precisamente en ese día, el último en que Emma mostrara algo de lucidez, recordaba esas palabras. Quizás porque yo vivía el mismo conflicto que ella, porque mi madre, mi padre, Juan, Liliana, mi hermana Isabela y muchos más estábamos en la misma tesitura. No queríamos renunciar a ninguna de nuestras identidades, aun a sabiendas que eso nos condenaba a ser extranjeros de por vida.

Los tres salimos de la residencia en silencio. Creo que intuíamos que mi abuela se quedaría sin memoria, que el encuentro entre ella y su hermano no sería posible, que a Emma no le quedaban muchos meses de vida.

—¿Me ayudarás, Ismael? —preguntó mi madre rompiendo el silencio.

—Claro, mamá. ¿A qué?

—A encontrar a Ismael Wasserman, ¿a qué va a ser? ¿No has visto que se lo he prometido?

—No será fácil, mamá. Yo a veces contacto por Facebook o vía *e-mail* con hombres que tienen el nombre de Ismael y la misma edad que debería tener mi tío abuelo. Si Ismael sobrevivió el viaje a Canadá, como Emma siempre ha querido creer, puede haber cambiado de nombre, haberse mudado a otro país y, lo que es peor, no recordar más de donde proviene. Era muy joven cuando desapareció.

—Pues tendremos que arreglárnolas como sea. Le he dado mi palabra y yo siempre cumplo mis promesas.

XII. (SIN) MÁS DILACIÓN

—¡Eres un gran poeta! —exclamó Juan—. Un artista de la palabra, sabes narrar, transmitir sentimientos, filosofar y escribir poesía —me comentó Juan que acaba de leer mi poema (SIN) PERSPECTIVAS—. ¡Qué habilidad! Lo tuyo es innato. Ya querría yo tener esa sensibilidad y no ser el palurdo, superficial y metepatas que soy.

—Gracias, Juan, pero eres un exagerado. Mejor déjalo. Me abrumas con tantas alabanzas que desmerezco. No soy poeta, ni tú eres tan paleto o superficial como te pintas. Tienes mucha más altura de la que pretendes, aunque seas un poco gafe en lo que a asuntos amorosos se refiere, eso no lo niego —le indiqué.

—Sabes cómo adular a un alma frustrada como la mía, aunque no demasiado bien. Aparte de mis grandes «antiatributos», me colgaste lo de cenizo. Las desdichas en el amor y el hecho de que mi esbelta figura no parece atraer a las féminas no deberían ser motivo de mofa —me replicó.

—No me burlo. Yo también soy desgraciado en amores. ¿Qué le vamos a hacer?

—Pero a ti el infortunio te inspira y hace que escribas un poema brillante. Y yo, que no aprendo, me porto peor que un adolescente y sigo emperrándome en llevar piñas a Milagros. Estoy grillado.

—¿Qué es eso de piñas a Milagros? —le pregunté.

—Es una expresión de mi país, Ecuador, que significa que me empeño en hacer cosas que no tienen sentido a mi edad, buscando una pelada que me haga caso y no esté comprometida. Y antes de que me preguntes te relataré mis nuevas calamidades. La de Jazzkeller fue muy simpática, no le hablé de política, ni de otras sandeces, como suelo hacer. Ella fue amable e incluso me rio un par de gracias, por lo que me hice grandes ilusiones. Cuando terminaba la velada y llegaba el momento de intercambiar los números del celular, me largó que estaba casada y tenía tres hijos, como todas las otras amigas con las que había venido a la disco. Parece que se juntan periódicamente con una aplicación de wasap que se llama «Mutti muss tanzen» (mamá tiene que bailar). En fin, mi gozo en un pozo. Y me pregunto, ¿qué pasa con los que queremos echar una cana al aire? ¿Por qué no hay la aplicación en wasap o Facebook que se llame «Pech Vogel will baggern» (pájaro de mal agüero necesita mojar)? No me vendría nada mal.

—Menos mal que te tomas la vida con humor.

—¡Qué humor ni qué narices! Como bien dicen en mi país, Ecuador, en la vida deseas estar como chancho en lodo, tan a gustito revolcándote sin tareas ni pesares; y luego te das cuenta de que más bien estás como perro en misa, importunando sin darte cuenta y cuando menos te lo esperas echado a palos.

—A lo mejor deberías aprovechar la inspiración que te ofrecen las desventuras del destino y plasmarlas en el papel. Tienes unas dotes de filósofo y poeta que pareces no apreciar —observé.

—Me gratifica saber que me tienes gran estima, tanta que incluso me atribuyes virtudes de las que carezco. Aquí los únicos talentos probados en lo que al arte de escribir se refiere son el tuyo, el de Rosa Wasserman y el de tu madre. Fue una pena que su novela no tuviera mucha difusión. Se debería intentar revitalizar esa historia de tu madre, ¿no crees?

—Sí, de hecho llevo una buena temporada hablando con ella sobre sus memorias de infancia y juventud y otros temas que salen a colación.

Le hablé acerca del retrato que ella hizo de sus padres, Manuel y Margarita, sobre sus evocaciones de don Antonio García Trevijano, de Cecilia, la cantautora y joven promesa que murió en accidente de tráfico, de Paloma Batupé, de doña Encarnita y de algún que otro personaje más al que mi madre se había referido. Juan me escuchaba con atención. Me explayé al hablar de Trevijano y de mi abuelo, los personajes que, bajo mi punto de vista, eran más novelescos. Le cité por último el golpe de Estado de Obiang en 1979. Le conté que mi madre me había dejado bastante claro que el abuelo Manuel fue uno de los implicados. Le revelé a Juan que mi intención de recopilar las memorias familiares para escribir una novela me estaba llevando a otros territorios que estaban dinamitando mis ideales.

—Conforme más me aproximo a mi padre, a mi madre, a sus respectivas historias, a sus penas, a los acontecimientos que han determinado sus vidas y modelado su personalidad, también siento como si me adentrara en mí mismo, como si descubriera facetas mías que desconocía antes.

—Es que esta labor de indagar en episodios familiares que han estado sepultados por décadas y sacarlos a la luz tienen algo de psicoanálisis. Creo que con este esfuerzo que estás haciendo por recopilar memorias, no solo tú te estás redescubriendo, sino que estás ayudando a tus padres a conocerse a sí mismos, a revisar su historia personal y a hacer las paces con el pasado.

—Tienes razón, Juan, como siempre. Sin embargo, el trabajo está incompleto. Me he dado cuenta de que tengo que hablar con unas cuantas personas más. Me falta charlar con mi abuelo para contrastar su versión de los hechos con lo que me ha contado mi madre. Tampoco debo olvidar a mi hermana, Isabela, ni a mi amigo de la infancia, Tim. Ese será el paso más difícil para mí, ya que estos años siguen siendo como un agujero negro, un abismo del que poco recuerdo y que me lastra al mismo tiempo. Quiero observar mi vida y la de los que me rodean desde todos los ángulos posibles.

—No sé si animarte en tu empeño de atar todos los cabos, Ismael. La verdad es que te estás complicando en demasía y ya sabes lo que el refrán dice: «quien mucho abarca, poco aprieta».

—No es esa mi intención, Juan. Solo quiero conocerme mejor y comprender este mundo. No esperar a tener cuarenta o cincuenta años para darme cuenta de que acarreo una carga que se ha vuelto demasiado pesada —observé.

—Ismael, todos nos vamos sobrecargando con la edad, al menos anímicamente. Lo importante es saber distribuir el sobrepeso, que no llegue un momento en el que este te impida caminar. No creas que tu proceder te va a librar de la carga, aunque sí te puede ayudar a ti y a otras personas a hacerla más llevadera. Cada uno tiene que encontrar su propia estrategia para soportar los conflictos internos y los externos, los que condicionan nuestra existencia y que conforme vamos madurando son cada vez mayores.

En este punto nuestra conversación entró en otros derroteros. Juan se empeñaba en conocer con más detalle lo que mi madre me había ido confesando en sus charlas, a la par que me ilustraba sobre la larga dictadura, la de Obiang.

***

La historia de Guinea Ecuatorial agoniza en el olvido en prácticamente todos los países del mundo. Obiang instauró su dictadura hace más de cuarenta años, sin embargo es poco lo que se oye sobre esta nación. No parece haber protestas. Ante los abusos no hay sanciones internacionales, ni el menor interés de impulsar o forzar cambios. No se oye hablar de sus presos y casi todo el mundo desconoce que el exterminio de la etnia bubi alcanza las cifras de un genocidio. No solo Macías es responsable de tal masacre, con Obiang continuaron las políticas represivas hacia este pueblo. Hagamos un poco de historia:

El golpe de Estado contra Francisco Macías, llamado paradójicamente «Golpe de la Libertad» fue organizado en la Academia Militar de Zaragoza por el sobrino del dictador, Teodoro Obiang, y se llevó a cabo con éxito el 3 de agosto de 1979. En junio de ese mismo año hubo un primer intento de golpe militar que llegó a los oídos de Macías, porque corrieron rumores en la penitenciaría de Black Beach. Macías ordenó que se atajara de raíz y que se castigara a cualquier culpable o sospechoso. Esto dio lugar a una matanza en la prisión en la que pagaron, exprésémoslo así, justos por pecadores. Obiang era por ese entonces director de la prisión y fue detenido. El propio Macías se encargó de interrogarlo. Su sobrino debió mostrarse sereno en todo momento y mintió bien pues, siendo la cabeza detrás del golpe, logró salir del interrogatorio como un santo varón que no había roto un plato en su vida. Tuvo suerte, Macías podía haberlo liquidado, como normalmente hacía con cualquiera que le pareciera sospechoso. Los lazos sanguíneos o cualquier otro motivo hicieron que Teodoro Obiang se escapara por los pelos. Ante la posibilidad de que Macías volviera a interrogarle y de que no le fuera tan bien, Obiang salió del país y se mantuvo en paradero desconocido moviendo los hilos para que hubiera un segundo golpe de Estado, pero a salvo y con la posibilidad de escurrir el bulto e irse al fin del mundo si también se frustraba.

Desde ese 3 de agosto de 1979 no ha habido ningún reemplazo en el poder, pese a que ha habido más de un intento de derrocar a Teodoro Obiang. Todos los frustrados golpes de Estado terminaron en fracaso y duras recriminaciones. El más sonado es quizás el de 2004, protagonizado, entre otros, por un político del exilio y residente en España, un tal Severo Moto, aunque él siempre negó toda implicación. Tras el frustrado golpe de Estado tuvo que huir de un país a otro hasta conseguir que España le concediera el estatus de refugiado político.

Como casi todos los acontecimientos históricos recientes relacionados con Guinea, la versión oficial y la de los otros implicados varía muchísimo, y dada la opacidad del régimen de Obiang es imposible contrastarlas. Dejemos por tanto a Severo Moto a un lado, sin admitir o negar su participación en los hechos, y centrémonos en lo que se sabe de este golpe de Estado.

El 7 de marzo de 2004 se confiscó en Zimbabue un avión que volaba desde Sudáfrica con un arsenal armamentístico y se dirigía, supuestamente, a Guinea Ecuatorial. Se detuvo al británico Simon Mann junto con sesenta mercenarios, la mayoría sudafricanos. Fueron acusados de violar las leyes de inmigración de Zimbabue y de intentar perpetrar un golpe de Estado en Guinea Ecuatorial. Simon Mann y los otros hombres siempre negaron que el avión con armas tuviese como destino Guinea y perjuraron que se dirigían al Congo para defender unas minas de diamantes de los saqueos continuos que sufrían. El Gobierno de Zimbabue, que mantenía buenas relaciones con Guinea Ecuatorial, aportó nuevas pruebas para implicar a Mann y sus hombres. El 9 de marzo, dos días más tarde, se detuvo en Guinea Ecuatorial a otros tantos sudafricanos y a unos cuantos armenios con los cargos de estar implicados en el golpe organizado por Simon Mann y el jefe de la oposición en el exilio Severo Moto. En los siguientes meses se continuó señalando a diversos colaboradores, como algunos empresarios británicos o directivos de empresas petrolíferas, los cuales habían aportado capital para financiar el complot.

En 2004 Obiang estaba muy bien asentado en el poder. Una de las razones era que en Guinea Ecuatorial se había encontrado petróleo en los años noventa. Con las comisiones derivadas por la explotación de estos yacimientos, la empobrecida nación había empezado a emerger, a mejorar sus infraestructuras, aunque las condiciones de los más desfavorecidos poco cambiaron. El hallazgo pareció tener un principal beneficiario, Obiang, que supo jugar sus cartas con habilidad y aprovechar esa oportunidad para asegurar su poder. Estados Unidos, que era el país que se beneficiaba principalmente con la explotación del crudo, consentía a Obiang y daba el visto bueno a su política represiva. El país salió del aislamiento internacional, pero para sus ciudadanos todo siguió igual de mal.

Por otro lado, Severo Moto Nsá, que en tiempos perteneció al mismo partido que Obiang y gobernó junto a él, había huido a Madrid tras graves desavenencias con el jefe de Estado. Allí había organizado un partido de oposición desde el exilio. Intentó granjearse, con poco éxito, el apoyo de intelectuales que vivían en la capital, como el escritor Donato Ndongo. Se presentó religiosamente a todas las elecciones generales del país, en las que aseguraba siempre haber ganado, aunque oficialmente era Obiang el que obtenía una amplia mayoría del 90%. Severo cuestionaba la trasparecía de las elecciones, así como el resultado. Esto le convirtió en una figura incómoda para el régimen de Obiang.

Cómo se las agenció Severo Moto, que residía y organizaba la oposición desde España, para conseguir contactos políticos importantes en Inglaterra que estuvieran dispuestos a arriesgarse por él y organizar un golpe militar, o cómo logró convencer a algunas empresas petrolíferas británicas para que le apoyaran económicamente en este complot, es uno de los tantos puntos oscuros de este fallido golpe de Estado. Otros de los aspectos que no han quedado totalmente explicados fueron la supuesta intervención y organización logística desde Sudáfrica, la eficacia de las autoridades de Zimbabue en la desarticulación de este o el escándalo en torno al hijo de Margaret Thatcher, Mark Thatcher, a quien se señaló como uno de los principales implicados tras la investigación del gobierno guineano. Así que, aunque todo apunta a que se intentó defenestrar a Obiang para que el monopolio del petróleo cambiara de manos, quedan muchos misterios que resolver.

Para Obiang el nuevo intento frustrado supuso una bombona de oxígeno para aferrarse en el poder y la oportunidad de debilitar aún más a la oposición; como lo habían sido todos los anteriores golpes de Estado, como serían los que siguieron al de 2004.

***

—A finales de 2003, mi padre llevaba bastante tiempo trabajando en la Embajada de Guinea Ecuatorial en Londres —me comentó mi madre una tarde en la que el tema principal había sido el abuelo Manuel y su relación con el gobierno de Guinea Ecuatorial—. Tu abuelo era un buen administrativo y se le confió la labor de poner las cuentas de la embajada al día. Era el cometido habitual que se le asignaba, repasar las facturas y encontrar dónde había irregularidades. Me consta que para tu abuelo esos encargos no eran plato de su gusto y que en alguna que otra ocasión había recibido amenazas de muerte, pero siguió desempeñando ese empleo. No veía la hora de jubilarse. Lo tenía que haber hecho en 2004. No le dejaron hacerlo hasta bien entrado el 2005 y cuando por fin se retiró se le notaba trasformado. Estaba muy callado y pensativo, pero no le duró mucho. Pasaron algunos meses y mi padre volvió a ser el que era, hablaba de nuevo hasta por los codos. Aunque estaba jubilado empezó a viajar a menudo. Estaba ausente por dos o tres semanas, como mucho cuatro. Sus viajes se limitaban a tres países: Guinea Ecuatorial, China y Estados Unidos. Nos dio a entender que seguía comprobando libros de cuentas, pero no quiso entrar en detalle.

—En este punto detuvo su narración, que hasta el momento había sido muy fluida, y me miró.

—¿Quieres decir con esto que el abuelo andaba metido en algún chanchullo?

—En lo que anduviera o ande metido ahora, no lo sé. Nunca nos lo ha aclarado a nadie. Lo que quiero decirte es que, si sigues emperrado en escribir las crónicas de mi familia, deberías volver a hablar con el abuelo Manuel. No creo que vaya a entrar en detalles, lleva muy en secreto su «trabajo» con el Gobierno ecuatoguineano. Si sabes dorarle bien la píldora, seguro que te contará algo más sobre nuestra primera década de exilio en Madrid del 69 al 79 y, si usas esa facultad que tienes para que la gente te haga confidencias, puede que te narre los secretos que parece querer llevarse a la tumba.

Le comenté a mi madre que ya había hablado con él por el móvil y que poco me había contado.

—Mi padre es de la vieja tradición, le gusta charlar mirándote a los ojos.

—Me lo ha dicho. He pensado en ir a hacerle una visita a Londres.

—Me parece que si quieres sacar algo en claro debes ir a Londres, y de paso —continuó mi madre— te pasas por Southend on Sea, a ver si descubres qué, o mejor dicho, quién retiene a Isabela tanto tiempo por esas latitudes.

Me quedé mirando a mi madre sin saber si continuar la conversación en ese punto, si hablarle del romance amoroso de mi hermana con mi amigo de la infancia, Tim, si callar como la prudencia y el temor a que mi madre no lo digiriera bien y dramatizara me instaban a hacer. Sin embargo, vencido por las numerosas confidencias que mi madre me había confiado y por el deseo de hurgar en el único tema que apena habíamos tocado esos años en Oxted, Inglaterra, de los que apenas había revelado qué pasó, de los que evitaba hablar, le dije:

—Isabela ha conocido en Southend a Tim, o mejor dicho, se han rencontrado allí.

—¿Tim? —preguntó extrañada.

—Tim Lloyd, mi amigo de la infancia en Oxted. Ahora vive en Southend.

Observé cómo mi madre fruncía el ceño, puso ojos de plato y casi sin pestañear dijo:

—Ahora comprendo a qué venía tanto secreto entre vosotros, por qué me ocultabais lo que allá la retenía —me lanzó con tono de enfado—. La cosa es más grave de lo que creía.

—No creo que la situación sea para dramatizar de esa manera, mamá —le respondí—. Tim, por lo que cuenta mi hermana, es un buen muchacho. Isabela me ha dicho que se acuerda de mí, de nuestra amistad y ha pedido en repetidas ocasiones rencontrarse conmigo. De hecho estaba pensando en ir este mismo verano.

—Pues más vale que te des prisa en ir, pero no para rencontrarte con Tim, sino para traer a Isabela aquí lo antes posible.

—¡Como si eso fuera tan fácil! Isabela ha salido a ti y no creo que se vaya a dejar traer o llevar por nadie —le contesté—. Además, me parece que tu reacción es exagerada, que no hay razón para alarmarse o sacar las cosas de quicio. Han pasado muchos años desde que estuvimos en Oxted. Ha debido correr mucha agua desde entonces.

—Eso dices —se apresuró a intervenir interrumpiéndome— porque no recuerdas lo que pasó, porque se te ha olvidado lo que su familia nos hizo, cómo nos dio la espalda, de la forma en la que Tim pasó de ser tu amigo o no conocerte, a no querer saber nada de ti. Si te acordaras como yo, si hubieras tenido que hacer terapia durante doce largos meses porque, después de lo que ocurrió en Oxted, todo mi mundo y toda mi fortaleza se tambaleaba, te parecería grave.

—Puede que vaya siendo hora de que me hables en detalle sobre Oxted —me aventuré a pedirle—, me gustaría conocer la verdad.

—¿De qué nos sirve la dura realidad? A veces es mejor darle un tono de ficción a la existencia, que parezcan heroicas las necedades que nos impone la vida. Sabes muy bien que no voy a narrarte nada más, Ismael. Te tienes que conformar con lo que te he contado de mi infancia, adolescencia y juventud en Madrid. El tema Oxted no lo voy a tocar, primero porque no lo he superado del todo; segundo, porque no creo hacerte ningún favor removiendo en ese pasado. Tú, si quieres vas allí y escarbas. Te aviso de que no te va a gustar nada lo que encuentres, pero ya eres mayorcito y puedes hacer lo que te aconseje tu entender —me dijo.

Asentí, aunque no sé por qué lo hice, debió ser un acto reflejo. Yo pensaba ir a Inglaterra en cuestión de semanas y me daba igual lo que me recomendara mi madre. Pensaba hablar abiertamente con Tim, preguntarle, indagar. No era solo su pasado, era también el mío y tenía derecho a saber lo que había detrás de los recuerdos que me quedaban.

***

Repasé los últimos acontecimientos de mi vida. Me di cuenta de que, salvo por la ruptura con Liliana y mis triviales encuentros con Juan, mi existencia parecía concentrarse en rescatar esas memorias familiares a veces un tanto incómodas, otras inconclusas.

En un principio, con la historia de mi padre, mi principal problema habían sido las inmensas lagunas que existían y la poca posibilidad de rescatar esos recuerdos perdidos. Mi abuela, la única que podía ayudarme en esta labor, padecía alzhéimer. Sin embargo, había logrado por medio de otros recursos reconstruir algunos acontecimientos importantes, así como rememorar a algunos ilustres antepasados.

Tras las largas conversaciones con mi madre mi desorientación radicaba en que no me terminaba de cuadrar todo lo que me había narrado. No es que desconfiara en ella, ni que dudara de su sinceridad, pero me había contado su versión de lo sucedido, su verdad, un tanto adornada por medio de sus dotes narrativas. Presentía que la verdad sobre lo que había ocurrido en Guinea Ecuatorial, en Madrid o en

Oxted tenía diferentes caras. Debía escuchar las diferentes versiones para hacerme una mejor idea de lo que había pasado. Decantarme por lo que mi madre me contaba sin escuchar a mi abuelo, era como leer las noticias en el mismo periódico o verlas en el mismo noticiario sin comparar con otras fuentes.

Incluso a mí, y no trato de contradecir a mi madre, Dios me libre de hacerlo, me costaba aceptar sin más todo lo que ella me había contado. Mis abuelos maternos siempre me han parecido unas excelentes personas. A Isabela y a mí nos recibían siempre con los brazos abiertos. Mi abuela se desvivía en darnos caprichos y mi abuelo, aunque reconozco que era un tanto engreído y se daba siempre ínfulas por su trabajo, por sus contactos o por sus numerosos viajes, también era cordial y amable. Nada me hubiera hecho cuestionar su moralidad o pensar que andaba metido en asuntos turbios.

Me quedaba pues con un extraño sabor de boca tras todas las largas charlas que había mantenido con mi madre. Presentía que había intentado ser sincera conmigo y no dudaba que en su vida había atravesado por periodos difíciles, ni que el color de su piel y su procedencia hubieran hecho que la lucha fuera dura en ocasiones. Sin embargo, no creo que la Imara niña estuviera tan sola como lo pintaba ella. Sus padres, mis abuelos, le debían haber apoyado a su manera.

EL MUNDO INCIERTO DE MANUEL
MANGUE OBAMA

«En agosto de 2019 se cumplieron 40 años de la llegada al poder de Teodoro Obiang a través de un golpe de Estado. El tirano de Guinea Ecuatorial maneja con puño de hierro uno de los regímenes más corruptos de África, que se sostiene gracias a la fidelidad de una guardia pretoriana que se beneficia del pingüe reparto de prebendas, así como del estado de terror impuesto en un país sin libertad de prensa alguna y con la oposición aplastada. En un ciclo histórico en el que la mayoría de los viejos dictadores del continente negro han ido cayendo, incluido el simbólico Mugabe, Obiang se mantiene atrincherado gracias en buena medida a la vergonzosa complicidad de muchos Gobiernos occidentales que ignoran la total falta de avances democráticos a cambio de ventajosos contratos petroleros. Alguna responsabilidad tiene también España, antigua metrópoli, en que Guinea sea hoy la satrapía de Obiang».

(El Mundo digital, Sábado 3 de agosto de 2019)

*En las siguientes páginas ofrezco una versión lo más fidedigna posible al relato que mi abuelo, Manuel Mangue Obama, me hizo sobre su huida de Guinea Ecuatorial a Madrid, sus primeros a*ños en la capital española, así como su relación con el régimen de Obiang a partir del golpe de Estado de 1979. Me he tomado alguna que otra licencia literaria con la intención de profundizar en los motivos que llevaron a mi abuelo a actuar del modo en que lo hizo. He cambiado el nombre de algunos de los protagonistas para proteger su identidad, incluido el de mi propio abuelo. Los acontecimientos narrados pueden diferir a veces de los hechos reales.

I. SIN RETORNO

El 2 de marzo de 1969 Manuel Mangue Obama, su mujer y sus dos hijos iniciaron un viaje que marcaría sus vidas, un trayecto sin retorno. Eran los únicos ecuatoguineanos nativos que había en el avión de Iberia que, debido a los tiempos revueltos a los que se enfrentaba la antigua colonia española, salía diariamente del aeropuerto de Santa Isabel con destino a Madrid. En la aeronave no quedaba ni un asiento libre y se respiraba un clima de alteración y nerviosismo. Todos los pasajeros esperaban impacientes a que la máquina despegara y cada minuto que se retrasaba la salida se traducía en agitación y miedo.

—¡Deberíamos haber despegado ya hace diez minutos! —exclamó un español de mediana edad enfundado en un traje de chaqueta gris, que sudaba a chorros en un avión atestado, en el que se respiraba incertidumbre y temor—. Espero que salgamos pronto de aquí, que no nos retengan en este infierno.

—¡Cálmese! —intervino un pasajero con un sombrero de fieltro blanco, vestido de forma elegante y con colores claros, con el estilo propio de los administradores de los cacaotales de la época—. Iberia se ve en estos tiempos desbordada, seguro que están ultimando algún detalle. Saldremos pronto, ya verá.

—Me da igual que despeguemos con retraso, lo importante es que no aparezca por aquí la dichosa guardia nacional de Guinea y nos prohíba salir bajo cualquier excusa nimia. Si se lían por falta de personal o ser unos incompetentes y nos toca esperar no es grave —señaló otro con un vestuario más apropiado, un pantalón de lino y una camisa de manga corta.

—No me mencione, por Dios —sollozó una mujer—, ni a la Guardia Nacional ni a la Juventud en Marcha con Macías. Me estremezco solo con oír su nombre después de la forma vil en la que han saqueado nuestros negocios, dando palizas a nuestros hombres, asesinándolos. A mi marido ya ven cómo lo han dejado esa escoria de las Juventudes —dijo señalando a un señor sentado a su lado con la cabeza vendada, un ojo a la virulé y un brazo escayolado—, no se conformaron con saquear nuestra tienda de comestibles. Es una locura lo que ese Macías está incitando.

—Suerte tuvo que no le volaran la cabeza —comentó el del traje gris— como hicieron con ese pobre hombre, Juan José Bima, a quien le dispararon mientras desalojaba a todos los que vivían en la plantación y como dio la cara, pues se lo cargaron. Solo quería proteger a su familia y a sus empleados. En este país se ha perdido toda moralidad y respeto. A los hombres de bien los matan o apalean, mientras que la escoria se pasea sembrando el terror por las calles. Me estremezco solo con oír el nombre de esos mercenarios, de las atrocidades que cometen a diario.

—¿Cómo hemos podido llegar a esta situación en tan poco tiempo? ¿Cómo hemos podido perder el control? —preguntó otro de los viajeros.

—Porque no tenemos cojones —intervino el de la chaqueta gris.

—¡Sí señor! Así se habla, teníamos que haber parado a Macías —le apoyó alguien sentado en las últimas filas del avión.

—Exacto, ese ha sido nuestro problema, que nos faltan huevos. Si el Gobierno español hubiera tenido más agallas y se hubiera plantado con la guardia civil y el ejército ante ese loco paranoico que han elegido como presidente, otro gallo nos cantaría tanto a nosotros como a los guineanos razonables que no le votaron, que fueron muchos. Recuerden que en la primera ronda no ganó —comentó el de la chaqueta gris mientras se secaba el sudor de la cara con un pañuelo blanco—. Teníamos que haber aplastado a ese Macías y a todos sus secuaces, liquidar a esas sabandijas.

—¡Cállese, hombre! Algunos aquí queremos salir con vida —le indicó un señor que viajaba con su esposa y dos hijos.

—¿Por qué he de callarme? Si Franco no anduviera mal de salud se habría impuesto como siempre ha hecho. No les habría dejado ni piar, ni tener Constitución, ni independencia. Lo que pasa es que sus ministros no tienen huevos. Como nos despistemos no solo Guinea Ecuatorial terminará en manos de un loco izquierdista, también en España se perderá el espíritu del 18 de julio. ¡Arriba España!

Desde la cabina del piloto se anunció el inminente despegue, se pidió calma a los pasajeros, que se abrocharan el cinturón y permanecieran tranquilos en sus asientos. El hombre de la chaqueta gris seguía soltando lo que a Manuel Mangue le parecieron los improperios de un prepotente. Él no iba a intervenir, sabía que si lo hacía se liaba.

—Ya lo ha oído, por favor, cálmese y siéntese —le pidió el padre de familia al señor de la chaqueta gris—. Estamos a punto de despegar.

—¡Haré lo que me salga de los cojones! —contestó este.

—En momentos como estos, por respeto a las familias y a los que hemos salido de este país después de un par de sustos y de ver la muerte más cerca de lo deseado, debería sentarse, abrocharse el cinturón y evitar tales comentarios.

—No pensaba intervenir en la conversación, pero permítanme hacerlo y rogar a este señor que se calme. No creo que nuestro gobierno pudiera haber detenido la revolución y proclamación de independencia. Guinea es uno de los últimos países que se independiza en África, era inevitable. Permítame que le señale que todo es mucho más complicado de lo que parece, se lo dice alguien que ha trabajado para la Administración, y que la situación podría haber sido todavía peor de lo que es —explicó un hombre que estaba sentado detrás del de la chaqueta gris y que tenía toda la pinta de haber ocupado algún puesto político o administrativo de importancia—. ¿Quién sabe si estaríamos aquí sentados si se hubiera enviado al ejército y la guardia civil? Puede que esto, en vez de reducir a Macías, hubiera provocado un movimiento a su favor. Entonces la situación violenta habría ido a más. A lo mejor alguno que otro de los que estamos aquí habría desaparecido o ido a parar a cualquier fosa común con una bala entre los ojos. Si el Gobierno español no ha enviado a sus efectivos es porque no quiere provocar una guerra con Guinea Ecuatorial, porque ha intentado evitar a toda costa que se produzca un derramamiento de sangre como el del Congo.

Este comentario pareció callar al hombre de la chaqueta gris, que se abrochó el cinturón y dejó de decir improperios. Los motores se pusieron en funcionamiento, la ansiedad y el miedo que invadían a los pasajeros empezó a aplacarse. Manuel acarició la cabeza de su hija Imara, que había conciliado el sueño a poco de sentarse en el avión. No era de extrañar, la familia lo había pasado muy mal los últimos días, a él le habían propinado una paliza y desde entonces apenas había pegado ojo. Manuel se dirigió brevemente a su mujer, que aún sollozaba aferrada al asiento del avión. Margarita todavía no se había hecho a la idea de abandonar el país. Creía que la ola de violencia que azotaba su patria cesaría una vez que todos los españoles se fueran de la nación de Guinea. Comprobó que también su hijo pequeño, Francisco, se había dormido.

«Es increíble cómo los niños pueden conciliar el sueño en cualquier situación», pensó, después se reclinó su asiento y cerró los ojos.

**

No era la primera vez que Manuel volaba desde Santa Isabel a Madrid, ya lo había hecho a finales de los cincuenta cuando el gobierno de Guinea Ecuatorial, todavía regido por España pero con cada vez más presencia de guineanos en los puestos administrativos, otorgaba becas universitarias o de formación profesional en Madrid a alumnos que habían destacado en sus estudios pero que carecían de recursos económicos para costearse una formación superior, y él había sido uno de ellos.

Fue precisamente uno de sus antiguos profesores de la Escuela de Artes y Oficios, don Federico Ngomo, que en su juventud fue un destacado alumno y que gracias a su sólida formación había llegado a ser profesor de la escuela en donde se formó, así como un destacado político, el que le había animado a solicitar una de estas ayudas que concedía el Gobierno español. No había mucho que perder, esas becas eran el mejor camino para tener un buen trabajo en el futuro y una buena oportunidad para salir del país.

Era junio de 1958, cuando Manuel Mangue, que acababa de terminar sus estudios en la Academia de Artes y Oficios con excelentes notas, se encontró por casualidad en la calle a su antiguo profesor. Se saludaron efusivamente y Federico le preguntó qué pensaba hacer ahora que había terminado sus estudios en la Academia.

—Supongo que buscar un trabajo —contestó Manuel.

—¿No te has planteado nunca continuar tus estudios en España? La Administración española —le comentó don Federico— está dando algunas becas a buenos estudiantes para que se formen en España y trabajen después, cuando vuelvan, en la Administración. No hay suficientes españoles para cubrir esos puestos y también falta personal bien formado que dirija el negocio del cacao, que está floreciendo.

—¿Y no están estas becas concedidas de antemano? ¿No hay trampa ni enchufe? —preguntó Manuel.

—Puede que haya algún que otro trapicheo, pero en su gran mayoría los criterios de selección son académicos. Los españoles quieren que las becas se repartan sin distinción de tribu o grupo étnico, quieren a gente inteligente y bien formada en los puestos que quedan vacantes en la Administración. Las cosas en España están mejor, hay menos españoles que deseen venir a Guinea. Yo estoy en la comisión y te aseguro que hay limpieza en la selección. No quieren que cualquier cantamañanas entre en la Administración, sino a gente que pueda desempeñar su trabajo.

—¿Entonces?

—Entonces solicítala. Necesitaremos gente como tú, también cuando...

Federico Ngomo miró a su alrededor, se cercioró de que no había nadie lo suficiente cerca como para oír la conversación y continuó en voz muy baja:

—... cuando Guinea Ecuatorial sea independiente. —Y dándole a Manuel una palmadita en el hombro continuó con un tono normal de voz—: ¿Por qué no te pasas mañana a tomar un café por mi casa y te explico cómo funciona la solicitud de las becas? —y casi susurrando añadió—: Y otras cosas que tienen que ver con nuestro futuro como nación libre, como república, siempre que te interesen, claro. Vienen un par de conocidos que están muy metidos en este asunto.

Manuel asintió. Federico dijo:

—Mañana a las cinco en mi casa. ¿Sabes dónde vivo?

—Aproximadamente.

Federico garabateó su dirección en el papel.

—A las cinco, no te olvides.

Al día siguiente se presentó a las cinco, puntual, para dar buena impresión en caso de que alguno de los asistentes fuera parte del tribunal que elegía a los becarios. Llamó a la puerta y, siguiendo las indicaciones de Federico, se escurrió sigilosamente en la casa. En el salón, una estancia con salida al patio interior, se atrincheraba alrededor de una mesa redonda media docena de guineanos. Federico comenzó con las presentaciones.

Manuel se incorporó de nuevo en el sillón del avión. No lograba encontrar una posición cómoda ni conciliar el sueño. Ese primer encuentro en casa de Federico Ngomo había cambiado completamente el rumbo de su vida: le había proporcionado la posibilidad de formarse en España y de mejorar así sus aspiraciones laborales, pero también le había metido indirectamente en política; le había hecho partícipe tanto en negociaciones como en trapicheos de diversa índole que le obligaban hoy a dejar el país sin posibilidad de retorno. Manuel se volvió a incorporar, cerró los ojos e intentó recordar los nombres de los presentes en esa reunión, sus palabras, sus deseos y expectativas para el país. Quizás hubiera algo, algún hecho que se le había pasado, algún dato, alguna persona de los presentes que pudiera enmendar la situación catastrófica en la que se encontraba el país, que pudiera salvarlo del inminente naufragio.

—Permíteme que te presente —le había dicho Federico—. Este es Atanasio Ndongo, exseminarista, expulsado por apoyar la independencia de Guinea; Antonio Ndongo, pariente de Atanasio. Este es Enrique Gori, que trabaja conmigo en la Asamblea General; Bonifacio Ondó Edu, que ha vuelto de su exilio en Gabón y apuesta también por la independencia. Aquel con la mirada intrigante y hechura de boxeador es Francisco Macías, trabaja como administrador y defiende igualmente la independencia. Aquel bastante más menudo es José Nsue, que trabaja en las Cortes como procurador. Los de más allá, al lado de la ventana, son Martín Mbo Mguema y Jovino Edu Mbuy, que se nos han unido hace poco al grupo. Por ahora, como ves, no somos demasiados, pero crecemos y con nosotros aumenta la posibilidad de que el país se independice de España.

Manuel no dijo nada. No terminaba de entender por qué Federico le había citado allí y, menos aún, por qué había aceptado la invitación. Después de todo, Federico le dio a entender de lo que iba ese encuentro. A él nunca le había interesado la política y si aceptó la invitación era porque quería seguir formándose, quería ir a España y estudiar.

—Te noto un tanto sorprendido —comentó Federico—. Perdona, te avisé de que hablaríamos de política, pero no te podía comentar mucho más en la calle. Hablar o apoyar de forma abierta la independencia es motivo suficiente para ser despedido, como ya le pasó a Atanasio, o incluso detenido. La verdad es que, cuando llegue el momento, necesitamos estar todos en nuestros puestos y trabajar juntos para que nuestro país tenga un futuro fructífero y lleno de éxito. No queremos una independencia bañada de sangre, no queremos enfrentarnos a la colonia ni hacer uso de la violencia, sino dialogar y encontrar el mejor modo de tener un gobierno que sirva a los intereses de los guineanos y no al gobierno de España.

—Ya, pero es que yo me esperaba otra cosa, no un comité ilegal que pugna por la independencia.

—No somos ilegales, ni tampoco un comité, solo un grupo de guineanos que creemos que a Guinea le iría mejor sin la Administración española y queremos encontrar el mejor modo de dialogar con los que nos gobiernan para que el camino se haga lo más llano posible.

—No todos compartimos tu pensamiento, Federico —increpó Francisco Macías aproximándose a nosotros—. Creo que este muchachito debería saber que esto que tú nos describes no es la verdadera independencia. Ya hemos hablado en numerosas ocasiones y sabes que no estoy de acuerdo contigo.

—Amigo Francisco, admiro tu compromiso por la causa, pero pienso que a veces vas demasiado lejos.

—Pues yo creo que no. Solo con la ruptura total con la colonia seremos independientes, si no, estaremos siempre a medias tintas, seguiremos siendo unos lameculos, aunque algunos piensen lo contrario —afirmó Francisco Macías categóricamente.

—Nuestro querido Francisco es el más extremista de todos, pero su voz es también necesaria. Después de todo, él cree como nosotros que ya va siendo hora de que sigamos los pasos de otros países africanos —dijo Federico intentando no echar más leña a una conversación que comenzaba a arder.

—Eso lo dices para aplacarme, aunque en el fondo sabes que tengo razón, que hay que moverse rápido, que hay que irse preparando para cortar todos los lazos que nos unen. Vamos con mucho retraso en esa materia. La mayoría de los países africanos ya se han independizado —se pronunció Macías.

—Más vale tarde que nunca, amigo —le respondió Federico—. Utilizaremos esto como ventaja, aprendiendo de los que lo han hecho mejor y de los errores que han cometido otros.

Federico y Francisco se enfrentaron en un intercambio de opiniones encontradas. Manuel Mangue permaneció callado, intentando comprender las dos visiones tan opuestas. Le daba la impresión de que, aunque lo que Macías contaba carecía de toda lógica, era capaz de hacerte sentir ensoñación y atracción con sus discursos Después de escucharlos por casi veinte minutos y de sentirse fuera de lugar, decidió que lo más prudente era despedirse y volver a su casa.

—No quiero ser maleducado, ni desavenir tu hospitalidad, Federico, pero me vuelvo a casa —le dijo Manuel—. Me siento fuera de lugar. Vuestras visiones —añadió mirando a Macías— son apasionantes y se nota que queréis un cambio y lucháis por él, pero a mí vuestro mundo se me hace demasiado grande. Soy un simple estudiante al que nunca le ha interesado la política y al que le produce mucho respeto, y miedo también, ese mundo en el que se cruza el altruismo con la sed de poder.

—Pues la política debería interesarte, jovencito, sobre todo ahora que es tan clave para nuestra nación —dijo Macías.

Federico le apartó un momento de la mesa de reunión.

—Comprendo —murmuró—. ¿Para qué meterse en política si por ahora no podemos gobernar el destino del pueblo, nuestro propio destino? ¿Para qué meterse en política si no hay nada que cambiar? Son preguntas de un conformista. Si no intentas que haya un cambio todo seguirá igual, nos quedaremos como estamos, siendo ciudadanos de segunda clase, aceptando el regalito de tener algo de representación en la Administración o de poseer un pasaporte español. Escúchame, Manuel, si este país ha de ser de y para los guineanos, el interés en la política y la implicación en el proceso de independencia deberían darse por descontado.

—Federico, si te soy honesto he venido aquí interesado en las becas de las que me hablaste. La implicación y la lucha política de la que me hablas no es para mí. Se me hace muy grande. Deseo trabajar para mi país pero sin enfrentarme a los que lo gobiernan. Quiero que el panorama cambie, que el país mejore, pero no solo la política es necesaria para producir estos cambios, el trabajo honesto es igual de necesario. En Guinea hay mucho por hacer, se necesitan profesionales, gente que sepa administrar, innovar, allí también se encuentra un progreso necesario para mejorar nuestro país. Ese es el cambio en el que creo.

—¡Sandeces! —exclamó Francisco Macías que, agazapado como un ave de presa, había estado escuchando la conversación desde la lejanía—. ¡Sólo una revolución nos concederá los derechos que tanto deseamos! Una revuelta es lo que necesitamos, que corra la sangre como en la revolución francesa, como en las calles de Norte América. Hay que luchar duro por conquistar nuestros derechos y todo vale en esta batalla. Poco se va a lograr con vuestras buenas intenciones. Necesitamos mercenarios, gente que esté dispuesta a dar su vida por el cambio y no intelectuales o profesionales.

—Exageras, Paco —le contestó Federico—. Siempre lo haces. Sabes muy bien que quien a hierro mata a hierro muere.

—Descuida que ya me escudaré para que eso no pase. Soy duro de pelar y si mato a alguien, me cubriré las espaldas, no voy a dejar que me liquiden.

—No hombre, no te lo tomes literalmente —le explicó Federico—. Lo que quiero decir es que no hay que ir por ahí imponiéndose, sino que hay que tener cierta mesura, cierto tacto. No deseamos que estalle una guerra en el país, ni que nos matemos los unos a los otros, no hay que sembrar cizaña. Los que estamos reunidos aquí queremos una transición pacífica como la de Senghor en Senegal.

—¡No me hables de esa marioneta cuyos hilos mueven los europeos, un líder comprado! ¡Lo que me faltaba por oír! ¡Calla, no me exasperes! —comentó Macías dándose la vuelta y apartándose—. Contad conmigo para la batalla, no para arrodillarme.

Con estas palabras se dirigió a la puerta y nos abandonó.

—No le hagas mucho caso —comentó Federico—. Paco es así, siempre reacciona con desmesura, pero a veces experimenta fases más comedidas. Aquí entre nosotros, no le falta razón con eso de la revolución, que está a la vuelta de la esquina. Tenemos que estar preparados para que sea un éxito, pero nos diferenciamos de él en que no queremos derramamientos de sangre, ni que se nos vaya de las manos el proceso democrático. No necesitamos soldados o mercenarios, necesitamos profesionales, políticos que sepan regir con sabiduría, no encaramarse al poder de cualquier manera o gobernar rodeándose de unos cuantos matones.

—¿Y si no cambia nada? ¿Y si con tanta mesura y cuidado seguimos como estamos? ¿Y si, como dice Macías, vuestra estrategia y estas reuniones casi en secreto, casi ilegales, no son el camino para seguir? ¿Y si las reivindicaciones tienen que ser más extremas, si tenemos que estar dispuestos a pagar con nuestra vida? —le preguntó Manuel con la intención de provocarle.

—No te aconsejo que acaricies tales ideas. Las revoluciones son necesarias cuando se agotan otros cauces más pacíficos, y aun así son peligrosas e impredecibles.

—No creo en ellas, Federico, pero tampoco veo la necesidad de la independencia. No nos va tan mal, digo yo.

—Me sorprende tal conformismo con tanta juventud y vida por delante —señaló Federico—. Y sí, nos va mal, muy mal me atrevería a decir. Los que vivimos en la ciudad lo vemos menos, recibimos educación, tenemos un trabajo que nos da para vivir, incluso algunos podemos permitirnos ciertas comodidades, pero la vida en el campo y los cacaotales es otra cosa. Tendrías que ir allí para ver la miseria, los abusos de autoridad, la justicia parcial... No quiero obligarte a nada, no pienses que te he invitado a esta reunión para que te unas a un movimiento ilegal. Nosotros no hacemos nada fuera de la ley, nos juntamos, charlamos y discutimos cómo prepararnos para el diálogo y las negociaciones con los españoles para cuando llegue el momento. No vamos a dar ningún golpe de Estado, comenzar una revolución, echarnos a las calles o cortar de raíz el contacto con España. Esperamos solo el momento ideal para independizarnos. La salud de Franco se está deteriorando. El Gobierno español está más interesado en afianzar sus lazos con Europa, que en regir y administrar sus pequeñas colonias. El nuevo Ministro de Asuntos Exteriores, don Fernando María Castiella, es bastante moderado. Ahora, o dentro de poco, es el momento de empezar el tira y afloja. Tú puedes unirte o mantenerte al margen.

Manuel tenía sus dudas, algo normal, porque prácticamente todos los Estados africanos eran independientes y en la mayoría de ellos el nuevo gobierno regía en medio de un completo caos. Los gobiernos eran inestables y entre los políticos se lidiaba una lucha de poder y de intereses. La ambición desmesurada de los nuevos gobernantes se traducía en complots, asesinatos, expulsión de grupos minoritarios, matanzas, guerras civiles. Él creía, como Federico, en una transición pacífica, en un cambio a través de la educación. La pobreza se prevenía con la educación, con un reparto justo de la riqueza, y para eso se necesitaban muchos años. Tenía cierto miedo a la independencia. Si lo mismo que pasaba en Congo, u otros países del continente, habría de ocurrir en Guinea Ecuatorial, más valiera seguir con los españoles.

—¿Y qué hay de malo con ser región española? Tenemos un pasaporte español, ¿no podríamos luchar por un cambio pero perteneciendo a España? ¿Seguir siendo españoles pero tener un gobierno electo formado por guineanos? Mantendríamos, después de todo, algunas ventajas —le preguntó.

—¡Hombre, Manuel! Cómo se nota que no tienes ni idea de política. ¿Crees de verdad que se puede tener un gobierno electo amparado por una dictadura? ¿Piensas que somos españoles? ¿Hay ventajas en continuar como estamos? A veces me parece que no vives en este mundo. Tenemos muchos inconvenientes con los españoles, porque no somos ninguna democracia y porque los guineanos seremos siempre ciudadanos de segunda. No quiero decir más. No pretendo convencerte en un día, solo te pido que vengas a nuestras reuniones, que nos escuches, que oigas lo que opinamos los aquí presentes, que comprendas nuestro concepto de independencia y, después de meditar el tiempo necesario, decidas si quieres unirte a nuestro movimiento, si crees que hay posibilidad de cambio, de mejora.

Si hubiera hecho caso a su intuición y hubiera salido en ese mismo momento, si Manuel no hubiera retornado a esos encuentros, esas reuniones, su destino habría cambiado, nunca se habría subido en ese avión con dirección a Madrid derecho al exilio, habría consumido el resto de su existencia en Guinea Ecuatorial, para bien o para mal. Mas decidió quedarse, pese a su aversión a la política y a la poca confianza que sentía por los políticos advenedizos que querían cambiar el país. Con el tiempo se implicó más y más.

Ahora, sentado en el asiento de avión, sin poder conciliar el sueño, recordaba esa primera reunión a la que asistió. Rememoraba a sus amigos Federico y Bonifacio Ondó Edu, hombres con una profunda vocación religiosa que creían que el hombre era bueno por naturaleza y defendían la idea de una independencia sin ruptura total, en paz, sin revueltas ni sobresaltos, sin cambios bruscos pero sin vuelta atrás, sin perder de vista el pasado, conservando lo que este tenía de positivo, sin sed de venganza, solo de justicia, de renacimiento. Esas ideas eran las que en principio le habían atrapado, la esperanza de una nueva era de entendimiento, de un reparto más equitativo de las riquezas.

No todos los participantes en esa reunión eran tan moderados como Federico o Bonifacio. En otro grupo se encontraban los hermanos Atanasio y Antonio Ndongo, ellos respaldaban un concepto de independencia moderado, sin grandes rupturas o cambios, una independencia nacida del diálogo. Defendían un cambio gradual después de que Guinea se desvinculara de la colonia. Cuando llegara el momento los políticos trabajarían para que la situación de la población guineana mejorara, pero seguirían manteniendo algunos lazos con la colonia, sin subordinarse por ello. Paz sí, pero con clara renovación política. Guerra no, pero líneas claras de división entre el pasado y el futuro, entre lo que fue la colonia y lo que debería ser un nuevo país democrático.

Mucho más agresivo era el discurso de Francisco Macías. Para él la independencia significaba una ruptura total, solo así el país podría desarrollarse y generar riqueza para los guineanos. Guinea tenía que apartarse de España, que no había hecho más que saquear y expoliar la nación. Ese era el único camino para devolver a los guineanos lo que se les había robado.

Aunque el mensaje y las maneras de Macías le produjeron en un primer momento cierta repulsa, en sucesivas reuniones su figura le pareció carismática, sus argumentos y promesas muy tentadores. Sintió incluso atracción hacia esa política impulsada por el odio y el resentimiento, hacia la sed de poder que movía a Francisco Macías y estuvo tentado a unirse a sus filas. El respeto a la figura de su mentor, Federico, se lo impedía.

—Creo que eres demasiado extremista, Francisco. Hay que hacer todo paso a paso —le repetía Federico con cierta regularidad—. Dejar que nos lleven nuestros impulsos y no el raciocinio no es buen aliado. El éxito real es convertirnos en democracia por la vía diplomática, sin lucha, ni guerra, ni víctimas.

—Tu diplomacia traerá poca independencia —le respondía Macías—. No cambiará más que el nombre de nuestro país, colocando la palabra República, pero seguiremos siendo sirvientes, siempre arrodillados, oprimidos. Si es necesario para alcanzar la libertad teñiremos de sangre las calles.

A veces Macías se quedaba solo con sus argumentos, mirando al cielo, con el semblante perdido como si fuera un iluminado, otras veces alguno de los reunidos se le unía.

—Francisco tiene en parte razón —intervino Atanasio Ndongo, que no parecía tener una única visión y se iba cambiando de bando o de camisa según conviniera—. Cuando llegue el momento de regir este país hay que exigir, no dialogar; hay que demandar reformas, hay que devolver a los nuestros lo que se les ha robado.

—¡Muy bien dicho, hermano! —añadió Antonio.

—¡Calma! —imploró Federico—. No olvidéis que necesitamos algún vínculo con nuestro pasado.

—Federico tiene razón. Si cortamos de raíz nos daremos un grandísimo batacazo, como otros países africanos que se han independizado y están regidos por el caos —opinó Bonifacio.

—Nuestro pasado no es España, sino la historia de nuestras etnias, de las gentes y los pueblos a las que pertenece esta tierra —dijo Macías—. Con los españoles hay que dialogar lo necesario, estar de buenas hasta que nos concedan la independencia, después hay que poner tierra de por medio, cortar por lo sano, rápido, evitar a toda costa que sigan beneficiándose y aprovechándose de nuestro pueblo. Tenemos que luchar, alcanzar nuestras metas y recuperar la tierra expropiada. Hay que hacerlo por nosotros, por nuestro futuro, por nuestros antepasados, por todos los que perecieron defendiendo su dignidad, por aquellos que vivieron con la cabeza agachada ante el yugo del dominador y por aquellos, como mi padre, que fueron ajusticiados, asesinados injustamente. No podemos esperar de un pueblo oprimido por siglos que acepte seguir hermanado con el poder colonial, que se conforme con seguir esclavizado y crea las promesas de cambio de los que nos colonizaron, aun a sabiendas de que estas jamás van a llegar porque a los españoles no les interesa cumplirlas. Llevamos mucho tiempo esperando subyugados, perdiendo progresivamente nuestra identidad. Tenemos que desarraigarnos del pasado colonial para encontrar nuestras raíces, cortar todos los lazos para ser nosotros mismos y para ser libres. Solo así la riqueza de nuestro país se repartirá equitativamente entre todas nuestras etnias, solo así redescubriremos nuestra identidad y lo rica que es verdaderamente nuestra tierra, solo así seremos independientes.

Manuel se volvió a reincorporar en el sillón del avión. Sus recuerdos eran un tanto inciertos, recordaba que Francisco Macías era el que más hablaba en las reuniones. Tenía una elocuencia y un magnetismo del que carecían los demás y un porte un tanto atlético. Sus palabras convencían de primeras, por muy peregrinos y poco factibles que parecieran sus argumentos. Aunque Manuel creía que una transición pacífica, manteniendo relaciones con la antigua colonia como defendían Federico y Bonifacio, era la mejor opción, se temía que las promesas de Macías calarían fuerte entre esa parte de la población sumida en la miseria y con pocas expectativas. Francisco Macías le parecía un charlatán y un oportunista que te quería vender esa ruptura tras la independencia como el único modo de hacer de Guinea Ecuatorial un país próspero. Decía cosas que sonaban bien, pero que no se podían poner en práctica. Recordaba haber observado con cierto temor a Francisco Macías.

—No te preocupes —recordaba lo que Federico le había dicho al final de la reunión—. Macías no es más que un oportunista, un tanto bocazas y poco preparado, pero inofensivo. Es bueno tenerlo de nuestro lado y no está de más que alguien tenga una visión más extremista de lo que ha de ser nuestra independencia, sin embargo, estoy casi seguro de que no tiene mucho que hacer. A los españoles no les gusta esa agresividad y si se presentara a unas posibles elecciones seguro que no saldría elegido. El pueblo verá que no hay forma de hacer prosperar al país con una política tan radical, que el sistema no se puede cambiar de un lunes para un martes, que hay que mantener algún vínculo con España.

—No sé —había observado Manuel— no estaría tan seguro. La gente, sobre todo si no tiene mucho que perder, es capaz de creerse cualquier cosa. A mí me parece más elocuente y preparado de lo que tú dices, y si se presenta a las elecciones con esos argumentos y esa pinta de iluminado podría convencer a más de uno. Por un momento casi me creí su cuento de que una Guinea más rica y justa para todos solo era posible con derramamiento de sangre y revolución. Me pareció factible que hubiera un cambio total de la noche a la mañana, que el alzamiento nos deparara prosperidad y abracé con ansias ese anhelo. Macías tiene la facultad de hacer creer que él va a hacer posible lo improbable. La gente le va a creer, porque no tiene reparos en prometer lo que nunca va a cumplir. Sin ir más lejos, si mi padre o mi madre le oyeran hablar así estoy seguro de que le votarían.

—Puede, pero todavía no hemos llegado lo suficiente lejos como para que se presente en un referéndum, y cuando ese momento llegue, Macías necesitará para su campaña apoyo financiero y un par de chiflados que se unan a su tercio. ¿Qué persona de dinero en su sano juicio podría apoyar tales ideas?

—Cualquier persona con pocos escrúpulos que quiera a cambio alguna concesión, un buen pedazo del pastel, que se crea lo que Macías dice o que le tenga resentimiento al poder colonial. Así hay mucha gente, Federico.

—No creo que Macías tenga los contactos necesarios para formar un partido y, aunque lo lograra, no me lo imagino sacando un buen resultado.

Manuel pensaba lo contrario, pero decidió asentir y desviar la conversación hacia lo que a él le interesaba: sus estudios en Madrid.

***

Manuel partió becado hacia España en octubre de 1958 y pasó los siguientes tres años en la Universidad Complutense de Madrid, realizando una diplomatura en Ciencias Políticas y Empresariales. Aunque el contacto con Federico no había cesado, ya que ambos mantenían correspondencia, tratar en sus misivas la situación política del país no era común entre ellos. Federico le recordaba e insistía que terminara su carrera y viniera bien preparado, que se necesitaban hombres con estudios y competentes para colaborar en la mejora del país, dejando entrever que se refería al desempeño de funciones políticas. Manuel prefería ver su futuro en una empresa, o como mucho con algún tipo de responsabilidad en la Administración de la nación. El país, después de todo, necesitaba un consistente y constante desarrollo económico para emanciparse realmente, necesitaba desarrollar la industria, explotar sus riquezas de modo sostenible invirtiendo a la par en infraestructuras que produjeran riqueza y estabilidad económica a medio y a largo plazo, al menos eso era lo que aprendía en sus libros de economía. Además, para que el desarrollo fuera estable y continuado, el país necesitaba contacto e intercambios comerciales y no el proteccionismo o la autarquía que algunos políticos guineanos parecían defender. Guinea era un país demasiado pequeño para tener éxito si se aislaba del mundo exterior.

En septiembre de 1962 Manuel volvió a Guinea con el Diploma de Ciencias Políticas y Empresariales bajo el brazo, en un momento en el que el sueño de independencia, que parecía haberse aletargado durante esos años que había pasado en Madrid, renacía nuevamente y con fuerza. El Gobierno español había anunciado que habría un referéndum a finales de 1963, para apoyar un proyecto de base para la autonomía de Guinea Ecuatorial, lo que significaba un primer paso hacia la independencia. Los guineanos no hacían otra cosa sino hablar de él. Todos querían participar y votar «sí».

En uno de sus paseos por el centro de Santa Isabel se encontró con Federico.

—Hola, Manuel —le saludó Federico—. ¿Cómo es que no me has avisado de tu regreso?

—Llevo apenas cuatro días y, después de tanto tiempo en España, no he parado desde que he vuelto. Mi familia y mi prometida no me han soltado ni un minuto. Es como si temieran que me vaya a volver a Madrid en el próximo avión. No me dejan ni respirar entre tanta invitación y compromisos. Hoy es el primer día que me he logrado escapar y la verdad es que tenía pensado darte una sorpresa. Iba hacia tu casa —mintió Manuel— a ver si estabas, a saludarte y a agradecerte de nuevo por tus consejos, por la oportunidad que me serviste en bandeja, si no es por ti no hubiera ido a Madrid a estudiar.

—Pues parece que no te acuerdas muy bien de Santa Isabel y caminas bastante desorientado, porque por el rumbo que llevabas te acabas de pasar mi casa que queda un par de manzanas más atrás.

—Tres años en Madrid me han hecho un extranjero en mi propia ciudad —dijo Manuel carraspeando.

—Si quieres te echo una mano para que te sientas en tu hogar. ¿Qué te parece si nos damos un paseíto por esta hermosa ciudad y tomamos algo?

—Con gusto.

Pasaron por enfrente de la Catedral, obra de los españoles. A Manuel siempre le había gustado el colorido de este templo, anaranjado y azul, que dotaba a la plaza de alegría. Aspiró el aroma salino del mar a muy pocos metros de distancia de la Plaza de la Catedral y se fijó en la fuente, muy al estilo europeo, tres mujeres, tal vez tres ninfas, sosteniendo el árbol del saber. Había echado mucho de menos esa plaza y su colorido, pero sobre todo el mar.

En el bar Manuel le fue narrando cómo la familia le había absorbido y presionado desde su retorno.

—Mis padres y mis futuros suegros quieren que Margarita y yo nos casemos sin más demora. La chica lleva esperando años, ya que mis estudios en Madrid han hecho que se retrasara el anuncio de cualquier enlace. Creo que la madre de Margarita tiene miedo de que me vuelva a Madrid a trabajar y que se le quede la hija para vestir santos.

—Así son las cosas aquí. No sé por qué te asombras.

—La verdad —continuó Manuel— es que no esperaba encontrarme con tamaño tejemaneje y con tal agitación. Me siento aturdido y abrumado.

—¿Me intentas decir que te estás achantando ante las perspectivas de una boda inminente?

—No exactamente, bueno, sí. Me gustaría volver a Madrid, no estar aquí. No sé si estoy preparado para casarme o si es Margarita la mujer con la que quiero compartir mi futuro.

—Dudas y miedo, son normales. Te lo dice alguien que iba para cura y sabe bien cuáles son las inseguridades de los hombres.

—Hay algo más. Lo que me echa para atrás es que, pese a mis estudios, no veo muy claras mis perspectivas laborales en Guinea Ecuatorial, y en las condiciones en las que estoy, sin trabajo y sin saber lo que puedo hacer con mi título aquí, no me parece ni apropiado ni oportuno que la familia de mi prometida y la mía se gasten una fortuna que no tienen en una boda. Así que les sugerí un aplazamiento, que esperaran hasta que yo encontrara un trabajo, lo que enardeció tanto a mis padres como a mis futuros suegros.

—No me extraña, aquí se toman en serio esos compromisos.

—Sí, claro, pero es que no tenemos nada. No quiero trabajar en los cacaotales, para eso no me he pasado tres años estudiando.

—Te entiendo —comentó Federico.

—Mis suegros, que no están mal de dinero y viven en una casa grande, dicen que nos mudemos allí, pero a mí no me hace ninguna gracia tener que convivir con ellos.

—Sabes que así empiezan muchas parejas. Yo no le daría tantas vueltas, Manuel. Parece que toca casarse.

—Ya, pero es que, aunque adoro Santa Isabel, su olor a mar, la belleza de su cielo y la alegría de sus gentes, desde que he vuelto de la capital española me siento extranjero aquí. Es una sensación rara, aspirar el aire que tanto echaba de menos y añorar Madrid. A veces me siento triste y pienso en retornar allí. No me pasa solo porque piense que quizás allí haya más posibilidades, sino porque Santa Isabel se me hace chica. Creo que mi madre presiente de algún modo lo que me pasa y le da miedo de que me vuelva a España. Me ha dicho que por nada del mundo le puedo hacer quedar mal con la familia de Margarita. No me deja ni a sol ni a sombra. Hoy me ha costado horrores salir de casa a dar un paseo.

—Querido Manuel, si te tranquiliza, te diré que es normal que te cueste readaptarte y que no necesitas volver a España para encontrar un trabajo decente, que tu país te ofrecerá en breve un camino lleno de oportunidades. Tras el referéndum, del que supongo ya has oído hablar, te necesitaremos en la Administración. Los españoles confían en que Bonifacio y yo nos hagamos cargo de la región de Muni después del referéndum y que busquemos a guineanos capaces de administrar sabiamente el Gobierno guineano en su primera fase de autonomía, y allí me gustaría contar contigo.

—Parece que me veo abocado a trabajar en la política —observó Manuel—. Y ya sabes cuál es mi opinión.

—No estaba pensando en política —matizó Federico— sino en la Administración. La verdadera política empezará cuando se apruebe definitivamente la independencia, cuando haya partidos formados y se celebren elecciones para elegir un presidente, y para que eso ocurra queda todavía un largo camino que recorrer. Ya sé, querido Manuel, que eres un tanto apolítico y que deseas seguir así sin involucrarte. Lo respeto, créeme, por eso, aunque te necesito, te buscaré solo para trabajar en puestos administrativos. Vamos a necesitar personas honestas que quieran trabajar para que Guinea sea un país progresista, moderno, con éxito.

Atardecía en Santa Isabel, Manuel y Federico caminaron lentamente dejándose invadir por la calma que se respiraba en las calles semivacías, casi silentes, discutiendo e imaginando un futuro mejor y más democrático para su país. Un futuro en el que se promoviera la educación y se luchara contra el analfabetismo, en el que hubiera gobernantes preocupados por el bienestar de su pueblo y el desarrollo de la nación. Volvieron a pasar frente a la Catedral de estilo colonial que regía el centro de la espaciosa plaza, que en unos años recibiría el nombre de Plaza de la Independencia. También Santa Isabel sería renombrada con el nombre de Malabo. La oscuridad que se cernía lentamente en esa noche de verano, más bien bochornosa, sin la más mínima brisa, y la soledad de la ciudad desierta, contrastaban con el aire de modernidad y la luminosidad que irradiaban las ideas de Federico. Así era al menos como Manuel recordaba ese rencuentro.

Manuel cerró de nuevo los ojos, quizás esta vez podría conciliar el sueño. No tenía sentido recordar y analizar lo que podía haber pasado si... Porque ahora ya no había remedio, no había vuelta atrás.

El vuelo había transcurrido de forma sosegada. Uno tras otro todos los pasajeros se habían dormido. Las azafatas recorrían de vez en cuando los pasillos sigilosamente y apagaban con discreción las luces que habían quedado prendidas. Manuel acarició a su hija Imara, observó a su mujer Margarita y a su hijo pequeño, Francisco, que dormían plácidamente. Quizás los acontecimientos podían haberse desarrollado de otra forma, si hubieran parado a Macías, si no le hubieran dejado hablar y andar a sus anchas asumiendo que él nunca podría ganar unas elecciones o ser elegido presidente, si...

***

Tal y como Federico le había predicho el sí a la autonomía de Guinea Ecuatorial ganó por abrumadora mayoría y, aunque los españoles tenían todavía un amplio poder sobre los órganos administrativos, se comenzó con relativa celeridad con el traspaso de poderes. Bonifacio Ondó Edu fue nombrado presidente en funciones en esta primera fase de independencia de Guinea Ecuatorial y Federico desempeñó importantes puestos administrativos y políticos hasta ser proclamado presidente de la Asamblea General en 1965. Como cada vez más puestos de la Administración eran ocupados por guineanos, Manuel pudo encontrar trabajo como contable en el Ayuntamiento de Santa Isabel a principios de 1964. Pocos días después nació su hija Imara.

Fue precisamente el día en que se celebró el bautizo de su primogénita, a primeros de febrero de 1964 cuando Manuel volvió a encontrarse con Francisco Macías. Los padres de Margarita le conocían y ya le habían invitado a la boda de su hija, a la que Macías no pudo asistir, aunque sí se personó en el bautizo de Imara.

—¡Muchas felicidades para el radiante padre! —le deseo Francisco Macías a Manuel—. Permíteme presentarme, soy Francisco, un amigo de sus suegros. —Y después de observar por un momento a Manuel añadió—: Aunque creo que nos conocemos, tu cara me suena.

—Sí —reconoció Manuel, que no había olvidado las intervenciones nacionalistas y anticolonialistas de Macías—, coincidimos una vez en casa de Federico Ngomo, hace como cinco años, cuando se empezaba a hablar de independencia. Yo fui por casualidad allí, porque Federico me había invitado

—¡Ah, mi buen Federico! —exclamó Macías—. Demasiado idealista y honesto para regir un país como este —señaló—. Una pena que tenga demasiados escrúpulos, que sea tan honrado y tolerante con la Administración española. Un hombre así de carismático como él, tendría un gran futuro político a mi vera, si fuera algo taimado y astuto. ¡Perdón! —añadió observando la expresión de sorpresa de Manuel—. A lo mejor tú eres de la misma cuerda que Federico y andas confabulando con los españoles para que Guinea no sea nunca completamente independiente.

Manuel no contestó, pero debió asomar una mueca de asombro. Macías continuó:

—Si eres de esos que te crees el cuento de que se puede vivir en armonía con los colonizadores y ser independientes al mismo tiempo, me decepcionas, amigo. A lo mejor tú no has perdido ni a tu padre ni a tu hermano y crees que vivimos en paz, aunque estemos en guerra desde hace tanto tiempo.

—No he perdido a ningún familiar, pero... —intentó intervenir Manuel.

—¡No me digas nada! —exclamó haciendo un ademán para que Manuel se callara—. Prefiero, por respeto a los aquí presentes, no oír lo que ibas a decir, porque te juro que la armo, que me subo a la primera mesa que pille y pongo a todos los invitados a mi favor y contra los españoles, contra ti y contra todos los que los apoyan —declaró Macías no dejando hablar a Manuel, que había intentado tomar palabra para defender la postura más transigente y realista de Federico—. ¡Así que no me digas nada, porque de verdad que la lío aquí! —se reafirmó.

—Yo soy apolítico —dijo Manuel de manera conciliadora, viendo que le iba a ser imposible intervenir.

—¿Apolítico? ¿En estos tiempos? Lo siento pero no es posible, ni ahora ni nunca. Si no te pronuncias, si no luchas y te encaras con el poder, terminarás siendo carne de cañón. Las alimañas te devorarán, te robarán la voz, la dignidad, la vida.

«¿Quién nos garantiza que él será mejor que los que ahora rigen nuestras vidas?», pensó Manuel, pero se abstuvo de opinar.

—Después de que el pueblo votara mayoritariamente por la independencia, porque ha sido una victoria aplastante, hay que estar a favor de nuestra democracia y solo se puede hacer con dos posturas: la moderada de Federico, que no lleva a ningún cambio porque nos seguirán dominando los de siempre, y la drástica, que es la mía. Piensa en la Revolución Francesa, solo cortando de raíz se consiguió un claro progreso, se acabó con la degradada monarquía y la nobleza, se repartió mejor la riqueza del país. Y allí es donde tú y todos los guineanos deberíais estar, apoyando a los que apostamos por el cambio, a mí. Perdona que te intente adoctrinar políticamente, querido... ¿Cómo te llamas, a todo esto? Cuando hablo de política se me olvida hasta preguntar los nombres.

—Manuel Mangue Obama.

—¡Encantado, Manuel! Permíteme que me presente de nuevo. Soy Francisco Macías. Escucha, amigo, ahora es el momento de que nos decantemos políticamente por una u otra dirección. Apolítico se podía ser durante los muchos años en los que hemos sido regidos y manipulados, porque no había más que dos posiciones si querías vivir en paz: estabas a favor de los señores o no estabas en contra, lo que te convertía en apolítico. Ahora, con la independencia a la vuelta de la esquina, es distinto: o estás a favor de seguir subyugado o aceptas el reto de la liberación definitiva.

Manuel sabía que la cuestión no era tan simple como la presentaba Macías, que tanto Federico como Bonifacio apostaban por la independencia, pero por una independencia con una transición ordenada, con cambios progresivos pero seguros.

—Yo también deseo la independencia, Francisco —le contestó Manuel tuteándole, pero sin atreverse a discutir el tema—. ¡Permíteme que te ofrezca algo para brindar por un buen futuro para mi hija Imara Mangue y para nuestro país! —le dijo Manuel ofreciéndole una copa para cambiar el tema de conversación, o no implicarse en una discusión con esa figura egocentrista, que no daría su brazo a torcer—. ¡Brindemos por mi hija y por los cambios que esperan a nuestro país!

—¡Por la independencia! —exclamó Macías elevando su copa y dirigiéndose no solo a Manuel sino a todos los invitados—. ¡Y por el precioso bebé, para que crezca en un país independiente y libre!

Los invitados aplaudieron y alzaron también sus copas. Tras el brindis algunos hombres se aproximaron a Macías, que había logrado con sus comentarios atraer la atención, y comenzaron a charlar sobre la inminente independencia del país y sobre los cambios que habrían de venir.

—Este país debe ser para los guineanos —comentaba Macías levantando admiración entre los que le habían rodeado—. Vamos a luchar para defender nuestros intereses, para que podamos decir, Guinea Ecuatorial primero y los guineanos también. Que se acabe eso de que los intereses de España se antepongan a los nuestros. ¡Sí, diremos, Guinea Ecuatorial primero! Y así crearemos trabajos, trabajos y más trabajos, tantos que brotarán tres o cuatro trabajos con tan solo dar una patada a una piedra. Se van a acabar los tiempos en los que, como idiotas, servíamos a los intereses de otros y solo teníamos malos empleos, malos acuerdos y transacciones que no nos traían ningún beneficio. Sí, señores, pronto llegará el momento de decir que queremos todo para nosotros y no queremos regalar ni siquiera un grano de cacao, ni siquiera un sí amistoso. Vamos a dejar de ser los tontos, que por nuestra hospitalidad y amabilidad nos dejamos robar. Eso se va a acabar. ¡Brindemos por nosotros, por los guineanos, por ser los primeros, por levantarnos todos a una! ¡Por nosotros!

—¡Por nosotros! —brindó a coro el grupo de hombres en torno a Macías.

***

Los encuentros con Francisco Macías, fortuitos o no, se repetirían y se harían cada vez más asiduos. En el otoño de 1967, durante la primera fase de la Conferencia Constitucional, en la que Manuel Mangue formó parte de la Comisión guineana, volvió a verle. Federico, pese al carácter agresivo y el modo de actuar y reaccionar de Macías, siempre hablaba con él de manera bastante plácida y conciliadora, intentando apaciguarle.

—Comprendo que te enfades —le decía Federico— y que desees que la independencia llegue lo más pronto posible, querido Francisco, pero el sistema y la burocracia no se puede cambiar de la noche a la mañana y tus arrebatos, aunque se entiendan, no van a acelerar el proceso en lo más mínimo. Hay que tener paciencia y saber esperar, querido amigo. Todo llegará cuando tenga que llegar. No te sofoques ni busques enfrentamientos innecesarios. Te necesitamos —le explicaba de forma apaciguadora.

Especialmente virulento fue el enfrentamiento que hubo entre Francisco Macías y Atanasio Ndongo durante una de las sesiones de la Conferencia Constitucional. Atanasio, pese a desear, al menos cuando hablaba con la delegación guineana, que después de la independencia Guinea se distanciara de España, era al fin y al cabo uno de los tantos delegados moderados y se presentaba como tal en las sesiones de la conferencia, en las que se debatía el borrador o, mejor dicho, los borradores, de la que sería la primera Constitución del país.

—A primera vista —opinó Atanasio en una de sus intervenciones en la Conferencia Constitucional— la Constitución presentada por la Delegación Española es moderna y liberal y permitiría a nuestro país tener una amplia autonomía respecto a España, aunque sin romper sus relaciones con ella. Yo estoy a favor de ella y pediría a mis compatriotas que la consideraran como la mejor opción. Eso no quita el que la analicemos con más detalle antes de decidir.

—¿Y qué pasa con la Constitución opcional que yo he presentado en nombre de la Comisión Guineana? ¿No es más razonable apoyar y aprobar para nuestro país un texto que refleje los intereses del pueblo, escrita por mí y por guineanos que no tienen cargos o intereses con el Estado Español, en vez de un texto redactado por la antigua Administración?

—Tu borrador me lo he leído. Es innegable que hay algunos aciertos, pero necesitamos una Constitución que promueva una cierta transición y no una ruptura total. No te lo tomes como crítica. Creo que tu propuesta puede ayudar a mejorar en algunos aspectos el texto presentado por los españoles, pero no podemos elegirla.

—Y yo creo que los españoles te tienen bien agarrado de los cojones. Son ellos los que te pagan los viajes continuos a la ONU para defenderlos ante las Naciones Unidas y negar que esta Conferencia no es más que un paripé, un intríngulis de los españoles, un fraude; que estamos para discutir sin llegar a acuerdos, porque el poder colonial no tiene ni la más remota intención de concedernos la independencia, quiere solo prolongar estas negociaciones de tal manera que, como está estipulado, si no tenemos Constitución aprobada a finales del próximo año, tengamos que esperar otros cinco más en un limbo, siendo parte de España, oprimidos por el yugo del invasor. Y tú que eres un topo... ¿Qué digo un topo? Peor, una sabandija, un lameculos, vas y vienes continuamente a las Naciones Unidas con el cuento de que aquí no hay sabotaje del Estado español, que todo marcha sobre ruedas, que es normal que discutamos… ¡Traidor!

—Si aquí hay alguien que es un traidor o un embustero eres tú. Tú que apareces constantemente en la ONU anunciando que no hay voluntad ninguna de diálogo, que con tu Constitución opcional y tú «no al diálogo» paralizas las negociaciones. Y ya me gustaría saber a mí quién te paga esos viajecitos a la ONU para denunciar algo que todavía no ha pasado. Supongo que el mismo que ha escrito la Constitución que has presentado, ese abogadillo anarquista amigo tuyo, ese que mete las narices en donde no le importa. Me pregunto qué intereses tendrá, qué le habrás prometido a cambio de que te costee tus gastos. ¿Quizás la explotación de los cultivos de cacao, quizás una propiedad de estimable tamaño? —insinuó Atanasio.

—¡Agarradme, que me lo cargo! —exclamó Macías con la intención clara de darle de hostias a Atanasio. Unos cuantos integrantes de la Comisión Guineana le agarraron a tiempo y lograron tranquilizarle.

—Me decepcionas, Atanasio —dijo Macías algo más aplacado—. Antes pensaba que estabas a mi favor, ahora me resulta claro lo bajo que has caído. Que los españoles nos traicionen no me sorprende, pero que alguien de mi propia etnia me ataque de esa manera… —añadió Macías levantando el puño amenazante—. Un día, cuando Guinea sea independiente y el pueblo pueda decidir, elegirá a quien verdaderamente les quiere liberar de la opresión. Entonces, Atanasio, nos veremos otra vez las caras, las caras verdaderas, y continuaremos esta conversación exactamente en el punto en el que ahora la hemos dejado. No olvidaré quién está con los guineanos y quién es un traidor, no lo olvidaré —repitió señalando a Atanasio—, y cuando llegue ese día los traidores serán juzgados y condenados.

A partir de este momento Atanasio y Francisco apenas intercambiaron palabra. Se evitaban mutuamente. Atanasio intentaba que sus intervenciones fueran moderadas y conciliadoras, tanto con la delegación guineana como con la delegación española, intervenciones que eran alabadas y apoyadas por Bonifacio Ondó, que también apostaba por una independencia de la antigua colonia pero conservando lazos. Sin embargo, Francisco Macías insistía en que los españoles no deseaban conceder la independencia de Guinea Ecuatorial y denunciaba continuamente ante las Naciones Unidas los innumerables intentos por parte de la Comisión española de abortar las negociaciones; acusaciones negadas no solo por las autoridades españolas sino por una parte considerable de la Comisión ecuatoguineana. Las Naciones Unidas veía que el tiempo pasaba y que las acusaciones cruzadas beneficiaban a los españoles, por lo que recordaban la necesidad de acuerdo, pero este no llegaba.

El tono de voz y las acusaciones de Macías eran cada vez más frecuentes rozando en muchos casos con el absurdo. El 3 de noviembre de 1968 Francisco Macías insultó no solo a los colonizadores españoles, sino también a los ingleses, belgas, holandeses y franceses.

—Queridos miembros de la Comisión —comenzó Macías papel en mano—. Hoy no voy a hablarles de la conspiración continua y el modo en que España sabotea la futura Constitución e independencia de nuestro país. Es algo que de lo que ya he dado suficientes pruebas y que a cualquier patriota le debería quedar claro. Hoy me quiero dirigir a todos los ecuatoguineanos de esta Conferencia, que por causas que desconozco, no están en el lado que deben estar, apoyando la libertad real de nuestra nación, sino apoyando al opresor, y con esta actitud demuestran desafortunadamente poco patriotismo. A ellos me dirijo para decirles: No se dejen engañar, señores, pensando que los españoles son distintos o mejores que las otras naciones colonizadoras. No se dejen engañar con el argumento de que en nuestro país no ha habido masacres como la de los 12.000 Mao-Mao en Kenia por parte de los británicos, o abusos como los del rey Leopoldo II de Bélgica contra la población indígena en el Congo. No se dejen convencer con el argumento que nos dan los españoles de que hay que ir despacio, de que una rápida y drástica independencia podría sumir a nuestro país en una guerra civil, como la que padece el Congo, o en un estado de caos como en algunos países africanos. Señores, no se dejen llevar por el miedo, el miedo a que algo terrible nos va a pasar si no hacemos lo que nos recomiendan los españoles, si no nos mantenemos sometidos a ellos, si no mantenemos nuestros lazos con ellos. Es cierto que en algunos países africanos los primeros años de independencia fueron turbulentos, pero también hay muchos en este continente que han roto los vínculos con el opresor y que avanzan en el sendero de la libertad y la modernización como Gabón, o Costa de Marfil por no citar muchos otros.

Macías alzó la mirada hacia la audiencia. Miró a unos cuantos directamente a los ojos y se paseó por la tribuna. Unos cuantos murmuraron. Macías hizo un ademán para que hubiera calma entre los allí presentes, se secó con un pañuelo blanco el sudor de la frente y continuó:

—Yo que siempre he admirado y todavía admiro, aunque con reservas, la figura del caudillo, me pregunto por qué hay tanta dilación en aprobar nuestra Constitución, en aceptar a Guinea Ecuatorial como un país independiente. Si Francisco Franco no estuviera aquejado de diversas enfermedades, no me cabe la menor duda de que aparecería aquí, en esta conferencia en persona, para decir: «vamos, ya ha llegado el momento de que el pueblo ecuatoguineano camine sin nosotros y disfrute de su independencia». Nuestro caudillo, que apoyó a otra figura por la que siento sincera admiración, que apoyó a otro líder que tanto hizo por los africanos. —Observó de nuevo a los miembros de las comisiones y continuó—: Les hablo de un líder que ha sido denigrado y que, sin embargo, ayudó a algunos países africanos a independizarse, les hablo de Adolf Hitler.

Los oyentes que hasta ese momento se habían mantenido en relativo silencio comenzaron a murmurar entre ellos. Alguno pidió incluso a voz en grito que Macías abandonara la sala antes de seguir diciendo más improperios, que no se debía citar a ese monstruo, responsable de la muerte de tantos y tantos inocentes. El moderador pidió calma y, pese a las numerosas protestas, le otorgó de nuevo la palabra, rogándole que abreviara lo más posible y que no mezclara al caudillo en la discusión sobre la independencia, ya que el mismo Francisco Franco había decidido mantenerse desde principio al margen de las decisiones que se tomaran en la conferencia, y que no hablara de Adolf Hitler, que no tenía que ver nada con el asunto que les reunía, que estaba fuera de lugar.

—No lo creo —contestó Macías desafiante— con su respuesta apoya mi teoría de que el caudillo, a quien admiro profundamente, nos apoya. Por eso no quiere involucrase en los tejemanejes que hay, se mantiene al margen para que los guineanos decidamos. Tampoco se puede decir que Hitler no tiene nada que ver con nuestra independencia. Él apoyó la independencia y liberación de muchos países africanos que estaban sometidos a los intereses británicos y franceses. Él fue uno de los pocos líderes europeos que reconoció la necesidad de acabar con el colonialismo, fue el único que recibió a la figura legendaria, el revolucionario gran muftí[2] y que le ayudó a formar y armar a la Legión Árabe Libre. Sí, caballeros. La legión que después se enfrentaría a los franceses. Les cuento, señores, por si no lo saben, que fue Hitler quien envió sus propias tropas a África para apoyar al gran muftí y a los países africanos que querían ser libres, independientes.

Manuel recordaba cómo el revuelo inflamó la sala y cómo le había indignado a la par que maravillado la forma en la que Macías jugaba con los acontecimientos de la historia utilizándolos para enaltecer ni más ni menos que a Hitler. Se preguntó cuántas personas en su sano juicio podrían creer lo que decía, y se le encogió el estómago al caer en la cuenta de que en su país había suficientes incultos, crédulos o desesperados, que lo harían. «Si tanto admira a Hitler», pensó, «mejor que nos pille confesados su llegada al poder, porque los augurios son fatales». Al desorden total siguieron gritos e intervenciones airadas sin esperar el turno de palabra.

—Ignorante —gritó Esteban Nsue, uno de los representantes ecuatoguineanos—. Hitler no tenía interés ninguno en liberar a África. Si ayudó al gran muftí fue solo porque quería ganar la Guerra Mundial contra los franceses y los ingleses y le pareció una buena estrategia armar a esa banda de locos de la Legión Árabe Libre.

—Sí, Esteban tiene razón —añadió Bonifacio Ono—. Les utilizó para fastidiar a ingleses y franceses, y si hubiera podido habría utilizado a esa panda de legionarios como carne de cañón durante la Gran Guerra y los habría dejado morir de frío y de hambre en Rusia, como se murieron los jóvenes alemanes que fueron enviados allí.

—Hitler no les tenía a los árabes, o la gente de color, mucha más estima que a los judíos —gritó Cándido Nang—. Los alemanes siempre nos han visto como seres inferiores. ¿O es que has olvidado el genocidio de los hereros en Namibia a principios del siglo XX, cuando era todavía colonia alemana, genocidio que algunos historiadores consideran la preparación, el ensayo de los alemanes, para el gran Holocausto?

Pese a que la mayoría se mostraba indignada con la forma en la que Macías presentaba la historia y defendía lo indefendible, algunas voces

---

2 Muhamed Amin al-Husseini, conocido como el gran mufti fue un árabe palestino nacionalista. Colaboró con los nazis durante la Segunda Guerra Mundial.

se unieron para defender la postura de Macías, lo que le envalentonó y le hizo desvariar aún más.

Los españoles se mantuvieron al margen, así como Manuel que permanecía sentado, observando, costándole creer que esos temas salieran a relucir y sintiendo escalofríos al ver cómo Macías encontraba sus apoyos, por muchas bestialidades que dijera. Eso no podía traer nada bueno. Veía también la manifiesta división interna de la Comisión Ecuatoguineana, una división que quizás nunca hubiera existido si Macías no estuviera allí, provocando, cuestionando hechos, intentando ser el centro de atención, desafiando incluso a la misma historia, alterando hechos probados según se le antojaba. Si hubiera alguna posibilidad de dar marcha atrás, de librarse de ese Macías egocéntrico, tan lleno de sí mismo, tan endiosado, quizás se habría llegado a un rápido acuerdo con los españoles. Quizás Macías nunca hubiera ganado las elecciones y él no habría tenido que salir de su país, no habría tenido que huir con su familia a España.

***

Miró a su alrededor. La mayoría de los pasajeros dormían en el avión. Sin embargo había algunos que como él no podían pegar ojo, quizás reflexionaban sobre el curso de los acontecimientos. Se preguntaban, como él, si hubiera habido forma alguna de cambiar el destino de la nación, de salvar sus propiedades en Guinea Ecuatorial, de no verse obligados a abandonar el país a punta de pistola. Lo mismo se preguntaba Manuel, que no terminaba de comprender por qué Macías no había sido expulsado de la Conferencia Constitucional, después del revuelo que había provocado con su reinterpretación de la historia, con sus acusaciones e insultos contra españoles y ecuatoguineanos ese 3 de noviembre de 1967. Él, después de todo, fue el responsable de que la conferencia se suspendiera y no se retomara hasta abril de 1968, el que casi abortó la aprobación de la Constitución. A lo mejor, pensó, se intentó sacar a Macías de la Comisión ecuatoguineana, pero sus quejas continuas en las Naciones Unidas impidieron apartarlo de las negociones. Las Naciones Unidas no sabían si Macías verdaderamente era instigador o víctima política. «¡Qué pena!», pensó, «Guinea Ecuatorial seguramente sería hoy en día un lugar mejor sin él».

Manuel, que era un hombre al que poco le gustaban los conflictos, abandonó los pocos cometidos políticos que tenía después de ese 3 de noviembre. Decidió no continuar en la Comisión durante la segunda fase de la Conferencia Constitucional. No le gustaba el modo en el que Macías manipulaba los hechos, los datos o intentaba tergiversarlos o cuestionar a políticos mucho más preparados y honorables que él. Ese hombre, creía Manuel, no podía estar en su sano juicio.

—La verdad es que —le confesó Manuel a Federico—, aunque me gustaría continuar en la Comisión, no soporto el modo en cómo discurren las negociaciones y el tono de las intervenciones de Macías. No comprendo por qué una persona tan manipuladora y negativa está allí, comportándose como si fuera un dios, como si fuera el único poseedor de la verdad, el que tiene razón. Por otro lado, no me cabe duda de que es importante trabajar por nuestra Constitución, pero hay tantas fricciones y peleas entre nosotros, los ecuatoguineanos, que dudo que vayamos a tener éxito. Creo que, si no nos mantenemos unidos olvidando nuestras diferencias y anteponiendo el interés común, así como las muchas afinidades que en realidad tenemos, nuestro país va a ser pronto un completo fracaso.

—Eres un hombre sensato —opinó Federico—, demasiado juicioso y honesto para llegar lejos en política, pero necesario para apoyar el proceso democrático, así como el desarrollo económico del país. Te pediría que no te echaras hacia atrás por la postura intransigente de Macías y de los pocos que le apoyan. Todos sabemos que no los llevará muy lejos.

—¿Tú crees? Yo no estaría tan seguro. Creo que Macías es más peligroso de lo que parece y me temo que, cuando llegue el día de elegir un presidente para nuestro país, tiene sus posibilidades.

—No, querido Manuel, eso nunca va a pasar. Macías es necesario para el proceso, porque exige, y gracias a él los españoles están redactando una Constitución bastante más liberal que las leyes que ellos tienen en su país, pero no llegará a la presidencia. Es demasiado drástico y violento. Además corren rumores de que padece esquizofrenia. ¿Quién puede votar por él? ¿Quién puede elegir a un loco egocentrista esquizofrénico como presidente?

—Pues los ignorantes, los fáciles de manipular, los desesperados y los crédulos y créeme que hay muchos en nuestro país. No sería la primera vez que se proclamara a un completo lunático como dirigente. Hay muchos ejemplos en la historia. Mira los alemanes que eligieron a Hitler. Macías siente una profunda admiración por él, lo imita en la forma de hablar, en el proceder, sabe que se puede manipular fácilmente a una masa que desea ser algo que nunca ha sido, o salir, como fue el caso de Alemania, rápido de una crisis. A mí me da mucho miedo lo que hace Macías.

—Te preocupas sin razón —le contestó Federico.

***

La segunda fase de la Conferencia Constitucional comenzó el 17 de abril de 1968. Aunque Manuel —cansado de tantas discusiones y enfrentamientos entre los propios guineanos que parecían llevarse peor entre ellos que con los españoles— se había retirado de la Comisión, seguía el proceso, informado por Federico Ngomo, con una mezcla de esperanza y de preocupación. En esta segunda fase las reuniones de la Comisión se hicieron a puerta cerrada, sin la presencia de la prensa, y fueron declaradas materia reservada, debido en gran parte a las intervenciones airadas y casi esperpénticas de Macías que, en vez de perjudicarle, parecían haberle dado fama, haciéndole ganar apoyo entre una parte de la población ecuatoguineana, que le veía como el verdadero renovador, e incluso pensaban que sus interpretaciones de la realidad y su «nueva lectura» de la historia eran más fiables que los datos y hechos probados que ofrecían otros políticos, historiadores o científicos. Los participantes no podían dar a conocer públicamente las negociaciones. Macías, al que se le negaba así ser el continuo centro de atención de la prensa, se comportó en esta segunda fase de forma más moderada y se dedicó, casi exclusivamente, a defender una Constitución alternativa a la que habían presentado los españoles que, según rumores, había redactado para él un abogado granadino, republicano de corazón, quien deseaba que la Constitución ecuatoguineana se asemejara a la de la Segunda República Española. Se trataba de don Antonio Trevijano Forte.

Fue quizás por esa Constitución, un tanto radical para la Comisión Española, por la que la esta presentó en esa segunda fase una nueva versión bastante más liberal y progresista que la primera, la cual fue aprobada finalmente por una amplia mayoría de españoles y ecuatoguineanos. Solo Francisco Macías, Antonio Eworo y Francisco Salomé Jones defendieron, desde el principio de esa segunda fase de la Conferencia hasta el final de ella, el texto que ellos juraban y perjuraban haber redactado sin ayuda. Macías, tal y como Federico había predicho, había logrado, con su cabezonería, que los españoles hicieran concesiones y que redactaran una Constitución prometedora para el país.

La Constitución se aprobó y se celebraron las primeras elecciones presidenciales del país. Bonifacio Ondo Edu ganó en la primera ronda, seguido muy de cerca por Francisco Macías, lo que preocupó a Manuel.

—No está preparado para el trabajo —opinaba Manuel—. Es un hombre de pocos estudios a quien, seguramente como dicen las malas lenguas, ese abogado español, Antonio García Trevijano, le prepara sus discursos. Me atrevería casi a decir que es un fanático y un loco peligroso. No me puedo quitar de la cabeza el modo en el que defendió y exaltó a la figura de Hitler durante a la primera fase de la Conferencia. Si ganara la segunda ronda estoy casi seguro de que empezaría su cruzada personal contra los españoles y, cuando todos se hubieran marchado del país, le daría por perseguir a cualquiera que no le gustara o que no le siguiera la cuerda.

—Tranquilo, Manuel —dijo Federico—. Primero tiene que ganar, y eso no creo que ocurra habiendo un candidato tan sensato, que además le sacó clara ventaja en le primera vuelta, como Bonifacio. Estoy seguro de que él será nuestro primer presidente y optará por un Gobierno de transición, como el del presidente de Senegal, Leopold Senghor, mirando hacia el futuro sin romper con el pasado, que después de todo es el sostén de cualquier país. Macías no está preparado para el cargo y carece de diplomacia. No tiene apenas apoyo de los otros partidos. ¡Quédate tranquilo!

Unos días más tarde Federico apareció en su casa, venía con el rostro sudoroso y le temblaban las manos.

—¡Ay, Manuel, que Dios nos ayude!

—¿Qué quieres decir, Federico?

—¿No has oído las noticias en la radio? ¿No has visto la televisión?

—No, ¿qué ha pasado?

—Atanasio Ndongo ha decidido apoyar la candidatura de Macías en la segunda vuelta.

—¿Qué me dices? ¡No puede ser! ¡Después de sus enfrentamientos durante la primera y la segunda fase de la conferencia, de los insultos y acusaciones que cruzó con Macías! Dime que me estás gastando una broma de mal gusto.

—No, querido Manuel, desafortunadamente es verdad. Cuando lo escuché en la radio pensé que era un error, que estaban difundiendo una noticia falsa, así que yo mismo llamé a Atanasio. Me quedé de piedra cuando me dijo que sí, que apoya la candidatura de Macías, porque le ha prometido la vicepresidencia. Atanasio ha decidido anteponer su carrera política a su integridad moral y a los intereses de la nación. Me he enfadado de tal manera con él que no creo que me hable en algún tiempo. Quizás tú puedas hacerle reconsiderar.

—¿Yo? Si apenas lo conozco.

—Por eso mismo, quizás lo reconsidere si alguien neutral y sin grandes intereses políticos le explica que Macías no es el candidato adecuado.

—¿Y por qué no habla con él Bonifacio? Después de todo él tiene algo que ofrecerle, un ministerio, no sé.

—Es demasiado tarde. Atanasio ya ha apoyado públicamente a Macías, que se cambie de bando no favorecería a Bonifacio en la segunda vuelta. Macías hablaría de confabulación contra él, de intriga del Gobierno español y le haría ganar votos. Tú eres el único que puedes convencer a Atanasio de que retire su apoyo, que alegue que la salud de Macías o su propia salud no es buena. Dile a Atanasio que Macías ha estado internado en un hospital estadounidense. Seguro que él no sabía nada de esto cuando le ofreció su apoyo. Dile que padece una enfermedad mental, que hay pruebas. Recuérdale lo importante que es tener un presidente sano.

—No termino de entender…

—Macías ha estado internado en un psiquiátrico —dijo Federico bajado la voz—. Es información confidencial de un familiar de Macías, de quien no puedo revelar su identidad. La fuente es fiable. Macías padece esquizofrenia. Ha tenido una serie de ataques fuertes y decidió o, mejor dicho, algunos de sus familiares cercanos decidieron ingresarle en una buena clínica de Estados Unidos. Parece que es peligroso cuando le dan esos ataques, que oye voces, según él divinas, que le aconsejan hacer barbaridades. Manuel, tienes que hacer recapacitar a Atanasio.

Macías es mucho peor de lo que pensábamos. Si llega al poder solo nos queda rogar a Dios que nos ampare.

Quizás debería haber insistido un poco más, pensaba Manuel sentado en el asiento del avión, no haberse dado por vencido tras la primera negativa de Atanasio a recibirle. Tenía que haberle insistido, contarle lo que sabía sobre Macías, suplicarle que le retirara su apoyo, pero no lo hizo; quizás porque pensaba que no pasaría nada, que en la segunda vuelta Bonifacio sería elegido. Ahora era demasiado tarde. No solo los españoles se iban en desbandada por miedo, también los guineanos estaban atemorizados y sufrían la furia y violencia del Gobierno de Macías. Bonifacio, el buen Bonifacio, había sido uno de los primeros en caer, asesinado por un desconocido en su domicilio, seguramente por orden del propio Macías. Los españoles que quedaban salían del país a toda prisa, se embarcaban en el primer avión que podían casi con lo puesto. Ya no se podía caminar por las calles, ocupadas por las milicias de Macías. Era demasiado tarde, no había vuelta atrás.

La noche empezaba a aclararse con la llegada de la alborada. El piloto se dirigió a los pasajeros anunciando la inminente llegada al aeropuerto de Barajas. Hacía frío en Madrid, anunció solo dos grados, pero lucía el sol y el cielo estaba despejado. Manuel no estaba seguro de si tenía suficiente ropa de abrigo en las maletas, habían tenido que empaquetar a toda velocidad, la verdad era que no sabía ni siquiera si tenía zapatos de invierno o tan solo las sandalias con las que habían subido en el avión.

II. SIN LIBROS

Lo primero que Francisco Macías hizo, cuando se instauró como presidente electo de Guinea Ecuatorial en el edificio que había sido empleado por la Administración española en Santa Isabel, fue despedir a todos los funcionarios y regidores. Se blindó con un nuevo equipo con escasa formación o preparación intelectual y poca o nula experiencia en puestos de responsabilidad. No tomó esta decisión pensando en el bien de su pueblo, sino con las expectativas de reducir al mínimo las voces críticas entre los más próximos a él. Los asignados eran conocidos o amigos, no tenían la menor idea de cómo gobernar el país, recibían un salario que nunca hubieran podido obtener en los cacaotales o realizando los trabajos chapuceros que antes tenían. Eran los candidatos ideales para ejecutar las órdenes que él diera sin cuestionarlas y de seguro que el dinero que recibían por sentarse en sus despachos a tocarse la barriga les mantendría leales a su persona.

No se necesitan ni profesionales, ni especialistas para regir un país, cualquiera puede hacerlo, solo hay que ejecutar los mandatos de su presidente. En ese estado febril y de total desprecio por cualquiera que pudiera probar su inteligencia o valor con un título académico, despidió a todos los intelectuales o expertos que ocupaban cualquier puesto relevante, aunque este no tuviera que ver directamente con las funciones administrativas del gobierno. Esos tipos siempre encontrarían un pero a sus decisiones o querrían mostrar que su saber era mayor que el suyo y eso los hacía de alguna manera superior a su persona.

Macías nunca había creído o confiado en los intelectuales, los científicos, los profesionales de cualquier sector, los artistas, escritores o las personas cuyo conocimiento se escapaba de su campo de comprensión. Consideraba que estos formaban una élite desconectada de la realidad, distanciada de las necesidades del pueblo, cuyas investigaciones y pensamientos ni entendía ni creía. Los veía como charlatanes, personas que intentaban inculcar la veracidad de sus aserciones. ¿Y quién le garantizaba que los datos que estos manejaban eran verídicos? Se los podían también inventar como él hacía constantemente en sus discursos. Era muy fácil idear promesas, perfilar un futuro mejor, solo había que perder todo reparo y mentir. Estaba seguro que esos hombres sapientes no eran más que meros embusteros como él.

Macías no les tenía la más mínima estima, porque pensaba que toda la humanidad estaba hecha de la misma madera que él, con pocos escrúpulos, impostores todos. Los intelectuales, pensaba, seguro que también tomaban decisiones pensando en su propio beneficio y que su única preocupación era la de obtener ganancias para sí, beneficios que nunca repartirían con los demás. No eran mejor que él, también querían acumular riquezas y subir escalafones. Lo único que les diferenciaba es que ellos toleraban compartir su buena posición y poder con otros y que él, Macías, no lo haría nunca. Su presidencia acabaría con la desigualdad, porque casi todos los habitantes de su nación trabajarían por una miseria. Todos menos él, los que le obedecieran ciegamente, los que intimidaran a cualquiera que se opusiera y los militares. Así lograría embolsarse más efectivo en sus bolsillos y, si la pobreza aumentaba, la verdad era que poco le importaba. A él le habían elegido para librarse de los extranjeros invasores, algo que haría sin dilación, y de paso se libraría también de los que poseyeran algún tipo de conocimiento, de los que se le opusieran y de camino se haría millonario.

«Si los ricos, los que viven de forma acomodada, dejan de tener sus ventajas, si a todos los habitantes de esta nación se les pone al mismo nivel, se les da el mismo trabajo y lo mínimo para subsistir no habrá ningún privilegiado bajo mi dominio. La clase acomodada y los intelectuales se irán a tomar viento a otras latitudes, y si no salen por pies les haré desaparecer», pensaba Macías.

Siempre había opinado que el pensamiento era una ocupación de los ociosos, un modo de diferenciar a los humanos, algo que creaba desigualdades. «Si todos somos iguales, ¿por qué tiene que haber unos cuantos que brillen o destaquen, que tengan habilidad en matemáticas, ciencias o que lean o se expresen mejor que un servidor? Si todos somos iguales, ¿por qué algunos se empeñan en demostrar que son mejores que nosotros, en instruirnos y obligarnos a aceptar lo que creen haber descubierto, seguir sus reglas o consejos? Si todos somos iguales se debería escuchar de igual modo a los humildes, a los de existencia simple, a la mayoría que forma esta nuestra nación. En cuanto se vayan los que se creen portadores del saber me alzaré en mi dominio, quedarán los pobres, los miserables, los que apenas tienen aspiraciones y, al ver que todos viven las mismas penurias, de uno u otro modo, les dará igual seguir siendo pobres porque no tendrán vecinos a quienes envidiar. Yo, además, seré más listo que todos ellos y los manejaré a mis anchas. Nadie me impedirá gobernar como me plazca, porque no habrá nadie superior a mí en este país», se dijo a sí mismo. «Sólo Dios podría ser superior a mi persona, pero eso pasaría en el caso de que existiera. Ya me encargaré de que nadie crea en Él».

Había que alejar a su pueblo de sus creencias religiosas, fueran las que fueran, cerrar las iglesias construidas durante la dominación colonial, prohibir los ritos de los bubis. En Guinea Ecuatorial en el único que había que creer era en él, Francisco Macías, y quien no lo hiciera haría de su vida un infierno, porque él se había trazado un plan.

La primera semana congregó a la Juventud en Marcha con Macías. Lo fue haciendo en salones de actos y en teatros o cines por todas las poblaciones de Guinea Ecuatorial. Realizó miles de kilómetros. Llegó a los lugares más recónditos de la nación y se dirigió a ellos con casi idéntico discurso en todas las localidades.

—Queridísimos seguidores —les dijo—, os agradezco infinitamente el apoyo que me habéis venido ofreciendo. Sé que como yo queréis un país sin traidores, sin gente aprovechada que se ha hecho rica a nuestra costa. Vosotros sois mi orgullo. Os necesito, ¿me vais a ayudar?

—¡Sí, señor presidente! —gritaba la masa.

—No os escucho. ¿Qué habéis dicho?

—¡Sí, señor presidente!

—¡Muy bien! —contestaba frotándose las manos—, porque tengo un plan para que este país se transforme. ¿Me ayudaréis en esta evolución?

—¡Sí, señor presidente!

—¿Lo daríais todo por mí? ¿Por vuestro país?

—¡Sí, señor presidente!

—¿Aunque haya derramamiento de sangre?

—¡Sí, señor presidente!

—¿Aunque tengamos que sufrir, aunque tengamos que librarnos del que creímos hermano?

—¡Sí, señor presidente!

—Pues escuchadme atentamente.

—¡Sí, señor presidente!

—Recorred las calles de vuestros pueblos y ciudades. Derribad las estatuas, tachad los nombres de las calles que recuerden a los colonos, a los que nos han tiranizado por tanto tiempo, quemad sus iglesias, sus escuelas. Quiero borrar la historia. Si queda algún español dejadle bien claro que o se va, o lo matamos.

Macías continuó su discurso invitando a estos matones a hacer los que les viniera en gana. Dio a la Juventud en Marcha con Macías toda libertad para amedrentar o acabar con cualquiera que pusiera en duda al presidente o que poseyera más de lo necesario. Podían saquear las tiendas de los antiguos colonos, proveerse de alcohol o de lo que se les antojara, dar órdenes a los ciudadanos de a pie e impartirles un castigo si desobedecían. Francisco Macías sabía que había que imponer miedo y terror a la población, como había hecho su admirado Hitler, y que había que organizar no solo a esa panda de matones, sino a un ejército bien pagado que le brindara protección y que fuera capaz de sofocar con dureza y contundencia cualquier desavenencia, para dominar al pueblo a su antojo. «El terror —pensaba mientras ilustraba a su Juventud cómo inculcarlo—, meter el miedo en el cuerpo es lo que nos hace todopoderosos, es lo que paraliza a los otros». Eso y que los demás se quedasen sin voz, sin pasado, sin luz, sin memoria, sin otra guía que él, en la más completa oscuridad, viviendo en un estado apocalíptico del que no veían la salida.

En las siguientes semanas se dedicó a continuar con su escrutinio de toda persona o pensamiento que pudiera causar una desavenencia en sus planes. Fue permisivo con todos los abusos de la Juventud en Marcha con Macías y alentó la violencia. Perfiló la idea de crear un partido único, del que, tal y como había hecho Hitler en su momento, todos debían ser miembros y participar de forma generosa a su mantenimiento. «Llevará tiempo —pensó— solo necesito librarme de cualquier persona que pueda cuestionarme, de los que tengan pensamientos, de los libros que puedan inculcarlos».

Recorrió los despachos y dependencias del edificio presidencial, tomó en sus manos todos y cada uno de los libros que encontró, hojeó alguno que otro y ordenó a sus empleados y colaboradores cercanos la destrucción de todos ellos.

—¡Que ardan en la hoguera! —ordenó rememorando la quema de libros del tercer Reich—. ¡Que se quemen también los libros de texto de todas las escuelas, de las bibliotecas, cualquier novela o poemario que hubiese sido escrito por un autor español y que se imponga un único texto que exalte a mi persona, que se reescriba la historia! ¡Ya va siendo hora de que se deje de contar a nuestros chiquillos la versión dada por el poder colonial! ¿Me escucháis? —gritó al ver que incluso la panda de ignorantes de la que se había rodeado no daba crédito a sus ojos y no reaccionaba—. ¿Es que os habéis quedado sordos? ¡Quiero que se quemen todos los libros de este país, que no quede ni uno!

—¡Perdone! —se atrevió a cuestionar uno—. ¿Qué van a enseñar los maestros sin libros?

—Ya les diremos a los profesores lo que hay que enseñar o si hay que enseñar. La educación cuesta mucho dinero y no produce nada, quien quiera que sus hijos vayan a la escuela que pague. Mientras tanto, a los demás más os vale no discutir y ejecutar mis órdenes si no queréis terminar en la misma hoguera. ¡Callad, obedeced y admirad al líder y guía de la nación!

«Con miedo, sin religión, sin oposición, sin libros, no habrá ni creencias ni esperanzas, solo tinieblas que borrarán toda memoria. Nadie me podrá arrebatar el poder y me perpetuaré como Presidente», pensó el dictador mientras calculaba que, en unos cuantos meses, pocos serían los libros que quedaran en el país, que con las detenciones de sus detractores y con el terror que iba a implantar a lo largo y ancho del país se acallaría a cualquiera.

***

Manuel Mangue Obama recordaba algunos de los últimos episodios violentos de los que había sido testigo, así como la tensión y enajenación de una gran parte de la población. Una de las tiendas de licores y comestibles del centro, regida por un ciudadano español, había sido saqueada delante de sus narices por los niñatos de la Juventud en Marcha con Macías que, no contentos con el botín obtenido, le habían propinado una paliza al pobre hombre. Al padre de Manuel también le habían dado un buen susto esa panda de matones. Le habían amenazado con un machete en mitad de la calle, porque se había resistido a vitorear con ellos que Macías era el mejor. Al final a su padre no le quedó otra alternativa que proclamar a voz en grito que era un ferviente admirador de Francisco Macías e invitar a sus seguidores a una ronda para que le dejaran irse sin más daño que los bolsillos vacíos. La misma tarde de ese incidente fue a visitar a su hijo Manuel y a Margarita, su nuera. Les pidió que no salieran de casa, que no abrieran a nadie la puerta, que había escuchado que ya no se conformaban con saquear los negocios de los españoles, sino que se hacían con todo lo que encontraran de valor en las casas de los guineanos, y que escondiera sus libros.

—Macías está desvariando —le dijo—. Si tienes mala suerte y entran aquí harán una hoguera con las novelas y ensayos de tu biblioteca. A nuestro presidente le ha dado la paranoia de que son nocivos, que contienen los dictados de los colonizadores y que hay que acabar con ellos.

—Estás de broma, supongo —acertó a decir Manuel.

—No. He visto cómo vaciaban la biblioteca de una escuela y quemaban todo lo que encontraban en el patio del colegio. La locura que se ha desatado en este país no tiene límites. Más vale que guardes tus libros en el sótano. Lo peor no es que los quemen, sino que les dé por decir que eres un enemigo de la nación, porque lees —le explicó—. La verdad es que me siento culpable y responsable de todo lo que está pasando. Fui de los que voté a Macías. Le tenía incluso aprecio.

Tras la visita de su padre Manuel metió los libros que tenía, que eran tan solo unos treinta, en una caja que ocultó como pudo. No era un lector voraz, pero tampoco despreciaba una buena lectura. No entendía bien a qué venía ensañarse con la literatura, la filosofía, los tratados de economía o los científicos. No eran más que palabras que ejercitaban la mente y hacían pensar.

III. SIN SENTIDO

Desde que Manuel Mangue Obama vivía en Madrid imperaba un silencio total en torno a su país. Era como si Guinea Ecuatorial hubiera dejado de existir, como si una ola gigantesca hubiera engullido a la nación y la hubiera hundido en un océano oscuro de destrucción del que era casi imposible salir. A veces, por medio de los pocos guineanos que llegaban al país huyendo del apocalipsis que había instaurado Macías, se recibían tristes noticias sobre las desapariciones y muertes sin sentido de amigos y conocidos; acerca de cómo aldeas completas eran saqueadas e incendiadas, sobre cómo una espiral de violencia implacable se había instaurado allí, de cómo ardía el país y las ascuas enterraban los anhelos que hubo hacía no mucho tiempo.

Eran tantos los ecuatoguineanos que, como él, creyeron que a Guinea Ecuatorial le aguardaba un futuro de entendimiento y libertad y que, por una u otra razón, no salieron del país en cuanto las primeras olas de violencia azotaron a la sociedad, que ahora se encontraban en una situación desesperada, con la muerte acechándoles y pocas posibilidades de escapar. Quizás pensaron que la crisis que se devino en el país después de la elección de Macías no era más que un mal pasajero y que todo se normalizaría con el tiempo. Pensaron que tras la tormenta vendría la calma y que el Gobierno abandonaría el camino de destrucción y se centraría pronto en buscar el bienestar de su pueblo para hacer de Guinea un gran país, como su presidente Macías les había prometido. Se equivocaron.

Creyeron que solo el principio sería sangriento, un proceso necesario, como su líder les anunciaba y explicaba, que debían ser pacientes, y no alzaron sus voces ante los primeros despropósitos de Macías. Pensaron que no eran más que una fase transitoria, una chiquillada de su presidente. Se equivocaron.

Consintieron, por el miedo instaurado, por ser unos ilusos o por pensar que las excentricidades de su dirigente no irían a mayores. Dejaron que el terror se fuera adueñando del país. No hicieron nada para impedirlo, imaginando que, como en otras revoluciones, en esa también era normal que corriera la sangre, como si ese fuera el único modo de acabar con la hegemonía de los colonizadores y de devolver a los guineanos su país. No actuaron en el momento adecuado, no sacaron fuerzas de donde debían, ni se enfrentaron con valentía a la única oportunidad de cambiar el destino que les brindó su historia personal y se amoldaron a la nueva situación con resignación y con mucho miedo. Él, ellos, no podían hacer nada aparte de aceptar el negro futuro.

«Soy un conformista de mierda. Uno de esos tantos cobardes que no tiene huevos para defender los principios o a su pueblo, un amedrentado que cuando ve el peligro no se quiere mojar. No soy más que un jodido cagón que se acojona y huye. Tenía que haber hecho lo que se precisaba, haber impedido que Macías se erigiera con la Presidencia, aunque me hubiera jugado la cabeza». Manuel no dejaba de preguntarse por qué no le había insistido más a Atanasio para que no apoyara a Macías en la segunda vuelta de las elecciones, por qué había aceptado las explicaciones de este, sus promesas de que España estaba detrás de esas negociaciones, de que Macías había aceptado una transición en el poder y que España mantuviera ciertos intereses e inversiones por un tiempo a cambio de apoyo económico. ¿Por qué había creído a Atanasio? ¿Por qué no se había armado de valor y había informado a la prensa sobre la locura de Macías, sobre sus tratamientos psiquiátricos en los Estados Unidos? Quién sabe si hubiera podido lograr algo con esta acción.

¿Había apoyado el Gobierno español esa alianza entre Atanasio Ndongo y Francisco Macías como se rumoreaba? ¿Le había dado su consentimiento y el visto bueno catapultado de esta forma a su pueblo a esa mayúscula tragedia? Manuel no podía creérselo, no después de todos los altercados que hubo entre Macías y la Comisión española, no viendo el modo en el que Macías comenzó con su presidencia. ¿Había habido un acuerdo secreto entre España y Macías para mantener los intereses españoles y hacer una lenta transición, un pacto roto por este en cuanto fue nombrado presidente?

Al principio el odio de Francisco Macías se dirigió sobre todo hacia los españoles, aunque se cobró alguna que otra víctima guineana. Cuando no quedaba ningún español en el país la inquina y furia del mandatario se dirigieron contra los mismos ecuatoguineanos. Los bubis se convirtieron en los siguientes traidores, ya que no habían votado por él, sino por su propio líder y por la independencia de la Isla de Bioko. Dictaminó que los que no estaban con él eran sus enemigos y su cólera se vertería contra ellos. Nadie podría pararlo.

Con la deserción de los españoles no había soporte legal ni militar que lo detuviera. El país estaba inmerso en el caos, las leyes antiguas de la colonia ya no estaban en vigor y las nuevas, que desconocían la mayoría, no se aplicaban. La violencia aumentó como una tormenta que no amaina, que va *in crescendo* y deja que sus olas de aniquilamiento y destrucción se estrellen una y otra vez arrasando todo lo que se interpone en su camino. Olas que demolían no solo las vidas de personas queridas, sino también todo sueño y esperanza de democracia y libertad, que abatían y herían gravemente virtudes como humanidad, comprensión, tolerancia o benevolencia, aupando como nuevo modelo y estandarte para el país la deshumanización y la crueldad. No es que toda la nación se hubiera visto contagiada por la insensibilidad y brutalidad, pero el miedo a interponerse al dictador, a la muerte, hacía que muchos callaran, no oyeran o no vieran lo que ocurría… Porque quien viera, oyera o hablara tenía los días contados. Después, el hambre, la miseria, el no aguantar más hicieron que se traicionaran los unos a los otros, que hubiera denuncias a cambio de un poco de arroz que llevarse a la boca.

***

Cuando Manuel se fue, eran los españoles los que salían en desbandada, por un conflicto diplomático absurdo que no tendría que haber existido o que debería haberse resuelto en semanas, como mucho en meses. Una pelea diplomática que empezó con una bandera, una simple bandera española que ondeaba en la Embajada de España en Guinea, como lo haría en cualquier otro edificio diplomático de cualquier otro país. Pero al presidente Macías no le apetecía verla más, por lo que pidió su inmediata retirada, a lo que tanto el cónsul como el embajador general de España se negaron en rotundo. Así que Macías, que consideraba que él llevaba siempre la razón y no le gustaba que le contrariaran, mandó retirar la bandera por la fuerza. Tras este acto se desató una oleada de violencia sin precedentes en el país, que no solo afectó a los representantes diplomáticos, sino a los españoles que residía allí.

Manuel recordaba como a partir del 24 o 25 de febrero de 1969 las calles de Santa Isabel estaban vacías y cómo los miembros de la Juventud en Marcha con Macías patrullaban por las calles a sus anchas intimidando, humillando y apaleando no solo a cualquier español que se le cruzara en su camino, sino también a los mismos guineanos, si estos no miraban para otro lado o tenían la desgracia de ser testigos de algún abuso o crimen que no tenía que haber visto. Se saquearon comercios, se derribaron estatuas, profanaron iglesias, se cerraron colegios, quemaron libros y se cometieron asesinatos que el nuevo régimen encubrió o consintió. Entonces, en medio del caos que se cernía sobre el país, llegó Federico con su oferta.

—Un buen amigo de Madrid me ha ofrecido un trabajo de contable en una empresa de camiones. Cree que la situación aquí se va a agravar y me ha insistido mucho para que salga. Y yo le he hablado de ti, de tus capacidades y también de tu familia, de tus dos hijos pequeños, tan listos y con tantas posibilidades si fueran a un colegio en Madrid, de tu esposa. En fin, le he convencido para que te contrate a ti, aunque solo será a prueba y por unos seis meses.

—Yo no quiero volver a España. Tengo un trabajo ya y…

—… y lo puedes perder en cualquier momento. No olvides que desempeñas una función administrativa, que fuiste nombrado para este cargo por los españoles, que ya son muchos los que han salido de aquí y que, si esta crisis con el Gobierno español no se soluciona pronto, muchos más serán lo que salgan. Sabes tan bien como yo que con el cambio de poder muchos puestos van a cambiar de dueño, así que no seas tonto. Por si se arreglara la situación y se precisaran de tus servicios más tarde, te pides seis meses o un año sabático, que te los darán mientras la Administración española siga desempeñando alguna función aquí, que no va a ser por mucho tiempo, y te vas en cuanto puedas.

—¿Y mi mujer? ¿Y mis hijos?

—Les buscas un buen colegio, haces un poco de turismo con tu señora, que conozca España, y si no les gusta, podéis volver en cuanto amaine el temporal.

244

—No sé, Federico —contestó Manuel—, he vivido ya en Madrid y me gusta mucho, pero sé que a mi mujer y mis hijos les va a resultar difícil adaptarse. Sé lo que les espera, mi familia sería infeliz allí.

—¿Crees que van a ser más dichosos aquí?

—Es su hogar, a donde pertenecen y aquí se sienten a gusto.

—¿Por cuánto tiempo piensas que seguirán estando bien aquí?

—¿Qué quieres decir?

—Que no sé lo que está por venir, que a veces me temo lo peor. Escucha, Manuel, te vendrá bien adquirir experiencia en España. Has estudiado allí y eso te abrirá alguna que otra puerta. Espera allí a que Macías se apacigüe y a que la situación que vive este país mejore. La lógica me dice que nuestro presidente se terminará dando cuenta de que no hay modo de gobernar un país sin apoyos. Si no quiere una alianza con España se tendrá que buscar otros aliados o renunciar al poder. Es cuestión de tiempo. Seguro que pasará una u otra cosa.

—¿Y si no se da cuenta? Después de todo no está en su sano juicio.

—Entonces habrá que derrocarle, pero no creo que lleguemos a ese extremo.

—Me quedo —afirmó Manuel.

—Te marchas. Es un buen trabajo y una buena oportunidad para ti que eres joven y tienes familia.

—¿Y tú por qué no te vas? Después de todo el trabajo te lo han ofrecido a ti.

—Se me necesita aquí. Sería una falta de responsabilidad por mi parte salir en este momento. Yo y otros como Saturnino, el mismo Atanasio, que se está desencantando, o Enrique tenemos algún tipo de función en el Gobierno y todavía podemos ejercer alguna influencia sobre Macías. Nos tenemos que quedar aquí y luchar para que vuelva la calma y el país se encarrile. A lo mejor todo se arregla pronto, Atanasio y Saturnino quieren mediar entre el Gobierno de Guinea y las autoridades españolas para que la crisis se resuelva.

—Si todo se va a solucionar tan rápido —contestó Manuel—, ¿qué sentido tiene que me vaya? Me quedo aquí y espero a que Atanasio y Saturnino resuelvan este desaguisado. Tú mismo me dijiste siempre que el país me necesitaba.

—No —insistió Federico—, tú te vas. Aquí tienes los billetes de avión para ti y tu familia para el 2 de marzo. Me he tomado la libertad de comprártelos. Te necesito allí. Tengo algunos contactos, gente que apoyó en su día a Macías y que ahora no saben qué hacer, te los daré antes de que te vayas. Uno de nosotros tiene que estar en Madrid y mejor que salga alguien como tú, tan apolítico, a mí igual me paran en la puerta de embarque y me detienen. A ti y a tu familia os dejarán subir al avión, tú no puedes despertar sospechas. Aquí tienes los pasaportes, el contrato de trabajo, en donde se ve que vas a ganar un poco más que aquí, razón suficiente para haber aceptado el empleo. Ya verás cómo te dejarán pasar sin problemas en el control de pasaportes.

—¿Y tú?

—Me quedaré aquí. No tengo muchas opciones. Salir del país se vería en mi caso como una traición y me podría costar la cabeza. Sin embargo, si me quedo en Guinea tranquilo, manteniendo distancia, no creo que me pase nada. Además, siempre me he llevado bien con Macías y creo que puedo hacerle entrar en razón, ayudarle a encontrar un modo de dirigir el país con sabiduría, tolerancia y benevolencia; colaborando con los demás, aunando a todos los ecuatoguineanos, buscando el respeto de su pueblo y el del Estado español, dejando a un lado sus resentimientos. A lo mejor cuando se vea solo y sin apoyos me escucha.

—Federico —le dijo Manuel—, espero que no te equivoques. A mí no me gusta Macías, nunca me ha gustado. Por mucho que tú dijeras que a veces hace falta tener una postura extrema para alcanzar algo, nunca he pensado que su posicionamiento e ideas nos pudieran deparar algo bueno. No sé cómo ha podido haber, y seguramente haya todavía, tantos descerebrados en nuestro país que le apoyen, cómo en su día pudieron votar tantos por él.

—No te olvides que ganó en la segunda vuelta aliándose con Atanasio. ¿Quién sabe si no había alguien más de por medio?

—Dicen que los españoles…

—He escuchado los mismos rumores, ojalá se pudiera volver hacia atrás en el tiempo y no dejar que ocurra lo mismo.

—No te puedes imaginar cómo me arrepiento, como tú, de no haber insistido a Atanasio sobre la enfermedad de Macías, sobre su internamiento en un psiquiátrico de Estados Unidos. Me siento fatal por no haber revelado a la prensa lo enfermo y peligroso que podía ser antes de las elecciones. Quizás eso lo hubiera detenido, hubiera evitado que saliera elegido, hubiera demostrado que no solo es un hombre enfermo sino también un loco peligroso, que está cargado de odio y que no le interesa nada ni nadie, aparte de sí mismo. No te puedes imaginar cuánto me pesa haber hecho tan poco en su momento. Quizás yo me deba también quedar aquí para resarcir a este país por lo poco que hice antes.

—No te atormentes. Tú no tienes la culpa. Lo intentaste. Lo pasado, pasado está. Seguro que todavía hay remedio.

—Federico, yo quiero contribuir a que todo vuelva a la calma —insistió Manuel de nuevo— y si hay algo que pueda hacer, me quedo.

—¡No! Tú te vas. Te necesito allí. Ya te he dicho que necesitamos a alguien de confianza, a alguien que no se haya metido nunca en política, como tú. Cuando llegue el momento habrá también que organizar cosas desde España, aunque espero que no llegue a ese punto y todo este sinsentido se arregle pronto de forma diplomática. Ya te he dicho que Atanasio y Saturnino tienen todavía buena relación con algunos políticos españoles y van a intentar mediar para solucionar el conflicto.

Manuel no parecía muy convencido y continuó insistiendo en quedarse, no fue sencillo convencerle, pero al final consintió.

—Está bien. Me iré. Pero prométeme que tendrás cuidado —le pidió Manuel.

—Sí. Tranquilo, seré muy precavido. Una vez que todos los españoles hayan salido del país, Macías se calmará y se pondrá a trabajar con los que le apoyan y con los que, como yo, somos de un modo u otro una oposición que busca el consenso y no la división. Creo que toda esta alteración es porque Macías odia a los españoles. ¿Sabes que asesinaron a su padre? Les tiene un rencor que le carcome. Macías no es, después de todo, más que un alma perdida, una oveja que se ha salido de su redil, necesita a alguien que le ayude a superar ese resentimiento, que le guíe otra vez hacia Dios, para que pueda perdonar los errores y pecados cometidos por otros en el pasado —dijo Federico dejando aflorar su faceta de hombre religioso.

—¡Prométeme también que si la cosa no mejora a finales de año te unirás a mi familia y a mí en Madrid!

—Sabes que soy hombre de principios y que no puedo prometer algo que no voy a cumplir. Tú vete tranquilo. Macías me tiene estima. No me pasará nada. En un año seguro que la situación está mejor y que eres tú el que vuelves. Si Macías no cambia pronto, si sigue buscándose enemigos en vez de apoyos entre los opositores, más tarde o más temprano será derrocado y pasará a la historia como una figura que gobernó sin pena ni gloria.

—O quizás sin perdón, sin compasión, sin humanidad —observó Manuel.

—Espero que no sea así. ¡Que tengas buen viaje amigo! ¡Y por favor, mantén en secreto todo lo que hemos tratado aquí!

Manuel hubiera preferido que Federico hubiera partido con él a España, pero comprendía la responsabilidad política que sentía y que quisiera quedarse allí para ayudar en lo que precisaran a Atanasio Ndongo y a Saturnino Ibongo. Manuel deseó que todo saliera como Federico esperaba y que ese intento diplomático de arreglar la crisis surtiera efecto, aunque no dejaba de tener sus dudas. Puede que los españoles fueran todavía razonables, sin embargo Macías… Esperaba que sus buenos amigos no se metieran en la mismísima boca del lobo.

***

Cuando Manuel y su familia ya estaban en Madrid, Atanasio y Saturnino, actuando con toda la buena voluntad del mundo, aprovecharon una escala de su vuelo desde Adís Abeba en Madrid para reunirse brevemente a puerta cerrada en una sala del Aeropuerto de Barajas con el almirante Carrero Blanco y con el Ministro de Asuntos Exteriores español Fernando María Castiella. La reunión se prolongó más de lo previsto, dado que el conflicto había ido escalando y que el Gobierno español pensaba que no era posible solucionarlo por la vía diplomática después del asesinato de ciudadanos españoles que había provocado una evacuación de emergencia de los pocos que quedaban, por lo que Atanasio y Saturnino perdieron el enlace del vuelo que tenían que haber tomado. No les importó en ese momento, porque pensaron que, pese a todas las trabas y la reticencia española, esa era una buena oportunidad de solucionar la crisis por la vía diplomática. Después de negociar acordaron con el almirante Carrero Blanco y con el ministro Castiella un cierre provisional de la Embajada Española, así como una retirada provisional de todos los funcionarios y de las fuerzas de la guardia civil españolas, a cambio de la creación de una mesa de negociaciones entre el Gobierno español y el de Guinea Ecuatorial, en el que miembros de la ONU actuaran como mediadores.

Atanasio quedó muy satisfecho con el acuerdo, que guardó cuidadosamente en su maletín. Los españoles habían prometido retirarse completamente del país, si el presidente se sentaba a negociar. No había exigencias preliminares por parte española, solo que hubiera voluntad de llegar a un acuerdo. Macías no podría negarse, el país necesitaba calma, pensó Saturnino; además, como representante de la ONU que era, esperaba sentarse en la mesa de negociaciones, junto con un representante español, un camerunés, ya que Macías parecía tener todavía una buena relación con Camerún, y alguno de otro país que todavía no se había determinado. Carrero Blanco había accedido también a que Macías propusiera diez representantes como mediadores y que España se decidiera por cuatro de ellos incluyendo al de Camerún.

Dadas las concesiones que otorgaba el Gobierno español a Macías, se dejaba entrever que España no quería ni podía invertir demasiado dinero o energía en asuntos que se salieran del territorio nacional. No se sabía qué podía ocurrir cuando Franco falleciera y la prioridad del Estado era buscar un heredero para el caudillo y tener cuidado de que no hubiera un levantamiento en Cataluña o en el País Vasco, así como evitar demasiado alboroto y manifestaciones en grandes ciudades como Madrid, Valencia o Sevilla. Guinea Ecuatorial no era prioridad, pero si se resolvía el conflicto por vía diplomática, mejor. España tenía todavía intereses económicos en la antigua colonia, había muchos españoles que llevaban generaciones instalados allí y que perderían demasiado, pero no podían dejar que este asunto les hiciera bajar la guardia en lo que era realmente importante; buscar un sucesor, asegurar la estabilidad del país y evitar a toda costa un alzamiento o el desmembramiento del país.

Saturnino y Atanasio embarcaron un día más tarde. Hicieron un viaje placentero, relajados, pensando que en su maletín llevaban la solución para la crisis de las banderas y un acuerdo que ayudaría a que funcionara la democracia del país. El avión iba casi vacío. En estos últimos días de febrero del 1969 lo normal era que el avión de Santa Isabel a Madrid saliera atestado y regresara casi vacío. Al llegar al aeropuerto de Santa Isabel les esperaba una comisión enviada por el propio presidente. Atanasio y Saturnino sonrieron, iban a tener una reunión con el presidente antes de lo esperado, eso era sin duda una buena señal. Puede que Macías se hubiera dado cuenta por sí mismo de que el país funcionaría mejor conciliándose con los españoles y dejando que las pequeñas infraestructuras e industrias que había creado siguieran funcionando. No se les pasó por la cabeza que no se trataba de un recibimiento, sino de una detención.

El presidente les recibió rodeado de unos cuantos secuaces de la Juventud en Marcha por Macías.

—Os esperaba a los dos ayer. ¿Se puede saber por qué perdisteis el vuelo?

Saturnino y Atanasio nunca pensaron que su llegada pudiera discurrir de ese modo: ser detenidos en el aeropuerto nada más llegar y conducidos a la residencia del que se consideraba dueño y señor de Guinea Ecuatorial. Intentaron mantener la calma, en el maletín tenían la prueba de que habían estado negociando para beneficio del país, y que en su retraso no se escondía ninguna mala intención. Saturnino señaló el maletín, que les habían requisado nada más llegar al aeropuerto.

—Señor presidente —le dijo—, en el maletín está la respuesta a nuestro retraso. Si usted mismo lo abre y dedica algún tiempo a leer su contenido entenderá el porqué de nuestra demora y…

Saturnino intentó explicar lo que les había retenido en Madrid así como describir la naturaleza del documento del maletín para convencer al presidente de lo bueno que era el acuerdo. Estaba tan seguro de que Macías quedaría satisfecho que, sin pensarlo, de forma intuitiva, casi como si fuera un acto reflejo, comenzó a caminar hacia el maletín, que tenía uno de los secuaces de la Juventud en Marcha con Macías, y hacia el presidente. Atanasio alzó el brazo para frenar a Saturnino, pero acertó tan solo a rozar el hombro con el dedo anular. Después todo ocurrió rápido: Macías señaló a Saturnino y sus guardias le abatieron a tiros. Un «¡no!» se escapó de la boca de Atanasio. Este se cubrió y cerró los ojos. Cuando los volvió a abrir vio cómo los esbirros de la Juventud en Marcha con Macías se le acercaban, le rodeaba y empezaban a empujarle cada vez con más saña hasta que le estrellaron contra el cristal de la ventana, que al principio no cedió, pero que tras cinco o seis empujones más se resquebrajó. Atanasio se precipitó al vacío y cayó a la calle, una calle en donde solo patrullaban los hinchas de Macías, que no dudaron en continuar golpeando el cuerpo yerto del pobre hombre.

A Manuel le llegó la noticia de la muerte de Saturnino y del grave estado en el que se encontraba Atanasio por medio de la prensa. Eran muy pocas las noticias que se publicaban sobre su país desde que vivía en Madrid. Con la expulsión de todos los ciudadanos españoles y la ruptura de las relaciones diplomáticas, Guinea había caído en el más ominoso olvido. «Si la prensa publica esta vez algo sobre mi país es porque Atanasio y Saturnino debían tener contactos con el régimen de Franco», pensó. «¿Qué responsabilidad tiene España en lo ocurrido? ¿Se trataba de un intento de reconciliación? ¿Habían negociado Atanasio y Saturnino un acuerdo con el ministro de asuntos exteriores para que se reiniciaran las relaciones con el antiguo poder colonial y con ellas se estabilizara Guinea Ecuatorial en el terreno económico y político, como Federico le había dado a entender que harían antes de su partida? ¿O había sido un intento de golpe de estado?» El artículo de prensa no entraba en mucho detalle, solo daba a entender que se trataba de una maniobra más de Macías para hacerse con todo el poder, que no había habido intento de golpe de Estado y que estos asesinatos distanciaban aún más a España de su antigua colonia.

Manuel conocía tanto a Saturnino como a Atanasio y consideraba que ambos eran hombres prudentes y afables que, sin duda, eran conscientes de que la crisis iniciada llevaba a Guinea no solo a una bancarrota, sino también hacia un régimen arbitrario y cruel, y les dirigía hacia una cruenta guerra civil como la desatada en el Congo tras su independencia. Seguro que habían actuado con buenas intenciones, que no existía un intento de rebelión, sino de devolver al país a la senda democrática.

En los siguientes días y semanas Manuel fue buscando más noticias en la prensa nacional, pero no encontró nada. Guinea había vuelto a desaparecer de las páginas de los periódicos, como si se hubiera esfumado de la faz de la tierra. La única información que tenían era la que traían los guineanos que llegaban huyendo de un país que estaba sumido en un estado marcial, donde la violencia se había convertido en el pan nuestro de cada día. La gente perdía su dignidad y olvidaban lo que significaba moralidad. El hambre o la envidia les hacía acusar a su vecino por un puñado de monedas, los asesinatos de la Juventud en Marcha con Macías quedaban impunes, se vivía en un continuo estado de incertidumbre y miedo. Nadie sabía cuándo le llegaría la hora o cuando le detendrían para llevarle al mismísimo infierno: la prisión de Black Beach.

Manuel no pudo evitar pensar en Federico, preocuparse por él y preguntarse si su gran amigo se encontraría bien. Federico siempre había sido diplomático con Macías, pero, dada la situación y la forma en la que se estaba asesinando, incluso a los que habían sido colaboradores cercanos al dictador, temía que en cualquier momento le podría tocar a su amigo. ¿Qué podía hacer? ¿Cómo podía localizarlo? Recordó que su conocido, el abogado Antonio García Trevijano, también conocía a Federico Ngomo. Sabía que a Trevijano no le gustaba hablar sobre Guinea Ecuatorial y que se había ido distanciando del país y de Macías. Sin embargo, él era la única persona que conocía que había tenido una relación cordial con Macías y, si alguien podía todavía averiguar cómo se encontraba Federico y mediar para sacarlo del país, era don Antonio.

Pasó unos días meditando si debía pedirle tal favor. Don Antonio García Trevijano le había ayudado mucho cuando llegó a Madrid con su familia, se sentía en deuda con él y no quería abusar de su buena voluntad. Además, el abogado estaba muy atareado y no solo en materia jurídica, sino política. Antonio García Trevijano era de los que apoyaban a la oposición ilegal en el exilio, así como a los sindicatos de trabajadores que no formaban parte del gran sindicato vertical del Gobierno franquista. Manuel pensaba que a don Antonio le movían los ideales más que la sed de poder, y que, pensaran lo que pensaran muchos de sus compatriotas, apoyó a Macías porque pensaba que con él iba a haber un cambio radical, una revolución popular.

Después de cuatro días sopesando la idea de dirigirse a Trevijano para, al menos, pedirle que indagara si Federico seguía con vida, decidió pedir ayuda al abogado. Esa misma tarde se dirigió a un locutorio cercano a su vivienda y marcó el número que el mismo abogado le había facilitado. La secretaria le atendió:

—El señor García Trevijano se halla en una reunión —le informó—, dígame de qué se trata para que le pase la información y él mismo se ponga en contacto con usted en cuanto le sea posible.

—Soy ciudadano ecuatoguineano. Llevo en Madrid un tiempo. Me gustaría hallar el paradero de uno de mis familiares que está todavía en Guinea Ecuatorial e intentar traerlo a España.

—Me ayudaría saber su nombre, el del familiar que desea encontrar y que me facilitara un número de contacto para que el señor García Trevijano le pueda contactar.

—Me llamo Manuel Mangue Obama, don Antonio me conoce, puede que usted también.

—Creo que le recuerdo. Llegó hace unos meses con su mujer y sus dos hijos. Don Antonio les ayudó a asentarse y a solucionar el papeleo para que no tuvieran problemas. Si me da los datos de su familiar le paso la información al señor García Trevijano, aunque dudo que pueda hacer algo por él o por usted. Don Antonio no mantiene ninguna relación con Guinea Ecuatorial hace un tiempo y pienso que poco puede hacer.

—Entiendo. Desearía, sin embargo, hablar con don Antonio en persona, que me aconsejara. A lo mejor conoce a alguien que aún mantenga relaciones con mi país.

—Espere —contestó la secretaria—, si quiere pasarse a hablar con él le podría dar una cita el próximo mes.

—¿No podría ser antes? Me urge. Creo que la vida de mi familiar corre peligro.

—Intente llamar o pasarse por aquí. Con algo de suerte puede que le atienda sin cita previa.

—¿Cuándo cree —preguntó— que es la mejor hora para localizar al señor Trevijano en su despacho? No quiero molestar, ni abusar de su buena voluntad, pero don Antonio es la única persona que conozco que me puede ayudar en este momento.

—Pruebe a llamar o pasarse a primera hora de la mañana —le informó la secretaria— entre las nueve y media y las diez. Suele venir media hora antes de abrir el despacho y casi siempre contesta a las llamadas que se le hacen o atiende si ha venido alguien, pero no le puedo dar ninguna garantía. A veces llega más tarde, o se mete en el despacho porque urge estudiar algún caso. Aquí tenemos bastante lío desde hace unos meses. Ya sabe que en Madrid las huelgas y protestas son el pan nuestro de cada día. Hay muchas detenciones y don Antonio no para estos días. Si es una emergencia, como dice, insista hasta que consiga hablar con él. Yo le pasaré la información que me ha dado. Si me deja su dirección o un modo de contactarle, el señor García Trevijano se dirigirá a usted en cuanto le sea posible,

—Don Antonio debe tener todavía mi dirección y mi número de teléfono, pero se los doy con gusto —contestó Manuel y le dictó a la secretaria los datos solicitados—. Gracias —dijo—, insistiré como me ha recomendado. El asunto tiene su urgencia y quiero hablar con don Antonio personalmente.

Salió de la cabina, pagó por las dos llamadas en el locutorio y abandonó del local. No se encontraba lejos de la Plaza Mayor y decidió caminar para aclarar ideas. La situación del país empeoraba, aunque reinara el silencio en torno a lo que allí ocurría, él intuía que todos los que habían permanecido en Guinea estaban en peligro. Mientras los españoles estaban allí se contuvo en cierta medida le violencia, pero en cuanto salieron los últimos efectivos de la guardia civil, los guineanos quedaron a merced del que había prometido ser el gran patriarca, el que iba a defender los intereses de todos los guineanos. Las calles de Santa Isabel, que ahora se llamaba Malabo ya que Macías intentaba borrar toda memoria, de Bata o cualquier ciudad o pueblo ya no eran seguras. A no ser que pertenecieras a la Juventud en Marcha con Macías, era mejor que no salieras de casa.

Manuel cruzó la Plaza Mayor, observó los soberanos edificios y la gente tomando apaciblemente un café o un aperitivo en las terrazas de los bares. Era cierto que había cierta agitación en la capital, que se respiraba un aire revolucionario, un deseo de cambio, que algunos días no podías sentarte con tranquilidad en un café del centro ni pasear por Sol o la Gran Vía, porque los estudiantes o los obreros hacían sentir sus aspiraciones de libertad en el centro. A Manuel no le preocupaba ver estas escenas, más bien le agradaba. Era una insurrección pacífica y legítima que reclamaba libertad y no la rebelión desordenada y sin ley que regía en su país, en la que no se reivindicaba justicia o libertad, solo se aterrorizaba. En Guinea no era posible sentarse en un bar, pasear por las calles de Santa Isabel o acercarse al mar para contemplar una puesta de sol. El asesinato de Atanasio Ndongo y Saturnino indicaba que nada iba a cambiar, que todo iba a ir a peor, que había fracasado el intento de desradicalizar la política de Macías y que, con ese revés, el dictador había ganado poder.

Tomó la calle Ciudad Rodrigo para dirigirse a la Calle Mayor. Le apetecía darse un largo paseo por Madrid, después de todo le gustaba mucho esa ciudad, aunque siguiera sintiéndose extranjero. Reconocía que los madrileños eran a veces un tanto hoscos y resabidos, pero una vez que te acostumbrabas a ese carácter te dabas cuenta de que, en la mayoría de los casos, ese era el mal humor típico de los que viven en una ciudad grande, que Madrid era una urbe acogedora y que los madrileños, bajo esa fachada huraña, escondían un gran corazón.

En los años que pasó allí de estudiante había aprendido a apreciar los encantos de la ciudad: sus calles señoriales, el parque del Retiro, la grandiosa Cibeles, los cafés y bares, el ambiente culto que se respiraba en algunos ámbitos y una ciudadanía cada vez más educada, que intentaba mandar a sus hijos a la universidad. Madrid era también una metrópolis que abría puertas y horizontes. Aquí venía gente que procedía de todas las provincias de España o de otros países, como él, buscando prosperar de algún modo. El Madrid de los años sesenta ofrecía esa posibilidad, aunque al principio fuera difícil.

Bajó la Calle Mayor y se detuvo un momento en la plaza del Ayuntamiento. Contempló la calle y el discurrir tranquilo de los viandantes. Atardecía y la temperatura empezaba a bajar. Se abrochó la chaqueta hasta el último botón. Parecía mentira, pero se tenía que acostumbrar de nuevo al frío, ya lo había hecho en su época de estudiante y lo volvería a hacer. Esperaba que su mujer y sus hijos pudieran también acostumbrarse, no solo al frío, sino a la ciudad, al país. Tal y como se perfilaba el futuro de Guinea Ecuatorial, sus hijos se iban a criar en Madrid y era importante que apreciaran y amaran su segundo hogar. Eran pequeños y en algún momento de sus vidas, pensaba Manuel, se sentirían más madrileños que guineanos. Así le pasaba a casi todo el mundo que llegaba a esa ciudad, terminaba siendo adoptado por la urbe. Seguro que Margarita necesitaría más tiempo que los niños, pero se adaptaría.

El aire gélido jugueteó y terminó colándose por su chaqueta. Apretó el paso para engañar al frío de esos tempranos días otoñales. Pensó que lo mejor era volver en metro. No quería resfriarse, una vez que cogía un constipado no lo soltaba en semanas. A ver si al día siguiente se acercaba tempranito por el despacho y podía hablar con Trevijano. Meditó lo que iba a exponer, aunque no sabía qué decirle ni por dónde empezar. Optó que lo mejor era expresar su temor dada la situación de su nación, ya que nadie se encontraba a salvo. Le pediría que terciara para localizar a Federico y traerlo aquí. Le rogaría que lo hiciera antes de que fuera demasiado tarde. Sí, eso era lo que diría.

Retrocedió sobre sus pasos para tomar el metro en Sol. Quería pensar en otra cosa, pero era Macías el que aparecía, su enfermedad, su internamiento en un psiquiátrico estadounidense y sus intervenciones en la conferencia, su defensa a ultranza a la figura de Hitler. La devoción que sentía por ese líder tan destructivo no era solo por el hecho de que hubiera apoyado a la Legión Árabe Libre, sino también la forma en la que se había establecido en el poder, el modo en el que había organizado la sociedad con sus Juventudes Hitlerianas, la presión sobre los ciudadanos para que se afiliaran a su partido y que pagaran las cuotas . Esa Juventud en Marcha con Macías se parecía demasiado a las Juventudes de Hitler. La casi obligación en la que se veían los guineanos de ingresar en el partido de Macías tenía demasiadas semejanzas con el modo en el que Hitler había hecho que la mayoría de los alemanes ingresaran en su partido, y el miedo, el temer que te pudieran detener en cualquier momento, o pegarte un tiro en medio de la calle, evitaba que el pueblo levantara la voz y se revelara, algo que sin duda Macías había copiado también del *Führer*.

Si no detenían pronto a Macías se cargaría a cualquier político con sentido común que abogara por la democracia, perseguiría, como Hitler hizo, a todo aquel que no se hubiera afiliado a su partido y que por lo tanto no estuviera contribuyendo a mantenerlo. Obligaría a trabajar en las plantaciones de cacao o en la agricultura a los grupos o etnias que considerara inferiores, y allí los explotaría haciéndoles trabajar ochenta horas semanales, sin apenas alimentos, sin ningún tipo de higiene, hasta que se murieran. Levantaría nuevos penales, muros más altos…

«Dios —pensó—, a lo mejor soy yo el único que veo que la historia está a punto de repetirse, que nuestro país podría estar próximo a sumirse en un tiempo oscuro, que se avecina un genocidio, un nuevo holocausto y que yo, que soy un pobre diablo sin ningún tipo de influencia, no puedo hacer nada por evitarlo. ¡Ay, Dios, la que se nos viene!», reflexionó mientras se dejaba engullir por la boca de metro y se perdía en el anonimato, entre la muchedumbre.

De camino a casa siguió sumido en estos pensamientos. El pueblo madrileño y toda España habían sufrido de forma similar en los años de la guerra civil y la posguerra; ejecuciones colectivas, arrestos sin sentido, trabajos forzados para los que tenían una ideología diferente a los del régimen. El miedo como medida para evitar rebeliones. El premiar, el denunciar, el acusar al vecino por un puñado de monedas era una constante de la historia, un instrumento que los dirigentes volvían a utilizar una y otra vez. Recordó cómo Macías había alabado no solo a Hitler, sino también a Franco y sintió como un escalofrío le recorrió todo el cuerpo. Llegó a la casa con tal malestar que no cenó, se tomó un tranquilizante y se echó en la cama.

Al día siguiente llamó al despacho de Trevijano y tuvo suerte de que él mismo contestara.

—Sí, claro, me acuerdo de usted. No ha pasado tanto tiempo desde que les arreglé los papeles para que se quedarán en Madrid. ¿Cómo les va?

—Bien, don Antonio —contestó Manuel—. Le agradecemos de todo corazón lo que ha hecho por nosotros. No querría molestarle o abusar de su buena voluntad, pero hay algo que me preocupa y no sé a quién acudir.

—Usted dirá en qué puedo ayudarle, señor Mangue.

Manuel le explicó cómo había llegado a España gracias a Federico Ngomo y cómo deseaba devolverle ese favor trayéndolo a Madrid.

—Tengo algún dinero ahorrado. Pagaré lo que haga falta —añadió.

—No es cuestión de dinero, amigo Manuel. La situación en su país es extrema. Hay mucha tensión entre el Gobierno de Macías y el de Franco. Intentar salir de allí es tan peligroso como quedarse. Yo caí en desgracia hace tiempo con los que rigen su nación. No sé si podré hacer algo por su familiar —le explicó Trevijano.

—Pero usted conoce a Macías y podría intervenir para que dejaran salir a Federico Ngomo del país.

—Mis relaciones con Macías no son lo que eran, digamos que le he dicho cuatro verdades y, como no admite ninguna crítica, no me habla. Le diré más, aun suponiendo que mi contacto con él existiera todavía, no habría garantía ninguna de que me escuchara o que autorizara al señor Ngomo a salir del país. Hoy en día Macías no le haría caso ni a su propio padre, que en paz descanse, así que figúrese el caso que me va a hacer a mí. Ha perdido el poco juicio sano que le quedaba. Oye voces, tiene visiones, se siente amenazado. Le aconsejo que se olvide del asunto e intente disfrutar de su situación privilegiada aquí. Ni yo, ni usted, que no somos más que peones de una sociedad que otros mueven a su voluntad, podemos intervenir o cambiar el destino de los que allí están. Se lo digo con un nudo en la garganta, porque si estuviera en mis manos convencería a Macías no solo para que dejara regresar a Federico, sino para que dimitiera y se alejara del Gobierno de la nación. Si pudiera volver atrás en el tiempo no volvería a apoyarle.

—¿Quién nos puede ayudar? ¿Quién puede salvar a una nación entera del apocalipsis?

—Siento mucho no poder hacer nada ni por el señor Ngomo, ni por el país. Nadie podía prever que el Gobierno de Macías iba a degenerar en tal locura y violencia en tan poco tiempo. Siga mi consejo y déjelo estar. Apártese de la muerte y de la destrucción lo más que pueda. Preocúpese por su familia y gástese sus ahorros con ellos. En Guinea Ecuatorial no hay nada que hacer por el momento.

A Manuel le desconcertó la postura de Trevijano y regresó a su casa apesadumbrado, con una sensación de impotencia y vacío que no le abandonó en las siguientes semanas, en los siguientes meses. No entendía ese sentimiento, ni el mutismo en torno a Guinea Ecuatorial. ¿Por qué España quería sepultar en el olvido a su país, promover la amnesia general y no hablar ni de lo pasado, ni de lo que en estos momentos estaba acaeciendo? ¿Qué sentido tenía todo eso?

ÏV. SIN SANO JUICIO

El tiempo iba pasando en la residencia de Francisco Macías y con su transcurrir se incrementaba en la delirante mente del tirano el presentimiento de amenaza, la premonición de un complot contra su persona. Se sentía solo, en nadie confiaba y en su aislamiento desvariaba cada día más. Todo le afectaba. Se ponía en guardia, como un animal herido y asediado, ante cualquier movimiento inesperado de sus vasallos. Todo era motivo de preocupación, el susurrar de sus sirvientes o el rechinar de una puerta, el despertarse tras una pesadilla o no encontrar un objeto personal por minúsculo que fuera. Se pasaba las noches desvelado y los días en estado de enajenamiento. Su paranoia no le otorgaba el más mínimo momento de paz. Temía que alguien estuviera confabulando contra él, que su presidencia acabara de repente con un golpe de estado o que su vida estuviera amenazada. Evitaba las recepciones oficiales o las reuniones con sus ministros. No se atrevía a salir de su despacho, vigilado las veinticuatro horas del día por sus guardaespaldas. Se pasaba el día atrincherado allí, elucubrando cómo reforzar la guardia e introducir nuevas leyes que le protegieran, que le blindaran de tal manera que nadie, por muy poderoso que fuera, pudiera defenestrarlo.

Sentado en su sillón, febril tras una noche de insomnio y alucinaciones, trazó de forma esquemática su plan: un partido único, la obligación de todos los ciudadanos guineanos de afiliarse a él y pagar por ser miembros, sanciones, trabajos forzados en los cacaotales, prisión o pena de muerte para todo el que atentara contra su poder, que osara insultarle, criticarle o no estuviera afiliado a su partido. Igualmente para aquellos que no siguieran las pautas para adoctrinarse o que su intelecto les hiciera menos manipulables, y recompensa para los que delataran a aquellos que se atrevieran a reprobar su gobierno y a sus actuaciones. Le quedaba mucho por hacer, había que introducir nuevas leyes que limitaran las libertades de todos los habitantes de Guinea Ecuatorial, que les enmudecieran, les intimidaran y les dejaran sin energía para contradecirle.

En esas divagaciones estaba cuando alguien golpeó la puerta con los nudillos, se abrió y uno de sus empleados entró haciendo reverencias, rodeado de tres de sus guardaespaldas que no apartaban la mano de su pistola.

—Espero que tenga una buena razón para interrumpirme en la dificultosa labor de gobernar y entrar aquí sin anunciarse ni pedir permiso —dijo Macías.

—Sí, Señor, la hay. Me comentan nuestros informantes en Madrid que Atanasio Ndongo y Saturnino han estado reunidos en Madrid con el ministro de Asuntos Exteriores Castiella y con Carrero Blanco.

—¿Qué demonios estarán haciendo allí? Yo no he autorizado ese encuentro.

—Nuestros informantes no han podido infiltrarse en la reunión, ha sido a puerta cerrada, pero suponemos que se puede tratar de conjura contra su Gobierno, un intento de España de restablecer sus intereses en Guinea.

—¿Un golpe de Estado? —preguntó Macías.

—Pudiera ser, pero no se puede descartar que España solo intente restablecer las relaciones rotas. Parece que Madrid quiere llegar a un acuerdo con usted y hacer ciertas concesiones a cambio de perpetuar sus intereses económicos en nuestra nación. Si este fuera el caso —continuó su empleado— me han pedido que le recomiende estudiar la propuesta que nos traen su vicepresidente y Saturnino.

—¿Un acuerdo dices? ¿Qué tipo de acuerdo?

—No sé, su excelencia, soy solo un mandado y esto es solo una hipótesis de algunos de sus ministros y consejeros. Ellos son más duchos en la materia que un simple empleado como yo. Me dicen que tras ese encuentro pudiera ocultarse un golpe de Estado, un intento encubierto de limitar su Gobierno y forzar unas nuevas elecciones o la simple intención de restablecer relaciones. Me han dicho que le comunique que es poco probable que España quiera echar más leña a la hoguera.

—No es a Franco a quien temo, sino a los que le rodean. ¿Te han dicho algo más?

—Sus ministros solicitan una reunión para estudiar cómo proceder.

—¡Yo no me reúno ni con mi madre! —exclamó Macías.

—¿Entonces?

—Entonces les comunica a los ministros que se arreste a Atanasio y Saturnino en cuanto pisen el suelo guineano.

—¿Así, tal cual, sin pruebas? ¿No debería hablar primero con sus ministros y asesores para que le expliquen bien? —preguntó su empleado.

—No necesito hablar con nadie para saber qué hacer —afirmó Macías—. Cuando esos dos pajarracos lleguen les acuso de intento de golpe de Estado y me libro de ellos. Dígales a mis ministros que busquen unos cuantos hombres de confianza para recogerlos en el aeropuerto y unos matones que los reciban en mi despacho. Ese Atanasio es una sabandija que quiere librarse de mí para proclamarse presidente.

—Como usted mande, excelencia —se limitó a decir el hombre antes de intentar retirarse con una nueva reverencia.

—Manténgame al tanto de la operación. En cuanto aterricen esos dos les vamos a dar un recibimiento digno, uno que jamás olvidarán.

—Descuide, señor presidente. Así lo haremos.

—Recuérdeme que le suba el sueldo cuando terminemos con este asunto.

—Mil gracias, mi señor.

Macías vio a su empleado alejarse. Atanasio y Saturnino nunca habían sido de fiar, pensó, ya se lo había advertido más de una persona, aunque no recordaba quiénes lo habían hecho. Si había decidido aliarse con ellos era porque esa fue en su momento la posibilidad de ganar en la segunda vuelta y de granjearse el apoyo de los españoles. Con ellos a su lado el Gobierno de España no tuvo tantas reticencias a su candidatura y él necesitaba el camino aplanado para colocarse en el poder. Aliarse con ellos había tenido su utilidad, pero ahora había llegado el momento de sacudirse a los dos, de forma rápida y sin contemplaciones.

***

Según la versión oficial del Gobierno ecuatoguineano Saturnino y Atanasio eran los cabecillas de un complot contra el presidente. Se habían confabulado con Carrero Blanco y Castiella para derrocarle por medio de un golpe de Estado apoyado por la Guardia Civil y el Ejército Español. Los acuerdos obtenidos y la intención de mediar por la vía diplomática que el vicepresidente Atanasio Ndongo y su cómplice defendían no era más que una falacia, una artimaña para camuflar el golpe de Estado. Al verse descubiertos, Saturnino había intentado atacar al presidente y su guardia personal se había visto obligada a abatirlo a tiros. Encontrándose solo y rodeado de guardias fieles a Macías, Atanasio había intentado huir precipitándose al vacío. Debido a la gravedad de las heridas no se pudo hacer nada por salvarle y falleció unos días después en el hospital de la penitenciaría.

Hay otras versiones del acontecimiento.

Por su parte, España siempre negó que la Guardia Civil, el Ejército o las autoridades españolas estuvieran involucradas en un golpe de Estado contra Guinea Ecuatorial. No se negaron los encuentros entre Atanasio Ndongo, Saturnino, Castiella y Carrero Blanco, pero afirmando que había sido un intento de rencauzar las tensas relaciones entre el país y su antigua colonia, que jamás se conjuró contra el presidente electo. España declaró haber actuado con buena fe, pensando que aún se podía enmendar el país y lograr una cierta estabilidad económica y política.

Si hubo o no golpe de Estado es algo que se sigue debatiendo.

***

La desarticulación del supuesto golpe de Estado no distendió el estado de alerta continuo en el que vivía el dictador. Macías seguía viendo enemigos en cualquier sitio, adversarios que tenía que aniquilar.

Nadie estaba libre de sospecha, el más mínimo comentario, el no estar afiliado a su partido o dejar de pagar la tasa de afiliación era motivo para desconfiar. Él debía hacer lo posible para derrocar la más mínima conjura. Los políticos de la oposición si no estaban ya muertos, permanecían confinados.

La etnia bubi nunca apoyó su candidatura porque se decantó por la de Edmundo Bossio (Unión Bubi), que apostaba por la independencia de la Isla Fernando Po y de su etnia. Ese deseo de separarse y la voluntad de continuar con sus lazos con los españoles los puso en el punto de mira desde el momento mismo en el que Macías subió al poder. Los bubis empezaron a ser vistos como una amenaza real por el presidente y sus seguidores y pronto se convirtieron en la cabeza de turco. Macías decía temer un levantamiento de los bubis, que se unieran y enfrentaran a sus fuerzas de seguridad, que se declarasen independientes o planearan un atentado. Los arrestos de jóvenes bubis aumentaron. Se detenía y confinaba a cualquiera que fuera sospechoso de traición en la prisión de Black Beach o a cualquier joven bubi que por su fortaleza pudiera trabajar a lomo caliente en los cacaotales. Después de los arrestos y trabajos forzados se dio un paso hacia la matanza y el genocidio. Se asaltaban a comunidades enteras, se destruían sus hogares, se les disparaba a bocajarro y se incendiaba el poblado para que no quedara rastro del exterminio.

Cuando eran pocos los bubis que quedaban les tocó a sus propios aliados, a cualquiera que le pareciera incómodo. El caos, la muerte y la destrucción se había apoderado del país, corría a sus anchas y no parecía querer abandonarlo.

Los tiranos, los depredadores, usan métodos similares para eliminar a la oposición, para dominar a su gente y masacrar a sus pueblos: golpes de Estado ficticios, derogación de leyes y libertades, acumulación de poderes, ataque a las minorías, control por medio del miedo y el terror, detenciones masivas, trabajos forzados, campos de concentración, genocidio...

***

Desde la distancia, en Madrid, Manuel seguía en la medida de lo posible el desarrollo de los acontecimientos en su país. Era difícil mantener correspondencia con su familia. Las cartas se perdían a menudo o llegaban abiertas. Había que leer entre líneas e imaginarse lo que querían decir en realidad frases como «Gracias al Gobierno de Macías siempre tenemos un pedazo de pan o alguna menudencia que llevarnos a la boca» o «El trabajo en los cacaotales es extenuante, pero disfrutamos del aire libre, y el pensar que con la labor honramos a nuestro presidente, hace que saquemos fuerzas de donde no tenemos». Esto constataba que su familia no se había librado del hambre, las penalidades y el trabajo forzado en los cacaotales, pero seguían vivos.

Le pesaba haber dejado a tantos seres queridos allí, estar en Madrid, a salvo, mientras Federico, su padre, su madre y muchos de sus amigos se pasaban el día malviviendo, con suerte, sobreviviendo. ¿Cómo podía concentrarse en su vida en Madrid, en el futuro de su mujer e hijos, cuando en su país había tantos pesares? Se sentía decepcionado con la política, con el devenir de los sucesos en su país, consigo mismo.

V. (SIN) CAMBIO

A Manuel Mangue Obama le pesaba recibir, cuando llegaban, las noticias de defunciones. Cada una de ellas era un hurgar en una llaga invisible, que se dilataba. Estaba allí, en Madrid, no había sido fácil llegar ni asentarse, pero se sentía seguro y ni a él ni a su familia les faltaba algo que llevarse a la boca. Se sentía responsable por los que seguían en Guinea e impotente, ya que no podía hacer nada en absoluto. ¿Se podía uno habituar a esa crónica poblada de constantes muertes, de silencios? ¿Era posible observar impasible lo que sucedía en su país, por lo que estaban pasando sus amigos, parientes y conocidos? Manuel pensaba en ese entonces que el sufrimiento e impotencia de su gente, o de cualquier otro pueblo de este planeta que se enfrentara a un destino tan brutal, era algo que no se podía ignorar. Manuel creía todavía en que alguna fuerza, algún país u organización intervendría para frenar la masacre, que Macías no quedaría impune.

En junio de 1971, dos años después de su llegada a Madrid, recibió la noticia que más le afectó: el asesinato de Federico Ngomo, que fue un gran amigo, su mentor, la persona que le había convencido de que había que luchar por un cambio justo, que la política no era solo revolución o servilismo o una forma de adquirir poder o enriquecerse, sino también la semilla para un mundo más justo. Federico le hizo creer que la democracia en Guinea Ecuatorial no era una quimera y que los ideales que él defendía, la independencia pero sin una ruptura abrupta, se harían realidad. Con él perecía no solo un gran camarada, fallecía también un visionario, un pacifista, un hombre que podía haber marcado la diferencia, que podía haber conducido a su patria por un sendero muy diferente.

Es cierto que ese no fue el último acontecimiento que le impactó, pero sí el que más mella hizo en su alma, el que le empujó al oscuro túnel de la aflicción. Estuvo deprimido por mucho tiempo, sin ganas de trabajar, de luchar. Su muerte no solo le produjo el dolor típico de una pérdida, sino también le arrancó de cuajo ideales y esperanzas: Manuel empezó a cuestionar la bondad del ser humano y a sentir que todas sus convicciones se iban fracturando. Pasaron seis o siete meses y poco a poco fue saliendo de ese estado de tristeza. Manuel solo intentaba olvidar, quería alejarse de Guinea Ecuatorial en lo que tocaba a lo emocional y decidió concentrarse en las posibilidades que le ofrecía la capital.

El Madrid del 1972 y 1973 era una ciudad que se preparaba para una nueva era. Se respiraba en la calle, se acertaba en las conversaciones de la gente corriente en los cafés. «Franco no es inmortal, más tarde o más temprano le llegará su día», «hay rumores de que la oposición se está uniendo», «esto no puede durar mucho», «los sindicatos están cada vez mejor organizados», se escuchaba en la Plaza del Dos de Mayo, en los bares y los garitos menos convencionales del barrio de Maravillas. A Manuel le gustaba mucho caminar por sus calles , acercarse al bar Pez, en la calle del mismo nombre, o mezclarse con la muchedumbre de las populares bodegas Adosa. En ese tiempo Maravillas , que pronto iba a cambiar su nombre por Malasaña, empezaba a despertar, a perfilarse como barriada popular y progresista, como lugar de encuentro. Se inauguraban nuevos bares que atrajeron a los universitarios, jóvenes bien formados, con muchas aspiraciones y una visión nueva del mundo. Vivir en ese lugar le había hecho sentirse a gusto en Madrid, mitigando sus sentimientos apátridas, pero no el dolor, el resentimiento o la sed de venganza que acarreaba desde la muerte de Federico. Eso no había cambiado y no lo haría.

Decidió volver a ponerse en contacto con el señor García Trevijano. Había evitado hablar, llamarle o quedar con él durante esos últimos meses, en realidad se había apartado de casi todo el mundo. «Ya va siendo hora de salir de esa carcasa en la que me he metido», se dijo a sí mismo y se propuso retomar su vida allí donde la había dejado. «No se puede vivir como un ermitaño, Manuel», se aconsejó, «puede que a otros les sirva, pero a ti no. Encerrarte, apartarte del mundo que te rodea no ha paliado tus penas».

Don Antonio García Trevijano fue una de las primeras personas a las que visitó. No podía pensar en nadie mejor como nuevo punto de arranque. Manuel había estado un tanto resentido con él a raíz de la muerte de Federico, aunque hoy pensaba que Trevijano no podía haber hecho mucho al respecto, que la suerte de su amigo estuvo echada el día en que Macías se proclamó presidente. En esos y otros pensamientos estaba cuando llegó al portal de la calle Claudio Coello donde don Antonio tenía su bufete. Eran las cinco y media de la tarde de un casi veraniego día de junio de 1972. Manuel se secó el sudor de la frente y dudó un poco antes de tocar el timbre. En el portero automático se escuchó la voz un tanto distorsionada de la secretaria.

—¿Qué se le ofrece? —demandó.

—¿Está don Antonio García Trevijano todavía en su despacho? —preguntó Manuel con cortesía.

—¿Tiene cita?

—No, pero se trata de una cuestión personal.

—Pues sin cita le va a recibir el Espíritu Santo. Estamos por cerrar e irnos a casita a descansar —le respondió la secretaria con un tono entre guasa y descaro que a Manuel le chocó. Se quedó un minuto parado en el portal. Se le había desbaratado su plan para volver a la normalidad. Estaba por darse la vuelta cuando escuchó.

—¿Sigue allí?

Manuel reconoció la voz del abogado.

—Sí, don Antonio —le dijo—. Soy Manuel Mangue...

—¡Querido Manuel, qué alegría! ¡Suba! Enseguida le abro.

Manuel subió las escaleras de dos en dos asolado con una mezcla de impaciencia y esperanza. Pensaba que Trevijano le podría indicar si había alguna posibilidad de cambio para su nación o si era posible intervenir de algún modo para que los políticos de la escena española se preocuparan por Guinea Ecuatorial.

La secretaria puso mala cara cuando le vio y le recordó que estaban a punto de cerrar. El abogado, sin embargo, le saludó con afecto, depositó el maletín en el suelo, junto al perchero, colgó su abrigo y le invitó a pasar y a sentarse. Indicó a su secretaria que ordenara algunos documentos y que se fuera a casa con su familia, que era cosa suya atender al recién llegado. Manuel agradeció el gesto del abogado y se lo hizo saber.

—No faltaba más, Manuel —le dijo Trevijano con una sonrisa condescendiente—. Me alegra mucho verte de nuevo por aquí. Me tenías preocupado, no he sabido de ti desde la muerte de Federico Ngomo. ¡Un trágico acontecimiento! Federico fue un hombre con convicciones. ¡Es una pena que uno tenga que pagar por tener ideales y ser honesto! —le dijo mientras le invitaba a sentarse.

—No ha sido ninguna tragedia —musitó Manuel intentando ocultar el resentimiento que acarreaba desde que murió su amigo—, sino un asesinato en toda regla.

—Lamento que ocurriera, créame. Yo apreciaba mucho a Federico, era un hombre decente y de gran humanidad. Sé que no puedo redimirle por esa pérdida, pero acepte, por favor, mi pésame y mis disculpas por no haber podido ayudar a sacar a Federico del país cuando me lo pidió. Créame que si le recomendé no mover pieza fue porque era casi imposible librar a alguien de ese infierno en el que se ha convertido Guinea Ecuatorial y porque cualquiera que intentara ayudar en el asunto se hubiera jugado la vida en el intento. Actué con la mejor voluntad del mundo.

—Supongo —dijo Manuel sin convicción.

—Hubo un tiempo —se apresuró a decir Trevijano— en el que tenía un par de buenos contactos en su país y que podía echar algún que otro cable, pero desde que se ha desatado la locura allí y yo, con toda mi buena fe, le he recriminado a Macías de diferentes maneras su proceder, no tengo ninguna amistad relevante. Un par de amigos y conocidos siguen allí y temo por sus vidas todos los días, como usted lo hizo por la de Federico. Por lo demás no he pisado tierra guineana desde 1969 y no creo que lo haga. Allí soy persona non grata.

—No, si yo no le reprocho… —dijo Manuel con poca convicción.

—Usted piensa, y corríjame si me equivoco, que todavía tengo buenas relaciones con los dirigentes de su país, pero no es así. La situación de sus compatriotas, que no me es desconocida, me entristece, me exaspera, me hace sentir impotente y me remuerde la conciencia. Yo en su momento creí en Macías, en la revolución por la que apostaba, pensé que era un líder que amaba a su gente y que impulsaría un cambio justo y lucharía por el fin de la opresión. Hizo todo lo contrario, ya lo ve, tiranizando y masacrando a su pueblo. Me he sentido fatal, traicionado, porque consideré que este hombre era mi amigo. Es un monstruo lábil que ha sabido engañarnos a todos. Creo que no he sido el único.

Trevijano miró a Manuel, le desafió con una leve muesca a que admitiera que él también se había dejado engatusar por las promesas de Macías, que él también había sucumbido ante ellas, que era de los que no había intuido el cataclismo.

—Siempre desconfié de Macías —contestó Manuel pensando en que su mayor pena era no haber hecho algo para evitar que se convirtiera en presidente—. Se lo dije a Federico en más de una ocasión, pero él siempre intentaba encontrar algo bueno en Macías. Creo que Federico nunca pensó que pudiera ser tan pernicioso y destructivo, tan lleno de odio e ira, que él también podría ser su víctima.

—Es mucho más que pernicioso y destructivo, Macías es un psicópata. Se siente perseguido y amenazado por todos los frentes, está a la defensiva y usa su poder para eliminar cualquier amenaza existente o imaginada por él. No sé cómo no pude verlo, amigo Manuel, había signos de locura antes de que ganara las elecciones. Fui un imbécil. ¡Cómo pude no verlo! Y ahora con el poder en sus manos es poco predecible y muy peligroso.

Manuel recordó una vez más que quizás había estado en su mano evitar que ese engendro se alzara con la presidencia. Él supo que Macías había estado internado en un sanatorio de Estados Unidos con esquizofrenia y que esto suponía una amenaza una vez que se hiciera con el poder. Prefirió mentir en este punto.

—No tenía ni idea —mintió.

—Nadie se lo supuso, incluso el gobierno de Franco dio, tras un tira y afloja, el beneplácito a su candidatura. Al ser Atanasio Ndongo, que siempre mantuvo buenas relaciones con el caudillo, su vicepresidente pensó que no les iba a contradecir mucho o cortar relaciones, pero se equivocaron. Yo tampoco me imaginé que fuera un completo lunático y que tirara por la borda el apoyo económico que recibía de España. Algo que yo le desaconsejé, le dije que era una locura lanzarse de ese modo al vacío, que había que cortar los amarres de uno en uno y no todos de golpe. Ya ves el caso que me hizo. Nos engañó a todos. A mí me engatusó con sus ideas republicanas, con el deseo de repartir la riqueza del país, de hacer de Guinea Ecuatorial una gran nación. Nos traicionó. Y lo que es peor, está humillando y masacrando a su pueblo.

—¿Y cómo es que nadie lo para? ¿No existe ese grupo de países, las Naciones Unidas, que se supone que están ahí para intervenir ante tropelías y abusos como los de mi país?

—Eso mismo me pregunto yo, amigo. ¿A qué esperan para actuar? Pero siempre es lo mismo, se discute mucho, se actúa muy poco. ¿Por qué las Naciones Unidas tampoco actuaron aquí, en España, cuando se cometían crímenes contra el pueblo y se violaban numerosos derechos humanos? ¿Por qué hay tantos otros países en el planeta sufriendo con sus tiranos y nadie interviene? El mundo no es justo, Manuel, nunca lo ha sido. Hay siempre víctimas, verdugos y los que contemplan las catástrofes en la lejanía.

Trevijano pronunció estas últimas palabras con exasperación. Se reacomodó en su butaca y cruzó las piernas. Contempló de nuevo a Manuel y le preguntó:

—¿Cuál es el motivo de su visita? Creo que nos hemos desviado de la razón que le ha traído a mi despacho.

A Manuel le pareció pueril decirle que no existía una causa concreta, que solo esperaba de él un impulso para terminar de salir del atolladero en el que se había metido. Meditó un par de minutos y, como no se le ocurrió algo mejor, decidió ser honesto y contarle cómo había vivido tras la muerte de Federico.

—Desde que murió Federico Ngomo en 1971 no me ha ido nada bien. He padecido depresión. He estado aislado del mundo que me rodea. Han sido meses yermos en los que mi único peregrinar fue de la casa al trabajo y del trabajo a casa. Ha debido ser difícil para mi familia.

—No creo que te pueda ayudar mucho, Manuel. Soy abogado y no psicólogo —le indicó Trevijano.

—Ni yo lo espero, don Antonio —contestó Manuel—. Estoy mejor, gracias a Dios. Verá —continuó— necesito ponerme al día, saber cómo está la situación política en mi país y aquí. Me desconecté de todo cuando lo mataron, perdí la esperanza. Me dije que mi país no tenía solución. Miré hacia otro lado, pero eso no me ayuda. Me siento como si fuera responsable de lo que allí ocurre por no actuar. Quiero creer que hay posibilidades, que no todo está perdido. ¿Entiende lo que quiero decir?

—Vayamos por partes —le expuso Trevijano—. En lo que atañe a su país todo ha ido a peor y como ya le dije en una ocasión intento desvincularme de Guinea Ecuatorial. Mis intervenciones a favor de la democracia de su nación solo me han traído quebraderos de cabeza, desprestigio y ha dado pie a terribles injurias hacia mi persona que me van a perseguir por un largo tiempo, quizás hasta mi misma tumba. Comprenderá que no quiera implicarme y que sepa poco más que usted de la situación actual de su patria. La prensa le puede aportar más información que yo. De vez en cuando hay algún que otro titular en las últimas páginas de los periódicos, aunque como el Gobierno español no tiene mucho interés en que se hable de Guinea, la prensa informa de la forma más discreta posible.

Manuel inclinó la cabeza y se rascó la nuca. Hacía eso cuando algo o alguien no le convencía. Pensaba que Trevijano no le contaba todo, que ocultaba algo, que tal vez mantuviera relaciones con su país. Era una extraña sensación, por un lado no se fiaba de don Antonio. Era una desconfianza gestada durante las diferentes fases de la conferencia constitucional, cuando corrían rumores de que Trevijano estaba detrás de todos los discursos de Macías. Tras su llegada a Madrid esas suspicacias casi se olvidaron, don Antonio se portó con él y su familia de forma ejemplar. Sin embargo, la muerte de Federico y la forma en la que el abogado se había lavado las manos habían vuelto a despertar ese recelo, ese dudar de su honestidad. Por otro lado sentía admiración hacia su figura, hacia el ideal de libertad y democracia que defendía, hacia su inteligencia y el modo en que se implicaba en la lucha contra la dictadura de Francisco Franco. Esto ocasionaba una disyuntiva que no sabía cómo solucionar, don Antonio le deslumbraba y disgustaba al mismo tiempo.

—Le veo muy callado —intervino el abogado.

—No sé qué decir, don Antonio. Me exaspera la situación en la que está mi país y, más aún, que no podamos hacer nada, que el destino de mi pueblo esté en manos del que lo gobierna, que haya unos cuantos hombres poderosos que podrían forzar un cambio, pero que no mueven un solo dedo.

—Así es, Manuel. La gente de a pie, como usted o servidor, apenas puede influir en el curso de la historia. Le digo apenas, porque en momentos determinados de nuestras vidas a algunos de nosotros se nos ofrece la posibilidad de contribuir a un cambio, de aportar nuestros granos de arena para construir un futuro más digno. Otras veces somos meros espectadores y da igual lo que chillemos o pataleemos, nada podremos cambiar.

Manuel asintió, aunque su rostro mostrara escepticismo y decepción.

—¿Una copita de anís del Mono? —preguntó Trevijano—. Dicen que las penas se pasan mejor con un poco de alcohol.

—Se la acepto —contestó Manuel— y si fuera tan amable acompañada con un vaso de agua.

—Ya le he dicho en una ocasión —continuó don Antonio— que debe seguir con su vida y disfrutar lo que pueda en nuestro país. Es un privilegiado dentro de lo que cabe. Ha dejado atrás el infierno en el que se ha convertido el suyo. Deje de preocuparse por lo que ni usted ni yo podemos solucionar —le dijo mientras le traía la copa de anís y el vaso de agua—. Le conozco desde hace tres años y le considero un hombre con convicciones, de esos que sabe lo que es justo y lo que no lo es. Comprendo su frustración y su malestar. Lamento no poder confortarle en la pena y la rabia que siente, al menos no del modo que usted demanda, dando una solución a lo que no la tiene. —Don Antonio dio un sorbo a su copa de anís y prosiguió—. Si me permite, le aconsejo que vuelque esas ansias de justicia social, ese deseo de tener una democracia con unos dirigentes políticos dignos en nuestro país. Aquí va a haber grandes transformaciones, los españoles son un pueblo que ha madurado y avanzado más que su gobierno, que demanda un nuevo rumbo, quieran o no quieran verlo los de arriba.

Manuel ya se había dado cuenta de la transformación de la sociedad española desde finales de los sesenta. En Madrid no se podía ignorar que eran cada vez más los que reivindicaban más derechos y libertad, pero le resultaba imposible no sentir temor por lo que pudiera acontecer. Le preguntó a García Trevijano, si pensaba que en España la democracia podría asentarse como es debido, si no había el peligro que se fuera de mal a peor.

—No es que sienta simpatía por el régimen de Franco, pero no puedo evitar temer que una revolución traiga a este país desorden y violencia —dijo Manuel.

—Prefiero no hablar de revolución, sino de evolución o incluso transición. La revolución suele tener la connotación de revuelta y alteración del orden, no debería, ya que se puede hacer de un modo pacífico, pero la tiene. En esta nación lo que nos aguarda es una completa remodelación y ninguno de los que estamos implicados en este proceso queremos que haya violencia. ¿Me sigue en el razonamiento? —preguntó Trevijano.

Manuel asintió.

—¿En qué fase del cambio o evolución, como usted la llama, nos encontramos? —demandó Manuel.

—Pues sería difícil decirlo. El gobierno franquista no es lo que era, se ha debilitado y lleva un tiempo buscando el beneplácito de la comunidad internacional, pero no creo que se pueda hablar todavía de una transición hacia la democracia. Digamos que llevamos más de un lustro echándole un pulso a este régimen y esperando en la retaguardia a que se nos presente el momento propicio.

—¿Y los sindicatos? ¿No están más organizados? Las huelgas cada vez son más comunes.

—Sí, es cierto. Sin embargo, la dictadura sigue atajando estas protestas y encarcelando con puntual regularidad a los dirigentes. A mi amigo, el sindicalista Marcelino Camacho, le acaban de meter en la cárcel y no es la primera vez. A mí también me han arrestado en más de una ocasión, paso unos días en Carabanchel y luego me sueltan. Así está la cosa, amigo, hay que echarle paciencia al asunto, actuar y medir las posibles consecuencias. Llevamos tiempo preparándonos. Estamos organizados, aunque no lo parezca —le explicó don Antonio—. No somos *amateurs*, somos profesionales, gente culta y bien preparada.

«En Guinea hemos sido una panda de diletantes», pensó Manuel, «capaces de pactar con el mismo demonio con tal de acceder al poder», reflexionó recordando cómo Atanasio Ndongo llegó a un acuerdo con Macías, lo que inclinó la balanza hacia su candidatura. «A Atanasio le salió bien cara esa alianza y terminó pagando con su vida el haber impuesto sus intereses políticos personales al interés común. A todos los guineanos nos ha salido bien caro no saber manejar la situación, ser una tropa de inmaduros que no estaban preparados para la tarea de gobernar un país ni a nivel profesional ni a nivel político».

Nos hemos arrojado al vacío, sin paracaídas, sin medir las consecuencias del golpe morrocotudo, sin tener preparado un segundo plan en el caso de que el primero no funcione. Hemos sido demasiado orgullosos, demasiado necios para aceptar ser guiados de la mano del que nos gobernó, del que poseía información y conocimientos necesarios para la buena organización del país. Le había escrito Federico unos meses después de que llegaran a Madrid. Fue una de las pocas cartas que llegó antes de que la correspondencia dejara de fluir, de que perdiera todo contacto con su amigo. Se preguntaba si Trevijano y las otras figuras que formaban la oposición ilegal al régimen de Franco estaban tan preparadas como el abogado decía, si obrarían según las circunstancias o si saltarían en el abismo.

Continuaron conversando durante poco más de media hora. García Trevijano era un hombre culto, gran conocedor de las leyes, del arte y de la literatura. A Manuel le costaba entender que alguien de la talla de don Antonio se hubiera involucrado y apoyado a Francisco Macías. No comprendía cómo no había podido leer en sus ojos la locura, o por qué no había sido capaz de llegar a las mismas conclusiones que ahora le exponía, que para gobernar un país hace falta gente cultivada, con principios que antepongan los intereses comunes a los personales. ¿Le había prometido Macías a García Trevijano algo a cambio de su apoyo como se rumoreaba? ¿O era este un engañado más como él mismo defendía? Por mucho que Manuel intentara decidirse entre una u otra figura no podía. En un momento de la conversación, don Antonio le hizo una predicción sobre el futuro que se avecinaba en España que Manuel no pudo olvidar en vida por lo acertado de esta.

—Comprendo su escepticismo, Manuel, después del fracaso tan grande que resultaron las ansias de libertad y democracia en su país, pero le garantizo que aquí sí que va a funcionar. Da igual si Franco ha entrenado al príncipe Juan Carlos para que reine siguiendo sus preceptos o que se busque un sucesor con sus mismos principios como Carrero Blanco. Este régimen está enfermo y sus días, como los días del caudillo, están contados. Le doy como mucho, a Franco y a su dictadura, tres años de vida. Al nuevo modelo de gobierno échele dos o tres años más. Si algo he aprendido con el caso de su país o de tantos otros en África es que en estos procesos no hay que correr, sino ir midiendo y meditando todos los pasos.

Manuel volvió a casa haciendo cuentas. Si Trevijano no se equivocaba en el 1975 Franco estaría muerto y para 1978 España estrenaría un nuevo gobierno democrático.

VI. SIN COMPASIÓN

A Edmundo Bossio Dioko, que fue candidato de la Unión Bubi en las elecciones de 1968, le sorprendió su detención. Era una tarde como otra cualquiera, Edmundo volvía de dar su caminata habitual por la tarde, estaba a unos cien metros de su domicilio cuando divisó un grupo de policías atrincherados en su portal. Pensó por un momento que le esperaban a él, que le iban a detener, dudó, se paró, se sacó el pañuelito blanco que llevaba siempre en el bolsillo exterior de su chaqueta, era increíble cómo apretaba el calor en los días soleados y lo que una caminata liviana de una hora te hacía sudar. «No, pensó, no debo darme la vuelta, eso me hará parecer sospechoso, y como no he hecho nada no tienen por qué venir a buscarme». En el fondo sabía que no haber hecho nada no te libraba esos días ni de una detención, ni de la muerte; bastaba con que alguien con mala voluntad te acusara de alguna trivialidad, o a que a algún detenido durante los duros interrogatorios a los que eran sometidos hubiera mencionado tu nombre para ser arrestado, aunque no hubiera prueba alguna en tu contra. Se guardó el pañuelo y caminó hacia el portal de su casa. Notó que la policía no le quitaba la vista de encima, que alguno incluso acariciaba con sus manos el arma que portaba.

—¿El señor Edmundo Bossio? —preguntó uno de los policías.

—Sí, ¿en qué puedo servirles? —contestó Edmundo cordialmente.

—¿Ha observado que uno de los carteles de nuestro excelentísimo presidente ha sido dañado? —dijo el guardia señalado el póster que colgaba en el mismo portal donde residía Edmundo. Al cartel le faltaba un tercio en la parte inferior derecha, pero el rostro del Presidente no estaba dañado.

—La verdad es que no había reparado en ello —mintió sin saber por qué lo hacía, porque sí, se había dado cuenta de que faltaba un trozo, pero pensó que un niño o un muchachillo lo habría arrancado por cualquier tipo de juego. Se le pasó por la cabeza que podía haber recriminaciones contra el chiquillo si se descubría quién había sido, pero nunca se le ocurrió que se mandara a un puñado de policías para aclarar el asunto.

—¿Y no será que usted mismo ha dañado el cartelito y ahora se intenta hacer el inocente? —le sugirió el policía.

—¿Por qué iba a dañar o arrancar ese cartel de nuestro presidente? Ustedes bien saben que nos une una larga carrera política, que he estado a su lado luchando para que el país obtuviera su independencia y he sido su mano derecha durante muchos años.

—... Hasta que se le destituyó y se colocó en su lugar al nuevo excelentísimo vicepresidente, el señor Bonifacio Nguema Esono. Seguro que la destitución no le sentó bien, le sigue molestando y en cualquier arrebato le dio un zarpazo al mural con la foto de nuestro presidente.

—Ya les he explicado que ni siquiera había reparado en ello. ¿Por qué debería hacerlo? Es una niñería absurda que se repara volviendo a colocar un nuevo cartel en el mismo lugar...

—Encima intenta usted cargar el muerto a un niño, a uno de esos jóvenes que adoran e idolatran a nuestro presidente, al futuro de nuestra nación. Señor Edmundo Bossio —añadió el policía que siempre había hablado—, le comunico que queda arrestado en su domicilio mientras se investiga y se aclara el caso del cartel dañado. No tiene nada que temer, seguro que algún vecino ha visto quién lo ha hecho. Si nadie le puede reconocer como autor de tal delito contra la figura máxima de nuestro régimen quedará libre.

Edmundo sintió temor, un miedo que seguramente acertaron a percibir los policías. Hacía tiempo que los bubis eran las víctimas habituales de esa dictadura. Sabía que después de los arrestos domiciliarios, como poco, demandaban una temporada a los cacaotales y, en el peor de los casos, venían los interrogatorios, las torturas, el traslado a la inmunda prisión de Black Beach regida con mano dura; y quien iba a parar a esa penitenciaría no solía volver con vida.

Edmundo no discrepó. No quería que le volaran los sesos en mitad de la calle. Sacó el aplomo que le quedaba, subió hasta su domicililo, como se le pedía, y se sentó en el salón. Dos policías quedaron custodiando la puerta. El cabecilla le advirtió antes de irse:

—Espero que no haya intento de fuga, eso pondría todo en su contra, sería un claro reconocimiento de culpa y no nos quedaría otra opción que dispararle.

La noche anterior al arresto de Edmundo Bossio, al dictador Francisco Macías, que se encontraba en una reunión con la Juventud en Marcha con Macías, se le informó de que uno de los carteles con su retrato había sido ligeramente dañado y se le preguntó si deseaba que se repusiera con uno nuevo.

—¿Cómo ha osado alguien cometer tan grave ofensa contra mi persona? —increpó Macías a su interlocutor.

—Puede que haya sido de forma accidental. La acción pueril de algún chaval sin dos dedos de frente —opinó alguno de sus secuaces.

—Me da igual que haya sido un niño o un adulto, sea quien sea pagará por tal ofensa. ¿Ha habido testigos?

—No, que yo sepa.

—¿Y dónde se encuentra el cartel dañado?

—En la Calle Real número 22.

—Ese es el domicilio de Edmundo Bossio, el exvicepresidente, que yo mismo cesé porque no realizaba su trabajo de modo satisfactorio. Seguro que ha sido ese cerdo.

Macías, muy exasperado, se subió al podio y se dirigió al grupo de truhanes y delincuentes que formaban la Juventud en Marcha con Macías:

—Edmundo Bossio ha cometido una ofensa contra la patria y contra vuestro presidente, ha dañado intencionadamente el cartel con la foto de mi persona que había pegado en la puerta de su casa.

Un gran murmullo y voces de ira invadieron la sala.

—Y ahora os pregunto a vosotros, a vosotros que habéis demostrado ciega lealtad, que amáis verdaderamente a la patria. ¿Qué debo hacer con ese sucio traidor?

Y al unísono, como una jauría hambrienta que solo sentía satisfacción ante el dolor y la muerte de sus semejantes se oyó:

—¡Mátalo, mátalo, mátalo!

—¡Así se hará! —proclamó Macías adquiriendo una postura soberbia, alzando ambos brazos, subiendo el mentón y perdiendo su mirada en el techo de la sala, como si estuviera en un estado transcendental, como si fuera un dios omnipotente.

No había pasado mucho más de una semana de arresto domiciliario cuando uno de los policías que custodiaba a Edmundo Bossio pasó a recogerlo.

—Su arresto ha terminado por el momento —le notificó—, pero me tiene que acompañar para contestar unas preguntas rutinarias.

Edmundo le siguió y se montó en el vehículo policial, inseguro y temeroso. Le llevaban esposado, a él, que jamás había hecho daño a nadie, que era incapaz de intimidar. Supuso que debía ser el procedimiento usual, pero eso no alivió el temor que lo invadía y que se incrementaba solo con mirar a sus acompañantes, de anchos hombros, con facciones duras y ceño fruncido. Le dio por pensar que el viaje le llevaba solo a una fosa común, que sus acompañantes pararían en cualquier sitio, lo sacarían del vehículo, le pedirían que se arrodillara, le dispararían esposado, por la espalda, sin mirarle siquiera a los ojos. Después le arrojarían a uno de esos cementerios improvisados en la cuneta de la carretera que abundaban tanto esos días en Guinea.

El viaje comenzó a hacerse más y más largo. El coche de policía pasó sin detenerse por pequeños pueblos por carreteras pobladas de vegetación y por parajes semidesérticos. No se pararon. No le pidieron bajar, mas tampoco le llevaron hasta ninguna comisaría cercana.

—¿A dónde nos dirigimos? —preguntó Edmundo sacando el poco valor que le quedaba.

—No estamos autorizados a dar tal información —le dijeron—. Ya lo verá. Estoy seguro de que reconoce el sitio —contestó uno de ellos.

Los dos guardaespaldas comenzaron a reír. Edmundo pegó la cabeza en el cristal. Esa risa era una mala premonición. Por el camino que llevaban parecía que se dirigían a la prisión de Black Beach. Si le llevaban a esa penitenciaría casi seguro que no saldría con vida.

Tras más de dos horas de viaje llegaron efectivamente a la infame prisión. El edificio se había construido en una colina desde la que se divisaba el mar, así como una playa de arenas negras que daba el nombre a la cárcel. Constaba de tres edificios adyacentes y un muro altísimo y coronado con esquirlas, que unía dos de ellos. Había un patio interior sin vistas al mar, asediado por los edificios, los muros y los guardianes de la prisión. Teodoro Obiang regía la institución desde hacía algún tiempo y, como brazo derecho de su tío Macías, ejecutaba las órdenes de este sin discutirlas por muy descabelladas que le parecieran. Sabía que cualquier tipo de insubordinación se saldaba con la muerte y que la justicia era algo que su tío se había encargado de borrar de esas latitudes. Teodoro rara vez tenía remordimientos de conciencia, sabía que estos de poco servían si uno deseaba mantenerse en una posición de poder. Ser director de una penitenciaría nunca había sido su primera elección. Él aspiraba a más, ser jefe del ejército, vicepresidente o el sucesor de Macías y se comportaba como correspondía al que quería reptar su camino hacia la cumbre. Era discreto y silencioso e iba adelantando posiciones sin que otros lo notaran.

Obiang echó un vistazo al acta de Edmundo. No le pareció que ese personaje entrañara ningún grave peligro para el gobierno de Macías. Era claro que su tío desvariaba cada vez más y si nadie le paraba los pies pronto iba a liquidar a media población. Sin embargo, no era asunto de su incumbencia cuestionar la decisión tomada por Macías. Firmó la orden para que sus subordinados se hicieran cargo del detenido de la manera habitual. Este no podía salir con vida de prisión, aunque esta última frase no debía aparecer en el acta.

Edmundo cruzó el patio y fue conducido a las únicas dependencias de la cárcel que no olían a heces y orina. Allí le recibió uno de los subordinados del director de la prisión, un tal Tomás Ouko que, con una sonrisa que no armonizaba en absoluto con las circunstancias, le dijo:

—Excelentísimo exvicepresidente de nuestra república, le doy la bienvenida a nuestra prisión modelo. Espere un momento aquí, en seguida pasaremos a hacerle algunas preguntas. Espero que las conteste rápido para que su estancia aquí le sea leve.

Edmundo miró a Tomás Ouko. Era un hombre de buena presencia, vestía con traje de chaqueta y camiseta de colores claros, estaba bien perfumado, tenía las uñas bien cuidadas, posiblemente se había hecho la manicura recientemente. Le asombró que este hombre, que indudablemente había recibido una buena formación, trabajara en ese lugar. ¿Qué le atraía de una prisión?, ¿por qué no ocupaba un cargo en el Gobierno o desempeñaba cualquier otra labor que se ajustara más a su formación? Posiblemente no podía, no había lugar para la ilustración o la buena educación en su país. Él mismo tenía que haberse ido al poco de llegar Macías al poder, como tantos otros intelectuales. Si lo hubiera hecho, ahora no estaría allí, esperando una muerte segura en inciertas circunstancias. Deseaba creer, y por un momento lo hizo, que todo lo malo que se contaba sobre la prisión era una gran falacia, que él no iba a ser otra víctima del régimen brutal de Macías, que saldría de allí con vida. Ese pensamiento se evaporó cuando dos enormes policías le sacaron a empujones y patadas de la oficina, mientras Ouko le decía:

—Yo no soy el responsable de estas acciones ominosas, créeme, amigo Edmundo, si por mí fuera le daría la oportunidad de defenderse, de dar explicaciones. Lo siento, pero solo cumplo órdenes y si no las llevo a cabo seré yo el que terminaré en donde usted está ahora. No me queda otro remedio que tragar saliva y hacer, me guste o no, lo que me han mandado. Lo siento —repitió—, no es personal, sino puro trabajo. ¡Llévenselo!

VII. (SIN) ILUSIÓN

Entre la muerte de Federico Ngomo en junio de 1971 y la de Edmundo Bossio en febrero de 1975 las vidas de Manuel Mangue Obama y su esposa, Margarita Bossio, fueron un entramado de altibajos, a periodos de euforia seguían otros en los que la desilusión les invadía.

Intentaban concentrarse en su vida en la capital española, que se había convertido con el trascurrir del tiempo en un buen sustituto del añorado hogar. Durante los últimos años de dictadura el país se había abierto al exterior y se respiraban aires de modernidad y cambio. En Madrid florecían la cultura y las nuevas ideas. Esto había contribuido a que percibieran la capital como algo más que un lugar de paso. Madrid era una metrópolis con futuro, en la que no solo ellos sino también miles, millones de extranjeros encontrarían un modo de ganarse la vida, un porvenir, incluso una patria. Madrid era una urbe en proceso de modernización, en donde el pasado, el presente y el futuro de una nación en fase de transformación confluían. Sin embargo, estos senderos no estaban siempre aplanados. Madrid brillaba, vibraba y se alteraba con los sucesos que hacían mella en el viejo régimen.

Manuel intentaba creer en las premoniciones de Antonio García Trevijano y ver en los ánimos caldeados de las protestas estudiantiles o de las huelgas de los trabajadores y en los discursos de algunos políticos más moderados la apertura, el cambio. Sin embargo, se seguía arrestando al que levantaba la voz, algunas manifestaciones terminaban con represión, el gobierno amenazaba con atajar con mano dura la insubordinación y los ataques de grupos de extrema derecha contra establecimientos y personas liberales quedaban en su mayoría impunes. Manuel a veces temía lo peor, que la sociedad se polarizara y comenzara un enfrentamiento entre la vieja y la nueva España, una batalla en la que no habría ganadores, todos perderían.

En el año 1975 la muerte de Edmundo Bossio supuso una bofetada para su esposa Margarita. Aunque no era un pariente directo, sino un primo segundo de su padre, el asesinato ponía de manifiesto que también su familia corría peligro de muerte en Guinea Ecuatorial. Ni siquiera las buenas relaciones que su padre tuvo con Macías les podía librar de caer en desgracia en cualquier momento. Margarita temía lo peor y deseaba traer a sus padres a Madrid, como en su momento quiso hacer Manuel con Federico.

—Lo veo difícil, Margarita —le explicó Manuel—. La comunicación con ellos es casi inexistente. Los pocos guineanos que llegan aquí lo hacen a través de países como Camerún o Senegal, emprendiendo una verdadera odisea y arriesgando sus vidas en el intento. Tú no los has visto, yo sí, llegan exhaustos, en harapos, parecen almas errantes con un pie en la tierra y otro en el infierno. Tus padres son mayores, la huida sería un mayor riesgo que quedarse en donde están —le aclaró—. Mientras tanto, hagamos lo que el bueno de don Antonio nos recomienda, intentemos vivir de la mejor manera aquí, donde parece que sí va a prosperar una democracia.

En febrero de ese mismo año se evidenció aún más el deseo de cambio. Los artistas y actores iniciaban una huelga como protesta ante la censura, la supresión de libertades fundamentales y los ataques de los grupos ultraderechistas contra las personas considerados liberales. Los cines y teatros de Madrid y de muchas capitales españolas permanecieron cerrados durante 9 días. Tras su apertura el público premió con una ovación la huelga. Cada vez más intelectuales ponían de manifiesto una opinión que se extendía a diversos estratos de la sociedad: Había una necesidad de apertura real y de libertad.

La censura iba perdiendo el pulso y una tímida crítica al proceder del gobierno tenía cabida en las páginas de determinado periódicos o semanarios. Los cantautores la desafiaban con letras cada vez atrevidas como las del poeta León Felipe, a las que el grupo Aguaviva le puso música en 1975:

Yo no sé muchas cosas, es verdad,
solo sé lo que he visto,
y he visto que la cuna del hombre
la mecen con cuentos.
...
y que el miedo del hombre
ha inventado los cuentos.

Cuando Manuel escuchó la letra de esa canción lo primero en lo que pensó fue en su patria, en los cuentos que habían llevado y perpetuado a Macías en el poder. No pudo evitar pensar que su propia existencia se asentaba en esas mentiras, que le agradaban más o menos, que le hacían pensar que era libre en ocasiones, que le avasallaban en otras. Ese orden que nos rige está construido con cuentos a veces felices, optimistas, otras tortuosos, terroríficos. Quizás se equivocaba, pero temía que no hubiera la transformación deseada en España, que los dirigentes no fueran capaces de trazar un plan, de ofrecer otro tipo de discurso, uno que la población quisiera creer, que le ilusionara. El pueblo español necesitaba un nuevo comienzo.

Manuel se encontraba de cuando en cuando con don Antonio que le ponía al corriente. Supo por él que Felipe González se había instalado en Madrid ese mismo año, bajo una falsa identidad, para coordinar desde la capital la oposición ilegal, o que en marzo de 1975 la crisis de Gobierno, que se saldó con un cambio de carteras ministeriales, parecía suponer un paso al frente.

—Hay un cambio de aires en los ministerios —le dijo Trevijano—. Pudiera ser positivo. Pío Cabanillas, Herrero Tejedor y el joven vicesecretario del movimiento Adolfo Suárez, podrían ser hombres claves con los que dialogar y forzar un cambio de régimen.

Manuel era algo escéptico, cuanto más pasaba el tiempo más seguro estaba de que en la política se hacían juegos malabares con la verdad y la mentira, que siempre se apostaba por la que pudiera ser de más provecho en el momento. Quería creer que un buen gobierno podía sobrevivir siendo honesto, que si un mal líder, un loco, era capaz de sumir a un país en la más completa oscuridad, un dirigente honrado conduciría a su nación a una nueva era más luminosa.

En julio de 1975, dado que Franco estaba muy enfermo y era ingresado en el hospital con pronóstico reservado, el príncipe don Juan Carlos asumió la jefatura del Estado. Trevijano no se mostró muy entusiasmado.

—Juan Carlos no me convence. Nunca se ha pronunciado en público como su padre apoyando un cambio democrático. No sé lo que se trae entre manos el principito —declaró don Antonio—. La monarquía debe ser, como muy bien ha proclamado don Juan de Borbón en junio, salvaguarda de la democracia y los derechos humanos.

En el verano de ese mismo año la agonía del régimen se manifestaba con la retirada de las tropas del Sahara. Marruecos expresaba sus deseos de anexionarse el Sahara español. Algo que haría más tarde. En octubre, con Franco agonizando en el hospital, se iniciaba la Marcha Verde. Miles de marroquíes llegaban a la frontera entre Marruecos y el antiguo Sahara español para hacer presión y forzar la anexión de este territorio al reino de Marruecos. El Gobierno español optó por no intervenir, por evacuar a la población civil, dada la delicadeza del momento político, y no aventurarse en una guerra.

En noviembre de 1975, con el fallecimiento de Francisco Franco se evidenció que al cambio le faltaba poco, que la vieja España de valores conservadores y de férreas creencias religiosas tenía los días contados. Aunque se esperaba el cambio había cierta incertidumbre. Todavía existía una fracción importante de la sociedad que quería salvaguardar los valores tradicionales en los que se cimentó el franquismo y otra parte considerable que ya no abrazaba estos y que quería pasar página lo antes posible para que una nueva España emergiera. La democratización de la nación era un deseo compartido por la mayoría de los españoles, que deseaban que se escribiera una historia distinta a la de los años convulsos de la Segunda República, de la Guerra Civil, de la Posguerra y la Dictadura. Muchos apostaban por la tolerancia y el deseo de entendimiento como el mejor método para que renaciera la madre patria, un país para todos.

Manuel continuaba observando todos estos cambios en la retaguardia, como el que no espera de la vida más que sobrevivir y, con suerte, salir sano y salvo en caso de tiempos revueltos. Veía que el terrorismo de ETA se consolidaba. Había habido más de cuarenta asesinados desde el atentado contra Carrero Blanco. Nuevos grupos terroristas nacían, como los GRAPO, y la extrema derecha también perpetraba crímenes. Todas estas formas de violencia eran una amenaza para un proceso democrático que debía correr por caminos pacíficos.

Imara, su hija, que con casi doce años comenzaba a entender un poco más el mundo que la rodeaba, vivió como otros niños de su generación la transformación del país con mucha ilusión, con más que Manuel. Le pareció esperanzador todo lo que ocurría y se educó con el anhelo de libertad, de un mundo mejor. Manuel, sin embargo, seguía desconfiando. No se creería nada hasta que no hubiera elecciones, pasaran unos años y el nuevo gobierno se estabilizara y antepusiera los intereses comunes a los suyos propios. La voluntad parecía existir, pero había también un tira y afloja de intereses cruzados, que duraría dos años más.

Fue un tiempo en el que la palabra consenso estaba en boca de muchos políticos. Sin la voluntad de dialogar quién sabe si el proceso hubiera trascurrido de la forma que lo hizo.

Tras momentos de mucha incertidumbre, de violencia y asesinatos como el de los abogados sindicalistas de Atocha, la nación parecía llegar a su recta final en 1977. En junio de este año se celebraron las primeras elecciones generales para elegir a los miembros que iban a constituir las Cortes. Eran los primeros comicios desde 1936. A estas les seguirían las elecciones de 1978, en las que se aprobó la Constitución por abrumadora mayoría. Manuel volvía a tener un motivo para creer en la política, en que las promesas no eran solo meras mentiras, que era posible la bonanza y la prosperidad no solo para unos pocos, sino para una mayoría. La nación se había transformado desde su llegada. La ilusión se había expandido por el Estado español y el Madrid conservador de finales de los sesenta, era ahora una sociedad dinámica con ganas de modernizarse y de explorar nuevos caminos.

A la familia Mangue le sonreía la vida de nuevo. Manuel había encontrado un mejor empleo en otra empresa de transportes ubicada a las afueras de Madrid, cerca del aeropuerto. Ganaba más que en su anterior trabajo. Parecía que retomaba sus ideales de juventud y el cambio que se vivía en España le hacía sentirse optimista. Manuel olvidó algunas de las penas, abrazó de nuevo el vivir con perspectivas e hizo todo lo posible para que les fuera mejor a su familia y a él. Sin embargo, en lo más profundo de su ser no quería renunciar a volver a su tierra y mantenía un hilo de esperanza. Creía que, ahora que se estrenaba esa nueva España, sus políticos dirigirían pronto su mirada hacia Guinea Ecuatorial. Se darían cuenta del gran desaguisado, de la injusticia y los crímenes cometidos y harían algo para remediarlos.

«La historia está llena de improvisados héroes», pensaba Manuel, «hombres que con sus acciones han cambiado sus países o el mundo. Tiene que haber alguno dispuesto a salvar a mi patria». En esos días se imaginaba un nuevo liderazgo para Guinea Ecuatorial, aunque no sabía dónde se podría encontrar al héroe o cómo podría lograr este el cambio en una nación que llevaba casi una década sumergida en un mundo de tinieblas y sombras.

Decidió visitar a García Trevijano. Era la única persona que le podía decir si sus ilusiones eran algo más que eso, pensamientos fugaces que no se materializarían, si había alguna posibilidad de hacer algo por su pueblo. Don Antonio tenía buenas relaciones con algunos políticos del momento, conocía lo que se discutía a puerta cerrada. A lo mejor Guinea estaba en la agenda de este nuevo gobierno.

Se dirigió al bufete del abogado en la calle Claudio Coello. Eran las cinco y media de la tarde, la hora en que don Antonio terminaba su jornada. Llamó al portero electrónico y le contestó la misma secretaria con ese tono desganado. Le abrió la puerta y le dejó pasar sin más contemplaciones. Manuel había estado en más de una ocasión en el despacho.

—¡Manuel, qué alegría verle! ¿Hace cuánto que no nos vemos, un año?

—Creo que un poco más. Le vi después de que le soltaran en el 76.

—Cierto, Manuel. Hay que ver cómo pasa el tiempo y cómo han cambiado las cosas desde ese entonces. Mire lo que hemos logrado: democracia, libertad, amnistía para tantos presos.

—Tal y como usted me decía, don Antonio.

—No exactamente. No habría apostado un duro por el actual rey Juan Carlos y, aunque creía que Adolfo Suárez quería el cambio, nunca me lo imaginé como presidente. Provenía del antiguo régimen y había sido ni más ni menos que secretario del movimiento, pero lo que cuenta al final es que las ilusiones se materialicen, que las ansias de libertad se hagan realidad. ¡Qué importa con quién tuvimos que pactar los que buscábamos el fin del régimen si ahora tenemos nuestra democracia y nuestra libertad! Lo importante es que el entendimiento se anteponga a las ideas políticas de uno u otro bando.

—Pensaba que usted era de los que apostaba por una tercera república —opinó Manuel.

—Sigo pensando que la república hubiera sido la mejor forma de gobierno para este país, pero con la edad uno se da cuenta de que a veces es mejor no empecinarse en una idea, que se consigue más cediendo. Estamos mejor que antes, podemos votar y elegir a nuestros representantes. Los políticos más afines a las ideas de Franco apenas tienen presencia en el Parlamento. Solo por eso merece la pena prescindir de algún que otro ideal. —Miró a Manuel y le dijo—: Pero no creo que usted haya venido a preguntarme mi parecer sobre la situación política actual. Hay algo que le preocupa, ¿verdad?

—Correcto, don Antonio. Me sigue inquietando lo mismo, mi país. He intentado mirar para otro lado. Me he dedicado a hacer lo que usted en su día me aconsejó, concentrarme en mi existencia aquí, olvidarme de mi país. Ha sido duro, a veces me he acercado al objetivo, pero no he tenido éxito. La tierra le tira a uno demasiado, está adherida en lo más hondo de mi ser y no se la puede sacar, por mucho que se intente. Mi impotencia ante la situación que se vive en Guinea Ecuatorial me sigue produciendo desazón. Las casi nulas noticias que llegan aquí son una especie de artilugio para ignorar por unos días, a lo sumo un par de meses, lo que allí ocurre, para mitigar esa quemazón del alma. Pasan las semanas y a veces me topo con las noticias de otros muertos, de otras tantas vidas perdidas. Esto me hace sentir fatal, estar aquí observando como otros perecen. ¿No le parece perverso?

—¡Hombre, Manuel, tanto como perverso no es! Al menos yo no lo llamaría así.

—Pues a mí me parece que sí, dejamos que un nuevo holocausto se perpetre, esta vez en mi nación, y los que sabemos lo que allí ocurre nos dedicamos a observarlo sentados cómodamente en un diván. Y no me refiero solo a nosotros, sino a las diferentes naciones, a las organizaciones que velan por la paz, a los poderosos. ¿Está seguro de que no es perverso?

Don Antonio miró a Manuel y vio a un hombre con principios y convicciones, pero también a alguien que sufría una profunda crisis, que podía perder el norte. No sabía qué contestarle. Manuel tenía razón, una parte de la humanidad era así, perversa.

—¿Y a dónde me quiere llevar con todo esto, Manuel? —le preguntó—. Usted no ha venido aquí para hacerme una disertación filosófica sobre la crueldad humana, ¿verdad?

—Verá, don Antonio, llevo unos días en los que mis pensamientos no están aquí, sino allí, en Guinea Ecuatorial, en los que una y otra vez me pregunto si no existirá la posibilidad, por remota que sea, de cambiar algo. En este país empieza una nueva fase, la dictadura se acabó, son otros los que gobiernan España, gente que ha buscado consenso, que está mostrando empatía hacia el pueblo, que no quiere violencia, que desea que la gente se lleve bien. Me ha dado por pensar que quizás este nuevo gobierno podría volver a establecer relaciones con Guinea, reanudar el diálogo y de paso abrir allí una diminuta puerta a la esperanza.

—Lo veo difícil, amigo. Este nuevo Estado no va a estar formado al completo por gente nueva. Se está construyendo con antiguos conocidos del Gobierno de Franco y otros que han entrado en la escena política hace poco. Puede que me equivoque, pero no creo que quieran tratar el tema Guinea Ecuatorial, bien porque les resulta doloroso y embarazoso o porque no es prioridad. Están también los que llevan actuando como oposición ilegal bastante años y acaban de salir de las sombras de la ilegalidad. Esos o bien desconocen lo que ocurrió en tu patria, o desconfían de Macías, o les importa un comino lo que pasó allí. Es, como usted dice, perverso.

Manuel asintió con gran decepción y bajó los ojos. No pudo ocultar su tristeza.

—Siento no poderle dar una respuesta optimista, pero la situación actual en España es todo menos sencilla. Hay mucho de lo que preocuparse aquí. No crea que la democracia y la constitución se han impuesto. La situación sigue siendo complicada, en el terreno político hay que andarse con pies de plomo. No es oportuno meterse a arreglar su país sin haber mejorado el nuestro, sin garantizar estabilidad aquí. Ya sabe, el que mucho abarca poco aprieta. Yo, personalmente, me conformo con que los políticos actuales hagan todo lo posible por modernizar mi nación, que también es la suya, aunque a veces la otra tierra le tire, que den libertades y se preocupen por la educación pública, por los servicios sanitarios y por la economía del país. Si algo tienen que hacer en la política exterior es acercarse a Europa, África queda demasiado lejos y en este momento no interesa. No esperaría tanto de nuestros nuevos gobernantes. Me basta con que tengan buena voluntad y muestren respeto a la sociedad plural española, a las diferencias que hay entre sus habitantes y regiones; que sean justos, que no se ensañen en antiguas rencillas del pasado, que se respeten y no se insulten.

Manuel sintió de nuevo una desazón ante esta respuesta. Le hubiera gustado que Trevijano le diera las esperanzas que había venido a buscar, pero comprendía que las preocupaciones de la naciente democracia eran otras.

—Le veo la desilusión en el rostro, amigo —comentó Trevijano—, y lo puedo comprender, yo me sentiría igual en su lugar.

—Al menos aquí parece que van a surgir gobernantes responsables, políticos que, independientemente del bando que sean, creen en un futuro mejor, que van a luchar por la democracia, por un ideal.

—Soy un poco más escéptico que usted. Creo que Europa presiona a España para que se democratice, si no fuera así el rey se hubiera levantado como dirigente omnipotente. Puede que me equivoque y que su alteza sea el más honesto de los monarcas, pero como buen republicano que soy, no creo en la monarquía. Tampoco tengo demasiada confianza en estos políticos que el pueblo ha elegido o en sus promesas. Son en su mayoría hijos del antiguo régimen. Veremos qué pasa. En general desconfío de la política, gato escaldado del agua fría huye, ya se sabe. He sufrido tantas desilusiones. Son muy pocos los líderes que creen en una utopía y luchan por ella. Los hay, pero lo común es que los políticos sean individuos mediocres con buenas o no tan buenas intenciones, que quieran destacar y pasar a la historia por sus logros, pero casi todos están limitados por su medianía. Algunos, arropados por los sueños de grandeza, se vuelven letales para sus gentes. Se dedican a sembrar el miedo y la cizaña, utilizan su poder para envenenar a la población, provocar que las gentes se odien las unas a las otras e inundar con muerte y destrucción su Gobierno. Por eso, y no me entienda mal, aunque observo esta joven democracia con muchas reservas, me parece que vamos por el buen camino. En este país, aunque ahora se quiera pasar página, aunque no se hable, también hemos pasado horrores y muchos, pero en fin, se nos pide correr un tupido velo a favor de la democracia, y eso hacemos.

Manuel Mangue, que comparaba las Españas que conocía con su país, veía que en los últimos años de franquismo, aunque no se gozaran de algunas libertades se vivía al menos con ciertas comodidades, en paz y sin miedo. La nueva España ilusionaba. En las Guineas que él conocía, la Guinea colonial y la de Macías, se podía hablar de horrores y de temores. En la época imperialista los nativos habían trabajado en muchos casos a destajo y habían sido maltratados por los españoles que regían los cacaotales, incluso asesinados, pero al menos hubo cierta ley y orden, alguna infraestructura, comida que llevarse a la boca y acceso, aunque limitado, a la educación. Ahora era todo mucho peor.

No quedaba ni sombra de lo que fue el país. La pobreza era extrema. A la gente la mataban o se moría de hambre. No se imaginaba que en España se hubiera sufrido como en su país y no pudo evitar mostrar cierta extrañeza en su semblante.

—No me mire así, amigo. Lo que usted conoce nada tiene que ver con la nación de después de la contienda. Usted conoce un franquismo *light* como dirían los sajones o los más jóvenes. Se sufrió mucho durante la guerra y la larga posguerra. Los que no estábamos de acuerdo con el orden impuesto lo pasamos muy mal.

Manuel asintió.

—Lo sé. He estudiado la Guerra Civil en el colegio.

—¡No, usted no sabe nada! Lo que se vivió aquí no se puede estudiar. Los que hemos vivido la represión, sabemos que es demasiado cruel para describirlo en los anales de la historia. Además, le diré que lo que usted ha aprendido es lo que el régimen difunto quería que se estudiara y no lo que en realidad pasó. Los verdaderos horrores tardarán lustros en conocerse. Para ello necesitaremos a alguien con agallas de desenterrar a todos los muertos del pasado. Esperemos que lo haga con empatía, con cierto tiento, para no provocar a los descendientes de los verdugos, porque si no lo hiciera así, saldrían miles de demonios como si hubiera abierto la caja de Pandora. Se resucitarían odios, se herirían orgullos y volveríamos a levantar rencillas entre las dos Españas, que siempre han existido, que a veces saben convivir y otras no. No me gusta pasar página sin más, pero es mucho más peligroso polarizar a la sociedad española. Espero que los políticos futuros comprendan la esencia de lo que se está haciendo ahora: renunciar, apartar el dolor y la rabia, pactar con nuestro contrario por el bien común.

Manuel, que no era más que un español circunstancial que, como el señor Trevijano le había dejado claro, no conocía más que la versión de la dictadura de Franco sobre la Guerra Civil y la Posguerra, no dejaba de mirar a su interlocutor con cierto asombro y curiosidad. Trevijano se levantó de su sillón, abrió una de las puertas de una especie de chifonier con cajones que se hallaba en una esquina del despacho, sacó dos copas y una botella de Soberano.

—¿Le apetece? —le preguntó a Manuel—. Estos temas es mejor acompañarlos con un buen trago.

—No sé —contestó con indecisión.

—Me parece que usted no sabe muchas cosas y que le cuesta ser resoluto. Si con algo tan simple duda, no sé lo que le pasará en momentos cruciales —le dijo Trevijano, aunque luego se arrepintió, debía moderarse con Manuel. Al pobre hombre se le veía afectado—. Lo siento, se excusó. No tenía que haberle respondido así. Usted también sufre, como muchos españoles lo hicieron en ese entonces.

—¿Sabe? Le acepto el trago —contestó Manuel en un intento de desviar la conversación, que se le hacía algo insufrible y le tocaba en lo personal. Trevijano tenía toda la razón, le faltaba el coraje y la entereza necesaria para luchar y encararse con el destino, para mutarlo.

—¿Conoce a uno de nuestros más reputados poetas, Antonio Machado? —le demandó.

Manuel asintió con la cabeza, después añadió:

—Reconozco que poco he leído sobre él.

—No me extraña, para qué lo voy a negar. Han sido casi cuatro nefastas décadas de dictadura con su velada quema de libros a través de la censura e intentando que se supiera poco de los autores que estaban o habían muerto en el exilio como Antonio Machado. Este gran poeta escribió un poema que va muy bien para la fase en la que nosotros nos encontramos ahora, la misma que vivisteis vosotros hace una década en Guinea, dice así:

Ya hay un español que quiere
vivir y a vivir empieza,
entre una España que muere
y otra España que bosteza.

»Nuestra democracia —continuó diciendo— se está despertando y espero que aprendamos de los errores del pasado y no caigamos en la misma espiral que hizo que la Segunda República desembocara en la Guerra Civil. Deseo que, pese a antiguos resentimientos, seamos capaces de trabajar unidos y no desmembrados, con empatía hacia el otro y no enemistados con él. Machado pareció predecir el desastre y la guerra fratricida que se avecinaba porque continuó su poema así:

Españolito que vienes
al mundo te guarde Dios.

Una de las dos Españas
ha de helarte el corazón.

—En nuestro caso —comentó Manuel— las dos partes del conflicto nos han helado el corazón, la madre Patria España, que nos dejó a la deriva, y la nueva Guinea Ecuatorial, que ha separado más y más a sus ciudadanos, que siembra el terror y la opresión sin que nadie haga nada.

—El mutismo es una estrategia de los cobardes, de los que no quieren reconocer sus problemas, ni asumir responsabilidades. Los justos y denodados asumen sus errores e intentan repararlos —contestó don Antonio.

Manuel dio un sorbo y saboreó el brandy. Le resultaba un poco seco. No estaba acostumbrado a bebidas tan fuertes.

—¡Déjeme que le cuente un par de cosas! He cometido muchos errores en la vida y los he ido asumiendo. Estoy muy desencantado, qué digo desencantado, indignado por la manera en la que Macías está tratando a su gente, a sus hermanos, así se lo dije en repetidas ocasiones hasta que decidió ponerme en su lista de *persona non grata* y cortó toda comunicación conmigo.

Trevijano se llenó la copa de brandy y dio un gran sorbo:

—Muchos me acusan de ser cómplice de Macías, de tener manchadas las manos de sangre, de ser responsable de lo que está ocurriendo allí y quizás pase a la historia como la mente maquiavélica española responsable de la subida al poder de Macías —apuró lo que le quedaba en la copa de una sentada.

—Yo solo he oído que usted escribió la Constitución para Macías. Nada más —dijo Manuel, aunque también había escuchado que Trevijano financió la campaña electoral, pero prefirió no hacer referencia.

—Yo no le escribí la Constitución que llevó a la Conferencia, ni le di los tres millones de pesetas como me acusan de haber hecho, ni le asesoré. Mi fallo fue creer que Macías era una persona con ideales, que quería una república independiente del antiguo poder colonial. Le di cierto apoyo cuando tuvo lugar el frustrado golpe de Estado de Saturnino Ndongo y Atanasio Ibongo. Le dije que no me sorprendía que fueran unos traidores y que estaba seguro de que Carrero Blanco y otros muchos estuvieron involucrados en él. Al menos eso era lo que pensaba en su momento. Hoy, dadas las atrocidades que se han cometido, ya no sé qué creer. Ahora bien, y que esto le quede bien claro, siempre he sido crítico con Macías, le recriminé su política dictatorial en cuanto me enteré de cómo trataba a sus hermanos guineanos, le insté a que respetara la Constitución, la ley. ¡Soy un iluso altruista, pero nunca apoyé ni apoyaré políticas dictatoriales, fratricidas o genocidas! —concluyó con una expresión de exasperación y aflicción.

Manuel no sabía qué contestar ni entendía a qué venían esas confidencias. Descubría en esos testimonios frustración por lo que en Guinea seguía pasando y un halo de arrepentimiento por, aunque lo negara, haber secundado de algún modo a Macías. Tenía la impresión de que no todo lo que narraba Trevijano era veraz, siempre la había tenido, pero no le importaba. Esa tarde veía a un hombre que deploraba haber confiado en Macías y que no pertenecía ni al grupo de los cobardes que callan sus errores, ni al de los valientes, que hacen algo ante la injusticia. Él no era el adecuado para juzgarle. No había mostrado brío y resolución cuando estuvo en su mano hacer algo para evitar la elección de Macías y eso le continuaba pesando.

—¿Y cómo podemos dejar que ahora el país se hunda? —preguntó Manuel que continuaba preocupado por los amigos y familiares que vivían allí y de los que poco sabía desde que residía en Madrid.

—Amigo, no esperes mucho. Nadie se va a meter a defender a los que allí quedan. Es poco lo que le puede interesar a España de su país. Solo hay pobreza extrema y desolación. A nadie le importa lo que le pase a los miserables. —Trevijano se llenó la copa por tercera vez, aunque solo le dio un sorbo—. Es una indecencia, lo sé, pero no somos nosotros los que regimos el mundo, ni los que tomamos decisiones cruciales. —El abogado volvió a dar un sorbo, observó que la copa de Manuel estaba casi vacía—. ¿Le apetece otro brandy? —le preguntó.

—No, gracias. Me queda algo en la copa.

—El mundo es difícil, cruel y egoísta —afirmó mientras paseaba el dedo índice por el borde de la copa, con la mirada perdida—. Debemos estar contentos cuando en nuestra patria vivimos tiempos de bonanza como los de ahora, cuando se vislumbra una mejora, un periodo de hermanamiento y paz. Hay que sentirse agraciado cuando uno ha podido escapar de la hecatombe como usted ha hecho. Hubo un tiempo en que pensaba que el individuo podía cambiar el mundo. Me equivoqué. Aspiraba a traer la democracia a su país y en mi intento de hacer tal proeza solo he conseguido un caos tremendo en su nación y desprestigio y difamación personal. No somos nosotros, ciudadanos de a pie, sino los de arriba los que están en el poder, los que pueden conducirnos a mejores puertos. Si estos no mueven ficha, porque no les interesa, nada podemos hacer. Seguiremos impotentes, observando penurias, guerras y exterminios. Seguiremos atados de pies y manos, acechados por el miedo y el horror, de rodillas ante sangrientos dictadores. Esto es lo perverso del orden mundial. Si los que tienen poder no hacen nada para remediar la crueldad, imagínese lo poco que podemos lograr nosotros. No somos más que peones en un tablero listos para caer ante cualquier movimiento en falso.

—Me gustaría pensar que se equivoca, que cada individuo tiene la posibilidad, por mínima que sea, de cambiar el destino, de contribuir a un mundo mejor —dijo Manuel—. Necesito creer en ello.

—Veo que le queda decencia y espero que las desilusiones que el porvenir está por depararle no minen esa virtud. Por eso mismo, para evitar desencantos, le vuelvo a dar el mismo consejo que le di la primera vez que acudió a mí. Piense en usted y preocúpese por su salvación, por la de su mujer e hijos. No se meta en asuntos de los que solo puede salir escaldado. Se lo dice alguien que ha sufrido lo suyo por meterse a enderezar el mundo.

Trevijano terminó de un trago lo que le quedaba de la tercera copa de brandy.

—Creo que he hablado de más. A veces uno necesita dejar escapar sus remordimientos y frustraciones. Los míos están en su país, con su gente y con todos los sufrimientos que están padeciendo. Todos los días intento convencerme de que no ha sido culpa mía, que yo no tuve nada que ver con lo que sucedió, con lo que sigue pasando y, por mucho que la lógica me conduzca a esa conclusión, mi conciencia no lo hace. En algunas ocasiones pienso que el purgatorio que padezco cada día, ese descrédito del que soy objeto, es mi penitencia, mi castigo por haber errado. La ceguera me hizo equivocarme, ese ofuscamiento que padecemos por defender un ideal político y creer a hombres que nos seducen con promesas que no tienen intención de cumplir.

Se levantó e hizo un ademán para que Manuel le siguiera y le dijo secamente:

—Se hace tarde. Permítame despedirle.

Abandonaron el despacho en silencio. Cerca de la puerta de entrada Manuel le agradeció la conversación y sus consejos.

—Soy yo el que debería agradecerle escuchar mis penas.

—Seguro que la democracia en este país nos deparará más alegría que tristeza —dijo Manuel en un tono conciliador.

—No estaría tan seguro. Una de las dos Españas terminará helándonos el corazón. La humanidad no cambia y vuelve más tarde o más temprano a sus malas prácticas, a tropezar en la misma piedra. Ahora estamos hermanados, pero en tres o cuatro décadas comenzaremos a despreciar al que es de otro partido político, al moderado, porque no comulga con los extremos, al científico o al intelectual, porque sabe más que nosotros, y veneraremos al corrupto que nos roba, solo porque es de nuestro partido y nos promete el oro y el moro. En cada individuo anida un Caín y un Abel, un depredador sin escrúpulos y un iluso confiado, que termina siendo la cabeza de turco. Uno de los dos se suele imponer. Esto no tendría que ser malo si fuéramos lo suficientemente inteligentes y tuviéramos principios fuertes de moralidad para manejar al monstruo, o no bajar la guardia si el caprichoso destino nos convirtiera en la víctima.

***

Manuel salió algo trastornado y compungido después de esta conversación con el señor García Trevijano. No sabía qué le pesaba más de todo lo discutido: si la teoría de que nada se podía hacer por Guinea Ecuatorial, la de las dos Españas y la fatalidad a la que se veían abocadas, o ese concepto de que todo individuo tiene una cara mala y otra que es fácil de manipular. Regresó a casa aturdido. La democracia y la elección de un parlamento erigido por el pueblo no le hacían ya la misma ilusión que hacía unos días. Se imaginó la resurrección de esos dos bandos enemigos, o muchos más de dos. Quién sabía si en un futuro algún acontecimiento agudizaría y haría notoria la falta de unidad, el rechazo a «los otros», a los que nos parecen diferentes, a los que no defienden nuestras mismas ideas, a los que no son de nuestro partido o nuestro equipo de fútbol, a los extranjeros. Siempre ha existido ese miedo y rechazo a los que son diferentes. Él lo había sufrido, lo padecían los bubis en su país, los gitanos, los negros en Estados Unidos y muchos más.

Se sentía impotente.

Había aceptado las muertes de Federico y otros tantos, con dolor pero sin desafiar o intentar remediar lo que ocurría. Había pasado por diferentes estadios: de la más absoluta frustración a la catarsis, de cierta euforia a la depresión, de sentirse resoluto a caer agotado.

Era un cobarde.

Algunos días pasaba horas enteras en la cama sin poder dormir o deambulando en pijama por la casa sin saber por qué lo hacía. Se sentaba o tumbaba en la cama. Nada cambiaba esa inapetencia al sueño. Era como si los anhelos se le escurrieran y no pudiera retenerlos, como si no le pertenecieran, como si las aspiraciones de cambio no fueran más que meros espejismos en los caminos sinuosos que a él le había tocado recorrer.

Se conformó, asumió su existencia mediocre; esa vida de sinsabores, con un trabajo poco gratificante que le ayudaba a subsistir a él y a su familia, un matrimonio que carecía de sentido hacía ya diez años. Quería a sus hijos, le gustaba verlos crecer a su lado, aunque a veces le parecía que eran completos desconocidos. Trevijano tenía razón, quedarse en Madrid era lo mejor para su hija Imara y el benjamín Francisco. Al menos aquí no tendrían que convivir con tantas tragedias.

Cuando llegó al apartamento se observó en el espejo. Las primeras canas brotaban en su cabello azabache y, aunque sus facciones todavía engañaran al paso del tiempo y su oscura tez ocultara las arrugas, su expresión de fatiga y sus ojos alicaídos no lo hacían. Acababa de cumplir cuarenta años y sentía cómo sus sueños de juventud se habían evaporado de golpe con tres copas de brandy. Sin duda andaban desvaneciéndose mucho antes, pero ahora, tras ese preciso día, después de ese largo encuentro con Trevijano, era consciente de que no le quedaban ni anhelos ni entusiasmos, que todas las quimeras que le rondaron se le habían escurrido lentas de una en una, como los granos de un reloj de arena.

**

En los siguientes meses Manuel Mangue hizo lo posible por amoldarse mejor a su existir, por obtener las pequeñas satisfacciones que este podía brindarle.

Se marchaba como siempre temprano al trabajo, hacía parte del trayecto a pie. El aire fresco de las primeras horas de la mañana y el movimiento físico le ayudaban a mantener la mente clara y a incentivar el ánimo. Comenzó a unirse a otros empleados para tomar el desayuno a las diez o las once y también se sumó a los grupos que salían a tomar una cervecita a la hora del aperitivo. Se interesó por el fútbol. Escuchó sus chistes y rio con ellos. Empezó a llegar a casa un poco más tarde de lo habitual, porque después del trabajo salía a tomar unas copitas y a conversar de política, mujeres, deporte o de cualquier tema. A veces regresaba a su casa entrada ya la madrugada, de buen humor, un tanto ebrio. Durante los fines de semana, que había dedicado hasta ahora a su familia, quedaba con frecuencia con el par de guineanos que conocía.

Estas salidas no le agradaban nada a Margarita. Toleraba mejor los retrasos en su llegada a casa y la copita después de trabajar que sus encuentros con los compatriotas. Desconfiaba de ellos, siempre lo había hecho, porque presentía que el enfrentamiento entre etnias, entre amigos, conocidos o familiares, no se libraba solo en su país, continuaba aquí en tierras extranjeras. Tenía miedo de que Manuel se metiera en líos o se granjeara la enemistad de algún mandamás. Habría explotado en cualquier momento cantándole las cuarenta y exigiendo que dejara de verlos, si Manuel no hubiera sabido manejar bien la relación con su mujer. Con cierta disciplina y asiduidad, aunque poca pasión, le entregaba a su mujer Margarita una rosa o un ramito de violetas, la invitaba a bailar, a ir al cine o al teatro, se iba de compras con ella y le regalaba vestiditos o una blusa coqueta. Esto parecía satisfacerla.

A sus hijos, ya adolescentes, más españoles que guineanos, sabía también granjeárselos. Les daba algo de dinero de bolsillo para que fueran al cine los fines de semana. A veces los llevaba al parque de atracciones de la Casa de Campo o les invitaba a tomar una Coca-Cola en las terrazas de la Plaza Mayor. Los domingos por la mañana los llevaba al Rastro o, todavía mejor, les invitaba en el Vips o en el Corte Inglés a merendar tortitas americanas con nata y helado de vainilla.

Todas estas concesiones y nimios caprichos se convirtieron en una especie de rutina, de tabla de salvamento, que le ayudaba a mantenerse a flote en los días en los que su ánimo tocaba fondo.

No se sentía bien consigo mismo.

Llevaba un tiempo en el que, aunque se mirara en el espejo a diario, le costaba confrontar a la figura que allí veía. No sentía más opresión o miedo. En Madrid estaba a salvo, la lejanía le brindaba a él a y su familia seguridad, pero había perdido los valores y esperanzas que tuvo en su juventud. Se había convertido en un cobarde, un egoísta, en una figura ridícula. Otros no lo verían, pero el sí. Él notaba como en su expresión el desengaño crecía.

A finales de los setenta su sueldo volvió a mejorar. Las salidas con su mujer e hijos aumentaron. Era una especie de estratagema para no caer en un abismo oscuro. La consciencia de no ser más que un peón del tablero que otros mueven a su antojo le empujaba insistente a ese agujero negro, a ese lugar que le dejaría sin creencias y le robaría los últimos escrúpulos que le quedaban.

Se resistía a caer en lo profundo, a no poder emerger.

Fue un tiempo en el que su matrimonio experimentó un renacimiento, en el que Margarita y él se sintieron más cercanos el uno del otro. Un milagro casi, ya que la pareja había pasado por más de una crisis. Habían convivido por un largo periodo sin hablarse, manteniendo distancias. Ahora, sin embargo, compartir algunos momentos con su mujer parecía tener sentido. El afecto que ella le daba y la sensación de que no estaba solo le animaban, le ayudaban a olvidar, a mitigar el dolor que sentía ante su propia impotencia, y a sobrevivir.

En Madrid se respiraban aires de modernización, de libertad, había ganas de saborear el albedrío, de expresar lo que se había oprimido u ocultado por muchos años. La sociedad se mostraba condescendiente con todas las ideologías. En los cafés se discutía de fútbol acaloradamente, de política midiendo las palabras para no escarbar en el pasado, ni resucitar el fantasma de las dos Españas. Ese era el espíritu de la transición.

VII. SIN VOLUNTAD

Un día, a su regreso del trabajo, Manuel se topó con un compatriota que llevaba tiempo sin ver, José Boesoko. Aunque en Madrid casi todos los guineanos se conocían, o sabían de la existencia de paisanos, no siempre se sentían unidos entre ellos, había desconfianza entre unos y otros por no pertenecer a la misma etnia. A José llevaba mucho tiempo sin verlo. Era un amigo de Amador, con quien se encontraba de higos a brevas. En otros tiempos se habían visto con frecuencia, pero Margarita siempre se mostró contraria a estas visitas y Manuel se distanció de Amador. José era bubi como su amigo. Él y su familia eran fang.

—¡Cuánto tiempo sin verte, Manuel! —exclamó José—. ¡Qué alegría, amigo! ¿Cómo te va?

—No me puedo quejar, José. Estos cambios en España han sido también positivos para todos nosotros. Todo florece. La gente tiene ganas de hermanarse, de aceptarnos. Cada vez menos gente te mira con mala cara. Nos están viniendo bien estos cambios.

—Tienes razón, amigo. A todos nos va mejor cuando hay tolerancia, cuando hay ganas de trabajar juntos codo con codo, cuando se dejan atrás las rencillas del pasado, cuando se gobierna para ricos y para pobres, para las minorías, para todas las religiones. Entonces hay ilusión. En nuestro país podía haber discurrido todo de otro modo si nos hubiéramos portado de forma similar a los españoles: olvidando viejas rencillas y uniéndonos en un proyecto común. Nuestros políticos y nuestros compatriotas han sido unos incompetentes. En vez de haber trabajado por el bien común, por una democracia para todos, cada etnia fue a los suyo. No se eligió pensando en el futuro, sino apostando por el candidato que representaba a la etnia mayoritaria, a ese impresentable, a ese asesino. ¿Para qué? Ni siquiera vosotros estáis bien. También se ha cepillado a más de un fang.

Manuel miró a José. No sabía qué contestar.

—Siento si te he importunado con el comentario —se disculpó.

—Para nada, amigo, a mí nunca me gustó Macías. Siempre temí que saliera elegido. Tienes razón, el pueblo guineano es imbécil.

—Los guineanos somos unos tremendos ignorantes —continuó José tras esa breve pausa—. ¿Cómo si no se puede explicar que tal tirano despiadado, que uno de los políticos más incultos y abusadores del planeta, continúe en el poder?

Manuel pensó que no solo por la ignorancia, sino también por el miedo, la frustración, el sentirse impotente ante el abuso, el no encontrar auxilio de otros países.

—A lo mejor cuando la democracia lleve unos años funcionando en nuestra segunda patria, cuando se haya estabilizado, les dé a los nuevos gobernantes por mirar al pasado y le plantan cara a Macías —opinó Manuel que todavía creía en esa posibilidad—. Sería una lástima que no lo hicieran, que no intentaran devolvernos la libertad y darnos, a los que aquí vivimos, la posibilidad de retornar a nuestro país.

—Lo veo difícil. Creo que a Macías solo le pueden derrocar los que le son cercanos, personas en las que él confía.

—Esos no lo harán, José. Seguro que Macías les ofrece el oro y el moro para que le protejan. Habría que deponerlo desde aquí y si es posible desde la legalidad, arrestándole y juzgándole por sus crímenes contra la humanidad.

—¿Querrías ver a Macías perder el gobierno de nuestra nación?

—Llevo deseándolo desde que salí del país. Estoy dispuesto a hacer lo que sea por terminar con él desde marzo de 1971.

—Si es así, Manuel, ven a hablar conmigo un día de estos. Hay rumores de que su fin se aproxima.

José garabateó una dirección en el reverso de un billete de autobús que encontró en su bolsillo.

—Suelo llegar del trabajo a partir de las seis y media o las siete, y si no estuviera allí me encuentras seguro en el bar de la esquina, El Sota —le explicó—. Tenemos un plan para librarnos de Macías, pero este no es el mejor lugar para tratar de ello. ¡Pásate un día de estos por mi casa y hablamos! Amador estará también allí —le dijo—. Seguro que se alegra de verte. No me falles.

Se despidieron. Manuel volvió a su hogar con sentimientos encontrados. Le alegraba albergar la esperanza de terminar con Macías, le daba miedo que su existencia se alterara de nuevo si participaba en lo que parecía ser un complot contra el dictador, o que el esfuerzo no sirviera para nada. Macías ya había sobrevivido a un par de intentos de golpes de Estado, que lejos de debilitarle le habían fortalecido, ya que se había librado de una gran parte de la oposición.

Un par de días después del fortuito encuentro con José, Manuel decidió hacerle una visita después del trabajo. No lo encontró en su casa. Estaba en El Sota con un compatriota que Manuel no conocía y con Amador, quien le saludó con afecto y se levantó para darle la mano y un gran abrazo.

—¡Qué alegría me da verte! —exclamó Amador.

—¡Ven, Manuel! —le llamó José—. Mira, te presento a Basilio Nsué. No creo que os conozcáis, lleva en el país dos o tres meses.

—¡Encantado! —respondió sin atreverse a preguntar nada.

A Manuel la presencia de esta persona le produjo curiosidad e inquietud al mismo tiempo. Llevaba mucho tiempo sin conocer a un recién llegado. Salir del país era casi un imposible en esos días, a no ser que se tuviera buenas relaciones con Macías, que se fuera una de sus manos derechas o un miembro destacado de ese ejército que protegía al dictador de sus enemigos reales y ficticios. Basilio llevaba unos pantalones negros de buena confección y una camisa blanca, simple, no ostentosa, pero de calidad.

—Me imagino lo que está pensando —contestó José dando el esperado apretón de manos tras la presentación—. ¿Qué demonios ha venido a hacer este aquí?

—Pues sí, tiene usted razón. Me sorprende bastante su llegada y verle tan bien vestido. Los pocos ecuatoguineanos que logran salir estos días llegan como auténticas almas en pena, vestidos con harapos, descalzos o con zapatos descabalados. No quiero ni ofender, ni entrometerme, pero usted no me parece el tipo de perseguido político que llega en la actualidad, sino más bien un agente del gobierno.

Manuel se arrepintió de lo dicho. Había que andarse con pies de plomo con esta gente, aunque él no hubiera dicho nada contra Macías, quién sabía si ese comentario le podía comprometer. Miró a José y a Amador. No comprendía cómo sus amigos andaban con ese Basilio que no le inspiraba ninguna confianza. No era de la etnia bubi de la que procedían sus amigos y, por la forma de vestir, el diría que pertenecía a los secuaces de Macías.

—De cualquier manera, mi más sincera bienvenida —dijo Manuel intentando salvar la situación—. Disfrute de Madrid que está bellísima de un tiempo a esta parte.

—Siempre ha sido una ciudad hermosa, con un enclave excepcional, en el centro de la Península Ibérica, un cruce de caminos, una ciudad histórica y moderna. No dude que sacaré el mayor partido de mi estancia y haré lo que siempre he deseado hacer, ver una corrida de toros en las Ventas. Me atrae tanto ver como pasión y muerte corren por paralelos caminos —respondió Basilio—. ¿Ha visto alguna, Manuel?

—Nunca me han atraído —respondió—. No soporto disfrutar observando la muerte.

—La muerte es algo normal que debemos observar con la mayor naturalidad del mundo. Hay belleza, pero también horror, no se lo niego. A mí me atrae y veo su hermosura —observó Basilio. Hizo una pausa y tras ella cambió de tema dirigiéndose a Manuel con la siguiente pregunta—: Usted también es fang como yo, ¿verdad?

—Correcto.

—Es lo que pensaba. No se ofenda por mi curiosidad, pero ¿por qué no se quedó en su país, si fuimos nosotros, los fang, los que ganamos las elecciones?

Manuel pensó que en el momento en el que Macías fue el vencedor de las elecciones la nación entera había perdido. Miró a su interlocutor, no dejaba de preguntarse qué le había traído a Madrid. Esa vez se mordió la lengua y se abstuvo de hacer comentarios o preguntas. Recordaba que se había involucrado para evitar la coalición entre Francisco Macías y Atanasio Ndongo. Esto le habría puesto en el punto de mira y, más tarde o más temprano, el presidente le hubiera incluido en la lista como *persona non grata*.

—Cuestiones de trabajo —se pronunció después de un minuto de silencio.

—Manuel lleva más de una década aquí —intervino Amador—. Vino becado a Madrid, retornó a Guinea para casarse y volvió después de un tiempo con un buen contrato de trabajo. No hubo ningún motivo político, fue el empleo y las mejores perspectivas para su familia lo que le trajo a esta ciudad —continuó su amigo contando la versión que Manuel solía narrar cuando le preguntaban sobre su llegada—. Su familia es fang hasta la médula, de hecho, su mujer no podía ni verme cuando entraba en su casa y hablaba mal de Macías, pero ahora incluso ella se ha dado cuenta de lo pérfido que es nuestro presidente.

—Mi mujer nunca se ha pronunciado en contra de Macías —se apresuró a corregir Manuel— ni yo tampoco. Ahora, si me disculpa, me despido. Ha sido un placer conocerle —dijo Manuel dándose la vuelta. No le gustaba el tal Basilio y deseaba salir del bar cuanto antes.

—¡No se vaya tan pronto, hombre! —exclamó Basilio—. No debe preocuparse, amigo Manuel. No vengo a la caza de enemigos del presidente, como usted parece suponer, más bien todo lo contrario.

—Basilio tuvo que salir con su familia del país —indicó José.

—En efecto, no nos quedó más remedio. Soy militar y Macías dejó de pagarme el sueldo. Tengo cinco hijos y en cuanto se me acabara el dinero no tenía ni idea de cómo iba a alimentarlos. Salimos con lo justo, con unos ahorros y poco más. Aquí me han admitido en la Academia Militar de Zaragoza. Empiezo de cero, como soldado raso, pero al menos tengo un sueldo y un lugar donde vivir con mi familia.

Manuel volvió a echar un vistazo. La forma de vestir de Basilio no cuadraba con su historia.

—Los ánimos están muy inflamados en Guinea —se apresuró a comentar Amador—. Ya no solo se reprime y asesina a la oposición y los bubis, sino a cualquiera. El ejército lleva meses sin recibir un salario. Macías está perdiendo sus principales apoyos y no confía en nadie.

—Es cierto —intervino Basilio—. De un tiempo a esta parte es cada vez más notorio que nuestro líder ha perdido el juicio y que es injusto con todo su pueblo. Incluso nosotros, los militares que tanto hicimos por él, que confiamos en su liderazgo, apostando por él y defendiéndole sin cuestionar, nos hemos dado cuenta de cómo está dañando a la nación. Tenemos que librarnos de él. No nos queda otra solución —explicó Basilio—. Es solo cuestión de tiempo y de que alguien tome el mando de la operación. Cuando salí había rumores. Los días del dictador están contados.

Manuel no podía dar crédito a lo que oía. Si ese Basilio no era lo que decía ser, uno de los nuevos enemigos declarados del dictador, si venía, como se solía oír, de espía encubierto de Macías para terminar con la poca resistencia que quedaba en España, tanto José como Amador se estaban jugando la vida y de paso la suya y la de toda su familia. Esta invitación le estaba comprometiendo. Sin embargo, no quería mostrarse nervioso, ni dar la impresión de estar ocultando algo. Se sentó y aceptó la copa de vino peleón a la que le invitaron.

—Manuel, no queda nada de la Guinea Ecuatorial que tú y yo conocimos. Los cacaotales apenas producen. La mitad de la población ha sido asesinada y la otra mitad está en la cárcel, dejándose la piel en las plantaciones de cacao o muriéndose de hambre. Es un completo caos. Ni los militares confían en él —indicó José.

—Nosotros también teníamos grandes reparos cuando Basilio nos explicó que venía a organizar la oposición —le informó Amador—. Es normal. Luego nos fue contando cómo está la nación. Es mucho peor de lo que pensamos. Debemos buscar una salida para nuestros familiares y amigos. Al ritmo que va Macías en una década él será el único habitante de Guinea Ecuatorial.

—La situación es desesperada y requiere intervenir. La comunidad internacional no se implica. Nos guste o no son pocas las opciones —dijo José.

—Cierto, José —continuó Basilio—. Hay que actuar ya, con o sin ayuda de otras naciones. En el país ya nada está bajo control. No hay orden, no hay dinero, no hay recursos. Está a punto de estallar una gorda y los que vivís en España debéis prepararos para apoyar el golpe contra Macías, da igual si sois bubis o fang, si os opusisteis a él o le apoyasteis.

Los cuatro siguieron discutiendo mientras apuraban los vasos de vino peleón. A decir verdad más bien tres, Manuel se limitaba a escucharlos. Recordaba cómo Trevijano le había dicho que con Macías solo podían acabar sus más estrechos colaboradores. A él le gustaría ver el fin de Macías, retornar a su tierra y rencontrarse con los familiares y amigos que llevaba una década sin ver, pero ¿cuál era el precio?

—¿Cuánto tiempo llevas sin ir a Guinea, Manuel? —le preguntó Basilio cambiando de tema.

—Desde el 69, cuando salí.

—¿No crees que ya va siendo hora de que puedas volver? —le preguntó Basilio—. Me gustaría que todos nuestros compatriotas tengan la posibilidad de ver a sus familiares o amigos, de visitarlos, de volver a la madre patria y quedarse allí, si lo desean. Eso solo será posible si acabamos con Macías.

Manuel no quiso pronunciarse. Claro que quería retornar, pero no terminaba de confiar en ese Basilio o en su plan. Los militares eran los que mantenían a Macías en el poder amedrentando a la población, deteniendo o asesinando a cualquiera que pudiera suponer una amenaza. Basilio pertenecía a este grupo. José se volvió a pronunciar:

—Es lo que llevamos deseando por tanto tiempo, que la pesadilla termine y volver. ¿Verdad, Manuel?

—¿Y qué es lo que esperáis o espera usted, don Basilio, que les diga? —preguntó Manuel—. ¿Que sí? ¿Que me uniré a una conjura porque usted me ha convencido? ¿Que me jugaré la vida si fuera necesario? Lo siento, pero no puedo. Todo me resulta demasiado precipitado y descabellado. Ahora y aquí me debo a mi trabajo, a mi familia. Mi patria es Madrid y mi futuro está en esta ciudad. Si me disculpáis —dijo levantándose de la mesa y poniéndose la chaqueta—. Se está haciendo tarde y me esperan en casa.

—No se precipite, amigo —le dijo Basilio deteniéndole—. No estamos discutiendo ni un golpe de estado ni un complot, solo hablamos entre compatriotas que desean otro destino para Guinea Ecuatorial, que estamos dispuestos a apoyar a un nuevo líder cuando llegue el momento. Eso es todo.

Basilio miró a José y a Amador. Ambos asintieron.

—Sí, Manuel, Basilio solo quiere que nos preparemos para cuando llegue el momento, que estemos listos para ayudar, que nos unamos para que haya un cambio real.

—No solo eso. Estoy aquí para intentar retomar las conexiones perdidas con esta ejemplar nación. Hay mucha gente que se ha dado cuenta del gran error que fue romper los lazos con España —dijo Basilio—. Muchos pensamos que la transformación debe ir guiada y apoyada por el Gobierno español.

—Con España de nuestro lado será todo más fácil —expresó Amador.

—¿Y qué le hace pensar que el actual gobierno quiera involucrarse? —preguntó Manuel.

—Buena pregunta, a la que contesto con otra: ¿Por qué no va a querer colaborar en la restauración de la democracia?

Manuel recordó todos los argumentos que le había dado Trevijano hacía tan solo unos pocos días. Estaba seguro de que España no se querría involucrar, aunque la única forma de devolver cierta normalidad al país era destronar al gran dictador. Estuvo a punto de decir que el actual Gobierno español no se implicaría. Prefirió guardar silencio.

—Le veo muy callado, amigo —le hizo saber Basilio—. Sigue pensando que todo esto es una idea descabellada, un plan abocado al fracaso, ¿verdad?

—No —mintió Manuel—. Me pilla todo por sorpresa.

—Lo mismo nos pasó a nosotros —intervino Amador—. Debes dejar que Basilio te explique mejor. Es un plan muy cuidado, con poco riesgo. Se ha empezado a coordinar desde aquí y no se dará ningún paso en falso. Se esperará el momento adecuado.

Basilio se explayó dando una serie de detalles, no desvelando otros para no poner en peligro la operación. Manuel escuchó con atención. Para qué querrá este Basilio a unos parias como Amador, José y yo?», se preguntó. Su interlocutor seguía dando vueltas al mismo tema e insistiendo en la importancia de retomar las relaciones con España.

—De hecho, los militares guineanos estamos reafianzando los contactos con los españoles, lo que en un momento dado será de gran utilidad —aclaró Basilio y después volvió a la misma cantinela.

Manuel sintió nauseas, quizás fuera por los vasos de vino peleón o por el ambiente rancio del bar El Sota. Deseó de nuevo levantarse y salir por donde había entrado, pero una falta de voluntad le aferró a la silla. Intuía que debía irse, mas el deseo de ver cómo llegaba el fin de Macías le pudo y un tanto ebrio, e incapaz de medir más lo justo y lo injusto, se quedó apoltronado en donde estaba.

—Veo que le empiezo a convencer, amigo —opinó Basilio.

Manuel asintió, sin entender qué fuerza le impulsaba a hacerlo.

—Me alegra. Vayamos ahora de una vez al grano. Los que lleváis tanto tiempo aquí tenéis contactos, gente que pudiera facilitar el diálogo con las fuerzas políticas, con el Gobierno.

Basilio hizo una pausa y miró a Manuel y este volvió a asentir. Después continuó:

—Le voy a ser muy claro, Manuel. En Guinea Ecuatorial ya no hay quien viva. A Macías ninguna nación lo va a sancionar o sacar de donde está. Lo debemos hacer nosotros, los guineanos y, como le he explicado, la persona ideal es alguien cercano a él, alguien en quien confíe, del que no sospeche. Una vez que esto ocurra necesitamos el apoyo del Estado Español. Debemos reconstruir una nación que está en la bancarrota, cuyo pueblo se muere de hambre, en la que no hay infraestructuras, ni funciona el negocio del cacao.

Manuel tragó saliva. «Ahora sabré lo que espera este villano de mí».

—Me consta que tiene contacto con el abogado Trevijano —continuó Basilio—. No hay español que conozca nuestro país mejor que él. García Trevijano es el único que puede rescatar nuestra Constitución original, después de todo fue obra suya. El abogado tiene algunos buenos contactos como Carrillo o Felipe González y puede ayudarnos a obtener apoyo del actual Gobierno de esta nación. Como ve usted, todos los que aquí vivimos podemos aportar nuestro granito de arena para derrocar a Macías e impulsar un cambio.

—Su idea de involucrar a Trevijano no va a funcionar —dijo Manuel recobrando un poco las riendas de su voluntad.

—¿Por qué no, Manuel? Trevijano colaboró con Macías, nos debe una compensación, digo yo.

—Trevijano no está para esos complots. Está muy desengañado y arrepentido por haber apoyado a Macías. No creo que se ofrezca de mediador —explicó Manuel—. No espere de mí que vaya con estos cuentos a García Trevijano —dejó bien claro Manuel y se sintió orgulloso de hacerlo.

—Veo que no confía en mí. No se lo reprocho, yo en su lugar tampoco confiaría de un extraño que le cuenta que va a haber un golpe de Estado. Solo le voy a decir una cosa más: Si no hay golpe todos seguirán igual de jodidos, y si lo hay, pero nadie nos ayuda, la situación será tan precaria que igual no sirve de nada haber corrido tantos riesgos. Sin apoyos poco se logrará, la posibilidad de instaurar un sistema justo será frágil. Su deber es contribuir a la causa como ciudadano guineano, como verdadero patriota. No podemos permitirnos dudas, ni desconfianzas de ningún tipo, ni perder posibles aliados como usted o Trevijano, ¿me sigue?

Manuel asintió.

Basilio siguió hablando, negociando el futuro de Guinea Ecuatorial con Manuel, José y Amador, prometiendo una nueva normalidad para los ecuatoguineanos, dibujando un futuro de armonía entre las diferentes etnias y con el antiguo poder colonial. Les encandiló con sus cuentos. Tanto Manuel como José y Amador se vieron volviendo a su patria con trabajos respetables y mucho más ricos que ahora. Era la recompensa para los que colaboraran. Continuaron conversando por horas y, aunque Manuel había desconfiado de ese recién llegado, aunque no veía en él un compatriota, sino un forastero, un extranjero, terminó sucumbiendo ante sus atractivas propuestas. Él también deseaba poder volver a su país. Llevaba diez años en Madrid, sus hijos carecían de raíces guineanas y él las estaba perdiendo.

—¡Está bien, Basilio! ¡Podéis contar conmigo! Pero no os hagáis muchas ilusiones con Trevijano —le explicó Manuel—. Ni somos grandes amigos, ni creo que don Antonio quiera involucrarse en nada referente a Guinea Ecuatorial.

—Trevijano es solo una de nuestras posibilidades. Contamos con su negativa, pero hay que preguntarle. ¿No cree, Manuel? —le instó Basilio.

Manuel asintió, sin tener certeza de por qué lo hacía. Deseaba un Estado de derecho para su país, pero tenía serias dudas de su viabilidad. Aunque Francisco Macías desapareciera el sistema con el que se había blindado el dictador seguiría allí. No se trataba de un cambio, sino del traspaso de poder a otras manos, a alguien cercano al presidente. Estaba seguro de que don Antonio le iba a mandar a freír puñetas cuando le hablara de esta conjura contra el tirano. Sin embargo, ¿qué había que perder?

—Haré lo que esté en mis manos.

—¿Debo entender que quiere colaborar con nosotros?

—Sí, hablaré con don Antonio en cuanto sea pertinente.

—Me alegra, Manuel. Ha tomado la decisión correcta. No se arrepentirá —comentó Basilio—. Será recompensado.

Manuel volvió a su casa aturdido, con una mezcla de pesadumbre y alegría. ¿Quién le mandaba a él a estas alturas meterse en asuntos turbios? ¿Por qué lo hacía? ¿Le movía algún tipo de altruismo, la convicción de que era justo o necesario ese golpe? ¿Tal vez la sed de venganza? ¿O era la ambición, las promesas de un futuro mejor para él y su familia? Basilio había dejado caer la posibilidad de mudarse al barrio del Pilar, de un buen puesto de trabajo. Todo estaba condicionado al éxito del plan.

Manuel comenzó a salir más a menudo. Se juntaba con José, Amador y Basilio después del trabajo y se enfrascaban en largas conversaciones mezcladas con considerables cantidades de alcohol hasta bien entrada la noche. Empezó a descuidar los detalles con su mujer, esos regalitos y nimios caprichos con los que había vuelto a conquistar a Margarita, si no con pasión, al menos de forma material. Postergó las atenciones que les brindaba a sus hijos, dejó que se apartaran más de él, que el paso de la niñez a la adolescencia les alejara. Se convirtió en un completo desconocido para su familia, para sus compañeros de trabajo y para el par de amigos españoles con los que en ocasiones se había tomado un café o una tapita. Se apartó de todos, sin convencimiento, sin ilusión, sintiéndose arrastrado, sin fuerza para pronunciar un no.

Los meses que siguieron pasaron con relativa rapidez o lentitud, según se mire, y con alguna que otra alteración de la vida familiar. Margarita había descubierto que Manuel se reunía con sus compatriotas. Corrían rumores en la pequeña comunidad guineana madrileña de que el poder de Macías pendía de un hilo, que sus enemigos se multiplicaban, que conspiraban contra él, que en cualquier momento le darían jaque mate. Eso y el hecho de que su marido se juntara con los subversivos José y Amador y con ese tipo, Basilio, que ella no conocía, le preocupaba. Pensaba que ellos y su Manuel confabulaban contra Macías. Así se lo hizo saber una de esas noches en las que su marido apareció ebrio de madrugada.

—¿Yo? ¿Metido en una conjura contra Macías? —contestó Manuel—. ¡Deliras, Margarita! No soy más que un cobarde que se esconde en el alcohol y en la compañía de otros desilusionados como yo. No debes preocuparte, más que un grupo conspirador parecemos un grupo de autoayuda. Necesito el contacto con ellos porque echo de menos a mi país. Cuando salgo y me reúno con ellos me siento en casa. Me parece retornar a mi patria por unas horas. Hablar con ellos, recordar lo que dejamos atrás me ayuda a sobrellevar mi existencia.

—Como te veo regresar, borracho a veces, otras desganado, no creo que esas sean buenas amistades. De unos meses a esta parte estás desconocido, Manuel.

—¡Déjalo, Margarita! Es mi vida y hago lo que quiero. No quiero discutir conmigo.

—Yo tampoco quiero discutir, pero me preocupa verte así, Manuel, observar cómo te hundes.

—No me estoy viniendo abajo como insinúas y, aunque fuera así, no debería inquietarte. Es mi problema y solo a mí me concierne. Ya he caído en el abismo en otras ocasiones y me he levantado.

—Pero esta vez parece que te dejas despeñar por ellos. Tengo miedo de perderte.

Manuel sabía que su mujer tenía razón, que sus anhelos y quimeras se desplomaban, y que si por lo que fuera el plan se iba al traste, si no ocurría nada, o nada cambiaba, el golpe emocional sería tremendo. Daba lo mismo, sin ideales que perseguir, ya estaba medio muerto.

—No ando metido en ningún asunto turbio. ¡Te lo juro! —mintió Manuel—. Estoy pasando por una crisis. Eso es todo.

—Pero bebes mucho, Manuel. Eso no es bueno.

—Tienes razón. No debería refugiarme en esos paraísos artificiales que nos ofrece el alcohol. Te prometo que saldré menos y dejaré de beber.

—¡No quiero perderte! ¡Te quiero, Manuel! Nunca he dejado de hacerlo —declaró Margarita.

—¡Yo también! —le dijo Manuel casi suspirando, besándola e intuyendo que también mentía en ese aspecto.

***

En junio de 1979 uno de los exiliados bubis, Pablo Apo, llegó con la noticia de que iba a haber un golpe militar contra Macías, que se lo había dicho un familiar cercano, que tenía un pariente preso en la prisión de Black Beach, en donde corrían estos rumores. La nueva corrió como la pólvora entre la comunidad de ecuatoguineanos en Madrid. A Manuel no le sorprendió, pero le preocupó que de repente el posible golpe estuviera en boca de todos. Macías se enteraría y desharía el complot. A Basilio no parecía inquietarle.

—No creo que este sea el golpe planeado. Yo apuntaría a que es un bulo, que quieren que Macías lo reprima y baje la guardia. Están poniéndole en bandeja el enterarse. Seguro que habrá otro este verano —les explicó a Manuel, Amador y José.

Basilio sabía que era en la Academia Militar de Zaragoza donde ahora se gestaba el verdadero golpe. Militares profesionales como él estaban formando un grupo de apoyo que intervendría en cuanto el día llegara. Conocía muchos más pormenores que no pensaba revelar. Era clave para el éxito. Lo que pasó en esa cárcel no era más que una distracción, un sacrificio necesario. Pasaría a la historia como un error, un golpe fallido, aunque solo fue una argucia para que Macías se sintiera indestructible y bajara la guardia. Después se actuaría con rapidez con otro golpe, de eso se encargarían ellos, los soldados de Zaragoza, y su comandante, Obiang.

A los pocos días se publicó en la prensa la noticia del intento de golpe, así como de los numerosos arrestos y muertes que lo siguieron. El presidente ordenó matar no solo al par de cabecillas, sino también a todos los presos y personal de la Prisión de Black Beach, en donde se había organizado el golpe. Macías sospechaba que el jefe del ejército y director de la prisión, su sobrino, Teodoro Obiang, era uno de los organizadores, por lo que le mandó llamar para entrevistarse con él. A Obiang se le dio por muerto.

En julio Manuel no vio ni a José, ni a Amador, ni a Basilio y pensó que la conjura contra el tirano se había ido al traste, que Macías había terminado con toda la oposición y que las cosas no cambiarían. Mientras tanto, en Guinea Ecuatorial y en Zaragoza se organizaba a gran velocidad el nuevo golpe. Obiang, que había sobrevivido al interrogatorio, buscaba apoyo en el Gobierno español. Las gestiones para involucrar al presidente español, Adolfo Suárez, o al rey Juan Carlos fallaban siempre. La recién estrenada democracia se tambaleaba a veces. El presidente español tenía suficiente trabajo con contener los diversos frentes que atentaban contra el nuevo orden, el terrorismo, la extrema derecha, algunos miembros del cuerpo militar. Había que preocuparse por España, no era el momento para rescatar a ningún otro país.

El presidente del vecino Gabón, Omar Bongo, fue el único que respondió a la solicitud de apoyo de Obiang y prometió enviar refuerzos militares el día señalado. El resto fue una carrera a contra reloj. Asediado por Macías, que seguía recelando de él y que le exigió personarse de nuevo en su residencia, Obiang tuvo que marcharse del país y mover ficha con celeridad. Movilizó con gran rapidez a las fuerzas militares de la Isla de Bioko y les ordenó estar al tanto de sus órdenes para actuar. El 2 de agosto les mandó que volaran a la región continental para dar el golpe. Se atacó la prisión de Black Beach en donde se liberó a los militares sublevados el 16 de junio, que habían sobrevivido a la purga de Macías y estaban encarcelados allí. Estos se sumaron sin discusión alguna al complot. Lo mismo se les pidió a las fuerzas militares de Zaragoza. Con el ejército al completo bajo su mando Obiang ordenó que se sitiara la residencia del dictador. El 3 de agosto se le solicitó a Macías entregar el poder, a lo que se negó. Estaba rodeado y no tenía apoyos. A las ocho de la tarde de ese mismo día se comunicó por radio que Francisco Macías había sido derrocado.

El 8 de agosto, cinco días después de la deposición de Macías, Manuel volvió a tener noticias de Basilio. Había que aunar todos los esfuerzos para que España apoyara al nuevo presidente. Obiang quería restablecer las relaciones diplomáticas. Sabía que no era fácil cambiar la postura del presidente español o del rey, pero esperaba que si convencía a las diferentes fuerzas de la oposición se podría hacer algo para que Adolfo Suárez apoyara a Obiang. Era necesario que Manuel hablara con Trevijano y le pidiera que terciara con el partido socialista y comunista por ellos. A lo mejor por esa vía se lograba la colaboración del Gobierno español.

—No se olvide, Manuel, que usted puede beneficiarse en el futuro. Su cooperación será premiada. Necesitamos hombres con estudios como usted para la Administración de la futura nación. Un puesto bien remunerado en Guinea Ecuatorial o en otro país de su agrado será suyo —le recordó Basilio.

—Haré todo lo que pueda —prometió Manuel—. Usted lo sabe bien. Sin embargo, dudo poder convencer a don Antonio.

—¿No le convencí también a usted?

—Cierto, pero…

—No hay peros que valgan, Manuel, usted intente poner al abogado de nuestra parte. Recuerde que moralmente está en deuda con Guinea, presiónele, hágale sentir culpable por los diez años de terror por los que hemos pasado. Nada es imposible, amigo, solo difícil.

***

Unos días después Manuel se dirigió al despacho de Trevijano. Eran casi las cinco de la tarde cuando llegó. No tenía cita y estaba nervioso por la misión que se le había encomendado. Deseaba que el abogado le despachara con cualquier excusa. Una cosa era que él se metiera en tales berenjenales, con o sin convicción de lo que hacía, otra muy distinta que involucrara a don Antonio.

—¡Querido Manuel! —le recibió efusivamente Trevijano—. ¿Qué le trae otra vez por mi despacho? ¡Déjeme adivinar! ¿No se habrá metido al final en la conjura contra Macías, después de jurarme que no sabía nada de ella? —le dijo con aire burlón, medio en broma. A Manuel le dio un vuelco el corazón. El abogado acertó en su expresión que el hombre estaba metido hasta el cuello en el asunto del golpe de Estado—. ¿Qué tal si me habla sobre sus preocupaciones en el despacho? A lo mejor le puedo echar un cable. No necesita quedarse —dijo dirigiéndose a su secretaria—. Yo me encargo de cerrar el despacho cuando termine de hablar con el señor Mangue. ¡Váyase a casa, ya nos vemos mañana!

La secretaria le echó a Manuel esa mirada en el límite entre la aprobación y el desprecio, después, mirando a don Antonio con una sonrisa casi forzada, dijo:

—Gracias, señor Trevijano. ¡Hasta mañana!

Con prisa recogió lo que quedaba en su mesa. Se puso la chaqueta, cogió el bolso y salió de la oficina.

—Por favor, tome asiento —le invitó—. Bueno, usted dirá, ¿qué le trae esta vez por aquí, Manuel Mangue?

A Manuel le corría el sudor por la cara. No era solo por el soleado y caluroso día de finales de agosto que había elegido para acercarse al bufete del abogado, sino la situación, el tener que presentar a Trevijano un discurso preparado y, sobre todo, no estar satisfecho con lo que hacía, enredando al abogado en un complot que no le gustaba cómo se había desarrollado. Él estaba metido hasta el cuello por haberle faltado voluntad en los momentos claves, por no haberse dado la media vuelta cuando pudo, por dejarse tentar con un puesto mejor, con un ascenso. Dudaba mucho en la mejora de su nación bajo el mando de Obiang y le decepcionó saber que este era el hombre que asumiría la presidencia.

—Como veo, ya le han llegado noticias del golpe de estado en mi país.

Manuel se paró en este punto, se sentía nervioso y le costaba reproducir unas palabras que no eran suyas. Miró al abogado, que le observaba invitándole a hablar, bajó los ojos y prosiguió:

—Me ha dado por pensar que a lo mejor es una oportunidad para mi nación, incluso para la suya. En la última década, desde que Guinea se independizó, todo ha ido de mal en peor. Al menos en los tiempos coloniales había alguna que otra infraestructura, los cacaotales funcionaban y la gente no se moría de hambre. Habría que intentar que se reanudaran las relaciones entre los dos países. ¿No cree?

—Amigo Manuel, no sé si decir que me entusiasma ver a un hombre que no pierde la esperanza o despedirle de inmediato con una palmadita en la espalda. ¡No sea iluso! Ni España va a querer cuentas con su país, ni Obiang va a hacer algo por sacar del atolladero a Guinea. Es de la misma familia que Macías. Ha estado ocupando puestos con mucho poder y dorándole la píldora a su tío hasta hace poco. No va a suponer ningún cambio.

—Obiang ha declarado que se enfrentó a Macías jugándose la vida para liberar a su pueblo de tanta penuria e injusticia y quiere que haya de nuevo fuertes vínculos con España. Creo que habría que darle una oportunidad.

—No tiene remedio, Manuel. Usted es un crédulo en toda regla. Obiang no es ningún héroe, es uno de esos tantos cobardes y oportunistas que se alzan con el poder a base de esperar en la sombra y atacar por sorpresa en el momento oportuno. Mientras otros generales daban el golpe y arriesgaban sus vidas, él se escondió en Bioko y preparó su fuga por si salía mal. No ha habido nada de altruismo ni de valentía en sus acciones. Obiang ya no era el ojito derecho de Macías. Este pensaba destituirle como comandante del Ejército para colocar a su hijo. No creo tampoco que su interés en reanudar relaciones con el Gobierno de Adolfo Suárez sea real o en beneficio de su pueblo. Quiere ayuda financiera para metérsela en el bolsillo.

Manuel intentó recordar los argumentos que le habían hecho memorizar y con ninguno de ellos podía contestar bien a esos razonamientos de Trevijano. El abogado era un hombre inteligente y preparado, que cuestionaba la ética de los políticos.

—Siento decirle que de Obiang se puede esperar más o menos lo mismo que de Macías: una dictadura con los militares respaldándole.

—¿Y si se equivoca? ¿Y si de veras quiere salvar la nación? Obiang corrió riesgos. Tuvo que entrevistarse con Macías tras el primer golpe fallido y se escapó de milagro de la muerte. Con el dictador con la mosca detrás de la oreja fue capaz de convencer a un montón de personas para que le apoyaran. Cualquiera podía haberle traicionado o delatado y se habría acabado todo.

—¡Riesgos medidos, amigo! Obiang puede tener buen ojo para medir el peligro, pero le aseguro que no es de fiar. Si no me cree, ya se lo demostrará la historia con el tiempo. Es un lobo que se ha puesto la piel de oveja por un momento para ver de dónde puede sacar tajada. Discúlpeme, ahora me voy a echar una copita de güisqui, apetece después de terminar la jornada, sobre todo con los temas que me trae usted. ¿Quiere una?

—¡No, gracias!

—Como quiera.

El abogado se dirigió al armario donde tenía tres botellas (Soberano, anís el Mono y Güisqui Dyc) y tres o cuatro copas. Se sirvió una copa de güisqui y continuó.

—Siento simpatía por usted Manuel, para qué voy a negarlo. Admiro que siga esperanzado en una vuelta de tuerca, un golpe de fortuna que altere el triste rumbo de su país. No quiero minar ni sus ilusiones ni sus sueños, pero créame, Obiang no me da buena espina. Fue director de la prisión Black Beach por mucho tiempo. ¿Usted sabe lo que se cuenta de esa penitenciaría? ¿Cuántas personas han entrado allí y no han vuelto a salir con vida? Desconfiaría no solo de él, sino también de cualquier militar implicado en el golpe. Digan lo que digan, todos ellos han sido parte en algún momento del aparato de represión y muerte que se montó Macías. No tienen interés en el cambio, solo quieren que el poco dinero que se mueve pase a sus manos. La dictadura seguirá ahora que se ha librado de Francisco, solo que la cara del tirano será otra.

—¿Y si se equivocara? —le preguntó Manuel—. ¿Y si se buscara un nuevo rumbo, un acuerdo con España?

—No sea gilipollas, Manuel, y perdóneme por ser tan explícito. Detrás de este golpe de Estado están los mismos lobos, solo se han aclarado la voz para engañaros. Manténgase al margen, preocúpese por su familia, y si por casualidad anda involucrado de algún modo con ellos, aléjese como y en cuanto pueda. Ya se lo dije hace unos meses, cuando su mujer andaba tan preocupada por usted. ¿Seguro que no quiere una copa de güisqui?

Manuel asintió. Trevijano le sirvió una copa y se rellenó la suya. Todo el discurso que le habían preparado para convencer al abogado de que había llegado el momento de vengarse contra Macías, de que los golpistas querían reformar el país de la mano de España, de que se le necesitaría como intermediario, se le habían ido al traste. No sabía cómo volver a encarrilar la conversación.

—No le dé más vueltas, amigo —le dijo el abogado—. Lo mejor es no complicarse con esa gentuza. ¿Hace falta un cambio político en Guinea? Pues sí, pero para ello se necesita gente honrada, con decencia. Si el golpe lo hubieran dado un grupo de intelectuales exiliados, gente culta, con formación, movida por la esperanza, con un proyecto, le diría que sí, que habría que intentarlo, que mi país y su joven democracia tendrían que apostar por ellos. Sin embargo no tenemos nada de eso, estamos ante un golpe palaciego, llevado a cabo por los compinches del déspota, por los que se han llenado los bolsillos con la miseria del pueblo y que, ante un recorte de sus ingresos o el peligro de caer en desgracia, se levantan contra él. Solo se va a reemplazar un político podrido por otro en el mismo o peor estado. Todo seguirá igual, sin cambio.

VIII. (SIN) INTEGRIDAD

Manuel Mangue Obama recordaría esa última y extensa conversación con Trevijano durante muchos años.

—No podemos dejar que la mediocridad, la ignorancia, la avaricia y la maldad nos gobiernen, porque iremos perdiendo las libertades y derechos, o será el acabose. Una vez que los arribistas y codiciosos se aferran al poder es muy difícil librarse de ellos. Atacan a los cimientos de una sociedad justa y libre. En vez de enseñar, adoctrinan, en vez de repartir los bienes, buscan su propio enriquecimiento, en vez de preocuparse por los más débiles, les abandonan o los aniquilan, a la par que se arriman al que más tiene. El gobierno se llena de ladrones, corruptos, asesinos. Queman libros, casas, poblados enteros, a su gente si hace falta, en un aquelarre de excesos. Continúan destruyéndolo todo hasta que no quedan más que cenizas del país que gobernaban. Entonces, o alguien se libra de ellos, como ha pasado con Macías, o terminan huyendo a cualquier otra parte. Obiang no es de fiar. Él y todos sus cómplices se aferrarán al infame legado que ha dejado su predecesor. Lo que te recomiendo, amigo Manuel, es que se mantenga al margen, si no terminará siendo uno de ellos —fue uno de los últimos consejos que le dio el abogado—. Te comprarán con promesas, con bienes materiales, te robarán la integridad, la voluntad, la moral...

¿Qué es lo que hace que unos individuos mantengan su decencia, luchen por sus sueños, aunque sea contra viento y marea, hasta el mismo día de la muerte? ¿A qué se debe que otros piensen solo en su propio interés y no en el bien común? ¿Por qué la empatía no es una cualidad común a todos los humanos? ¿Por qué hay personas, como Manuel, que fueron honestos y tuvieron su ética personal, pero que en un momento dado de su vida sucumbieron a sus ideales y se pasaron al bando de los egoístas, de los que cierran los ojos ante la injusticia, de los que, aún a sabiendas de que se mueven en aguas farragosas y de que sus acciones no van a devenir en un bien para la sociedad, se dejan llevar, como si la inercia les obligara a degenerarse? ¿Fueron la apatía, la pérdida de valores, demasiadas contrariedades, o la falta de voluntad lo que les degeneró y les convirtió en el ente que nunca consideraron llegar a ser? ¿O tal vez fueron la avaricia y la sed de poder los que acabaron con los postulados que un día abrazaron? ¿O fue el creer que había una posibilidad de cambio, que a los «malos de la película» a lo mejor les quedaba decencia? ¿Y a él, a Manuel, qué le transformó?

Manuel había pasado por diferentes etapas desde que llegó a Madrid. Había querido luchar por su patria, pero no había podido. Se había hundido en más de una negra depresión y había salido de todas ellas. Cada vez que pasaba por una crisis sus principios y su voluntad se mermaban. Había mantenido y perdido esperanzas. Se había enfrentado a su propia imagen, para contemplar su decadencia corporal y anímica. El destino está escrito, se decía, y no se puede cambiar. Su existencia no era producto de su voluntad. El libre albedrío era una farsa, un espejismo. Las circunstancias marcaban al ser humano desde el mismo día de su nacimiento, le encarcelaban y oprimían hasta su muerte. Resistirse a esos hechos era peor. Había decidido abandonar los ideales, conformarse y no confrontar a nadie. Trevijano, sin embargo, parecía estar hecho de otra pasta. Había decidido ir a contracorriente y pagaba por ello con el desprecio y la difamación, pero seguía empeñado en hacer algo por la libetad, por una socidad mejor.

—Debemos cuestionarnos a nosotros mismos y al mundo que nos rodea —le había indicado don Antonio en ese último encuentro—. No creer en los espejismos creados por la política. Solo nos quieren vender una imagen que se aleja de la realidad. Un cambio, una mejora o que todo va bien, suelen ser los mensajes de los parlamentarios. A nadie le gusta escuchar la verdad, la gente quiere soñar. A nosotros nos toca indagar si sus mentiras son descomunales o no. El problema del individuo, Manuel, es que prefiere que le engañen. Los honestos, los que no prometen el oro y el moro, pocas posibilidades tienen de hacer carrera política. El sistema falla porque está montado sobre una falacia que perpetúa a los de siempre en el poder. A los que queremos un cambio verdadero nos ponen la zancadilla. Somos un estorbo para el sistema, por eso nos desacreditan, nos meten en la cárcel o nos matan. Solo se nos consiente si mantenemos un perfil bajo, formando parte de una minoría que ni pincha ni corta en el reparto del poder.

»Me alegra mucho que España haya abrazado la democracia, pero si le soy sincero tengo mis temores. No veo tan claro que vaya a haber una profunda remodelación política. Esta nueva etapa de la historia española empieza con un gran lastre. Tenemos una antigua monarquía, a muchos políticos del franquismo y un pacto de silencio y olvido. Lo que pasó en la guerra y en la posguerra debemos dejarlo atrás como si nada hubiera ocurrido. No sé si esto es bueno o sano para una joven democracia. Hay mucha gente que no va a poder olvidar, porque el dolor le sigue estremeciendo el alma. Se debe hacer algo al respecto, si no el resentimiento de los que esperan justicia en este terreno irá creciendo como una bola de nieve y en algún momento provocará de nuevo un conflicto, la reaparición de las dos Españas.

—No le entiendo del todo, don Antonio. En las calles se respira tanta ilusión, el deseo de un futuro mejor, y usted tiene tantos temores —opinó Manuel.

—Habrá una mejora, sobre el papel no somos más una dictadura, pero algunas cosas seguirán funcionando igual. Nos falta un líder que sepa arrancar la mala hierba: enfrentarse al pasado y acabar con el caciquismo endémico de este país, con el enchufismo que coloca siempre a los mismos en los puestos claves. A lo mejor con el tiempo llegará este individuo. Esperemos que la gente sepa verlo y se apiñe junto a él. Podríamos mejorar tanto si la mayoría fueran hombres y mujeres de principios inquebrantables, pero la avaricia y el egoísmo nos ciegan, nos apartan del buen camino y al final se consigue demasiado poco.

«¿Puede el individuo cambiar la sociedad con sus acciones? ¿O es por el contario la sociedad, el momento histórico que le ha tocado vivir, su lugar de nacimiento, el entorno que le rodea lo que modela al ser humano, lo que le hace más o menos digno? ¿Somos altruistas y generosos o egoístas por naturaleza?», se preguntaba Manuel, en lo que sería su último intento de cambiar el rumbo, de intentar hacer lo que le dictaban la moral y el corazón: Rechazar cualquier oferta de Basilio, aceptar el futuro humilde que le ofrecía su trabajo, tener integridad.

No fue capaz. No dijo que no. Volvió a la rutina que había marcado los últimos meses: trabajar y encontrarse con Basilio, Amador y José alguna que otra tarde, quedarse con ellos hasta altas horas de la noche, volver a casa ebrio, con cierto brillo en los ojos, con la ansiedad de escalar, de tener más dinero. Se consolaba diciéndose que esos encuentros le daban sentido a su existencia, que a lo mejor Trevijano se había equivocado. El nuevo equipo de gobierno de Obiang prometía mejoras, una apertura del país al exterior, que él y otros guineanos podrían retornar a la madre patria, que no habría represalias para los que lo hicieran.

Pudiera ser que el abogado estuviera resentido por sus experiencias con Macías, con la dictadura de Franco, por la campaña de descrédito que había sufrido aquí y allí y que no fuera capaz de albergar esperanzas en el sistema. Se convenció de que esas reuniones con Basilio en las que se hablaba de las hazañas y el valor de Obiang daban nuevos incentivos a su vida. Basilio alababa al nuevo presidente y subrayaba siempre la buena voluntad de este y la necesidad de encontrar un modo de dialogar con los representantes políticos españoles. Todos los guineanos residentes en el país deberían apoyarle, decía, había que colaborar para que hubiera buen entendimiento entre ambas naciones. José, Amador y Manuel mandaban cartas a políticos, incluso al mismo rey Juan Carlos, solicitaban entrevistas personales con el ministro de Asuntos Exteriores o enviaban artículos a diversos periódicos con la esperanza de que se publicaran en la sección de cartas de nuestros lectores y estas tuvieran alguna incidencia.

El nuevo presidente de la República de Guinea Ecuatorial también visitó España en más de una ocasión. Se entrevistó con el rey Juan Carlos, con Adolfo Suárez, con Felipe González e incluso el mismo Manuel Fraga lo recibió. Todo en balde, España no consideró oportuno reanudar las relaciones con la antigua colonia. Obiang halló ciertos apoyos en el Ejército, pero no fueron económicos.

Los esfuerzos de Manuel, José y otros guineanos por atraer la atención de los medios de comunicación o los políticos hacia su país surtieron un similar efecto que las visitas de Obiang: ninguno.

A finales de 1979 José partió hacia Guinea Ecuatorial. Quería pasar las vacaciones de Navidad allí, visitar a unos cuantos familiares. No tenía intención de quedarse, había comprado un billete de ida y vuelta. Nunca retornó. No se supo lo que ocurrió con él.

—Se habrá quedado allí —observó Basilio—. Las raíces tiran mucho. Yo mismo volvería a Guinea si no tuviera que seguir intentando establecer contactos aquí. No hay razón por la que preocuparse, don Teodoro es un hombre de palabra. Todas las etnias están seguras allí.

José no fue el único que desapareció después de viajar a Guinea Ecuatorial. Hubo algunos compatriotas que retornaron a sus lugares de origen para visitar a familiares y amigos y jamás regresaron a Madrid, o lo hicieron después de haber sido detenidos, cuestionados, obligados a trabajar en los cacaotales o incluso encarcelados. ¿Había cambiado algo?

Cuando Manuel visitó su país después de haber estado ausente más de diez años quedó horrorizado al observar el estado de sus gentes, lo mucho que había que reconstruir, los pocos recursos que tenía su patria. Habló con sus familiares y algunos conocidos. Todos coincidían, la situación era mala, pero con el nuevo Gobierno había menos detenciones. Había que mantener el pico cerrado si no querías tener problemas, eso era todo. Manuel no sabía qué pensar. Había apostado por Obiang y ahora se daba cuenta de que no se diferenciaba mucho de Macías. Había perdido su integridad en el camino. En otros tiempos, si fuera más joven, habría alzado la voz y criticado a Obiang, pero ahora, después de haber prometido lealtad al nuevo presidente, después de que el Gobierno de Obiang le hubiese dado la posibilidad de prosperar, más le valía callarse e intentar ver las leves mejoras que se producían en su patria.

Los años pasaron. Manuel se había quedado estancado profesionalmente. Seguía ocupando una posición humilde como administrador en la Embajada de Guinea Ecuatorial en Madrid. La mejora salarial daba para alquilar un piso en el barrio del Pilar. Con eso se cumplía en parte el sueño de Margarita de vivir en un barrio más burgués.

El precio pagado por este pequeño progreso le atormentaba en ocasiones. Su cordial relación con don Antonio Trevijano no existía. El abogado se distanció de él. José parecía haber sido asesinado en Guinea Ecuatorial. No había rastro. Incluso Amador le había abandonado. Su amigo decidió desvincularse de las actividades de Basilio y del nuevo Gobierno. Estaba muy decepcionado y recomendó a Manuel hacer lo mismo.

—¿Cómo voy a pagar el alquiler del apartamento en el Pilar si lo hago? —objetó Manuel.

—Sin duda no podrás y tendrás de nuevo un trabajo miserable. ¿Pero no es peor vivir pesándote la conciencia, sin integridad?

Aunque Amador tenía razón, Manuel había perdido la fuerza, la iluson de luchar por lo que era justo. Llevaba tiempo dejándose arrastrar. No pudo renunciar a su puesto. Amador se alejó de él. Evitó su compañía. Dejaron de ser amigos. Conforme la soledad se iba atrincherando en torno a Manuel, más le abandonaba la poca dignidad que le quedaba.

Basilio se convirtió en su único camarada. Se juntaba con él y bebían unos vinos. Basilio le hacía pequeños encargos como espiar a los recién llegados. Uno de ellos fue Severo Moto, opositor de Obiang. A veces Manuel también recababa informaciones sobre algunos guineanos como el escritor Donato Ndongo, quien criticó tanto a Macías como a Obiang. Manuel era ideal para esos encargos, ya que era el empleado de la Embajada de Guinea Ecuatorial que menos sospechas levantaba. Su puesto y su salario eran modestos. Manuel accedía. Esas pesquisas no terminaban con la detención de nadie. Solo se hacían anotaciones en las actas de las *personas non gratas* y se abrían nuevas investigaciones referentes a los contactos de estos.

A mediados de los ochenta, Basilio le propuso una subida de escalafón:

—Necesitamos a alguien que lleve los libros de cuentas en la Embajada de Londres. Hay demasiados que meten mano en los presupuestos. Debemos hacer una purga y librarnos de los que lo hacen sin el beneplácito del embajador. ¿Me sigue, Manuel?

—Sí. Investigar, encontrar lo que no cuadra e informar al embajador.

—Correcto, Manuel. Nos hace falta alguien como usted, con integridad. Son muy pocos los que no se dejan sobornar hoy en día. ¿Qué me dice?

—No sé inglés —expresó Manuel en un intento de renunciar al trabajo. Se temía que aceptando solo conseguiría aumentar su deuda con el nuevo gobierno. «Cada vez me demandarán más», pensó—. Mi mujer tampoco habla el idioma y a ella le cuesta mucho adaptarse a los cambios. Una persona más joven sería más adecuada. A mí, Basilio, me flaquean las fuerzas.

—No me sea modesto, Manuel. Es el mejor administrador que tenemos. Por el idioma no se preocupe. No lo necesita en la embajada y ya lo irán aprendiendo usted y su mujer. Para sus hijos es una oportunidad única. Nosotros les buscaremos un piso de película y un buen instituto para sus hijos. Ya verá.

—Si usted lo dice, don Basilio.

—Le vendrá bien el cambio, Manuel. Aquí empieza a correr su nombre de boca en boca. Es el momento adecuado para salir de Madrid.

***

En 1991 el hallazgo de petróleo en Guinea Ecuatorial fue anunciado por el presidente Obiang con la siguiente aseveración: «Es maná del cielo». Una frase que por sus referencias bíblicas, el pan que llovió del cielo para alimentar al pueblo judío, en su día se entendió como la voluntad del presidente de sacar de la pobreza y hambruna a su pueblo.

En la década de los noventa los ingresos derivados de la explotación de los yacimientos se notaron en el aumento de la renta per cápita y la mejora de las infraestructuras. Teodoro Obiang invirtió para modernizar y ampliar la red de carreteras. No se escatimó dinero en obras públicas y edificios de gran vistosidad. La inversión en salud y en educación fueron ínfimas. Según los observadores internacionales y las organizaciones no gubernamentales los proyectos costosos y de un presupuesto abultado facilitaban la desviación de fondos a cuentas y empresas en manos del presidente, de sus familiares y amigos cercanos.

Guinea Ecuatorial hoy en día es un país con un aire de modernidad, con una buena red de comunicaciones y una renta per cápita media que se acerca a las de los países desarrollados. La mayoría de los guineanos no se ha beneficiado de estas mejoras. Existe una gran parte de la población que vive en la extrema pobreza. Muchos no tienen acceso a agua potable o al sistema sanitario. Casi la mitad de los niños en edad escolar no asisten a clases. Las recomendaciones de invertir en educación, salud y ciencia de observadores independientes y del Fondo Monetario Internacional han sido ignoradas por el Gobierno guineano.

Se prevé que el petróleo se acabará en 2035.

***

Cuando se encontró petróleo en Guinea, Manuel soñó con un cambio, con un reparto de la riqueza que alcanzara a distintas clases sociales.

Visitó Guinea Ecuatorial en 1993 y se percató de la transformación del país. En Malabo, la Santa Isabel de su juventud, y la capital,

Bata, se notaba el fluir del capital. Se habían erigido nuevos barrios para una burguesía naciente. Sin embargo, un viaje a los barrios más desfavorecidos, a las regiones interiores o algunas áreas de la Isla de Bioko, mostraba que para una gran parte de la población nada había cambiado.

Manuel, que era un hombre instruido, sabía que eran la educación y una sanidad pública las que reducirían desigualdades, las que darían al país una posibilidad de mantenerse a flote y seguir avanzando cuando se acabara el petróleo y el país se enfrentara a tiempos de vacas flacas. No hacía falta ser un lumbreras para comprender la importancia de la formación de la población y de diversificar las áreas de ingresos.

Volvió a Londres lleno de ilusión por haber visto cierto progreso de su país, pero preocupado. Sabía que invertir solo en construcción e infraestructuras creaba un bienestar y un desarrollo aparente, no real. La riqueza verdadera era un pueblo educado, capaz de inventar, imaginar nuevas fórmulas de mejora. Se armó de valor y, tras un rebrote de integridad y decencia, pidió una cita con el mismo embajador.

Fue un encuentro tenso. El embajador recibió con indignación las sugerencias de destinar un mayor presupuesto a la educación y a la sanidad.

—¿Pero quién se cree usted que es, Manuel? ¿Cómo puede poner en duda el proceder de nuestro presidente y sus ministros? ¿Educación y sanidad gratuita? ¿Para qué? Parece que usted no sabe lo que cuesta construir escuelas y hospitales, pagar doctores y profesores. Esa inversión no produce rentabilidad.

Por mucho que Manuel intentó argumentar, dar ejemplos, explicar que los países más desarrollados tenían un sistema educativo y sanitario bueno, solo conseguía crispar al embajador. Le despidió de malas maneras con la orden de que no osara pedir una reunión con él para poner en duda la política de Guinea Ecuatorial.

—A mí no se me molesta para eso, solo para asuntos importantes. Después de esta grave impertinencia debería presentar su dimisión —concluyó el buen señor dándole con la puerta en las narices.

Los siguientes días fueron agoniosos. Si dimitía, las posibilidades de encontrar un trabajo con cincuenta y cinco años y una mala carta de recomendación eran nulas. Si no lo hacía, encontrarían un motivo para echarle, le achacarían un hurto o la falsificación de las cuentas. Sería mucho peor. Recordó el tiempo en que tenía amigos. Recordó a Amador, a José, a don Antonio, a sus compañeros españoles en la modesta empresa de transportes. Vio pasar una tras otra sus caras, las copas que se tomaron juntos, las dificultades que compartieron. Oyó sus risas y, consciente de que no volverían, de que progresar le había condenado a la soledad, se echó a llorar. Se quedó dormido entre lamentos, deseando no despertar.

Cuando se levantó a la mañana siguiente, con dolor de cabeza y sintiéndose fatal, decidió dirigirse a don Basilio. No le consideraba amigo, aunque reconocía sentir respeto hacia él y un cierto compañerismo. No se le ocurría otra persona a quien acudir. Buscó el número en su agenda. Dudó un momento y después lo marcó, sin saber si iba a obtener respuesta. No lo hizo de inmediato, al quinto intento escuchó su voz al otro lado del auricular.

—Manolito —le dijo en tono dicharachero—, ¿a qué debo el honor?

Manuel le contó todo: el viaje, su alegría ante las mejoras, sus reflexiones, su entrevista con el embajador, la indignación de este.

—Parece que se ha metido en un buen lío, Manuel. ¿Cómo se le ocurre darle esos razonamientos al mismísimo embajador? ¿Por qué no me lo contó a mí primero? ¿Educación y sanidad? Es un lujo, ¿verdad? Un privilegio del mundo desarrollado, un bien que ha llegado después de tiempos miserables y bárbaros. En Europa antes de edificar el estado de bienestar han pasado por pestes, revoluciones sangrientas, explotación de los trabajadores y un montón de guerras. Todo llegará a Guinea. Ya lo verá. Debemos tener paciencia y confiar en nuestro presidente. Usted ha parecido poner en cuestión su capacidad de gobernar. Mal asunto.

—No era mi intención, don Basilio.

—Lo sé, Manuel, por eso voy a mediar con el embajador. Dese de baja por enfermedad y deme unos días para tantear al buen señor. Arreglaré lo que se pueda.

Manuel pasó los siguientes días haciendo un repaso de su vida, de algunos acontecimientos y personas importantes. Recordó a Federico, con su integridad y principios. Luchar por ellos le había costado la vida. Se acordó también de García Trevijano, de lo difícil que le resultó luchar por la democracia. Don Antonio, al menos, había terminado jugando un papel esencial en la etapa de la Transición y pasaría a la historia como un defensor de las libertades. Él, sin embargo, no había logrado nada en absoluto, aparte de ir perdiendo uno tras otro sus principios. ¿Cómo le había podido ocurrir eso?

A los tres días, Basilio le contactó:

—Está solucionado, Manuel —le dijo—, con poco coste para usted. El embajador ha anotado el percance en su acta personal. Espero que no vuelva a meter la pata. La próxima vez no podré sacarle del atolladero. Usted me entiende, ¿verdad?

—Por supuesto.

—Hay gente como el embajador que piensa que la educación, la sanidad pública y el derecho a una ayuda del Estado para subsistir, son ideales comunistas y estos no tienen cabida en nuestro régimen. Ándese con mucho cuidado en el futuro con lo que dice. Me ha costado convencer al embajador de que usted no comulga no esa ideología.

—Descuide, don Basilio. Muchas gracias por todo.

Manuel iba a despedirse cuando Basilio le dijo:

—Me debe un gran favor, Manuel.

Manuel no contestó de inmediato. Se preguntó qué coste emocional tendría, si le robaría el resquicio de integridad que le quedaba.

—Era de esperar —contestó al fin—. Le devolveré el favor con gusto. Dispare, ¿qué debo hacer?

—Sigo controlando las actividades de la oposición. Desde el hallazgo de los yacimientos parece haberse organizado mejor. Tiene algunas conexiones en el extranjero. No es gran cosa, pero hay que mantener la guardia y controlar sus movimientos. A usted se le daba bien espiarlos, ¿se acuerda?

—Sí —admitió Manuel. No le apetecía ponerse a investigar a estas alturas, pero no podía negarse—. ¿Tendría que regresar a Madrid?

—No, le quiero allí. Tengo a un buen equipo aquí, en Inglaterra a nadie. Tampoco pasa mucho, pero es cuestión de tiempo.

—¿Entonces?

—Por el momento no le necesito —continuó Basilio—. Ya le avisaré cuando corresponda.

Se despidieron sin efusividad, con cierta indiferencia. Manuel sentía cómo el vacío crecía en su interior devorando los últimos resquicios de integridad.

IX. (SIN) FINAL

A Manuel Mangue Obama le fueron a buscar a su domicilio en Porchester Terrace, muy cercano al famoso Hyde Park, en Londres.

El piso en Porchester Terrace era más espacioso que el de Madrid. A pesar de que el apartamento estaba en uno de los edificios menos espectaculares de la barriada, casi modesto, dado el lujo de algunas mansiones adyacentes, tenía una situación privilegiada. Se encontraba cerca del Hyde Park y no quedaba muy lejos de la embajada de Guinea Ecuatorial en Londres.

Manuel iba normalmente a pie al trabajo. Cruzaba el Hyde Park, pasaba por algunas de las calles más elegantes de Londres y después atravesaba el Green Park, que se encontraba muy cerca de la embajada. No le importaba que lloviera o que hiciera frío, le gustaba caminar, sobre todo de mañana, le despejaba, le hacía meditar, recordar, rememorar a las personas queridas que ya no estaban más en este mundo y le mantenía en forma.

El empleo en la embajada había sido una promesa de Basilio. Lo había aceptado ilusionado, porque por primera vez en su vida podía desempeñar un trabajo con más responsabilidades, en el que podía poner en práctica sus estudios, y porque albergaba todavía leves esperanzas de que el nuevo régimen en Guinea Ecuatorial traería un futuro más próspero, como el nuevo presidente había prometido.

Obiang promulgó al poco de llegar al poder un periodo de convivencia pacífica para todos los guineanos que quedaban en el país y para aquellos que llevaban viviendo al menos una década fuera del mismo. Hubo una amnistía para todos los exiliados y presos políticos, y algunos lo aprovecharon para regresar a sus hogares, a la patria, aunque no funcionó como Manuel esperaba.

A la gente que trabajaba con él no le interesaba que Guinea Ecuatorial fuera a mejor o a peor, que sus habitantes pasaran vicisitudes, querían cobrar su sueldo haciendo lo mínimo. No les interesaba saber que en su país seguía habiendo purgas periódicas, que se detenía a la gente casi al azar, que se les acusaba de traición al Estado y se les condenaba a prisión o se les ejecutaba. El anunciado cambio y la prometida prosperidad económica eran una utopía. En el futuro tampoco se vislumbraban grandes transformaciones. El sistema era inmovilista, más de lo mismo: un único partido, represión periódica contra los miembros de la oposición que eran detenidos por cualquier minucia, la población viviendo en la miseria, con los derechos aplastados y mucho miedo.

Durante los años noventa se descubrió petróleo cerca de la Isla de Bioko. El Gobierno tuvo una oportunidad única de conducir a su país hacia un progreso sin precedentes: seguir las directrices y recomendaciones internacionales, destinar parte de los ingresos en el bienestar de las clases más humildes. No se hizo. En 1996 también se ignoraron las recomendaciones de la ONU en lo relativo a las elecciones, dejando participar sin cortapisas a la oposición. Por contra, Obiang no permitió concurrir a estas al candidato de la oposición, y se alzó, al ser el único candidato, con el 98% de los votos. Ante la presión de los Estados Unidos y las críticas internacionales colocó a un par de candidatos de la oposición en puestos menores y siguió con la misma política.

Como los recursos petrolíferos se encontraban cerca de la Isla de Bioko, renació de nuevo el deseo independentista de los isleños y de la minoría bubi. Obiang atajó con mano dura este movimiento arrestando a 117 bubis cercanos al partido Movimiento para la Autodeterminación de la Isla de Bioko. Tras un juicio sin ninguna garantía judicial, en los que se les acusaba de magnicidio, se condenó a parte de los procesados a muerte. El resto fue a parar a la infame prisión de Black Beach.

A Manuel le pesaba saber y reconocer que nada había cambiado en su país, pero ya nada podía hacer aparte de renunciar a su empleo y pasar el resto de sus días en la miseria. Sabía que si levantaba la voz, si criticaba, sufriría las consecuencias. Hizo lo que Basilio en su momento le recomendó: cerrar la boca, desempeñar su trabajo, por absurdo o inútil que le pareciera, y embolsarse su salario.

Vivían bien, incluso con cierto lujo, sus hijos habían recibido una buena educación. Imara, que no quiso venirse con la familia cuando le ofrecieron el empleo, se quedó en Madrid y allí cursó sus estudios universitarios. Francisco, el hermano menor, se había adaptado muy bien al país. Le gustaba Londres y se movía con soltura en ella. Después de estar un par de años dedicado al inglés, lo manejaba a la perfección.

Francisco sobresalió en los últimos años de bachillerato y empezó la universidad, allí, en la capital británica. En Madrid, con su sueldo en Iveco, jamás hubiera podido costear los estudios de sus hijos.

«Lo hago por mis hijos», meditaba Manuel. «Serán grandes profesionales en el futuro. No vivirán en este mundo incierto que me ha tocado a mí, sino en uno mucho más sencillo y llevadero». Imara y Francisco eran más europeos que africanos. Sus estudios les abrirían puertas en uno u otro país, en distintos continentes. Sus hijos se colocarían sin grandes dificultades. Tendrían el futuro garantizado. Vivirían en un país seguro.

Así eran los extranjeros de segunda o tercera generación, gente educada y bien formada, multilingües, ricos en culturas e identidades.

Lo único que aún podía rescatar era a ellos. Su alma estaba vendida. Lo había hecho todo por sus hijos, se volvía a decir, había renunciado a sus principios, a los sueños de un mundo más justo, para garantizarles una vida con las comodidades que él no tuvo, con la posibilidad de defender sus principios, de vivir en un Estado de derecho. ¿A qué venían ahora los remordimientos? ¿Por qué no terminaba de aceptar que lo mejor era hacerse el sueco, y si veía u oía algo que no tenía que haber visto u oído, olvidarlo? Después de todo, eso era lo que hacían los empleados de la embajada, nadie criticaba, ni se preocupaba por cómo le iba a los que todavía vivían en Guinea Ecuatorial.

Y así transcurrió casi otra década.

***

En noviembre de 2003, volviendo del trabajo, se encontró a Vicente Dioko, un conocido que había vivido en Madrid y que se había mudado a Londres. Aunque no fueron nunca amigos reales, la muerte de Edmundo Bossio Dioko, que tanto afectó a su mujer, les había acercado y unido por un breve periodo de tiempo. Después, sus caminos se volvieron a separar y no confluyeron hasta ese día invernal. No era una casualidad, sino parte del plan ideado por Basilio. Le tocaba devolver el favor a esas alturas de la vida, con sesenta y cinco años.

—Me consta que Vicente Dioko y Severo Moto están en Londres. Es difícil saber lo que se traen entre manos —le explicó—. Ha llegado el momento de que me devuelvas el favor que te hice hace doce años.

—Estoy viejo y he perdido facultades. No sé si podré —argumentó Manuel.

—Mejor así, un anciano levanta menos sospechas. Tiene que parecer que te los encuentras por casualidad, mejor que sean ellos quienes te reconozcan. Te paso los sitios por los que se les ve. Es cuestión de darse unos cuantos paseos al día hasta que caigan.

—Todavía trabajo en la embajada, no creo que les vaya a hacer gracia que me las pase dando vueltas en vez de trabajando.

—Todo está aclarado. Usted se abriga bien y sale a caminar hasta que se los tope. Después intente averiguar lo que se traen entre manos. Haga bien el trabajo y la deuda estará saldada. En la embajada tiene instrucciones detalladas. Se le darán a leer y se destruirán. Intente seguirlas a rajatabla.

Fue Vicente el que le avistó desde la distancia, el que le saludó y con dudas le preguntó:

—¿Manuel Mangue?

—Sí —contestó.

—¿No me reconoces? Soy Vicente Dioko. ¡Qué alegría, hombre! Te hacía en Madrid, trabajando para Iveco, como solías.

—Yo tampoco me imaginaba que estuvieras aquí —mintió Manuel.

Manuel se fijó. Su suerte era doble. Vicente no estaba ese día solo, le acompañaba Severo Moto. Él mismo le había espiado en Madrid por orden de Basilio.

A Manuel, Severo ni le agradaba, ni le desagradaba. Era una de esas personas que no sabía en dónde catalogar. Había llegado a Madrid unos años antes de que ellos se marcharan, en 1981. En los primeros años del régimen de Obiang asumió un cargo de responsabilidad y fue ministro de Información y Turismo. Por una serie de diferencias con el presidente cayó en desgracia y se vio obligado a huir y refugiarse en España. Era de los políticos que proclamaban no comulgar con las falsas reformas del nuevo régimen de Obiang.

Una vez en el exilio, en Madrid, había organizado un partido político de oposición al gobierno de Obiang. A él le habían llegado rumores sobre el mismo. Basilio le pidió que se afiliara a él por un breve periodo de tiempo y que les informara acerca de su estructura. Manuel hubiera preferido mantenerse al margen, pero no supo negarse. Hizo lo mínimo y pasó un par de informaciones irrelevantes. No quería comprometerse con Obiang y sus seguidores más de lo necesario. De ese primer contacto con Severo Moto sacó la conclusión de que este tampoco era trigo limpio.

—No sé si conoces a Severo Moto —le preguntó Vicente.

—Sí, oí mucho hablar de usted antes de que yo me viniera a Inglaterra —le dijo Manuel—. Creo que coincidimos alguna que otra vez en Madrid, en algún café o quizás durante uno de sus discursos. ¡Encantado de saludarle de nuevo!

—Lo mismo digo —respondió Severo Moto.

—Íbamos a tomar un café en el Rosebery Lounge, aquí mismo, en Knightbridge, ¿le apetece acompañarnos, Manuel? —le preguntó Vicente.

Manuel estuvo a punto de decir que no, de alegar cualquier molestia y volverse a casa. No le gustaba meterse en esos líos de espías. Le diría a Basilio que no había colado, que le miraron con aire sospechoso. Sopesó la situación: Si no se esforzaba en averiguar lo que esos dos tramaban, seguiría en deuda con Basilio. Estaba viejo, se quería jubilar, mejor intentarlo. Solo esperaba que ese Severo Moto no fuera el héroe destinado a renovar el espíritu de la nación, a despertar la esperanza.

—Si no os importa —acertó a decir Manuel—, pero me quedo solo para un café.

—A eso mismo vamos —comentó Vicente—, pero supongo que te haces cargo de lo que se puede alargar el cafelito en nuestra comunidad.

Manuel asintió. A un café seguían conversaciones y divagaciones de las que uno no sabía cómo escabullirse. Se alegró por aceptar la invitación intuyendo que la conversación giraría en torno a la organización de la oposición. Si tenía suerte, el asunto estaría concluido en ese mismo día.

Llevaba más de una década en la que su labor en la embajada carecía de sentido. Si seguía allí era porque no le habían dejado jubilarse, alegando uno u otro pretexto. Hoy Manuel estaba seguro de que era porque esperaban que saldara su deuda. En esos años había intentado mantenerse al margen. No opinaba sobre el régimen para el que trabajaba y apenas se relacionaba con los otros empleados de la embajada de Guinea Ecuatorial. Eso y su intromisión en el 1993 le habían relegado a un empleo de segunda categoría sin posibilidad de ascenso, pagas extras o mordidas ocasionales, aunque este era estable y le garantizaba holgura económica.

Su jornada laboral era tan insulsa como su vida actual, la pasaba imbuido en las cuentas de la embajada, casi sin cruzar palabra o conversar con los otros empleados, porque ellos le veían como un inferior y a Manuel le repateaba la frivolidad y falsa apariencia de los que allí trabajaban. En Londres tampoco conocía a mucha gente. No era el destino favorito de los guineanos y los españoles con los que se cruzaban eran chicos jóvenes de la edad de sus hijos, con los que poco tenía en común. Se sentía solo en esta ciudad que nunca llegó a conquistarle el corazón. Sería la lluvia, el color gris del horizonte, el esmog o la niebla que la enturbiaba. Echaba de menos Madrid y soñaba a menudo con ella.

Con esos pensamientos y la cabeza en el pasado siguió a Vicente y Severo hasta el café.

The Rosebery Lounge era un café de lujo instalado en la planta baja de una soberbia casa modernista de finales del siglo XIX. El interior era luminoso, con grandes ventanales y techos altos, decorados con molduras barrocas de los que colgaban enormes lámparas. El local tenía amplias habitaciones con muebles de estilo modernista (sillones de colores llamativos, mesas grandes con candelabros o decoración floral). Vicente, Severo y Manuel se sentaron en una de las mesas y pidieron un café para cada uno y un plato con pastas variadas.

—¿Y tú a qué te dedicas profesionalmente, Manuel? —le preguntó Severo.

—Trabajo en la Embajada de Guinea Ecuatorial. Soy administrador y asesor.

—Interesante —comentó Severo. ¿Y en qué materia asesoras?

—La verdad es que solo en lo que atañe a los gastos de la embajada y en lo relativo a la mejora de las relaciones con las instituciones británicas, o con España. Me limito a hacer mi trabajo y a no inmiscuirme en otras materias. Soy apolítico por naturaleza.

—¿Cómo se puede mantener uno al margen después de tres décadas aciagas en lo que concierne a la democracia, la libertad y los derechos esenciales de nuestro país y sus ciudadanos? Su postura me parece incongruente y muestra falta de moral. Así las cosas nunca cambiarán.

—No le quito la razón, don Severo. Verá —le dijo siguiendo las indicaciones que le había dado Basilio— no siempre fui apolítico. En su momento me opuse a Macías y tuve que huir de Guinea Ecuatorial. Con

Obiang nunca he sabido a qué atenerme. Desde que se encontró petróleo las ciudades de Bata y Malabo han mejorado mucho. Hay nuevos ricos y una buena red de comunicaciones. Sin embargo, la disparidad entre los privilegiados y los pobres es grande, muy grande. Tuve la osadía de sugerirle al embajador que hablara con Obiang y le expusiera la necesidad de invertir en educación y sanidad. Eso casi me costó el empleo y desde entonces estoy abocado a no progresar. Solo intento subsistir en estos tiempos turbulentos. Me desentiendo de la política. Con la Administración de nuestro país no tengo nada que ver. Me limito a hacer mi trabajo, el de un contable que solo ve los números que le presentan. Me estoy haciendo viejo, con la edad he perdido la ilusión, la energía que se necesita para seguir luchando. No veo posibilidad de alterar el destino de nuestra nación —explicó Manuel.

—Comprendo. Es una actitud común. Entre Macías y Obiang nos han desposeído de los anhelos, nos han robado el alma y han carcomido nuestra moral. El estado anímico de nuestra nación es muy difícil de levantar. Me hago cargo de los vaivenes y desengaños sufridos por usted, por muchos de nosotros. Pero dígame, ¿qué es un hombre sin ilusión? ¿Qué nos trae ese conformismo que usted procesa? ¿La seguridad de vivir arrodillado toda la vida?

A Manuel le entraron ganas de preguntar a Severo Moto qué es lo que podía deparar un nuevo Gobierno con él, cómo pensaba modificar el yerto panorama de Guinea Ecuatorial si asumiera el poder. Él no creía que fuera posible desmontar el aparato del Estado, los intereses que generaban la explotación del crudo, el desvío de fondos, la corrupción. En el afán de defender sus intereses económicos no dejarían que un don nadie como Severo pusiera en jaque sus ganancias millonarias. Esa era la situación real.

—Me gusta su discernir, Severo —le respondió Manuel—. Mi juventud ha pasado. La edad nos hace más pragmáticos, menos altruistas. Entiendo sus razonamientos, pero le garantizo que la moral sigue en mí, algo entumecida, pero viva. No tengo madera de héroe, ni de mártir, me faltan aspiraciones, pero no me siento acotado por mis ideas. Ahora dígame, ¿cree de verdad que los ideales nos liberan? ¿Gozan de más albedrío los que se aferran a una idea y la defienden hasta la muerte?

Sabía que se estaba saliendo del tema, pero le pareció que era más astuto indagar de esa manera.

—Eso mismo debiera preguntarse usted —replicó Severo.

—Lo he hecho en muchas ocasiones y no he encontrado una única respuesta. Cada cual debería escoger su camino. A mí las circunstancias me han obligado a elegir el no luchar, el no aferrarme a un ideal o a una ideología me da alas en otros terrenos. No sirvo a los intereses de nada ni nadie. Aunque reconozco que respeto y admiro a gente como usted, dispuestos a lidiar una batalla perdida.

—Me alegra que al menos no haya dejado de apreciar a las personas que conservan su moral y su dignidad —respondió Severo con un tono un tanto sarcástico. Estuvo a punto de decir que se podía caer mucho más bajo que él, pero se abstuvo de emitir tal comentario.

—¿Cree que por el hecho de no comulgar con ningún ideal político me convierte en un individuo carente de moral o dignidad? —preguntó Manuel.

—La ideología no hace a los hombres mejores, aunque sí la empatía hacia otros y la búsqueda de ideales que sirvan al bien común. Le pido disculpas si le he ofendido con mis palabras. Mi intención era despertar en usted la ilusión que, creo, tuvo en su juventud y que estos regímenes sin escrúpulos han minado a base de desengaños. Si le queda bastante más moral de la que se aprecia por sus palabras, en su mano está renovarla y hacerla crecer.

—Una cosa son los principios, los valores del individuo, otra las ganas de luchar por ellos —opinó Manuel—. He sufrido en la vida muchas decepciones, demasiadas. Carezco de ánimo.

—¿No será valor lo que le falta? —replicó Severo.

—La edad nos hace precavidos, también más cobardes —contestó Manuel.

—¿Por eso se mantiene fiel al régimen de Obiang y no arriesga? —le preguntó Severo desafiante.

—Disculpe que me inmiscuya, Severo —interrumpió Vicente—. Conozco a Manuel desde hace tiempo. En Madrid se mantuvo siempre en su sitio, sin involucrarse con los que defendían a Macías o los que conjuraban contra él. No le gustaba meterse en líos y nunca se puso de una u otra parte. Quizás no se implica, pero eso no le convierte en secuaz de Obiang y su régimen. Siempre me pareció una persona preocupada por su trabajo y sus deberes como ciudadano, buena gente —explicó—. Son las circunstancias y la crudeza de algunos acontecimientos las que le han alejado de los deseos de construir un gran país, de impulsar nuestra Guinea a lo más alto. ¿Verdad, Manuel?

Manuel asintió.

La intervención de Vicente jugaba a su favor. En ese momento la nostalgia le invadió y rememoró otros tiempos, en los que él mismo contemplaba la democracia como un sueño alcanzable. Sintió cierto remordimiento por estar allí. Todavía estaba a tiempo de irse con insuficiente información. Miró a Severo y se preguntó si ese personaje podía acabar con la corrupción endémica de su país, si sabría invertir los fondos generados por la explotación del crudo con sabiduría, diversificando y repartiendo la riqueza con equidad. Era más culto que Obiang, se le notaba en su forma de hablar, pero de ahí a poder mejorar Guinca Ecuatorial iban más de dos mundos. Era misión imposible. Estaba a punto de preguntarle cómo pretendía reformar el Gobierno si llegaba al poder, cuando Severo le dejó con la palabra en la boca:

—¿Y si eres todavía un hombre íntegro, por qué trabajas entonces para nuestro Gobierno de Guinea Ecuatorial?

—La verdad es que ni yo mismo lo sé. Me he dejado llevar por las circunstancias, por el salario atractivo, por el miedo a perderlo todo si dejo el puesto. Me estoy haciendo viejo para buscar otro empleo —dijo Manuel con convicción.

—¡Aja! Comprendo —observó Severo.

—Tengo una familia, mis responsabilidades son grandes. Mis hijos estudiaron en la universidad, tengo todavía muchas deudas que saldar. Les costeé todo y, en este país, la educación superior te cuesta un ojo de la cara —añadió Manuel—. Quiero el mejor futuro para ellos. No deseo que empiecen a trabajar debiendo miles y miles de libras, o de euros, porque se han tenido que financiar la universidad con un préstamo. Me gustaría que fueran independientes, que no tengan que trabajar como yo para un Gobierno que no me convence. Si sigo en donde estoy es porque este es el único trabajo que me permite pagar mis deudas y... Bueno, ya le he dicho que no me meto en los asuntos internos del país. Me limito a realizar mis cometidos como administrativo.

—Supongo que piensa que no implicándose tiene la conciencia tranquila. Es más fácil ignorar que en nuestro país hay detenciones ilegales, desapariciones, juicios exprés y sentencias de muerte sin un juicio previo que enfrentarse a Obiang —le dijo Severo.

—Se equivoca. La conciencia no la tengo tranquila desde 1969, cuando pude hacer algo para evitar que Macías subiera al poder. No moví todos los hilos que podía. Tuve que salir apresuradamente del país por evitar convertirme en carne de cañón y porque tenía una familia en la que pensar —le explicó Manuel. Después comenzó a hablar sobre sus años de frustración en Madrid, sobre la inmensa pena que le invadió con la muerte de Federico Ngomo, sus deseos de acabar con Macias. Omitió su tímida intervención en el golpe de Estado del 1978, al igual que sus labores de espionaje.

—Pero seguro que ahora no le pesa tanto la conciencia. Ha pasado tanto tiempo, los recuerdos en la distancia no hieren tanto. Además, trabaja para quién nos liberó de Macías y le debe, si no admiración, al menos ciega lealtad —comentó Severo sarcásticamente.

—Claro que tengo mis reparos por ser un asalariado del Gobierno de Obiang, pero ¿qué puedo hacer ante todas las injusticias que me has citado?, ¿ante la corrupción que se pasea a sus anchas? Soy un hombre apolítico, un don nadie, que no pudo y no puede intervenir para cambiar el destino de nuestra nación. Solo puedo rescatarme a mí mismo.

—Lo que yo veo, y perdóneme si me equivoco —dijo Severo—, es un hombre sin agallas, que no se atreve a tomar decisiones arriesgadas, que solo piensa en su bienestar y no en el de los demás.

Manuel estaba de acuerdo con esa descripción de su persona: un conformista, carente de gallardía. Comprendía por qué Severo le veía así. No se enorgullecía de ello. Se había revelado a su modo y de nada le había servido. Fue un cobarde en los momentos claves. Había evitado tomar decisiones que perjudicaran su bienestar material. Había justificado esas acciones con el argumento de que poco se podía hacer para cambiar nuestro sino. Ahora no sabía cómo dirigirse a otro sendero.

—Tiene razón —le dijo—. Soy un cobarde que siempre ha salvado su trasero, que se ha sentado cruzado de brazos, que ha visto cómo sus mejores amigos morían. Soy un miserable que no se ha sacrificado por nadie.

Manuel vio de nuevo pasar algunos acontecimientos de las últimas tres décadas y, cuando pensó en Federico y en su muerte, comenzó a llorar.

—Quizás me haya equivocado con usted —le dijo Severo, conmovido por las lágrimas que derramaba Manuel. Pensó que sus comentarios habían ido demasiado lejos, que a ese hombre le quedaban escrúpulos—. Quizás —continuó intentando reconfortar a Manuel— no te has arriesgado por nadie porque nunca has tenido la posibilidad, la oportunidad real de hacer algo que cambiara nuestros destinos. Yo te podría dar la posibilidad de probarte de nuevo, de hacer algo por el bien común.

Manuel se secó las lágrimas, miró a Severo que le sostuvo la mirada. No le había preguntado, tal y como le indicó Basilio que hiciera, pero parecía que la estrategia surtía efecto y que algo iba a sacar de esta conversación. Se volvió a decir que Severo Moto era de la misma pasta que Macías o Obiang, que le movía la sed de poder y enriquecerse. Necesitaba convencerse de que no estaba obrando en contra de un futuro mejor para su gente, que Guinea era un Estado fallido y se necesitaba un hombre estilo Gandhi, con una profunda convicción religiosa para sacar a su nación del atolladero.

—Únete a nosotros. Cada vez somos más los guineanos que desde el exilio criticamos a este régimen de Obiang. Mi partido está reclutando a personajes representativos, a intelectuales, a personas formadas como tú. Sin ir más lejos, el laureado escritor Donato Ndongo me ha hecho saber que está deliberando unirse a mis filas. Gente honrada y bien formada es lo que se necesita para luchar contra la ignorancia y oscuridad que han generado estas dos dictaduras. Ilustración y buenas ideas es la receta para que nuestras voces sean oídas y alguna potencia internacional ayude al sufrido pueblo guineano.

Severo también mentía. Manuel sabía que Donato Ndongo nunca se pronunció a favor de él. Dudaba que se hubiera inscrito a sus filas.

—Queremos que Guinea sea una verdadera democracia —añadió Vicente—. Severo tiene ya bastantes seguidores y buenos contactos en el Reino Unido, hombres de negocios, dispuestos a ofrecernos apoyo económico. Solo nos queda ampliar la red y trazar un plan.

—No tan deprisa, Vicente. Sabes perfectamente que por el momento solo estamos reforzando nuestras filas y buscando ayuda —observó Severo—. Es una batalla ardua la que se nos presenta, que hay que ganarla con inteligencia, buscando el talón de Aquiles de este régimen. Algo que todavía no hemos encontrado.

—Pensaba que habías hecho progresos en este viaje —dijo Vicente—, que unos cuantos se habían comprometido con la causa.

—Contactos, Vicente, he tejido una red de contactos que puede ser útil, pero todavía no hay nada concreto. No seguimos siendo más que un partido de oposición en el exilio al que le falta mucho para dar el paso.

Severo miró a Vicente con serio ademán. Manuel descifró en esa actitud que no se terminaba de fiar y no quería comprometer su plan yéndose de la lengua con un extraño. Después, disimulando esa falta de confianza hacia Manuel, le dirigió una sonrisa.

—Considere unirse a mi partido cuando le parezca oportuno. Afiliados con formación son siempre bienvenidos. Somos discretos y no andamos publicando los nombres de los que nos apoyan. No queremos involucrar a nadie en algo incierto, ni que tenga problemas con el régimen. Aquí tiene mi contacto —dijo Severo garabateando un número en un papel—. En caso de que le interese luchar por otro futuro, deje antes ese puesto en la embajada. Consúltelo con la almohada. Todo ideal requiere un sacrificio. Creo que nos estamos poniendo demasiado serios, que deberíamos dejar de discutir de política. ¿Por qué no corremos un tupido velo en este asunto y nos dedicamos a hablar de asuntos más triviales como el tiempo o el fútbol?

El resto de la tarde transcurrió sin tratar ningún tema político. Manuel volvió a casa mucho más tarde de lo normal. Aunque no estaba seguro de si Severo Moto y Vicente se traían algo sustancial entre manos, porque no le quisieron aclarar nada, tenía la premonición de que algo se cocía en la capital británica. Supuso que los contactos eran con la BP o empresas que tuvieran intereses en la explotación de los yacimientos. ¿Sería suficiente esa información para Basilio? ¿Y si todo no había sido más que una simple fanfarronada de Vicente? Meditó si debía profundizar, comentarle a Basilio la posibilidad de unirse al partido de la oposición, meterse en esas acciones arriesgadas de las que Severo hablaba. Le satisficiera o no a Basilio, la información obtenida hoy era la que le iba a dar. Arrojó el pedazo de papel con el número de Severo Moto en lo más profundo de un cajón y lo cerró, imaginando que así enterraba una etapa de su vida de la que se avergonzaba.

Esa noche soñó con el retorno. No eran las calles de Malabo en donde paseaba, sino por la Puerta del Sol, la Gran Vía, Recoletos, la Cibeles. Miró la estatua de la diosa de la madre tierra y le dio la impresión de que esta le miraba intentando comunicarle algo. Se sintió un poco aturdido, allí enfrente de la fuente, se dio cuenta de lo que Cibeles le quería decir.

Estaba en casa, en un hogar que no había podido ver cegado por la idea de venganza, una tierra que había abandonado. Se despertó sudando, con escalofríos y alta temperatura. Pasó las tres semanas siguientes en cama.

***

Cuando a Manuel Mangue Obama le fueron a buscar a su domicilio en Porchester Terrace, muy cercano al famoso Hyde Park, en Londres, a primeros de enero de 2004, un mal presentimiento le recorrió por el cuerpo. Llamaron a la puerta con insistencia hasta que Manuel abrió. ¿Por qué venían a buscarle? ¿No había cumplido con lo acordado y pasado a Basilio la información pertinente? ¿O pertenecían estos hombres a los seguidores de Severo Moto?

—¿Don Manuel Mangue Obama? —preguntó con cortesía uno de los dos hombres.

Manuel asintió.

—Querríamos hablar con usted de un asunto algo farragoso —dijo el otro hombre—. ¿Podríamos tratarlo en su domicilio? No quisiéramos que alguien nos escuchara y trascendiera a la opinión pública. Confiamos en que como empleado de la embajada, fiel a Obiang y a su Gobierno, sea prudente y lo que hablemos quede entre nosotros.

Manuel volvió a asentir y subió con ellos hasta su apartamento. Deseó no encontrar a su mujer. Pese a no haber una razón plausible, el miedo le consumía y pensaba que este podía ser el último día de su existencia. Esos hombres no trabajan para Basilio, pensó.

Les dejó pasar a su apartamento y echó la llave de la cerradura, tal y como le solicitaron. Su piso estaba vacío. Me liquidarán en unos minutos, se dijo a sí mismo. Aunque temblaba intentó que no se le notara en la voz. Invitó a los dos hombres a sentarse y les preguntó si les podía ofrecer algo de beber.

—No, gracias —indicó uno de ellos—. No se preocupe, Manuel, venimos con buenas intenciones.

—Nos consta que conoce a Severo Moto y a Vicente Dioko.

Manuel asintió.

—Aunque no muy bien —explicó—. Vicente era vecino mío en Madrid. De Severo Moto he oído hablar mucho. Hace poco más de un mes me los encontré en un parque y estuvimos conversando unas horas. Agrada encontrarse con compatriotas en este país, aunque sean miembros de la oposición. Espero no haber incurrido en un delito por ello.

—Nos alegra ver que es una persona sincera. Sabemos de su encuentro y de la información que obtuvo de él. Don Basilio nos ha informado y agradecemos su patriotismo.

Manuel exhaló aliviado.

—Sin embargo no nos basta. Los servicios secretos de Guinea Ecuatorial tienen constancia de que Severo Moto vuela con regularidad de Madrid a Londres. No hemos podido localizar sus contactos en el país. De su informe se desprende que va a recibir apoyo para una operación de envergadura que usted mismo no pudo precisar. Sospechamos que está planeando un golpe militar. Requerimos su ayuda para verificarlo.

—Severo Moto no confía en mí. Lo especifiqué en mi informe — contestó Manuel en un intento de rechazar el encargo.

—Pues ingénieselas como pueda para que lo haga y le largue uno o dos nombres. Esta encomienda proviene del mismísimo presidente y no le gustará si se queda sin cumplir.

Manuel asintió y exhaló con preocupación.

—¿Es usted un buen patriota? —le preguntó otro.

Manuel afirmó.

—Nos alegra, porque precisamos de su compromiso con la patria. ¿Contamos con usted?

Manuel tragó saliva y asintió. No le gustaba la idea de verse envuelto de nuevo en ese espionaje, pero el miedo a las represalias le paralizaba.

—Naturalmente, si nos provee información relevante, será generosamente recompensado.

Manuel miró a su interlocutor sin mediar palabra. Estaba hecho, de nuevo había firmado un pacto con el diablo.

***

¿Puede un acontecimiento aislado cambiar el devenir de la historia de una nación? ¿Son los individuos o la sociedad los que deciden sobre nuestro futuro o nuestra existencia? ¿Estamos regidos por las élites, por los poderosos, por las grandes empresas y consorcios? ¿Quién ayuda a perpetuar las dictaduras y los abusos por décadas? ¿Quién o quiénes los hacen caer? ¿Somos libres en nuestra elección de los candidatos políticos? ¿Tienen los Gobiernos poder de decisión real o son simples marionetas?

***

En marzo del 2004 se abortaba un golpe de Estado contra Teodoro Obiang en el que Severo Moto figuraba como organizador. Él siempre negó su implicación y arguyó que se trataba de una invención de Teodoro Obiang para desmontar a la oposición. Los otros implicados en el golpe de Estado negaron también la existencia de tal conspiración.

No se sabe cómo ni quién informó a Obiang de la trama o si el complot existió tal y como fue destapado por el Gobierno de Guinea Ecuatorial. El asunto se saldó con unos cuantos mercenarios británicos arrestados de inmediato con el cargo de intervención en el frustrado golpe. Algunos ejecutivos de empresas petrolíferas e incluso el hijo de Margaret Thatcher fueron acusados de financiar el complot contra Teodoro Obiang, pero no se pudo probar su participación o procesarlos.

Obiang rige Guinea Ecuatorial con mano dura desde 1979.

(SIN) LUZ AL FINAL DEL TUNEL

ISMAEL

Hagamos un salto en el tiempo y situémonos en mayo de 2021. El mundo seguía su transcurrir agónico sacudido por conflictos en Oriente Medio, por protestas en Myanmar, en Rusia, en Bielorrusia, en Colombia, en Estados Unidos... Me daba la impresión de que, pese a la voluntad de unas cuantas personalidades por buscar un cambio que reduzca las injusticias sociales y la extrema diferencia entre ricos y pobres, hay poco o ningún interés por parte de nuestros dirigentes y de los poseedores de grandes fortunas en modificar el sistema.

Desde 2010, con el inicio de la llamada Primavera Árabe, se ha puesto de manifiesto una y otra vez el descontento del ciudadano de a pie, del que ve su existencia, su futuro y su propia vida amenazados. Algunos de los regímenes en los que una revolución estalla caen. En otros países las protestas se aplacan con mano dura; a veces, tras meses de manifestaciones y disturbios estalla una guerra civil o se inicia una dura persecución contra las minorías y voces críticas. Luego viene el éxodo, el exilio, la diáspora, los campos de refugiados malviviendo, el no saber a dónde ir, porque a partir de ese punto ya no hay hogar, se es solo un apátrida. A muchos les da igual arriesgarse a morir a medio camino entre lo que fue su patria y ese destino que se le antoja con luz, con esperanza, porque quieren salir del infierno.

—Es una vergüenza que sigan existiendo paraísos fiscales en este planeta y que la política y diplomacia internacional sigan cruzadas de brazos, dejando que los dictadores depositen el dinero robado a sus pueblos en sus bancos. ¿No ha sido suficiente con destapar el escándalo de Suiza y el oro nazi, la forma en que el Estado helvético aceptó oro y obras de arte robadas a los judíos, mientras cerraba las puertas a los refugiados? —proclama mi madre indignada después de observar que las noticias de actualidad no cambian, que en donde estalla un movimiento de protesta, pasa siempre lo mismo. Los ciudadanos piden apoyo a la comunidad internacional, sanciones directas e intervención de las cuentas de las personas que atentan contra la democracia, la libertad y los derechos humanos fundamentales. Todo queda en agua de borrajas, ya que los millones ocultos en los paraísos fiscales no se tocan—. ¿Qué derecho tienen los suizos a llamar a Ginebra «Ciudad de refugio», si se han manchado las manos de sangre haciendo negocios con el gobierno nazi, si se las siguen manchando escondiendo las fortunas de otros tantos tiranos, represores y asesinos? ¿Quién sabe cuánto dinero tendrán escondido allí Teodoro Obiang, Putin, Lukashenko, los militares que han perpetrado el golpe militar en Myanmar, Maduro y otros muchos? ¿Quiénes son estos países para negar la entrada a los refugiados, a esa pobre gente que no les queda otra solución aparte de huir? Después de todo, Suiza, las Islas Caimán y los otros paraísos fiscales son los que mantienen en donde están a los grandes dictadores, son los que con su política fomentan la impunidad de los asesinos y ladrones, de los que provocan de forma indirecta el éxodo. ¿Qué altura moral tienen estos países para poner cupos a su inmigración? Deberían acoger a todos, sería la única forma de compensar a esa parte de la humanidad que muchos prefieren no ver.

Mi padre y yo la miramos e intercambiamos miradas.

—No te falta razón Imara —le contesta él con su acostumbrada mesura—. Lo que pasó en Suiza en tiempos del Tercer Reich es escandaloso. Mientras aceptaban almacenar las fortunas ilícitas de prominentes nazis, solicitaban al Gobierno de Adolf Hitler que imprimiera una J en los pasaportes de los judíos, para poder rechazar su entrada en Suiza de inmediato. Suiza nunca fue neutral, fue una aliada más de Alemania. Como judío que soy, me pesa en el alma que el país siga hoy defendiendo su neutralidad, que continúe financiando su bienestar a costa de las penurias de millones de personas y fomentando, al proteger fortunas ilegítimas, la fortaleza de determinadas tiranías o el saqueo del estado de bienestar.

—Seguro que Teodoro Obiang y Teodorín, su hijo, tienen allí, en Panamá o cualquier otro paraíso fiscal, sus millones escondidos y protegidos bajo el estricto secreto bancario, mientras que más de la mitad de los guineanos viven en la pobreza absoluta. En mi país se aniquila al que protesta o al que critica, no hay libertad de prensa. Nadie se puede expresar libremente. Lo único que ha cambiado con Obiang, respecto a Macías, es que hay menos asesinatos, pero eso es porque queda menos gente a la que quitar de en medio —sentencia—. Los guineanos que pudimos emprendimos un viaje sin retorno, y los que no lo hicieron tuvieron que tragar lo intragable si querían sobrevivir, si no, sabían que Macías u Obiang se librarían de ellos. ¿Dónde está la humanidad y la decencia de la comunidad internacional? ¿Por qué dejan que esos monstruos sigan gobernando? ¿Quién se beneficia del sufrimiento del pueblo guineano? ¿Por qué no se puede imponer el interés y el bienestar de la mayoría de la población mundial sobre el beneficio de unos cuantos? ¿Cómo no podemos darnos cuenta de que con un mejor reparto de la riqueza, con más justicia, más libertad y con respeto a los derechos humanos, la gente viviría con más o menos comodidad y dignidad en sus países de origen y no necesitaría salir de ellos? Tenemos suficiente para todos, solo hay que ser más equitativo en el reparto—nos explica mi madre en esos brotes que le dan por salvar a la humanidad, un rescate imposible—. ¿Por qué nos siguen mirando a nosotros, los extranjeros, como culpables del caos que ha causado la avaricia de dictadores como Obiang, de ese uno por ciento de la población que posee la mitad de la riqueza y que podría pagar más impuestos, de las naciones que siguen explotando los recursos de países como Guinea Ecuatorial y tolerando a sus dictadores a cambio de ese trozo del pastel? Ojalá se les indigeste algún día. Estos países, entre los que Estados Unidos y China están a la cabeza, no solo Suiza, carecen de moralidad y por tanto no tienen derecho a negar la entrada de los que han sido expulsados y perseguidos, de los que se mueren de hambre. Ellos se benefician de la miseria de esa parte de la población y deberían por tanto acogerlos. No creáis que Alemania se libra.

—No lo sé, Imara, ojalá tuviera una respuesta para todas tus preguntas, ojalá este sistema se pudiera trastocar y la gente dejara de mirar al inmigrante con malos ojos. Ojalá la humanidad aprendiera del pasado de una vez por todas y actuara en consecuencia. Comprendo muy bien tu postura, tu indignación. En este mundo hay mucha injusticia, pero existe la posibilidad de vencer, de burlar el destino que se nos impone.

—¿Crees de verdad, Otto, que mi pueblo puede vencer a Obiang y a todos los que engordan sus bolsillos con el negocio del petróleo?, ¿que los pobres sirios pueden ganarle el pulso a Assad y a los que le respaldan, o que la revolución y protestas en Myanmar van a lograr algo? Pues te equivocas. Estoy harta de ver una y otra vez pueblos enteros que se levantan contra sus gobiernos y no pasa nada, aparte de que cada vez hay más desplazados, extranjeros que nadie quiere acoger.

—Imara, nosotros también somos extranjeros —le contesta mi padre.

—Sí, pero el tipo de extranjeros que se tolera, que se ha adaptado. Somos extranjeros con solvencia económica, con una nacionalidad de primera categoría y, lo más importante, con educación. Sabemos cuáles son nuestros derechos y vivimos en un estado en el que podemos luchar por ellos, en el que tenemos una buena oportunidad de que se nos haga justicia. Pero los guineanos que siguen allí carecen incluso de los derechos esenciales: no ser torturado, no ser detenido sin un motivo, ser escuchado en un tribunal independiente y un largo etcétera. Ni siquiera se respeta el derecho de los niños a escolarizarse y a tener una educación.

»Ya sabéis que he viajado en más de una ocasión con mi padre Manuel a Guinea. No es plato de gusto para mí, porque me enfrenta con una realidad que puedo denunciar, pero no cambiar. Mi padre se empeña en que me quede en el hotel y la barriada de lujo donde este se ubica, que disfrute de la playa si estamos en Malabo, o que me vaya a comprar a algún centro comercial si estamos en la capital, Bata. Yo, sin embargo, he visitado algunas de las partes que él no me ha recomendado. He visto las chabolas en las afueras de Malabo, la pobreza con la que se malvive.

»La última vez que estuve en Bata fui a un mercadillo, de esos que se montan en las afueras. Pedí un taxi en el hotel. El conductor me llevo a regañadientes pidiéndome que tuviera cuidado con mi cartera y que no me dejara estafar. Le sonreí y le dije que no se preocupara, que me sabía mover sin llamar la atención. «Deme un toque cuando tenga que ir a buscarla —me dijo—, no se le ocurra volver al hotel a pie, no son barrios para señoras», añadió el taxista. Con cierto temor y bastante precaución me di una vuelta por el mercado. Los diferentes puestos estaban improvisados con un par de sombrillas y algunas cajas de madera donde se disponían los alimentos. No había mucho en donde elegir, bananas, patatas, algunas hortalizas y poco más. En algunos puestos se vendía ropa de mala calidad, made in *China* o *Bangladesh*, o telas. El terreno en donde se ubicaba este mercadillo no estaba pavimentado, había basura en el suelo. Se notaba el desabastecimiento general, algo que contrastaba con los centros comerciales en los que mi padre quería que fuera, donde los hoteles nos mandaban.

»Lo peor era ver que en plena mañana, a una hora en la que las escuelas estaban abiertas, había niños intentando vender un par de plátanos, empujando carretillas pesadas, mendigando o llorando en mitad del mercado. Todos ellos vestidos con harapos, algunos famélicos. Le entregué a cada uno de ellos un par de billetes que recibieron con asombro y gratitud. Sé que eso no les solucionaría la vida, pero al menos podrían comer algo por unos días. Llamé al taxista para que me recogiera y volví con grandes remordimientos. Mi padre se seguía beneficiando de algún modo de esta situación, seguía trabajando para los que tenían más dinero de lo que se podrían gastar en toda su vida, mientras esos pobres niños no podían ir a la escuela, ni tener una infancia como la vuestra, o la mía. Creo que apenas le dirigí la palabra el resto del viaje.

»Cuando el conductor me recogió expresó su alivio. «Menos mal que no le ha pasado nada, señora —me dijo—. Espero que no haya tomado ninguna foto. Está prohibido y se podría meter en un buen lío si la pillan», me explicó. Por supuesto que no —dije—, no he sacado el móvil de mi bolsillo. Pero lo hice, tomé unas cuantas fotos de los niños y lo denuncié a una ONG en cuanto llegué a Alemania. «¿Se cree que no llevamos denunciando estos abusos a la infancia, señora? —me preguntaron—. Tanto nosotros como otras organizaciones hacemos informes sobre el absentismo escolar, la alfabetización y la sanidad pública desde los años noventa. Se ha avisado en repetidas ocasiones a los gobiernos de los países democráticos que el Gobierno de Obiang no invierte apenas en educación y sanidad. Los datos que entrega el régimen de Guinea Ecuatorial sitúan la alfabetización en un 95-97%, que difiere del 60% que nosotros manejamos. En Guinea Ecuatorial hay un absentimo escolar de más de un 50% y muchos chiquillos se ven obligados a trabajar desde muy temprana edad. Nadie contrasta los datos o hace algo al respecto. Es frustrante» —me dijeron—. «Es una vergüenza» —acerté a contestar y ellos asintieron.

»Así que no me andes diciendo, Otto, que todos tenemos una oportunidad de sobreponernos a nuestro destino. ¿Qué posibilidades tienen esos niños de ver la luz al final del tunel? ¿Qué tipo de infancia tienen los niños sirios, los de Corea del Norte, los de Venezuela, Centroamérica u otros países en el continente africano?

Yo, que apenas había intervenido hasta el momento, me puse de parte de mi madre. Robar la infancia a un niño y negarle la posibilidad de ir al colegio y de ser educado, atacar a la población civil en un conflicto, sabiendo que muchas de las víctimas pueden ser niños, secuestrarlos, forzarlos a trabajar, esclavizarlos, es la mayor fechoría que un ser humano puede cometer.

—Mamá tiene esta vez toda la razón. Hay que respetar la infancia y dar a todos los niños una perspectiva de futuro. No hacerlo implica un vacío de humanidad inmenso.

Mi madre asintió, yo pensé que poco se podía cambiar, que proteger al menor en los lugares citados era, por desgracia, una utopía, una de esas tantas que mi gran amigo Juan defendería, y que yo a mis veintiocho años intentaba apoyar de algún modo. Ejercía como profesor desde hacía seis meses en un instituto en Frankfurt, para ser más preciso, el mismo en el que yo había estudiado. Un centro educativo con más de la mitad del alumnado de procedencia extranjera. La pandemia del COVID y la decisión de no tener clases presenciales desde mediados de diciembre hasta mayo, había afectado a muchos de estos chiquillos de familias humildes. El futuro de algunos se truncaría por el COVID y la grave equivocación del Gobierno Merkel de cerrar las escuelas, mientras que la industria del automóvil y otros sectores con *lobby* no sufrían ninguna restricción, la pagarían los de siempre. Esto ocurría en Alemania, un estado de bienestar. No quiero ni pensar cómo habrían vivido los niños de otros países este periodo tan difícil.

Estos últimos diez años de mi vida me habían impactado y cambiado mucho. Poco queda de ese muchacho de diecisiete años que soñaba con un futuro de la mano de la literatura, que tenía una visión demasiado simple de un mundo tan complejo. Había madurado, para bien o para mal, de la mano de mis padres y de Juan Trujillo. Ese viaje que había hecho junto a ellos por el pasado de sus familias y sus memorias, o, en el caso de Juan, por la literatura, la historia y la filosofía, me había ayudado a encarar mi propio yo, a darme cuenta de lo importante que es tener a alguien de tu lado que te guíe, te muestre el buen camino, pero también me había convencido de que en este mundo en crisis los libros son necesarios. Hacen falta para observar nuestro entorno con ojos críticos y dar voz a los la están perdiendo.

La literatura y otras artes no deben ser solo una recreación estética, un modo de evadirse o volar. También tienen que poner el dedo en la llaga e indicar dónde es preciso trabajar para erradicar dolor e injusticia. Si despreciamos ese tipo de expresión artística, si la relegamos a la marginalidad porque no nos gusta observar la realidad, estaremos silenciando las voces de los que necesitan ser escuchados y quemaremos, aunque no sea una hoguera real, esos libros, esos cuadros, esas composiciones musicales y con ellos la utópica esperanza de que las letras, las artes plásticas y la música nos puedan ayudar a ser más humanos, más empáticos con «los otros».

***

En ese mes de mayo de 2021 la realidad se cruzaría en mi camino, esta vez no de la mano de mi madre.

Me encontraba aún en el proceso de redacción de esta novela cuando, a través de un foro de ciudadanos guineanos en Facebook, contactó conmigo un joven que había huido por razones políticas de allí. Se trataba de un estudiante que, cansado de que nada pasase, de que nadie hiciera algo por su país, de que las cosas no cambiasen, de seguir con el mismo presidente desde 1979, decidió pasarse al bando de las pocas voces críticas de su país, al activismo, como él lo llamó, y denunciar los abusos de poder, la corrupción, los secuestros, los asesinatos, la escandalosa pobreza de la mayoría de los guineanos y, lo que a él le dolía más, que miles de niños se hubieran quedado sin infancia.

Como yo solo había estado en una ocasión en Guinea Ecuatorial y desde que estalló esta maldita pandemia ha sido muy difícil viajar, intentaba a través de las redes sociales recabar información para darle los últimos retoques a este libro. «Estoy escribiendo una novela que trata el tema de las dos dictaduras de Guinea Ecuatorial y me gustaría que alguien me hablara sobre sus experiencias personales», escribí en ese foro. Esperé una repuesta que parecía que nadie quería dar y terminé por olvidarme.

—Me interesa la novela esa de la que hablas —me escribió un tal Filomeno (nombre inventado) a través del Messenger.

—¿Qué te interesa? —le pregunté.

No recuerdo muy bien cuál fue su respuesta, pero a partir de ese momento hubo un intercambio de mensajes en los que él me hablaba de sus penalidades actuales y de lo que le había conducido a esa situación.

Filomeno había tenido que abandonar el país en el 2019. Su activismo, como a él le gustaba llamar, le había costado la persecución y tenía miedo de terminar en la cárcel. Filomeno no había cometido ningún delito. Había criticado al Gobierno de Obiang por el abandono que sufría una parte de la población que vivía en la más absoluta pobreza. Había compartido en las redes sociales artículos relativos a la corrupción y a los juicios pendientes que tenía en Francia Teodorín, el hijo de Obiang, por malversación de fondos, estafas y algún que otro delito. Filomeno había salido en la televisión denunciando la corrupción del país y la inaptitud del vástago de Obiang para gobernar una nación. Había señalado también la necesidad de invertir el dinero que generaba la explotación petrolífera en el país, creando industria y puestos de trabajo, mejorando la sanidad e invirtiendo en educación. Se preveía que los yacimientos petrolíferos de Guinea se agotarían en 2035 y no quedaba mucho tiempo para darle un giro a la política. Esos habían sido sus únicos crímenes y por ellos se le detuvo y encarceló en la prisión de Malabo, de la que logró salir con un golpe de fortuna, como él mismo me dijo, ya que un tribunal emitió una sentencia favorable.

Como sabía que su suerte estaba echada y que no le tardarían en arrestar de nuevo, huyó junto con otros dos disidentes a Marruecos, en donde se les concedió el régimen de refugiados políticos. El régimen de Obiang localizó a todos ellos y los secuestró a plena luz del día. Sus dos compañeros fueron llevados de vuelta a Guinea Ecuatorial en donde se les perdió la pista o, lo que es lo mismo, en donde fueron torturados hasta la muerte. Filomeno consiguió escapar de sus secuestradores y tras muchas vicisitudes llegó a Gabón en donde se escondió como pudo.

—Ahora mismo lo estoy pasando muy mal. No conozco a nadie aquí y no tengo trabajo —me dijo en una de las grabaciones que me mandó vía wasap—. Estoy buscando ayuda de las ONG, pero tengo que andarme con pies de plomo. Estoy en África y aquí, incluso en estas organizaciones, te topas con corruptos que hacen su trabajo con fines de lucro y que agilizan tu proceso solo si les das dinero. Mi continente se ha degradado, hay un vacío de humanidad. Nadie quiere ayudarte si no le das nada a cambio. Siento miedo por una posible orden de detención o extradición informal, de esas que no siguen el curso legal. No me queda dinero para comer, se me acabó hace dos días y no sé a qué puerta llamar. —Le oí decir con voz quebrantada y desesperada—. Estoy tramitando mi asilo político con UNHCR, así como una ayuda económica para salir del paso hasta que me encuentren un país a donde ir. Me dicen que tardará un mes en llegar, entre tanto no sé qué hacer.

Me sentí fatal. No sabía cómo ayudarle desde aquí. Quería traerle a Alemania, pero sabía que era imposible, que Filomeno debía seguir los trámites y esperar a que le concedieran un destino como refugiado político. Le mandé cincuenta euros, vía RIA Money Transfer.

—Eso te dará para comer un par de semanas —le dije—. ¿Y la familia? —le pregunté— ¿No te pueden ayudar?

—Todos son del PDGE, este es un partido del Gobierno que se hace llamar Partido Democrático de Guinea Ecuatorial y no es democrático, porque es una dictadura. Soy el único de mi familia que se opone al régimen y por esa razón me dan la espalda, no quieren saber nada de mí. No quise rendirme y luché, por eso me encuentro en esta situación.

Seguimos intercambiando mensajes de wasap. Filomeno logró que una tía suya le apoyara también con algo de dinero.

—Creo que voy a dejar el activismo por algún tiempo, al menos hasta que me manden a un país seguro, fuera de este continente que se está pudriendo con esa corrupción endémica que le azota. Aquí llueve sobre mojado. África no es un lugar para protestar, para querer cambiar el mundo —me escribió.

—Cada vez hay menos lugares en este planeta en donde se pueda hablar con libertad —le contesté.

—Sí, es preocupante —escribió él—, de todas formas muchas gracias por interesarte por mi país, por mí y querer narrar lo que sucedió, lo que pasa ahora. Somos una de las naciones más ignoradas en todo el universo y que alguien dedique su tiempo a escribir algo sobre la situación que vivimos, se agradece.

Continuamos en contacto. A primeros de junio me contó que la solicitud de asilo estaba cursada y que había recibido ayuda económica de la UNHCR. Después de más de un año de oscuridad comenzaba a ver, aunque en la lejanía, la luz al final del túnel.

—Pero esto mejorará solo mi situación personal. La situación política del país es frustrante. El Gobierno está atizando a las voces disidentes. Obiang intenta colocar a su hijo como próximo presidente de la República de Guinea Ecuatorial a partir del 2023. Teodorín es un niño malcriado que solo tiene interés en los coches de alta gama, las fiestas y gastar dinero. Carece de empatía y no tiene ninguna dote para gobernar. Solo sabe despilfarrar dinero. Es mucho peor y más inepto que su padre. Gran parte del pueblo se opone a eso, aunque pocos se atreven a hablar, la mayoría de los guineanos prefieren quedarse en silencio por miedo a represalias. Y esto es así. Yo ahora estoy en el exilio, con mi solicitud de asilo político en curso, porque no me quise callar y he tenido suerte, podría estar criando malvas. Hoy tuve una larga entrevista con ACNUR. Me dicen que van a ver cómo me pueden buscar un país de asilo. En cuanto me asiente allí y pueda volver a la lucha lo haré —me confesó—. No podemos rendirnos.

***

En junio de 2021 nuestra vida familiar seguía su curso normal. Mi madre seguía despotricando contra el sistema y especulando de qué forma se podían reducir las desigualdades. Mi padre la escuchaba con su infinita paciencia e intervenía para mostrarle que sus teorías son una cosa y otra la posibilidad de ponerlas en práctica. Él es muy alemán en ese sentido.

—Hoy cuando te he oído hablar sobre cómo arreglar las injusticias de este nuestro mundo me ha venido a la cabeza una teoría de Ismael —le dijo mi padre—. Me la contó hace algunos años, pero no la he podido olvidar. Me parece aplicable al momento en que vivimos y a bastantes países. No solucionaría todos los problemas del planeta, pero al menos algunos.

Nos quedamos mirando a mi padre con mucha extrañeza. No me acordaba de esa teoría. Mi madre, con lo impulsiva que es, le pidió que no se anduviera con misterios y que desembuchara.

—Hace dos o tres años, cuando estabas en la recta final de tus estudios, me hablaste de ese autor keniata de procedencia india, Vassanji, ¿te acuerdas, Ismael?

Asentí.

—Tú creías, como Vassanji, que una sociedad multicultural, tolerante y abierta trae esplendor a los países, a las metrópolis, a la sociedad. De hecho las ciudades más prósperas de este planeta son aquellas en donde diferentes culturas, razas y religiones conviven.

—¿Puedes ir al grano? —le increpó mi madre—. Todo eso que nos dices ya lo sabemos, pero el mundo no es Berlín, Frankfurt, Madrid, Londres, París, Nueva York o Toronto.

—Bueno, hay también países que son un ejemplo de multiculturalidad y de convivencia ejemplar.

—Pero eso no cambia que otros sean todo lo contrario y que busquen quitarse de en medio a las minorías, a los inmigrantes o a cualquiera que por su raza, ideología o religión sea distinto a la clase dominante —observó mi madre.

—Ese es precisamente el fallo del sistema. No aceptar a «los otros». En prácticamente todos los países gobiernan los pertenecientes al grupo mayoritario. También aquí en Alemania donde los turcos, los marroquís, los hispanos, los asiáticos o los ciudadanos de la Europa del Este apenas están integrados en la vida política. Se necesitan Parlamentos que representen la diversidad del país, para que se defiendan mejor los intereses de todos.

—Tu teoría está bien para países democráticos, no lo niego —le contestó mi madre—, pero de poco sirve en países como Guinea Ecuatorial.

—Para eso tengo una respuesta también. Creo que estos países tienen una oportunidad cuando el dictador cae. El problema es que se coloca en el poder a alguien que ha vivido toda su vida allí, que incluso ha pertenecido al círculo del que ha sido depuesto.

—¿Y a quién tenemos que poner a gobernar? ¿Al Papa? —le dijo mi madre con sorna.

—No, mujer. ¿Te acuerdas de los políticos claves para la Transición española?

—Pues claro, Suárez, Carrillo, Tarradellas, González, Tierno Galván, Pío Cabanillas, Fraga…

—Como puedes ver fue una mezcla entre políticos más o menos afines al antiguo régimen y políticos que habían vivido en el exilio, en el extranjero. Unos representaban algunos de los intereses de la vieja España y otros los del nuevo orden, de la democracia. Eso es precisamente lo que necesita un país que sale de una dictadura, que unos sigan teniendo conexiones con lo que hasta ahora ha sido el país y otros una visión nueva. Estos últimos deben ser gente preparada, con experiencias en otros países, conocedores de lo que funciona bien en democracias como las europeas o la norteamericana, gente con formación. Ellos, ese tipo de extranjeros, trabajando codo con codo con los que nunca vivieron en otro país, son los únicos que pueden ayudar a que haya un cambio real.

EPÍLOGO

SOBRE ESTE LIBRO

Querido lector:

Ante todo muchas gracias por leerme. Si has llegado hasta aquí es porque la historia de *Los extranjeros* te ha interesado. Si quieres ayudar a que tenga más visibilidad y que la lea más gente lo puedes hacer recomendándola y poniendo un breve comentario sobre tus impresiones en Amazon, Goodreads o en cualquier otro lugar en donde creas que se encuentra el público para esta novela: clubs de lectura, asociaciones culturales o grupos de Facebook dedicados a la lectura de libros. Además, así colaborarás también a una buena causa, ya que el parte de los beneficios obtenidos con este libro se donarán a una ONG de ayuda al refugiado. No olvidéis que en el caso de los libros autopublicados sois vosotros, los lectores, los que decidís si un libro merece ser leído o no.

Ahora me gustaría contaros un poco sobre *Los extranjeros* y la primera parte de esta trilogía, *Memorias fugitivas*. Comencé con la redacción de este proyecto en 2014. Hubo razones personales para empezar a escribir. Por primera vez desde 1997 sentía el peso de la intolerancia y de la incomprensión hacia los que no éramos como la mayoría. Mi hija estaba en un colegio en el que el ochenta por ciento del alumnado era de procedencia alemana y algunos alumnos y padres no la aceptaban ni a ella, ni a sus padres. Mi propósito era escribir una ficción que defendiera la tolerancia y la convivencia de las diferentes culturas, razas y religiones y que terminara con un final feliz. Iba a ser una novelita de poco más de 200 páginas, pensaba yo.

Como llevo muchos años viviendo en Frankfurt, decidí empezar por lo que conocía mejor, esta ciudad y su historia. No pude evitar centrarme en la historia de la comunidad judía, que siempre me había fascinado. Me puse a investigar. Fui tirando del hilo y descubriendo muchos aspectos que desconocía de esta metrópolis: su historia invisible. Todo esto queda reflejado en *Memorias fugitivas*. Esta novela recibió el Premio Círculo Rojo 2020, en la categoría novela histórica.

Continué con Guinea Ecuatorial, país que elegí casi por casualidad y del que casi nada sabía en ese entonces. Tuve que investigar mucho. En 2018 notaba que esa novelita se desbordaba, en realidad había tres historias muy diferentes en el libro: la de los Pauli, el padre de Ismael, y sus antepasados (*Memorias Fugitivas*), la de la madre y sus familiares (*Los extranjeros*) y la del propio Ismael (*Un océano verde esperanza*). Fue cuando decidí presentar mi historia como una trilogía.

Detrás de los dos libros que hasta ahora hay publicados, existe una consciente labor de investigación, que ha precisado de mucha paciencia y mucho tiempo. No todo lo que he leído sobre Frankfurt o sobre Guinea Ecuatorial se ha incorporado a la trama de la novela. Intercalo la trama histórica con el presente, ya que la situación actual me parece muy preocupante y no podía seguir mirando para otro lado. Cuando empecé no me imaginaba cuánto trabajo supondría la redacción de estos tres libros.

La familia Pauli-Mangue es ficticia, así como sus antepasados y algunas de sus amistades. Las intervenciones de los personajes históricos son en casi todos los casos noveladas. Tan solo un par de discursos de Macías se basan en sus ideas.

Este no es un libro de historia, sino una ficción histórica-política.

Si quieres seguirme o preguntarme algo sobre mis libros lo puedes hacer:

En Facebook
https://www.facebook.com/profile.php?id=100035725841562
En Instagram
macarena.munoz2019
En mi blog
https://macarenamunozescritora.com/

AGRADECIMIENTOS

Quisiera agradecer:

—A todos los que habéis comprado y leído mi primer libro. Habéis sido más de los que yo pensaba. Sé que muchos de vosotros esperáis hace tiempo la segunda novela. Quería que tuviera al menos la misma calidad que la anterior y me ha llevado, por eso y otras razones, tiempo redactarla.

—A Dori Villena, que se lee siempre la idea en bruto y la segunda versión. No sé si esta novela sería hoy lo que es sin sus consejos.

—A Manuel Miranda por la portada y maquetación.

—A Kaera Nox por la corrección.

—A mi marido, que sufre pacientemente esta dedicación que tanto tiempo roba a la vida familiar.

—A los que me han inspirado algunos de los personajes.

—A F.M.E., el ecuatoguineano que contactó conmigo un mes antes de terminar la novela, al que debo el final de esta.

—A Mónica Gómez, por animarme a presentar esta novela al Premio Literario Amazon. No me habría atrevido a dar el paso sin sus consejos.

—A todos los que habéis leído este libro.

—Y un doble agradecimiento a los que os tomáis unos minutos de tiempo para escribir un comentario en Amazon u otros lugares, en especial a Lara Beli, a Maravillas Cora, a Luis María Sánchez-Reyes, a Juan Antonio, etc.

SOBRE LA AUTORA

Nací en Sevilla en 1969, pero pasé gran parte de mi infancia, adolescencia y juventud en Granada, en donde cursé y terminé los estudios de Filología Hispánica y de Traductores e Intérpretes (inglés).

En mi infancia, adolescencia y juventud fue la literatura una de mis pasiones. De hecho, participé y gané algunos concursos de poesía a nivel regional: mención especial en un concurso de poesía infantil (1979), con solo diez años, *Premio de poesía Lora del Río* (1985), con quince años (poema *"Insomnio"*) y segundo *Premio "Villa de Peligros"* (1989).

Después de terminar mis estudios universitarios viajé a países tan remotos como Australia, Malasia o Indonesia y ejercí tres años como profesora de español en Nueva Zelanda. Desde 1997 resido en Frankfurt.

En la actualidad soy profesora de español, inglés y teatro en un instituto público en Alemania. Tengo dos hijos que crecen entre tres culturas.

Aunque nunca dejé de leer, abandoné la pasión por la escritura por largo tiempo. En el albor del nuevo milenio retomé la labor creativa, esta vez quería escribir una novela. En 2004 terminé *"Frankfurt no tiene mar"* que, pese haber sido aceptada por la reputada agencia literaria de Antonia Kerrigan (Kerrigan Miró por ese entonces), se quedó en el cajón.

No volví a escribir hasta el 2012, año en que gané un modesto concurso de relatos organizado para la comunidad hispanohablante de la región de Hesse y la guardería bilingüe y asociación cultural "Dosonmás".

Entre 2013-2015, con el objetivo de convalidar mis estudios de inglés y poder impartir clases de esta asignatura en la enseñanza pública, decidí completar mis estudios académicos con algunos seminarios de Lengua y Literatura Inglesa en la Universidad de Frankfurt. Es precisamente durante este periodo cuando surgió la idea de redactar un libro que fuera la "reescritura" de las joyas literarias que descubrí en estos cursos. Este proyecto creció de tal manera que tuve que abandonar la idea inicial de escribir una solo novela. Al final serán tres libros. En algún momento de 2015 me puse manos a la obra.

En 2019 se publicó *"Memorias fugitivas"*, la primera parte de trilogía, que se hizo con el *Premio Círculo Rojo 2020* a la mejor novela histórica. La novela ha tenido una muy buena acogida en España y en Alemania.

"Los extranjeros" es la segunda parte de esta trilogía, aunque se puede leer como novela independiente. Con ella participo en el *Premio Literario Amazon 2021*.

Made in the USA
Las Vegas, NV
03 April 2022